本书为中国艺术研究院基本科研业务费个人后期资助项目
（项目编号：2020-3-9）

我们的日常机制与神话

戴阿宝 著

文化藝術出版社
Culture and Art Publishing House

图书在版编目（CIP）数据

趣味批判：我们的日常机制与神话/戴阿宝著. --
北京：文化艺术出版社，2020.12
ISBN 978-7-5039-7037-5

Ⅰ.①趣… Ⅱ.①戴… Ⅲ.①艺术评论-中国-现代
Ⅳ.①J052

中国版本图书馆CIP数据核字（2020）第264051号

趣味批判——我们的日常机制与神话

著　　者	戴阿宝
责任编辑	刘利健
责任校对	董　斌
封面设计	李　响
版式设计	楚燕平
出版发行	文化藝術出版社
地　　址	北京市东城区东四八条52号　（100700）
网　　址	www.caaph.com
电子邮箱	s@caaph.com
电　　话	（010）84057666（总编室）　84057667（办公室） 　　　　84057696—84057699（发行部）
传　　真	（010）84057660（总编室）　84057670（办公室） 　　　　84057690（发行部）
经　　销	新华书店
印　　刷	中煤（北京）印务有限公司
版　　次	2020年12月第1版
印　　次	2020年12月第1次印刷
开　　本	710毫米×1000毫米　1/16
印　　张	20.75
字　　数	260千字
书　　号	ISBN 978-7-5039-7037-5
定　　价	58.00 元

版权所有，侵权必究。如有印装错误，随时调换。

说这是哲学的时代，是因为在我们的日常生活当中，我们都碰到越来越多的哲学问题。这不是说你从日常生活退入到哲学思考的世界，恰恰相反，你要是不能回答某些哲学问题，你就会发现，在日常生活中你会无所适从。这是一个特殊的时代，每个人在某种方式上，都被迫成为了某种哲学家。

—— 齐泽克

目录

导论：我们为什么要进行趣味批判   001

辑一　事件   001
苏紫紫、干露露和她们的身体   003
《中国好声音》与转椅秀   022
《江南 style》：去身体化与"范儿"性   037

辑二　诱惑   053
从物欲症到物控症：网购背后的病理逻辑   055
口唇焦虑与书写策略——《舌尖上的中国》游走于技与道之间   081
北京"五道口"：一个街区的进化史   107

辑三　逃逸   129
从群女性到第四空间：中国大妈们的广场舞演绎   131
自媒体：意义生成的能指攻略   154
国家大剧院：改写北京城区中心的审美空间   186

辑四　光晕	203
我们距离雷锋有多远——雷锋的日记、照片与领袖的题词	205
《非诚勿扰》电视真人秀：完美与让渡	225
从传奇到神话：莫言如何讲故事	244
附录	275
"九一一"：一架飞机开启的后现代战争	277
"占领"华尔街与空间游戏	287
参考文献	293
后记	303

导论：我们为什么要进行趣味批判

在翻阅布尔迪厄的两卷本《区分：判断力的社会批判》时，我的眼前豁然打开了一扇窗子，那是一种包罗万象式的对于社会生活的认知和批判。布尔迪厄用了"判断力"这样一个康德式术语来统摄他所涉及的一切。其实布尔迪厄的社会学研究是站在传统的社会阶级和阶层区隔的立场之上的，当然也是建立在大量的统计数据和实证案例分析的基础之上的，以此来剖析形形色色的社会现实的不同表征和特质，自然有远离康德之嫌。不过布尔迪厄的判断力在我眼里确实也是独具特色的，它是一种认知力，以及由此而来的一种批判力。我们该如何认知和批判社会现象，反过来，社会现象如何塑造我们的认知，从而形成我们的判断力，这正是布尔迪厄需要面对的重要问题。布尔迪厄的分析既涉及社会学，也涉及文化学、心理学、符号学，甚至还涉及经济学和政治学。布尔迪厄的研究之所以了不起，就在于它是一个在判断力名义之下的对社会所进行的综合研究。我在这里之所以提及布尔迪厄的这部鸿篇巨制，显然是他的研究方式使我深受启发，而且他的研究内容也对我有很大的触动，而我思考问题的路径甚至可以在布尔迪厄的这部经典著作里找到某种蛛丝马迹，尽管我们讨论的对象不同、语境不同，甚至目的不同，但是他所制造和运用的一些原理应该说都是极富借鉴意义的。

我可不可以把布尔迪厄谈论的习性问题植入我所设定的研究范围呢？当然没有问题。因为他在这个题目下甚至具体分析了区隔意义上的饮食和服装等话题，只不过布尔迪厄的着眼点在于社会学，我的研究则谈不上社会学的范畴，而是尝试一种当下流行的文化研究意义上的勉力思考。再有，我可不可以把布尔迪厄谈论的趣味问题也植入我所探究的范围呢？应该也是不会有问题的。趣味批判正是我在本书里所要从事的工作。当然，我所提出的趣味问题有着与布尔迪厄不同的思考路径，即趣味批判离不开日常机制，离不开神话。

一、日常机制问题的提出

我们就从布尔迪厄的习性概念说起。布尔迪厄对习性概念有不少具体的描述，我这里择其一呈现如下："习性作为一个发生公式，使我们有可能既对可分类的实践和产品又对本身被分类的判断进行解释，这些判断将这些实践和这些作品变成区分符号系统……习性……变成了配置，以产生合乎情理的实践和能够为由此产生的实践提供意义的认识，习性作为普遍的和可移植的配置，实现了一种系统的和普遍的应用，这种应用被延伸到直接获得的东西的界限之外，即学习条件固有的必然的界限之外：习性即是一个行动者（或成为类似条件产物的全体行动者）的全部实践，是系统性的，因为这些实践是相似（或可相互转换）的模式应用的产物，也是这些实践系统地区别于构成另外一种生活风格的实践。"① 首先我们需要了解的是，布尔迪厄有关习性的任何阐发都是在社会语境中进行的，从这个意义上说，他试图在社会资本和社会结构之间建立一种勾连关系，而习性就被赋予了具有完成这一勾连的潜力，也就是说布尔迪厄眼里的习性实际上是一种社会结构的符号映

---

① ［法］皮埃尔·布尔迪厄：《区分：判断力的社会批判》（上册），刘晖译，北京：商务印书馆，2015年版，第268—269页。

射，从中我们可以看到在资本的影响下，社会结构出现了不同的形态，具体而言就是社会阶级的出现和阶层的分化，不同的阶级和阶层有不同的习性。这是一种社会学与结构主义相结合的符号学研究路径。在这一语境下，习性到底意味着什么呢？我以为布尔迪厄至少给了我们两点提示：一是在社会实践上，一种符号的观照机制在起作用，它影响着我们对日常生活的认知和态度；二是通过习性的区分，我们在刚性的社会结构之外找到了一个柔性的符号结构，习性对于人们的日常生活和日常实践来说具有洞悉人的内心世界的可能，也为我们的生存提供了一个可以有效观察的路径。

其实我在这里所说的日常机制就是在习性基础上提供的一种针对日常生活的观察方式。当然，这一日常机制已经不再是布尔迪厄当初设定的社会资本和社会结构，而是置换为日常生活基础上的媒介结构，这一结构所带来的问题恰恰是当下的我们需要时时刻刻地加以面对的。波德里亚提出："我们将无法再回到信息和媒介之前的那样一种历史，历史的过剩或事件的过剩消解了历史活动的任何可能性。事件并不太多，只不过事件本身被新闻和信息所过度渲染……过剩远远超过纯化，从而使我们逐渐失去了历史的概念和意义。"[①] 这就是我们今天所必须面对的社会现实。如果说布尔迪厄的习性概念还有作用的话，那么这个习性也已经脱离了他所设定的社会学阈限，进入到文化研究的语境当中。托比·米勒在界定"文化研究"主旨时指出："在人文科学中，'文化'已经成为一种'总体—转义'，它以社会理论融合并混合了通俗文化的文本分析，关注权力的边缘，而非对业已建立的力量和权威进行再生产。文化研究关注亚文化、流行媒介、音乐、时尚和体育，以此取代了对经典艺术作品、政府领导、定量社会数据的关注。文化研究以观察'普通'和'边缘'的社会群体采纳及改变文化的方式，将人们视为新的

[①] Jean Baudrillard *Paroxysm: Interviews with Phillppe Petit*, trans. Chris Turner, London and New York: Verso, 1998, p. 7.

社会价值和文化语言的潜在生产者,而不是简单地将其视为消费者。"①显然托比·米勒试图告诉我们,今天的文化已经发生了根本性的改变,这一改变不仅是整体上的,而且是具体对象性的。托比·米勒的观点让我们不能不注意到,首先,文化的文化研究化,因为有关文化问题,更多地表现为对与传统经典艺术不同的通俗文化的关注;其次,文本分析成为文化研究的基本路径;再次,文化研究的对象已由精英到"普通"、由中心到"边缘",而且无论是"普通"还是"边缘",都不再仅仅是消费者,还可能是生产者,他们在主流之外创造出新的文化价值和意义。应该说如今的文化研究之所以能够风靡世界,一个重要的理由就在于它把曾经被世界忽视的且非常重要的那一个部分给刷亮了,使之成为前景。也正是在此基础上,我们发现我们身边的日常机制也随之悄然发生了改变,或者可以说,随着我们观察的视角发生改变,观察的内容也发生了改变。因此我在这里所说的日常机制就是尝试在文化研究的视野下探寻大众文化,乃至大众传媒可能蕴含的习性问题。

二、神话意味着什么

我在这里使用的"神话"概念既不是人类学意义上的神话,也不是历史学意义上的神话,更不是文学意义上的神话。巴特在他的影响深广的修辞术研究中充分论述了他心目中的"神话"概念,可以说是我要讨论神话问题的理论资源。巴特所说的"神话"是现代文化语境里的格外值得关注的构意和赋意方式。神话既是一种言说方式,又是一种存在形式,"既属于形式科学的符号学,又属于作为历史科学的意识形态"②。我们先来看看巴特所描绘的

---

① [美]托比·米勒编著:《文化研究指南》,王晓路等译,南京:南京大学出版社,2018年版,第1页。
② [法]罗兰·巴特:《神话修辞术 批评与真实》,屠友祥、温晋仪译,上海:上海人民出版社,2009年版,第173页。

一个有关"嘉宝的脸"的神话：

> 这确是一张令人叹赏的女人的脸。在《克里斯蒂娜女王》中，脸部的化妆犹如积雪覆盖于面具之上；这不是描画而成的脸，却是石膏范铸而成的脸。
>
> ……
>
> 不过，真正的面具（譬如古代面具）的诱惑，隐含的秘密主题（例如意大利的半分面具），要比人脸原型的主题来得少。嘉宝呈现予人的，属柏拉图所称的创造物的型相之类，就是这点解释了为什么她的脸几乎没有什么性别特征，却也并不令人疑惑。影片本身确实导致了这种不加区分，其中克里斯蒂娜女王轮番呈现为女人和年轻骑士，然而嘉宝不是以穿异性服装乔装改扮做到这一点，她永远是她自己，毫不掩饰，戴着王冠或宽边毡帽，其下是一如既往的雪白而宁静的脸庞。
>
> ……
>
> 嘉宝的脸作为转换的环节，协调了两个肖像时代，明确了从骇人到迷人的过程。大家知道，完美现今处在这一演变的另一个极点上：譬如奥黛丽·赫本的脸，就是个体化的，不仅因为其独特的主题（孩子般的女子，小猫一样柔顺的女子），而且由于其模样，由于脸的独一无二的状貌，上面不再有任何本质，而是由无限错综复杂的形态功能构织而成。从语言角度来看，嘉宝的独特之处在于观念范畴，赫本则在于实体范畴。嘉宝的脸是型相（理念），赫本的脸则是事件（引人瞩目之物）。①

我们注意到巴特观照的对象别开生面，既不是有关嘉宝人生经历的研

---

① ［法］罗兰·巴特：《嘉宝的脸》，《神话修辞术 批评与真实》，屠友祥、温晋仪译，上海：上海人民出版社，2009年版，第81—82页。

究，也不是有关嘉宝艺术表演的研究，而仅仅是有关嘉宝的脸的研究。嘉宝的脸作为一种现象，它的边缘性和非主流意义不能不令人留意。在巴特的眼里，嘉宝的脸是至关重要的，它可以构成神话。不过巴特到底要在他的这一研究中说些什么呢？或者说巴特是如何把神话具体落实到嘉宝的脸的研究上的呢？

巴特的神话来自索绪尔的符号学，是语言表意的一种。可以说神话是对符号学的改造或延展，神话首先借助符号的表意方式，之后在其上构建了自己的表意方式。由此巴特区分了符号结构和神话结构。两者的差异在于：前者是由三项要素构成的，即能指、所指和两者的结合体符号；后者则相对复杂，它是以（能指加所指的）符号作为能指，再与一个新所指结合，构成一种具有两层符号结构的表意形式。巴特以玫瑰为例作出如下说明："假设有一束玫瑰花：我以它表示我的激情。那么，不是只有一个能指和一个所指、玫瑰和我的激情吗？完全不是的：老实说，这里只有'被赋予激情化'的玫瑰。但在分析层面上，我们却有三项。因为这些蕴含激情的玫瑰可完美而精确地分成玫瑰和激情：玫瑰和激情联结为一体，形成第三物，也就是符号，而在这之前，玫瑰和激情都是存在着的。同样，在实际的层面上，我也确实不能把玫瑰和其蕴含的信息分离开来，在分析的层面上，我也同样无法将作为能指的玫瑰和作为符号的玫瑰混为一谈：能指是空洞的，符号是充实的，它具有意义。"① 巴特告诉我们，能指只有与所指结合，才会生成意义，否则能指是空洞的，只有符号才是完满的；符号之所以是完满的，就是因为有所指参与其中，从而构成了能指与所指相结合的符号。但巴特还试图进一步分析"神话是个特殊的系统，因为它是根据在它之前就已经存在的符号学链而

---

① [法] 罗兰·巴特：《神话修辞术 批评与真实》，屠友祥、温晋仪译，上海：上海人民出版社，2009年版，第173页。

建立的：它是个次生的符号学系统"①。这到底是什么意思呢？神话之所以是神话，其内在的奥秘在于它自身具有两套符号系统，两套符号系统的叠加构成了神话的复杂结构，正是由于后一个符号系统的加入，使得符号最终成为神话，也使得认知价值和趣味判断得以有效地折射，或者得以有效地表征，使神话具有了不同于符号的更为丰富的内涵。我们在这里可以把巴特所举的玫瑰例子加以延展，从中发掘出其中的神话意涵。当玫瑰和激情相互勾连之时，一个符号就诞生了，玫瑰变为"被赋予激情的玫瑰"。也就是在这一意义上，另一个神话结构中需要的所指也有可能潜入其中，因为"被赋予激情的玫瑰"作为符号一定会有一个具体表达对象或者说表达场景所制造出来的意指，这样的对象和场景规约了"被赋予的玫瑰"可能的意义。比如在一个表达爱意的场合，"被赋予激情的玫瑰"就成为情侣之间表达至高无上的爱意的象征。也由此，这一过程所透露出来的玫瑰被制造为神话后有可能引出我要进一步强调的趣味判断问题。

结合前述嘉宝的脸，我们充分了解到，一张脸之所以可能成为巴特眼里的神话，其中的奥秘就在于脸可以作为一种面具。脸本身是空洞的，它的意义来自嘉宝的脸。在此基础上，脸与嘉宝的脸的结合完成了符号的构建。在嘉宝的脸为脸本身充实了意义之后，一个"符号脸"出现了，嘉宝的脸成为了一个符号。如果想使这个符号成为神话，需要落入具体的情境中，也就是要为符号找到一个表达意义的场所。尽管我们说符号是被充满的，它在所指那里获得了意义，但也只是停留在符号自身的层面上。具体到嘉宝的脸，其意义的现实功能的凸显需要一个敞开的语境和过程，也就是说嘉宝的脸的意义被遮蔽在作为面具的脸的后面，需要一个使脸作为次生的独立符号呈现的那一刻，还需要一个具体的场景来激活嘉宝的脸的表意功能。巴特把嘉宝的脸放在了电影《克里斯蒂娜女王》的场景中。巴特强调这一场景使嘉宝的脸

---

① [法]罗兰·巴特：《神话修辞术 批评与真实》，屠友祥、温晋仪译，上海：上海人民出版社，2009年版，第174页。

表现出柏拉图意义上的"型相性",这是嘉宝的脸透露出来的独特气质。与奥黛丽·赫本的脸的比较使巴特更加意识到,奥黛丽·赫本的脸是"个体化的",具有独一无二的状貌,"不再有任何本质"。赫本的脸属于实体范畴,是事件,而嘉宝的脸则属于观念范畴,是型相(理念)。脸是符号里的能指,"型相性"则是神话里的能指,两者区别在于,巴特把神话落实在了嘉宝在影片中作为克里斯蒂娜女王在各种场合使用"脸"的意涵上了。一张具有神话气息的脸不仅仅是一种脸的形式,它还是一种脸的意义,而这种脸的意义是在符号意义扭曲之后透过面具观察到的,这无疑使脸本身成为了神话最坚实,也最丰富的内容。这可以说就是巴特所言神话的意味,也由此成为我们认知神话和解剖神话的基础。

应该说在有关嘉宝的脸的神话性质的描述中,巴特尝试给我们展示一种令人心动的别样韵味,这也就是他的神话修辞术。巴特试图揭示嘉宝的脸的神话奥秘之所在,也就是脸在摆脱面具之后所透露出来的特定意涵。在嘉宝那里,扮演电影里的人物,场景固然重要,化妆固然重要,但是对于嘉宝的脸来说,这一切都无法遮蔽嘉宝的脸的自然魅力,这是一种在征服了面具之后肉体自身散发出来的魅力,这种对面具的征服是脸谋求独善其身的关键时刻。这就是巴特所期待的神话韵味。其实这样的神话在我们的日常机制中无处不在。在巴特眼里,一旦神话与历史相关联,就会尝试寻找神话对社会趣味作出反应,而神话"负有使蕴含意图的概念'顺利通过'的责任……次生的符号学系统的转化成功,使得神话摆脱了左右为难的窘境:神话被逼入或是揭示概念或是消除概念的绝境,神话将使概念自然化"[①]。我们的日常机制为什么需要与神话相勾连,恰恰就在于神话的出场会使我们的认知产生高度的依赖,从而使我们需要的概念"自然化",使其成为我们身边的日常习惯之物、之常识。当然,这里还隐含着神话可能具有的一种意义,那就是神

[①] [法]罗兰·巴特:《神话修辞术 批评与真实》,屠友祥、温晋仪译,上海:上海人民出版社,2009年版,第190页。

话的神性价值。或许我们可以追问一句,这种神话的神性来自何处?巴特强调了神话的自然性。"世界提供给神话的,是历史真实……而神话回馈(给世界)的,则是这一真实的自然现象……神话是由事实的历史性质的流失构成的:事实丧失了其中蕴含的记忆,这记忆原本造就了事实。"① 其实神话在重塑世界真实之时,也使自身披上了一种光晕。这种光晕一旦司空见惯,成为常识,也就成为了我们身边的另一种自然。我们日常机制的一项最重要功能就是生产光晕,并使其自然化、常识化,而这一切通常是在不经意间完成的,成为了相伴我们左右的习性和趣味。

三、趣味批判的四条路径

如果现代神话的制造离不开语言的劫持,那么媒介场域里的神话制造则带有更多的信息色彩。所谓信息色彩就是一种信息对语言表达的加工和改写,表面上看是一种修辞意义上的婉转,实际上则是由婉转进而产生的遮蔽和替代,甚至是陈述和逻辑意义上的重构,这可以说是神话构造自然常用的手段,也是媒介参与其中的一种影子式的存在状况。在不经意间,遮蔽、替代、重构所导致的转义把人们的日常表达推向了一个语用奢侈的境地。严格地说,遮蔽、替代和重构所生成的转义尝试进一步脱离传统意义上的修辞和陈述规范,从而成为一种表达的另类衍生体。我在这里择取四个概念——事件、诱惑、逃逸、光晕来描述在媒介化场域中日常机制是如何实践神话言说和表征的。

(一)事件:超出了原因的结果

齐泽克在讨论"事件"概念时提出这样一个基本的定义:事件是一个

---

① [法] 罗兰·巴特:《神话修辞术 批评与真实》,屠友祥、温晋仪译,上海:上海人民出版社,2009年版,第203页。

超出了原因的结果。尽管他认为这样的说法会引发模棱两可的矛盾,即"事件究竟是世界向我们呈现方式的变化,还是世界自身的转变",但"事件总是某种以出人意料的方式发生的新东西,它的出现会破坏任何既有的稳定架构"。①所谓的超出了原因的结果,实际上是指一种对前后承续的逻辑关系破坏乃至颠覆,也就是在这个意义上,原有的稳定框架遭到破坏,出人意料的东西才会出现。我在这里移植齐泽克的这一说法,主要是指"指代崩溃"后"符号表演"的出现,也就是说这是一种"世界向我们呈现方式"出现根本性改变的结果。符号表演借助游离和聚拢使得本身膨胀起来,或外爆发生,产生超强的离心力,使得事件的合理性在展开过程中被符号渲染,导致额外的溢出效应;或内爆发生,产生颠覆性的瓦解力,导致结构的分崩离析,两种情形都会导致预期结果被遮蔽或虚化,出现令人意想不到的改写或重构的状况,这一改写或重构的命运就是事件理论需要思考和研究的内容。

至于"辑一"中涉及的三个个案,无论是苏紫紫和干露露二人的身体表演和人生际遇,还是电视真人秀《中国好声音》现场对转椅的巧妙利用,还有鸟叔大跳特跳《江南 style》时所呈现的"范儿"性,都在不同层面、不同维度上揭示出事件本身的要旨之所在,即身体不再是身体,转椅不再是转椅,舞蹈不再是舞蹈,它们在展开中获得了意想不到的意义转移,或者说在种种事件的发生过程中,指向结果之期待统统表现出结果预期崩溃后的符号表演的另类特色,它们会通过过剩的符号意指,把事件本身的合理性嫁接到事件的无关结果的过程,获取齐泽克意义上的事件性。事件被作为一种过程的过度演练和变形以求凸显,让事件停留在事件展开的过程中,这本身只能意味着任何有关结构性以及结构性的前期铺垫或后续尾声的构想都会成为一种不必要,乃至一种奢侈。

---

① [斯洛文尼亚] 斯拉沃热·齐泽克:《事件》,王师译,上海:上海文艺出版社,2016年版,第6页。

(二)诱惑：外表的深渊

"诱惑"概念是我从波德里亚那里借来的。波德里亚在《论诱惑》一书中提出了一个非常有意思的观点，即在显性话语和隐性话语两者的搏斗中，传统意义上都是把显性话语加以引申，甚至抛离，从其背后探寻和发掘奥秘，获取隐性话语的真相，隐性话语最终战胜显性话语，这是一条常规的传统诠释的路径，但是今天事情发生改变，因为诱惑的出场改写了这种话语较量的规则和结果。

> 在诱惑中则相反，可以说显性物和话语处在最为"表层"的东西中，这种表层物会转向(有意识或无意识的)深层安排，以便废除这个话语，或用外表的魅力和陷阱替代它。这可不是无意义的外表，而是一种游戏和赌注的场所，让激情偏离的场所——诱惑那些符号本身要比凸现任何真理还重要得多——而阐释在追寻一个隐藏意义的过程中要忽视和摧毁的正是这个真相。①

外表的诱惑和表层的深渊，这就是波德里亚向我们透露的有关真相存在的秘密，而这个秘密应该说遍及我们时代的日常机制之中，或者说它就是我们日常机制中构造神话的方式之一。网购消费活动的背后，我们发现了从物欲症到物控症的病理逻辑，但是这种病理逻辑完全被改写为表面的诱惑，物的堆积法则和数字指数法则把网购问题变成为日常贴身又贴心活动的一部分，网购者在秒杀、"剁手"、海淘中享受着快感的不断实现，以至于那种所谓的物控逻辑早就不知躲到什么地方去了。在《舌尖上的中国》这档美食节目中，意识形态诉求作为一种隐性话语被遮蔽和改写，它被美丽的自然、勤劳的人们、悠久的历史和高超的技艺这样一系列表层符号所替换、所遮蔽，

---

① [法]让·波德里亚：《论诱惑》，张新木译，南京：南京大学出版社，2011年版，第82页。

而恰恰就是这样一种外表为我们提供了具有感官诱惑力的食物特质和文化特色，这样的表层具有深渊性，因为它在本能意义上的召唤是难以抵御的，也就是在这样的饮食活动中，我们不知不觉地走到了饮食自身构造的饮食"深渊"。至于北京的一个普通街区，昔日以铁路道口命名并被打上深深的道口印记，如今在现代化和全球化的诱惑下，"五道口"街区开始了不断的改造和进化，与街区相关的业态也在不断升级和换代，这样的表层诱惑把五道口推向了一种号称"宇宙中心"的奇观效应。诱惑之所以成为诱惑，不在于它具有某种深不可测的奥秘等待人们发掘，而仅仅在于它自身的呈现本身就具有奥秘性，把这种外表的呈现充分展开就是诱惑产生的根源，一切都在外表，一切都在呈现，无须他顾。这就是巴特认可的任何神话都是通过掏空真实而达到自然的症候表征之所在。

（三）逃逸：从差异到生成

我这里所说的"逃逸"应该是"逃逸线"，这是一个来自德勒兹的概念。德勒兹这一理论的重要特点是以"线"示人，以"线"观人。他把人的日常活动以线为界分为三种形态：僵硬的线、柔和的线和逃逸的线。[1] 其中的逃逸线是透过符号的表意机制发挥功能的，确切地说，逃逸线自身具有否定功能。德勒兹认为："系统的逃逸线被赋予了一种否定性的价值，并因其超越了表意机制的解域力量而遭受惩罚。"[2] 但"每个个体都有其自身的逃逸线"[3]。值得注意的是，在德勒兹的理论谱系中，逃逸线是与解辖域、差异、生成联系在一起的，它们作为一个概念组发挥着非同凡响的理论解构的功

---

[1]［法］德勒兹、加塔利：《资本主义与精神分裂（卷2）：千高原》，姜宇辉译，上海：上海书店出版社，2010年版，第285页。

[2]［法］德勒兹、加塔利：《资本主义与精神分裂（卷2）：千高原》，姜宇辉译，上海：上海书店出版社，2010年版，第161页。

[3]［法］德勒兹、加塔利：《资本主义与精神分裂（卷2）：千高原》，姜宇辉译，上海：上海书店出版社，2010年版，第283页。

效。这正是我受到德勒兹启发采用"逃逸"一词的关键所在。

在"辑三"中,中国大妈们的广场舞演绎显然具有逃逸的特点。首先她们的广场舞表现出对自身性别的逃逸——从女性到母性,从妈到大妈们,这种由个体到主体到群体的进化路径,把生理性别推到了社会性别的新叙事演绎;接下来则是她们通过广场舞对传统社会空间规范的逃逸,在差异的意义上创造了一种新的空间状态和生成状态,成就了广场舞的宏阔的社会效应。至于说到自媒介问题,更是一个值得关注的逃逸现象。自媒介对于整个媒介发展和互联网生态都提出了尖锐的挑战,这既表现为一种消解,又表现为一种重构,所带来的媒介效应具有了全新的社会价值。国家大剧院在北京中心城区的建设,对于北京中心城区既往的高度统一的美学风格产生了不容小觑的冲击。正是这样一种解辖域功能的充分发挥,某种意义上表现出审美风尚的大胆改写的尝试。当然,正如德勒兹所说,任何逃逸都不是逃避,而是重新构建的一种努力,是为了更好地生成。

(四)光晕:原真性衰微与再造

"光晕"概念来自本雅明。这一概念在德语里写为"aura",本义是指教堂里的圣像画中环绕在圣人头部的一抹"光晕",与"神圣"之物相对应。本雅明用这一概念形容艺术品的神秘韵味和受人膜拜的特性,这是"aura"在本雅明那里的转义。应该说本雅明对"光晕"并未有严格的定义,但是我们完全可以从"原真性""机械复制""膜拜价值"等一系列相关概念的出场中发现"光晕"的遗迹。这里引述一段本雅明对于"光晕"内涵的解释性说明:

> 究竟什么是光晕呢?从时空角度所作的描述就是:在一定距离之外但感觉上如此贴近之物的独一无二的显现。在一个夏日的午后,一边休憩着一边凝视地平线上的一座连绵不断的山脉或--根在休息者身

上投下绿荫的树枝,那就是这座山脉或这根树枝的光晕在散发,借助这种描述就能使人容易理解光晕在当代衰竭的特殊社会条件。光晕衰竭来自于两种情形,它们都与大众运动日益增长的展开和紧张的强度有最密切的关联,即现代大众具有着要使物易"接近"的强烈愿望,就像他们具有着通过对每件实物的复制品易克服其独一无二性的强烈倾向一样。这种占有一个对象的酷似物、摹本或占有它的复制品来占有这个对象的愿望与日俱增……把一件东西从它的外壳中撬出来,摧毁它的光晕……①

在这里,本雅明是从光晕消失的角度介入对光晕的描述的。其实光晕的基本内涵主要就在于它的原真性和独一无二性,它具有自然的与人远离的特性,也就是因为这种原真性和独一无二性,也就是因为它的难以接近性,使得它自身具有了某种神秘的可膜拜的价值。当然,随着时间的流逝,历史的变迁,不同时代对光晕有了不同的认知,但是一个大的趋势在于,光晕在我们的日常生活中正在慢慢消失,这种消失是通过被改写、被遮蔽、被重新阐发而逐步完成的。本雅明更多的是从机械复制中看到了昔日光晕的衰微和不再,这是因为他忧心忡忡于艺术作品的原真命运。从我所征引这个概念的意涵来说,光晕的消失和光晕的再造无时无刻不在进行着,甚至搏击着,作为一种文化现象,它已经把自己的范围从本雅明关注的艺术领域扩展到整个社会的方方面面。按照本雅明的逻辑,我们在日常生活中时刻都要面对光晕衰退的危机。

当然,如果我们把视角调整一下,如果我们与本雅明所秉持的精英主义立场拉开一定的距离,可能就会看到光晕问题的另外一面。雷锋这一光晕形象在几十年间中国社会场域的播散,其改变和重构一直在发生,其光晕还

---

① [德] 瓦尔特·本雅明:《机械复制时代的艺术作品》,王才勇译,北京:中国城市出版社,2002年版,第13—14页。

在，但内涵却在悄无声息地发生着改变，这是需要我们细致发掘和品味的。其实我们在远离精英文化的大众文化中依然依稀可以看到带有光晕之物、之人的重构和重现。《非诚勿扰》电视真人秀，实际上也是某种意义上的塑造光晕的活动，它对完美的追求就是在寻找一种传统光晕的替代品。传统中我们所遭遇的光晕都是神圣性的、触及灵魂的，如今这些已经在物质的喧嚣中消失殆尽，而我们追求光晕之心并没有泯灭，而是尝试在一种完整意义上的完满中重构光晕之魂。携诺贝尔文学奖归来的作家莫言也把中国人喜欢的再造光晕的事业成功地完成了一次，一时间引发国人再造现实中国光晕神话的冲动。其实有关莫言写作的光晕，我们在他的小说文字中就完全可以触摸到，尤其是莫言幽深文字的内部，隐藏着一个渴望光晕的灵魂。我们需要撬开这些坚硬的文字，去看看一个中国作家是如何来完成自我光晕化的。真正的光晕来自莫言自己写下的文字，那应该是一个光晕构造的光谱，具有世人期待的光晕感和光晕品质。

四、媒介化场域与趣味批判之必要

在日常机制中，神话的制造已经成为常态，成为一种社会习性。这种常态化的现象尽管在运作机理上具有神话性，但是它所发生的语境（或曰场域）则是社会性的，这就需要我们再次回到社会乃至文化层面上来观照这一问题，从媒介介入其中。

我在这里首先想借用拉什的一个重要观点。拉什秉承麦克卢汉的媒介思想，他的"信息社会"理论可以坐实我要说的日常机制的媒介化场域。拉什提出要以"信息社会"替代当代流行的"后现代社会"的说法。"信息"一词在信息化高歌猛进的时代语境下绕开"后现代"一词，不能不把我们引向了一个更为核心的现实议题，就是什么在直接而强力地主导我们今天的日常机制，从而制造出我们需要的神话。如果说后现代只是一种理论主张或社会思潮的话，其对社会生活的影响是观念性的，也是深层次性的，那么信息则是我们身边时刻发生的社会生活中的日常现象，具有充分的可辨析性和可操控性。也就是说我们在信息的状态下生活，我们时刻处于信息的包围、挤压和诱导中，信息构造了我们当下生活的具体形态和方式。

那么什么是拉什眼里的信息呢？拉什的《信息批判》没有确切的有关"信息"的定义。他给予"信息"的最可能算是定义的话是这样说的："信息必须以截然不同于其他诸如叙事、论说、纪念物或制度等较早的社会文化范畴来加以理解。信息的主要性质是流动、拔根、空间压缩、时间压缩、实时关系……"① 拉什所要传递的意思还算明确：首先信息是一种不同以往的全新的话语构造和传播方式，其次信息的基本性质在于流动性和无根性。基于这两个特点，拉什提出信息与权力的关系已经不同于福柯意义上的权力关系，而是呈现出另一情形："信息社会涉及一种扭曲的辩证，它从秩序走向失序再走向新秩序。高度理性化和知识密集的生产导致了一种信息扩散和流动的准无政府状态，这种信息的失序产生了属于它自己的权力关系，这些权力关系一方面包括了信息字节直接的权力/知识，另一方面包括了在知识财产范畴内信息秩序的再造，这似乎就是信息年代里全世界性资本积累的情境。"② 信息获取的重构事物的能力，体现在微观意义上的对信息"字节"的改变和改变方式，从而使原来的社会环境变成了信息环境。拉什之所以强调所谓的"字节"方式，是在试图捕捉到知识和权力改变的细部活动，以小见大，以"千里之堤溃于蚁穴"的方式来使以往宏观的论述回归到具体的语境中。以往的麦克卢汉的观点，媒介对于人类社会具有标志性意义，媒介的任何一次变革都不同程度地改变了人类的社会形态和思维方式。从某种意义

---

① ［英］斯各特·拉什：《信息批判》，杨德睿译，北京：北京大学出版社，2009年版，第14页。
② ［英］斯各特·拉什：《信息批判》，杨德睿译，北京：北京大学出版社，2009年版，第18页。

上说，人类社会是按照媒介方式建立起来的，不同的媒介方式会使社会具有不同的特质，而媒介方式的改变是技术进步的结果。麦克卢汉更多地关注于媒介方式变革以及由此引发的不同媒介间的差异，即在进化论的意义上来谈论人类社会的发展。拉什则是从麦克卢汉的"媒介即信息"出发，把由媒介带来的变革落实到信息之上，使信息替代媒介成为被考察的重点，显而易见，处理信息本身比起处理媒介会更为得心应手，也因此更为重要，媒介只是形式，信息既涉及形式，又涉及内容。媒介是制造神话的形式，信息是制造神话的形式和内容。两者之间的纠缠和互拆，使我们的认知不能不发生变异。你要传递信息，实际上既要强调你传递的内容，又要强调以何种方式传递，方式本身也会深刻地影响内容，甚至扭曲内容。这也可以说是我们的日常机制在神话制造中最为重要的特质所在。表面上看，信息既可以是形式，又可以是内容，即信息是手段与内容意涵的统一体，但实际上信息在媒介化了之后，变成了空洞的形式，它在把形式填充为完满的过程中获得了神话的意义。

由此出发，我们来看两个著名媒介研究者的相关论述。第一个是波兹曼，他的一句经典口号广为流行："娱乐至死！""娱乐至死"到底意味着什么？我们的娱乐真的如此疯狂吗？波兹曼曾这样谈论过电视现象："电视具有娱乐性这个事实实在太苍白了，绝对不会对文化造成任何威胁……但我在这里想要说的不是电视的娱乐性，而是电视把娱乐本身变成了表现一切经历的形式。我们的电视使我们和这个世界保持着交流，但在这个过程中，电视一直保持着一成不变的笑脸。我们的问题不在于为我们展示具有娱乐性的内容，而在于所有的内容都以娱乐的方式表现出来，这就完全是另一回事了。"[①] 诸位听明白了吧？如果说前面提及的波德里亚有关我们再也无法回到过去的那种历史，因为媒介的过度渲染已经把历史过剩化了，那么这种过剩

[①] [美] 尼尔·波兹曼：《娱乐至死》，章艳译，桂林：广西师范大学出版社，2011年版，第76页。

在波兹曼那里就是所有内容的娱乐化，从过剩到娱乐化，导致历史和真相的膨胀化和泡沫化。我们可能会说波兹曼的这一"娱乐至死"的论调只是修辞而已，意在强调事态发展趋势的严重性，其实结果或许还不至于如此。但是与波兹曼相比，还有一种更可怕的说法。波德里亚就曾在媒介语境下做出过一个危言耸听的断言，他说："海湾战争未曾发生。"这是他的一篇文章的标题。他想告诉人们的是，20世纪90年代美国在海湾地区发动的攻打伊拉克的战争并未发生过，是子虚乌有的。人们不禁要睁大眼睛，惊讶地追问：这怎么可能呢？波德里亚是不是疯了？不过我们不妨看一段波德里亚的相关论述："借助媒介之力，这场战争释放了大众的愚昧指数……令我们前所未有地体验到电视的空虚。可以说，这场战争完成了一次毫无怜悯之心的试验。"① 由此我们大致可以了解到，所谓的"海湾战争未曾发生"不是说现实的海湾战争并未发生，而是媒介介入导致了我们对这场战争的信息获取乃至由此引发的观察发生了令人震惊的扭曲。同波兹曼一样，波德里亚也把矛头指向媒介。

人们或许要问，问题到底出在何处？是人们的认知发生了偏差，还是现实确实已经出现了一次远超一般人认知的深刻变动？难道这些真的都是媒介惹的祸吗？其实这就是我提出探讨日常机制的意义之所在，也就是说我们今天所身处的日常生活状况确实已经发生了一种意想不到的改变，而这种改变是潜移默化的，甚至是漫不经心的，在不知不觉中悄然而至。如此看来，我们至少要重新认知我们置身其中的日常机制的变革。如果按照布尔迪厄的路数，我们可以说是今天的媒介与信息的纠葛重构了我们的日常机制，进而大量制造了我们身边的神话，而我们所秉持的习性也随之发生改变，我们的趣味也随之发生改变。从两位理论家的思想倾向看，无论是波兹曼的"娱乐至死"，还是波德里亚的"海湾战争未曾发生"，他们的判断都与媒介以及媒介

---

① Mark Poster (ed.), *Jean Baudrillard: Selected Writings*, California : Stanford University Press, 1998, p. 248.

制造的环境有关，或借用布尔迪厄的概念，我们已经生产了一个新的场域，其最大特点是它的媒介性，或可称之为"媒介化场域"。这种"媒介化场域"的另一面就是拉什的"信息方式"。

　　我这里所实践的趣味批判就是要去面对这样一种全新语境，因为我们其实已经不自觉地深陷其中而不能自拔了。辨析一种神话的构造方式，也就是语言在能指和所指之间互动所产生的多样化的也是格外冗余的空间，趣味就在这样的场域中获得了它的一席之地。布尔迪厄在谈论趣味的话题时，更多触及等级趣味，以及由此构成的其他趣味。在布尔迪厄眼里，等级趣味之所以比较重要，是因为整个社会结构是分层次的，也就是说阶级和阶层实际上构造了一个社会结构的特点。布尔迪厄这样说："如果如我们试图证实的，统治阶级构成一个相对自主的空间，这个空间的结构由其成员之间的不同种类的资本分布得到确定，这种分布的某种概况说明了每个阶层固有的特点，某种生活风格通过习性与这个概况对应；如果阶层之间的经济资本和文化资本分布表现出对称的和倒置的结构；如果不同的财产结构与社会轨迹一起成为习性和习性在所有实践领域产生的有系统选择的根源，而被公认为审美的选择是这样有系统选择的一个维度；如果确实如此，那么我们应该在生活风格的空间中，也就是在这些不同的属性系统中重新发现这些结构，不同的配置系统表现在属性系统之中。"① 这段长长的引文道出了布尔迪厄相关思想的要点。布尔迪厄想要强调的是，在一个既定社会结构中，资本具有决定作用，资本的配置是社会习性和趣味生成的关键，因为它主导了生活在其中的人群的地位和身份，所以生活在阶级和阶层之中的人的任何选择都离不开自身由资本和社会地位决定的习性。社会属性决定了生活风格。这里，布尔迪厄所论之资本、社会结构、身份属性、习性和趣味之关系为我们构建趣味批判提供了启发。当然，我并不会把布尔迪厄的相关思想整体性地移植过

---

① ［法］皮埃尔·布尔迪厄：《区分：判断力的社会批判》（上册），刘晖译，北京：商务印书馆，2015年版，第405页。

来，而是尝试在全新的媒介场域中设定新的结构性话题，比如真人秀与身体问题、新媒体打造个体生活和其中存在的意识形态问题、社会空间的蜕变和审美重构问题、经典观念的调整和再造问题等。由此我们充分意识到趣味批判在当今时代是必不可少的，也是需要加以重新设定的，这或许就是我们今天必须面临的理论和实践上的新挑战。

辑一 事件

苏紫紫、干露露和她们的身体

一

在进入大学一段时间之后,紫紫在偶然中成为了一名"裸模",开始学习如何使用自己的身体。说"使用"身体,按照我的理解,就是指有意识地把身体不再作为身体,起码不再作为自己的身体,而是作为一种外在于自我身体的需要去开发和利用的"物品"或"工具",尽管身体的生理状态和心理感受还附着于被利用的身体,因为毕竟身体的性别特征构成了身体可资利用的基础,但被使用的身体已经不再是苏紫紫这个个体生命的承载者,而是某种他者存在的承载者。紫紫或许想要告诉人们,这已经不再是那个我的身体,而是那个非我的身体,是可供人利用之物。这是一个与弗洛伊德所谓的主体变成客体的非常近似的过程。① 于是在紫紫的亲自安排和照料下,她的身体走出了自己身体的界限,甚至走出了身体本身的界限,开始成为公共空

---

① 弗洛伊德说:"毕竟从本质上讲,自我是一个主体;它怎样才能成为一个客体呢?嗯,毫无疑问,它是能够变为客体的。自我可以其身为客体,一如对待其他客体那样对待自己,能够观察自己,批评自己,并且做无人知晓之事。这样,自我的这一部分是可以监督另一部分的。所以,自我可被分离……"参见车文博主编《弗洛伊德文集》07,北京:九州出版社,2014年版,第52页。

间里一个诱发了无数关注的存在物，我们甚至可以说她和她的身体制造出轰动一时的"苏紫紫事件"。

在紫紫尚短暂的人生经历中，这样的决定无疑是一件大事，在真正做的时候内心是会有犹豫乃至挣扎的，有一个问题需要格外去面对，那就是把身体当作非身体，把自我当作非我，从根基处取消自我和自我身体存在的常规方式，这需要某种承担或放纵自我的力气。紫紫以她表面看上去弱女子的外形迎接了这样的承担或放纵。确实，以理性或幻觉来区隔自我与他者，把自我放在一边而进入身体构成的非我族类（角色），不是一件易事。

女性对自我身体的利用通常是根据女性身体特点和社会规训来完成的。对于女性来说，"裸体"是身体的根本性反叛，是身体非我化的最极端形式。以"裸体"对抗身体，这是女性自我"本真"状态的最激进的流露，是女性自我"解放"的最彻底的形式，然而这里却也遮蔽着更为骇人的身体逻辑：女性只有控制身体，才可能控制一切；女性只有解放身体，才可能解放一切。换句话说，身体是女性的最大财富，让身体说话，让身体置于自由之下，甚至可以说是女性最高的生存原则。紫紫的反叛行为与这一规训中身体解放的意识构成谋合，也成为她开始学习使用自己身体的坚实基础。当然，来自外界的一步一步压力，也使得紫紫对自己身体和身体能量的认知不断充实起来。

其实女性的裸体行为，尤其是在公共空间，在自我与他者之间进行必要的区隔之后，还需要一种自我设计身体展示的技术，否则这种区隔的努力常常会失败，尚未区隔或尚未完好区隔的身体展示都会给展示者本人带来困扰乃至难以预见的心理伤害。网络上或电视上看见的紫紫，无论是她的裸体，还是她的言谈，都表现出她其实对身体的可利用价值乃至途径已经有了相当成熟的构思和把握，也就是说她充分理解外界对于女性身体的接受程度以及她日后更好地调控身体的方式和方向。当然，每个人都有利用自己身体器官的权利，而且每个人的身体器官都是承载行为的有效工具。这样的说法既依赖于医学、生理学，也依赖于社会学和政治学，更在时下流行的诸多批判话语中呈现为各种各样的说法①，但是如何观看紫紫的身体行为，或许有更多的说法需要留意，这也成为身体自我异化和身体自我反抗的不可或缺的条件。

  根据我的有限观察，紫紫对身体的技术性控制和利用始终是在尝试不离开她自己设定的一个核心理念，那就是对身体整体性和内在气韵的坚持。紫紫的一个说法会令她的观赏者有些不解，这也是紫紫表露出的令人意想不到的想法。在凤凰卫视某一档谈话节目里②，紫紫说，其实她在展览身体时是时刻需要自我保护的，是时刻需要自我在意的。于是那位男主持人有些大为不解地问道，既然已经"脱"了，面对别人对自己身体的观看和享用，除了满足与否，还有什么值得在意的呢？那位男主持人大概没有意识到他在这里与紫紫的对话是南辕北辙的。男主持人关心的是身体"快感"以及身体"道德"问题，而紫紫谈论的是身体呈现的"技术"问题，或可说是如何安置身体的技术"哲学"问题。男主持人把紫紫与紫紫在公共空间里展示的身体视为一体，从而最有力的评判身体的武器就是道德，而紫紫则是有意识地将身体本身与身体的公开展示区分开来，或者说聪明地划下我的身体与我的身体的他者化之间的严格界限，也由此，任何道德戒律在紫紫的身体展示中早已

---

① 有关身体问题，从女权主义到消费社会理论，从性别研究到文化研究，时下流行的各种批判理论均有各种各样的观点和论述。比如费瑟斯通从消费理论视角出发，指出："'表现身体'这一观念通过广告、好莱坞和大众出版物在战争期间被人们广泛接受，这些宣传手段让更多的人觉得这种新的理念是合理的。消费文化要求人们成为角色扮演者并且自觉地审视他们自己的表现。"（参见汪民安、陈永国主编《后身体：文化、权力和生命政治学》，长春：吉林人民出版社，2003年版，第346页。）再比如女权主义者巴特勒提出过这样的问题："女性主义作为一种批评实践要继续发展，就必须以女性身体的生理性别特殊性为基础，尽管生理性别的范畴经常被重写成社会性别，性别始终必须被假定为那个不可简化的断裂点，因为它身上早已负载了许多不同的文化建构物。而假定生理性别具有物质的不可简化性似乎就已经成为女性主义者的认识论、伦理观，以及不同类型的性别分析奠定了基础，并赋予了它们合理性。"（参见汪民安、陈永国主编《后身体：文化、权力和生命政治学》，长春：吉林人民出版社，2003年版，第189页。）

② 参见《锵锵三人行·王嫣芸：曾经为拍摄人体艺术照化名苏紫紫》，https://i.ifeng.com/client/phoenixtv/ffft/qqsrx/news?vt=2&aid=106216940。

不再具有效力。公众场合，女性的脱与不脱，裸与不裸，对于男权意识来说，它自然是构成道德戒律的一条界限，也是男权社会建构文明法则的一条界限。身体从赤裸到遮蔽，从遮蔽到赤裸，有气候的原因，有社会生产条件的原因，更有传统伦理规范的原因，尤其是女性身体，它的遮蔽与赤裸不仅是为了服务于围绕男权建立起来的社会伦理，也表达了男权钦定的唯我独尊的社会诉求。那位男主持人关心的是裸体对于男性构筑的视觉秩序的"破坏"，一脱，使得人类的文明法则不得不面临"礼崩乐坏"的隐忧。而紫紫所关心的不是男权意识里的道德界限问题，而是裸体之后如何在自我的身体和他者的身体之间划分出合理界限的问题，也就是说，她能在何种意义上出让自己的身体，在什么意义上利用自己的身体，从而使身体非我化达到最大的可利用效果。

　　紫紫在按照自己的理解来裸露身体。她说，这样的身体活动已经使她慢慢着迷了，而且她要永远地进行下去，即使将来怀孕了，身体变形，五六十岁，乳房下垂，她也会坚持，因为这是一个生命体（注意是"生命体"，而不是"身体"）的自然生长过程。在一次接受采访时，她说："人体艺术是自我反思的方式，为什么要用裸体表达观点？……我记录的不是青春，老了就不美吗？我记录的是生命。"[①] 如果说此时紫紫的内心装满了她所理解的有关身体的美好而纯净（非色情）的特质，那么将来的坚持则会使她今天的这一举动更具有某种哲学意味，因为如她所说，她的选择是一个生命体对生命状态的选择，这样的生命状态已经完全脱离了紫紫本人的意愿，也脱离了紫紫本人的身体，脱离了道德规训下的身体价值，身体他者化为存在，它俨然成为一种生命体的不容忽视的代言。从这个意义上说，紫紫所坚持的不仅是一个女子的裸体秀，而且是一个生命体存在的气韵和精神。

　　当然，现实中的紫紫不能不意识到身体调控需要意识，更需要技术。所

[①]《专访人大裸模苏紫紫：裸是我反思的方式》，http://collection.sina.com.cn/cjrw/20110111/165911863.shtml。

谓的"技术",就是调控好身体的位置和人们对身体的可能期待,使身体的观看符合预先设定的方向和内容。也就是在这一维度上,紫紫越发自信起来,她知道自己能够通过身体的调控达到她所设定的身体利用效果。我想,紫紫在镜头前是不放松的,或可说是精神高度集中的,她的自我在意表现在时刻要意识到身体的每时每刻的呈现状况,由各个部位(器官)组合的身体是否达到了一个整体,是否具有整体的效果,而镜头取景框是如何摄取身体的,每一个镜头,每一次快门,每一次闪光灯,都会在紫紫的意识里形成一幅幅画面。紫紫的不易也就在这里。她始终注意把性感器官与身体整体联系起来,绝不轻易接受对个别有争议器官的突出和强化;她更在意图片所呈现的人体姿态、人体线条、人体动作的整体氛围以及脸部、手部的特写效果;在最动人的曲线设定上,她也非常着意此种展示要有足够的时间和空间,而紫紫的笑意只有在拍摄脸部特写时才能捕捉到。此外,图像的虚幻化也是紫紫尝试处理人体而谋求达到某种技术(艺术)效果的方式,即使是抓人眼球的人体敏感部分,也通常由于虚幻形式的介入所导致的"干扰"而使观看者无法产生其他联想,因为是过度的虚幻,其制造的朦胧效果始终会朦胧下去,不会让人的视觉有云开雾散的期待。

  对于看客来说,尽管紫紫的身体展示就是女性裸体的展示,至于展示人是否有自己的意愿,对他们来说并不重要,重要的是,一个女性裸体被观看,被欣赏,整个社会对这般身体展示的期待,也会因为荷尔蒙发酵而表现出更多的戏剧性,难以像女性自我预先设定的那样,按照女性自身的意愿呈现,因为女性之所以在身体展览和身体表演方面具有男性缺乏的"优势",虽说是自然选择的结果,但也与社会预留给女性步入规训的时空环境有极大的关系,整个社会或明或暗地要求她们符合男权欲望,这种表面上流露出的宽容,其实是在获得一种消费快感后对女性本身存在的不置可否。这一点紫紫是否意识到,或者说她的一厢情愿的身体展示与操控技术是否能换来预期效果和自我宽慰,恐怕还一时难有断言,也还有很长的路要走。

不管怎么说，紫紫已经能够从容地进入自己构造的（哪怕是充满自我遮蔽的）身体世界了，她有着一个自我感觉不错的身体展示方案。尽管最初利用身体时有某种难以言表的控诉和报复的情绪，这符合她的性格特质，但今天的紫紫已经不再是一个被情绪所笼罩的女子。她恳请那些无意中挡住她享受阳光的人走开，把阳光继续留给她而让她能够获得更多的温暖。在紫紫的新浪博客里有一段视频是她对自己19年不开心生活的讲述。你几乎难以想象，在只有19岁的紫紫身上发生了一桩桩不幸的事件，它们确实可以作为紫紫选择"裸模"职业的最内在的心理诠释，却也是她要顽强坚守这样一种身体利用方式的最内在的原发动力。

二

相较于紫紫，干露露的经历无疑更加丰富。不过她们之间的最大公约数也颇为一致，身体成为她们广而告之的亮眼符号。露露最初是一名演员，只是在专做演员的日子里，她并没有在电影界和观众中引发更多的关注，以至于后来她以模特身份大红大紫时，她的演艺生涯才被慢慢地发掘出来，而这多少令人感到惊讶，乃至无奈。这倒不是说露露的表演有什么不好（这个问题已超出本文范围，不作讨论），只是人们不能不有一个疑问，做演员没有引人注目的露露，为什么会在媒体的聚光灯下以模特身份征服了大众眼球？甚至获得了估计就连她本人都意想不到的巨大成功呢？

表面上看，露露似乎走了一段"弯路"——从普通演员到超级模特，不过这种由身份转换所带来的露露的成功似乎更值得玩味。

露露作为模特的爆红，网上搜搜即可获得大量信息，其起点直接指向据说是由她母亲摄制、发布的一段为女儿征婚的视频。这段视频的最大亮点不是征婚者的价值取向和情感告白，也不是对男方提出了什么离奇、苛刻的条件，而是征婚者的出浴流程，其中包含着看似不经意却又充满诱惑意味的身体暗示。① 按常理，这样的场景无论如何也难与征婚挂起钩来，但是在画面的流动中，母女间的对话确实谈到了这一话题。这段视频的独出心裁之处是留足了令人遐想的空间。女人征婚就是要面对男人（同性恋除外），男女之间的吸引，外貌自然是第一位的，尤其是对女性而言，外貌有诱惑力的女性占尽先机。这样说来，"出浴门"征婚视频倒也没有什么不合常理、不合逻辑的地方，甚至可以说，露露之母毕竟是过来之人，她深谙男女交往之道，直接把女儿的色相作为愿者上钩的"诱恋"筹码。这种在征婚中如此大胆、泼辣的举动虽然打破了传统的征婚伦理，但是也带给人们一种无比兴奋的深度期待：她还会有什么更令人称奇的表现？征婚反倒被放在一边，对搏出位的期待弥漫开来。果然不出所料，之后的露露以火辣的身材和大胆的着装频现各种走秀场合，真正做到了"色"不惊人死不休的地步，聚光灯不由得开始强烈聚焦，她的每一次出现都会有不一样的惊喜奉献给公众，人们充满期待的身心不断得到满足。仿佛在转眼之间，露露就成为了海量模特中不容小觑者，成为了眼球经济中超强的竞争者。

在我看来，几乎可以毫无保留地认为，露露的成功来自人们自身普遍存在的窥淫癖② 本性，而露露本人恰到好处地迎合了人的这一本性。不过在解

---

① 《干露露浴室征婚门高清图　美女成名视频回顾》，http://www.pinshan.com/ent/mingxing/video/139682.html。

② "窥淫癖"最早是一个心理学概念，是心理学家根据性心理现象的一个总结性术语。弗洛伊德将这一心理现象定义为"scopophilia"。戈达尔在1963年的影片《轻蔑》片头引用安德烈·巴赞的一句话："电影为人类的欲望提供了身体。"（这句话其实是戈达尔自创的，巴赞本人并未说过。）美国学者梭罗门在《电影的观念》中指出："电影业认为当代人是有观淫癖的，这就促使制片人使用两性关系的场景，而不问它是否与叙事有关。"20世纪70年代，"窥淫癖"成为电影理论的一个关键语汇。电影精神分析学着重研究观众的窥视心理与电影机制的吻合、窥淫欲对影片内容的需求等话题，分析电影装置和经典影片的叙事策略，也分析西方色情电影如何迎合窥淫癖现象。英国学者劳拉·穆尔维在《视觉快感和叙事电影》一文中揭露了好莱坞电影满足男性观众窥淫癖的男性中心主义本质，开创了女权主义电影理论研究领域。法国电影理论家克里斯蒂安·麦茨指出，电影放映的条件为窥淫癖创造了适宜的情境：黑暗的放映厅中的银幕方框犹如钥匙孔（参见《窥淫癖》，https://baike.baidu.com/item/窥淫癖/9602396）。

剖此一现象之前，有一个可以作为语境关联域的问题需要给予说明，先来回答这样一个问题：与演员比较，模特到底有什么特别之处呢？

　　说起演员和模特之间的差异，不能不说别有一番滋味在心头。尽管镜头前的演员与镜头前的（非裸）模特都在进行表演，但是两者之间确有不同。演员不需要自我身体的开放和替换，只需要自我身体的遮蔽和包装，需要通过服饰隐喻和角色模拟达到目的；演员以自己的身体作为表演他人的基础，尝试在自己的身体上演绎出角色的身心状态，而不是把自己的身体抹擦掉，去做一个无自我的身体展示；演员是在用性格进入情景，用情景带动观众，而不是在他者化的身体上寻找可观看的内容，寻找观众视神经的刺激和兴奋。更具体地说，镜头前的演员通常是在虚构的故事里演绎角色，由于角色是剧情化的，角色的性格和行为需要一定时间长度的情节来加以展开，所以演员的一切表演都不能偏离人物预先设定的情境，人物行为和剧情吻合于一定的时间长度，时间长度是这类演员自我塑造的不可或缺的条件，从这个意义上说，演员的表演是时间性的，或许你可以说剧情的拍摄影像过程并非如此，演员通常是一对一地面对镜头，但恰恰是由于演员与观众的分离，彼此处于不同的时空，才使得蒙太奇在另外一种时空下制造出具有充分时间感的拼接和缝合，高超的技术手段使镜头前演员的表演获得了真实的时间感。演员的非现场性自然不可能获得实时回应，更不可能营造出现场氛围，镜头前的演员只能是在无我中表演他者，在想象中面对观众，但演员在公共空间的呈现结果是时间性的，给人以连贯过程感和时间存在感，这一点毋庸置疑。时间性凝固了演员的一切特性。

　　模特是属于空间的，他／她既不演绎剧情，也不再现他者，更多的是对自我身体的空间把握和演绎，模特之特质在于空间呈现。非剧情性意味着模特的出场几乎不需要时间长度，不需要在时间中展开故事情节里的人物行为和性格，也因此他／她的去时间性以及时间空间化格外凸显，也格外值得留意。模特在时间中的停留是瞬间性的，高度浓缩性的，自我成为一个绝对的中心点，即使处于代言人的角色，但是他／她的光辉一定要笼罩住被代言之物，无论是服装、汽车，还是日用物品，要在一瞬间使被代言物填充灵韵，这灵韵来自模特所赋予的生气灌注。填充模特空间的除了现场之物外，至关重要的是模特自身——身体或与身体密切相关的有机的身体器官，这是一个时间消失的现场、一个空间点被放大呈现的现场。空间性更易于构建一种稳定的、放大的景物关系，最易于凸显被精雕细刻之物，而模特参与其中实际上是通过人化自然来达到在空间里占据视觉首位的效果，也是一种把人和外物整合为一体的高级呈现策略。外物因人而生辉，外物因人而富有价值。从这一意义上说，模特本身具有高度的反身性，她／他是谓词和主词的同一体，而其中身体的直接利用成为一个高度聚焦的交汇视点。

当然，裸模与非裸模之间的区别也值得留意，其差异不仅表现在职业上，而且表现在模特对身体的自我认知和利用上。从某种程度上说，裸模是在"裸"中遮蔽"性"，而非裸模是在"非裸"中暴露"性"。脱与不脱，裸与非裸，暗含着看与被看、自然与文明、解放与束缚，这样一组有机词语可以充分地组合起来，构成一个社会与身体之间的剪不断理还乱的关系链条，从而植入身体对周边环境和社会属性的有效利用当中。前者表征一种人的本真状态，后者表征一种人的社会状态。尽管这样的划分过于简单，但是它确实填充起人（模特）自我的无意识。脱，指向生理；不脱，指向心理。脱，最终导致身体器官的接触；不脱，诱发出各种莫名的欲望。脱，就是能指，焦点凝固，冲动疲劳极易产生；不脱，成为所指延宕，焦点不断变换，充满未定，冲动频发。脱，或由于观赏的距离而通向单纯的静穆的艺术；不脱，则可能在距离的玩赏中引发难以排解的诱惑。由此，脱的实质在于触碰，不脱的实质在于诱惑。诱惑是一种不脱的"艺术"，是一种不脱所要达到的潜在目的。人存在的基本关系就是诱惑关系，就是在欲望的驱使下达到关系的生成。诱惑，尤其是女性诱惑，不仅构成了现代社会的商业需求，更为关键的是它成为一种现代文明普遍认同的伦理需求。

露露与紫紫的根本不同，前者是非裸模，而后者是裸模。如上所述，紫紫作为裸模的一个基本特点是对身体的区隔，使自我的身体成为他者的身体；露露不仅没有着意区隔身体与非身体、自我身体与他者身体，反而始终在给人们以这样的强烈印象，我所展示的身体就是我自己的身体，它固然是女人的身体，但更是我作为一个独特个体的女人身体。这一点可以从露露对身体利用的几个方面得到很好的观察。首先，露露在不同场合把自我的身体呈现与自我的情感呈现充分融合起来，面部表情的变换与身体姿态的调整高度谋合，可谓"巧笑倩兮美目盼兮"与婀娜多姿、摇曳生辉整合为一体，让观者始终能够感觉到眼前的身体观看笼罩在一种诱惑和挑逗的冲击之下，身体被内在的欲望所灌注，所主宰，所湮没，它的律动与它所依附的身体拥有者的眼神、心跳、情绪不可分割地粘连在一起，一句话，它是属于一个名叫露露的女孩的身体。其次，当我们单纯地面对女性的裸体时，几乎无法辨识身体的归属，因为所有的（女人）裸体几乎都是一样的，它们的生理特点没有实质的差异，因此真正的女人身体的诱人之处不仅来自身体的自然状态，更需要加上对自然身体的充分包装，服饰不仅属于地域或民族文化的一部分，更直接属于个人欲望和情趣的一部分。就露露而言，她在各种场合的着装无疑更在意作为女性的诱惑力，充分利用女性身体的自然特点，极力谋求独出心裁的全方位的现场惊艳效果，极力突破人们有关服饰的规约和习惯，时刻谋求给人造成浓烈的视觉刺激和心理激荡。腾讯视频有一段对露露着装的初步总结，分为五大类，即爆乳装、布条装、露P装、透视装、各种SM制服装。① 这样一种剥离模特出场实景的服饰归类，其实透露出露露是如何强化自我身体存在的特质之所在。即使在身体操控的技术上，与紫紫相比，甚至与其他的非裸体模特相比，露露也更具挑逗性和侵略性，应该说这又与她张扬的个性、她对模特这一职业本质的自我认识，以及她对女性价值的社

---

① 《衣不惊人死不休　干露露雷人装扮盘点》，https://wenku.baidu.com/view/7f33ebd30408763231126edb6f1aff00bed570f0.html。

会生产方式的有效性的认知有关，甚至可以更进一步说与露露对女性社会现状的认知有关。当然，这样的一种境界还需要完全脱离男性设定的价值判断和商业利益来加以言说。其实一旦空间被放大定格，什么可以最有效地搅动整个展示空间的气氛？什么可以达到商业利益所期待的所向披靡的吸睛效果？模特身体的烘托所导致的诱惑不能不成为立于不败之地的一大法宝。[①]

遮蔽与暴露的辩证结合，弄得好就是最符合人性需求的，或者说也是最能有效地制造人性需求的。哈维这样说过："创造一件美的物体就是用这样一种把我们从时间的专制之下拯救出来的方式，'使时间与永恒联系起来'。'使时间贬值'的冲动重新表现为艺术家通过创造'强大得足以使时间停止'的作品而进行拯救的意志。"[②] 这实际上是在把时间拖回到某一空间之点，而能量在空间不断聚集，最终会强大到足以导致内爆和外爆发生的地步。模特就是这样一种空间的存在物，就具有这样的能量。她／他就在一个固定的现场，使一切终结，使一切聚焦于自身，从而引发视觉暴力的施虐。露露就是如此，她把自己化身为一个尤物，承办了一个全身上下几乎无一处不消费的视觉盛宴。遮蔽与暴露实际上也可以置换成另外两个词语，那就是诱惑与观看，这就有必要使我们回到前面提及的窥淫癖问题。

---

① 吉奥乔·阿甘本在《裸体》中有一段关于脱衣舞的精彩论述，不妨引在这里作为一个旁证："在脱衣舞表演中，裸体作为一个从来不会达到其完成形式的事件，作为一个从不会让自身在发生的那一刻就被完全把握的形式，它实际上是无限的：它不停地发生。就其本质是有缺陷的而言，就其不过是丧失恩典的那一事件而言，裸体永远不能给你充分满足它所承受的凝视。凝视贪婪地继续搜寻裸体，即使最后一块布片已经去掉，即使遮盖着的所有部分都已经以一种完全赤裸的方式展现出来。"（参见［意］吉奥乔·阿甘本《裸体》，黄晓武译，北京：北京大学出版社，2017年版，第121页。）
②［美］戴维·哈维：《后现代的状况——对文化变迁之缘起的探究》，阎嘉译，北京：商务印书馆，2013年版，第158页。

三

应该说窥淫癖是现代社会的一种（潜）规则。尽管"窥"是一种隐蔽的或无人注意到的观看行为，但它的目的和行为方式是按照一定的社会秩序或社会伦理建立起来的，也可以说它是文明社会确立后人与人（尤其是异性）之间的一种潜在的常态关系。窥淫癖基本上是空间性的，因为它不太需要在时间中留恋，只要有空间捕捉到强烈的刺激就足以达到目的和效果，而这在某种意义上正好为女性在男权社会所设定的自我解放和自我展示提供了路径和场所，或者说，女性在这一过程中落入了男权设定的意识形态圈套。不过时下的一个更为不同以往的现实是，窥淫癖的公开化，它几乎成为公开场合寻找淫乐的有效方式，这样的改变显然意味着一种来自社会进步所带来的女性自我意识的释放，同样也不能忽视男权社会为达到某种规训目的而披上了一件健康的向上的道德外衣。波德里亚有一段与此相关的精彩之论，值得引述，他说：

>……女性被提升到一个完整性别的地位（平等的权利、平等的性享受），提升到价值的地位，削弱着作为不确定原则的女性。整个性解放就处在这种强加权利、强加地位和女性的性享受的策略中。这是作为性的女性的过度展示和舞台演出，也是作为性的众多证据的享受的过分展示。
>
>黄色淫秽（porno）则明确地说明了这一点。它是裂口、享受和能指衍生的三部曲，黄色淫秽仅仅是一个享受型女性的激烈提升……从此以后，妇女将尽情享受，并且知道为什么。任何女性气质将变得清晰可见——性享受的象征女人，性欲的象征享受。不再有不确定性，

不再有秘密。这是正在开始的根本淫秽。①

"根本淫秽",或者说"彻底淫秽",波德里亚这里讲的似乎与传统男权社会所构建的权利、责任、道德毫不相干,而是一条具有颠覆性的女性自我觉醒之路,只不过"被提升"这样的说辞透露出其中的秘密。获得"完整性别"的女性表面上看已经从男权社会的压抑中彻底解脱出来,这应该说是一种女性脱胎换骨的生存状态,然而恰恰就是这一建立在"完整性别"基础上所谋求的"淫秽"状态,使得观看女性(包括身体)成为了公开的秘密,"窥淫"不再仅停留在心理层面,也不再仅停留在隐蔽层面,而是构成了日常生活中正常观看行为的一部分。波德里亚有关"完整性别"和"根本淫秽"的说法在女性主义的基础上使问题呈现得更为突兀,也更为惊心动魄。

穆尔维在讨论精神分析电影时曾提出影像本身为窥淫癖提供了一个不可或缺的样本,即对人的外在形态的迷恋,人的快感的生成,都是影像产生魅力的根基。穆尔维这样分析说:"在一个由性别的不平衡所安排的世界中,看的快感分裂为主动的/男性和被动的/女性。起决定性作用的男人的眼光把他的幻想投射到照此风格化的女性形体上。女人在她们那传统的裸露癖角色中同时被看和被展示,她们的外貌因编码而具有强烈的视觉和色情感染力,从而能够把她们说成是具有被看性的内涵。作为性对象被展示出来的女人是色情奇观的主导动机:从封面女郎到脱衣舞女郎,从齐格飞歌舞团女郎到勃斯贝伯克莱歌舞团女郎,她承受视线,她迎合男性的欲望。"②穆尔维的如此断言,对性别关系的深刻认知,其所设定的影像化情节彻底凸显了女性处于波伏瓦"第二性"的现实境遇,是一种合谋于男权社会意图和规训的结果。值得注意的是,如果说穆尔维的分析是女性主义在电影领域里的具体延

---

① [法]让·波德里亚:《论诱惑》,张新木译,南京:南京大学出版社,2011年版,第31—32页。
② 吴琼编:《凝视的快感》,北京:中国人民大学出版社,2005年版,第8页。

续,是在揭示男权社会为女性设定角色的阴谋,使其进一步影像化和在有限空间里观看的合法化,那么波德里亚的"完整性别"和"根本淫秽"的构想以及女性在此基础上的自我认同,反映出撇开女权主义对女性当下生存状况的更为焦虑的反思,表面上追求性别之完整而产生的"根本淫秽"已经成为我们无法回避的无处不在的社会景观,窥淫癖在大庭广众之下成为公开的秘密,甚至男女对这一问题的认识高度一致。

我这里所讨论的无论是紫紫还是露露,其实她们都在有意无意地谋求着成为波德里亚的"完整性别"中的一员。表面上看,这种"完整性别"意味着女人成为了真正的女人,成为了真正能够面对自己的性(别)的女人,而恰恰就是这一意识形态诱惑使得女性不自觉地走上了自我身体展示乃至落入窥淫癖圈套的不归路。波德里亚深刻地意识到,这一意识形态圈套已经日常化、公开化,乃至常规化,而这样一种从根基处对女性自身性别的定位,构造了本体性淫秽,它在表面上最大限度地迎合了女性的解放叙事和社会期待,其实也在暗地里最大限度地瓦解了女性的解放叙事和社会期待。恰恰就是这种意识形态的超级冷静的氛围,促使紫紫和露露成为了此类社会事件的构建者,[①] 也才会获取她们所可能具有的关注和价值。

具体而论,现场模特远比影像人物具有更加强烈的诱惑性,它的空间呈现对窥淫癖的满足远远强于时间流逝中的电影影像。尽管紫紫在访谈中极力回避对身体的利用,甚至更愿意把身体作为一种他者或至少作为一个整体来

---

① 斯拉沃热·齐泽克指出,事件是一个"有着'五十度灰'的捉摸不定的概念。一个'事件'可以是凄惨严酷的自然灾害,也可以是媒体热议的明星绯闻……可以是艺术品带给人的强烈感受,也可以是为爱与亲情而做出的抉择"。"事件都带有某种'奇迹'似的东西:它可以是日常生活中的意外,也可以是一些更宏大,甚至带着神性的事情。""我们可以将事件视作某种超出了原因的结果,而原因与结果之间的界限,便是事件所在的空间。""哲学的这两个进路(先验论与存在论——引者注)的发展与深化,又都与事件概念密切相关:在海德格尔那里,存在的揭示正是一个事件,在其中,意义的视域得以敞开,我们对世界的感知以及和它的关系也由此确定下来。"(参见〔斯洛文尼亚〕斯拉沃热·齐泽克《事件》,王师译,上海:上海文艺出版社,2016年版,第1、2、4、6页。)

加以调控，而露露在访谈中也多次强调大家不仅要关注她的"事业线"，也要关注她的"事业心"。紫紫和露露作为模特在公共场所的活动，显然都是在努力远离女性在性别基础上自然形成的自我约束，乃至传统男权社会构建的道德规范。但是问题的复杂性就在于，女性要想成为"完整性别"，通常一方面要突破男权话语以表达自己的祈愿，另一方面却要在实际行动上仍然以凸显女性性征为基本落脚点，而且把这一"凸显"作为日常生活的一部分。这显然是在不断践行波德里亚的"根本淫秽"法则。在一次访谈中，露露不时流露出自己可以使自己的身体最大限度地满足人们的期待，前提是身体行为不违法、不违反道德。而对于采访者提出的大众纷纷质疑的有关"挤乳""爆乳"之类的问题，露露在回答中没有表现出任何的不适感，甚至把这样的行为与母亲、与哺育、与乳汁联系起来，[①] 看似非常巧妙地回避了窥淫癖视域下的诱惑内质。不过这样一种貌似回归自然、回归人性的策略，反倒会使人们感觉其中所包含的某种对于女性身体利用的最大化算计，在谋求"完整性别"之时导致了"非完整性别"之殇。按照女性主义的观点，女人对自己身体完美性的追求并不是天生的，而只能说是对后天的（来自男权）社会需要的（自然）响应。从这个意义上说，要想去除女性身体展示中的性别意涵，去除性别活动所提供的窥淫暗示，仅留意到穆尔维所描述的女性的不平等命运是远远不够的，因为问题的另一面是，还需要更深入地省思波德里亚提出的"完整性别"的诱惑，以及建立在其上的"根本淫秽"的潜意识化，从而寻找进一步解放女性的空间。

波伏瓦与穆尔维对于女性存在的追问，其思考的核心点大同小异，只不过波伏瓦把侧重点放在了更一般的女性历史上。作为早期女权主义者，波伏瓦提出整部妇女史就是由男人写就的。"要求女人作为肉体、生命和内在性，作为他者出现的理论，是男性的意识形态，绝不表达女性的要求。大多数妇

[①]《干露露专访》，http://play.v.qq.com/play?vid=9bmiLEggw7V。

女对命运逆来顺受……当她们进入世界的进程时，是采取男人的观点，跟男人保持一致。"① 女性的历史在现代社会更多地被凸显为身体的历史，这确是男人留给女人的一块看似独特的生存空间。通常意义上，女人身体的呈现是与美丽、性感、欲望、幸福、满足这样一些健康、积极的观念密切相关的，而这一切构成了女性身体合理存在的必需要素。用波德里亚的话说，这是一种"身体关系新伦理"的构建。② 比如说"美丽之于女性，变成了宗教式绝对命令。美貌并不是自然效果，也不是道德品质的附加部分，而是像保养灵魂一样保养面部和线条的女人的基本的、命令性的身份……在女性身上，是那开发着并'从内部'提示着身体所有部分的敏感性……"③ 这样的"新伦理"显然是男性意识形态的表征。不过在多少年之后，波德里亚深化了自己的观点，他试图把这种"身体关系新伦理"变成一种更具有意识形态诡计的谋划，在遵从女性的自我选择和自我确认的基础上，女性把自身提升为一个具有"完整性别"的存在。其实所谓的"完整性别"是荒谬的，表面上革命意味十足的"完整性别"又成为另一个为女性设定的意识形态陷阱。这到底意味着一种绝对的讽刺，还是一种绝对的认同，波德里亚使这一问题变得更为复杂。

我们是不是可以说，无论是波伏瓦，还是穆尔维，她们对于女性以及女性解放的观察都或隐或现地处于男性早已设定好的话语体系中？如果她们对于男权主义的批判以及她们对于女性解放路径的选择是建立在与男权社会相对立的基础上的，那么波德里亚是不是揭示出更为隐秘的更为实质性的问题之所在，那就是如果一种"身体关系新伦理"直接指向"完整性别"的谋

---

① [法]西蒙娜·德·波伏瓦：《第二性》，郑克鲁译，上海：上海译文出版社，2011年版，第187页。
② 参见[法]让·鲍德里亚《消费社会》，刘成富、全志钢译，南京：南京大学出版社，2008年第3版，第124页。
③ [法]让·鲍德里亚：《消费社会》，刘成富、全志钢译，南京：南京大学出版社，2008年第3版，第124页。

求和构建，从而导致"根本淫秽"的可能和呈现，也就是说"根本淫秽"成为一种整个社会的日常生活伦理，它谋求去除传统价值判断，去除传统伦理裁决，更是去除男性意识形态，这样的生活法则对于女性来说真的具有自我确认和自我存在的意义吗？如果把"根本淫秽"从传统意义的色情清单中除去，把它作为一种色情之外的女性的自在方式，那么她的解放真的摆脱了男性设定的意识形态圈套吗？显然，波德里亚想用"完整性别"告诉我们，要完成女性的自我存在祈愿，要在自我意愿的基础上设定自我为中心，从而使自身欲望的实现构建合理性，成为一种本体意义的存在，这个在日常伦理的层面上已经完成，因为此时的女性已经没有了生活在男权社会的焦虑和困顿。但与此同时，波德里亚更多地强调了"根本淫秽"的日常化和常态化，实际上是女性把自我彻底交给了整个社会，"淫秽"本身已经没有了传统意义上的价值。不过"根本淫秽"是否能够达到波德里亚所预期的那种社会效果呢？

回到历史和现实。在波德里亚的绝对化思维之外，还有不容忽视的社会现象和诠释空间。比如时间是男性的，空间是女性的。或者说男性把时间分配给自己，把空间分配给女性。弗洛伊德就提出过这样一种观点：女人的存在使命就是站在文明的对立面，阻碍文明的发展。[1]这里的关键在于"发展"二字，发展是男性理解世界的方式，把"发展"确认为线性时间上的合理的"进步"，而女性则更在意当下，更在意一种当下的存在状况的感受和呈现。因此累积性的文明，乃至需要展望未来的文明，其发展实际上都是男性理念自我投射的结果，这是他排斥女性的参与从而把女性留在了原初之地的一种叙事策略。按照福柯的理解，性是个体成为主体的一个不可或缺的构成要件。"为了弄清现代个体如何能够体验到自身是一种'性经验'的主体……最好是寻求个体是根据哪些自我关系的形态和样式被塑造和被认可为

---

[1] [奥]西格蒙德·弗洛伊德：《文明及其缺憾》，傅雅芳、郝冬瑾译，合肥：安徽文艺出版社，1987年版，第47页。

主体的……研究自我是如何被塑造成主体，同时又把所谓的'有欲望的人的历史'当做参照领域和研究领域。"[1]男女在性方面出现不同，导致自我乃至外在主体化的过程分道扬镳，这种差异某种意义上出自本性，当然更多是作为波伏瓦所谓的男性管制的一个结果。主体确立的差异，在女性主义那里就有了一个有效的观察视角。因为女性主义所强调的已经脱离个体性经验问题，而是从更加宏观的社会身份介入，从而把社会身份确立为如何谈论女性主体问题的基础。面对这样的场景，波德里亚所寻求的独辟蹊径般的观察，也即女性的任何现实努力都最终会在"完整性别"的自我构建中走向自己的反面，无法逃脱成为"根本淫秽"的对象。

模特（裸模与非裸模）作为一种职业，是职场为（女性）身体打造的。色情对模特职业性的瓦解，使得模特的展览价值超过了膜拜价值，成为视觉交换的硬通货。更有甚者，露露模特生涯的价值更在于她对身体的充分发掘和新奇出位的着装以及看淡一切的从容，从而她把自己下意识地投入到"根本淫秽"分享者的行列，她或许一定程度上瓦解了男权社会里的"窥淫"规则，使之自然化、日常化；而紫紫则在另一层面上向"完整性别"深度靠拢，尽管她内心所默认的性别是不完整的，波伏瓦的"第二性"在她那里不可更改，但这并不意味着女性不具有把自己的性别价值发挥到最大化的可能性，在不经意间从有限性别走向了"完整性别"的转换。裸体作为交换价值，它的符号性已经把色情和欲望降到最低，从而把自我存在本身发挥到最高层次，也就是说在紫紫眼里，身体的遮蔽与否已不紧要，问题的关键在于身体不会被外在不同的目的所操控。

其实如果我们留意观照的话，紫紫和露露很明显地表征了传统意义上（女性）身体存在的两极：身体性征和身体色情。这一点印证了波德里亚提出的身体在性征与色情之间的转化的构想。身体的性征是一个去身体化的过

---

[1]［法］米歇尔·福柯：《性经验史》，佘碧平译，上海：上海人民出版社，2005年版，第109页。

程，而身体的色情则是一个再身体化的过程。男女都具有性征存在的特点，但是男性通常会刻意把自我遮蔽起来，更加强化女性的性征；而从性征到色情，更是男性为女性设计的一个通向文明路径的出口。只不过波德里亚狡猾地把"完整性别"抛了出来，成为一种诱惑，因此任何"淫秽"都有可能变成"根本淫秽"，都会去完成一种本体存在的意愿，而不再具有任何的社会伦理意义。这或许算是一种后性别狂想。如果从这一视角来观察紫紫和露露，我们不知能否为她们找到更多如此存在的理由。

《中国好声音》与转椅秀

"十一"国庆长假期间，回母校参加老同学相识30周年的聚会，其间遇见浙江电视台的老同学，不经意间谈起《中国好声音》这个已经响遍了祖国大江南北的电视节目，他依然显得很兴奋。其实之前我并没有看过这个节目，只是听说。从母校回来，我偶然在电视上看到刘欢讲述他参与《中国好声音》栏目制作的经历及感受，并道出从《中国好声音》撤出的理由。之后不久，中央电视台由董卿主持的《我要上春晚》节目播出一个特别版，即若干期"直通春晚"的歌手大比拼，其中就有《中国好声音》的三名选手参加，这是第一次让我真切地感受到《中国好声音》的"声音"到底是什么样子的，我也因此记住了三个名字——平安、金池、张赫宣。当然，同场竞技的还有其他的"好声音"，比如山东卫视推荐的许艺娜，就给我留下了深刻的印象。也是通过《直通春晚》这个节目使我了解到，其实在《中国好声音》之外，类似的歌手选秀节目，各地方电视台都在以不同形式举办着，只是浙江卫视得风气之先，搞得最为火红，加上有国外的"连锁"背景，[①]给人以别出心裁之感。我这样评价《中国好声音》没有任何为谁推销之意，只

---

① 参见浙江卫视、《中国好声音》栏目组编著《梦工厂：音乐电视真人秀节目运作秘笈》第一篇"版权引进，风从哪里来"，北京：中国人民大学出版社，2013年版。

是谈一种印象。

一

依我的理解，声音与歌唱存在一种剪不断，理还乱的联系，但是声音所指更为宽泛。发声是人体器官的一项基本功能，具有天然的内在性，发声器官的成熟是人生存的基本条件之一。由此声音似乎不会从道德意义上去区分好坏，只有物理意义上的强弱（按分贝计）之别。一旦超出耳朵所能接受的强度，就是噪音，而过于弱的声音，难以被耳朵清晰捕捉，不足以呈现发声效果，不过这种生物加物理的辨识声音的方式会成为哲学思考的基础。我们常说"悦耳"的声音，实际上就是对"好"声音的一种哲学意义上的评判，既可指声音接收者的欣赏取向，又可指一种人的存在状态的声音表达，还可标示一种具有文化意义的声音价值。

通常认为，声音的呈现与人的行为方式和行为目的密切相关。大自然发出声音是被动的，无任何目的；动物发声虽有目的，却表现单一，属于非训练的天然音频。人则不同。人的发声，处境不同，动机多样，声音也会随之千变万化。何时需要说话，何时需要喊叫，何时需要哭泣，何时需要歌唱……这一切都是对声音的利用，而且是有选择的利用，是根据具体情况而定的。传统意义上，如果声音参与歌唱，形成歌唱，通常与情感诉求、意志表达相联系。这一点中国古人已有认知。比如大家都熟知的《毛诗序》就说道："情动于中而行于言，言之不足，故嗟叹之，嗟叹之不足，故咏歌之，咏歌之不足，不知手之舞之，足之蹈之也。"① 这里提及的歌唱显然是与个体情感的表达密不可分。情感的外化涉及人借助身体器官的多种呈现方式——言、嗟叹、咏歌、舞、蹈，咏歌（歌唱）是其中一种，是人的情感表达方式

---

① 阮元校刻《十三经注疏》本《毛诗正义》卷一。

分类中的第三种，之前是言、嗟叹，之后有舞、蹈。仅从发声角度论，"咏歌"是人类用声音表达情感的最有效形式，是在言、嗟叹基础之上的声音表达的最高形式。尽管身体的律动同样具有无法言说的情感意义，但是庞大的整个人体与区区的人体之一器官——喉咙（包括声带[①]），两者显然不成比例，不过喉咙（包括声带）与人的情感关联密切，情感释放需要歌唱，可见这一器官所占据的重要位置。古人有古人的智慧，这样的情感表达分类尽管基于经验总结，但体悟于心，体动于外，由静到动，由内及外，逻辑关系明了，具有确认歌唱和情感抒发之间有机联系的深刻认知意义。中国古人还有一种认知歌唱的路径，那就是把它与国家兴衰联系起来，正所谓观音乐而知天下，听歌唱而晓国家。这样的思想构造了中国音乐文化传承的一脉，把音乐（歌唱）提升到治国理政的高度。这里援引一则《吕氏春秋》里的说法："故治世之音安以乐，其政平也，乱世之音怨以怒，其政乖也；亡国之音悲以哀，其政险也。"[②] 如此观照音乐（歌唱），显然已经超出了个体感官的体悟能力和个体情感触发的界限，由个体存在上升到国家命运，由具体的情感婉转上升到抽象的政治理念抒发。这是音乐政治的一种极端表现。西方有关音乐的认知也遵循着同样的路径。比如阿达利就曾分析说："音乐的符码、聆听模式和有关的经济模式都先历经了重大的变动。举欧洲为例，在三个有不同乐风的时期（10世纪的宗教仪式音乐、16世纪的复调音乐，以及18世纪与19世纪的和谐乐风），音乐在单一而稳定的符码中显现出来，有着稳定的经济体制模式。与此相呼应，这些社会也很清楚地被单一的意识形态所支配。"[③] 这种从历史演变过程来观照音乐自身的内容构成以及由此引发的不同的音乐风格，除了把音乐无可辩驳地与外在的社会物质条件和意识形态氛围

[①] 参见《发声器官》，https://baike.baidu.com/item/发声器官/12580117?fr=aladdin。
[②] 蔡仲德注译：《中国音乐美学史资料注译》，北京：人民音乐出版社，2004年第2版，第208页。
[③] [法] 贾克·阿达利：《噪音——音乐的政治经济学》，宋素凤、翁桂堂译，开封：河南大学出版社，2017年版，第26页。

捆绑在一起外，其中到底有多少来自个体情绪的灌注，有多少来自群体世事的慨叹，又有多少来自社会声音的操控，分野到底在哪里，恐怕一时还真难以说清，不过音乐风格透露出真正的社会经济和政治状况，倒也是不争的事实。但是把声音抽象为一种非个体的力量宣泄，一种超个体的意志张扬，把音乐与政治、民族、国家、宗教的理念联系起来，实在也是千百年来人们认知音乐的无法回避的重要路径之一。

不过如果要强调在歌唱中区分出"好声音"来，这样的说法一听起来就显得格外独辟蹊径了。声音与歌唱本来是两种不同的事物，虽然它们都需要借助人体的发声器官喉咙（包括声带），但如果说歌唱是声音的修辞，是声音的一种高度修辞化使用，那么声音就是歌唱的根基，是歌唱之本。有研究者这样说过："音乐本身就是声音，声音拥有一些与音乐共享的特性，音乐应能够描绘声音。"① 这无疑是一种以声音中心论为基础的音乐观。音乐（歌唱）的本质是声音，是声音存在感的凸显。从这一意义上说，歌唱的"好"实际上是意指声音到底"好"在哪里？我们用什么标准来评价歌唱的声音之"好"？充沛表达情感的歌唱，就能以所谓"好声音"来命名吗？声音的或婉转或高亢，就深得"好声音"的精髓吗？把声音与个人命运、国家兴衰紧密联系在一起，就可以说是"好声音"的集中体现吗？我认为，浙江卫视倾力推出的这档节目，除了在西风东渐背景下创制时尚外，无论怎样，从"好声音"的角度理解和观照歌唱，客观上超越了流传至今的中国音乐工具论传统，因为无论是古代，还是现代，中国人只关心音乐与内在情感或外在国家时运的联系，情感或国家规范音乐，音乐表现情感或国家，音乐随着情感的波动而有差异，音乐随着国家的存亡而有强弱，音乐的多种风格也就在这种种牵挂和纠葛中不经意间形成。在此意义上，声音的独立存在不可能作为鉴赏音乐好坏的标准。音乐有外在的指向性，有明确的服务对象，有规定的非

---

① [英] 罗杰·斯克鲁顿：《音乐中的再现》，载 [南非] 大卫·戈德布拉特、[美] 李·B. 布朗《艺术哲学读本》，牛宏宝等译，北京：中国人民大学出版社，2016年版，第221页。

音乐目的。这些理念迄今仍不失为当下中国的音乐意识形态诉求,而音乐中真正的内核——声音却往往容易被人们遗忘。

二

具体到《中国好声音》这档音乐电视真人秀节目,这里蕴含着对带有"好声音"性质的音乐(歌唱)的专注和期待。不过值得注意的是,所谓"好"显然已经脱离了中国传统音乐意识形态,"好"意味着"纯",意味着"真"。应该说《中国好声音》对"好声音"的刻意寻找,这样的宗旨当然是秉承了原版节目的内在诉求。"原版节目的制作中反复强调:声音是这个节目唯一的要素。这档节目只和声音有关,不考虑外貌,最好的声音结合最好的想法,这才是这档节目唯一需要关注的。The Voice 立志寻找新的全国巨星,寻找那些与众不同、真正一流并且带来独一无二的声音的人。"[①] 原版节目以"声音"命名,定冠词(the)的添加进一步强调了"声音"本身,这是一种纯粹而又真实的声音。当然,它不是自然的声音,而是一种人的有意识、有感觉的声音,或者说是一种声音中的人造之音。当然,这里的声音也不应该是一种修辞化的声音,依靠声音的修饰和包装来实现传情达意之目的。显然我们可以在这里看出对于声音本身的极致性强调,这是一种唯声音论的节目主张。这一宗旨从根基和目标设计处把背叛和颠覆传统音乐观作为了题中的应有之义。

按照米歇尔·希翁(Michel Chion)的说法,声音从物理构造上来说是一种传播介质,通过频率和幅度加以测定,而声音与人耳的遭遇,出现了一定程度的变化,这一变化不仅涉及人的感官,而且进一步触及人的知觉。由

[①] 浙江卫视、《中国好声音》栏目组编著:《梦工厂:音乐电视真人秀节目运作秘笈》,北京:中国人民大学出版社,2013 年版,第 5 页。

此可以下一个基本结论:"声音呈现出一个有品质与属性的非物体形态。"①这个定义下得比较玄妙,"有品质和属性",但是一个"非物体",可见问题本身非常复杂。如果我们说声音是一个"非物体",那它会是什么呢?如果说它是声波作用于人的感官的结果,那会是一种什么样的效果呢?这样的追问完全有可能使我们从一个物理实体转向一种非物理现象,也就是说,在人的喉咙(包括声带)和耳朵之间传递和接收的东西具有物体自身所难以容纳的特性。希翁对此有一个非常专业性的回答,兹引述如下:

——我听到引向声音源头的迹象;

——我听到音区与全体,简言之音高的变化。假如关涉到的是调性的声音,那么我听到的是空间知觉类型的升、降、轨迹、音程、移调的剖面……;

——我听见不构成"值"的整体性品质,也即我们不能将其从支撑它们的声音物体中抽象出来的品质:音色、色彩、质地;

——我听见声音发展的规律:声音的升、降、加速、趋近,这里,更多关联的是某种发展演变,而不是某个称为声音的物体;

——我听见时间与节奏……;

——我听见声音在空间中所有相互关联的迹象,这些迹象与其他感觉衍生的空间迹象相交叉。②

应该说这是一个声学意义上的对声音应有的判断,声音被分解为不同时间刻度里的声音单位,并在此基础上被纳入一个时间的流程之中,它的性质也是由此来认知的。希翁总结道:"没有任何理由将一个唤作'声音'的可物化的物体作为以上所有倾听的交汇点,因为这些倾听关联着不同的点、不

---

① [法]米歇尔·希翁:《声音》,张艾弓译,北京:北京大学出版社,2013年版,第77页。
② [法]米歇尔·希翁:《声音》,张艾弓译,北京:北京大学出版社,2013年版,第78页。

同的刻度、不同的借鉴，最后生成不同的意义……"①这种声音在不同空间里的存在特质，既是作为声音存在的实际内容，又是声音在交错互融中呈现的引申可能。在这个意义上，声音是一个综合体，或者更确切地说，声音是从发声到接收所构成的被"听见"的感觉，它不是最终能够变成物质存在之物，而是在律动过程中产生的听觉效应。所以希翁强调的是"我听见"，声音就是要让"我听见"，当然，这种听见是纯粹的、脱离了声音物质的"听见"。"我听见"构成了声音可能的存在内容和形态，其中包括声音的品质、声音的时空属性、声音的律动、声音的变化……希翁也同时强调了"我听见"会生成声音的意义。在《中国好声音》里，声音的意义就在于声音的被"听见"之"好"。

那么让我们回到"好声音"的说法。问题的关键在于，虽然声音是指向歌唱的，但专门提出"好声音"，显然首先是要在"声音"和"歌唱"之间划一条分界线，在本原处把"歌唱"等同于"声音"的企图加以彻底的清除；其次，在另外的意义上再把两者联系起来，因为"好声音"的提出是在谋求一种通过纯粹的声音来辨识和聆听歌唱的方式，这不禁让人感觉它的目的是想通过纯粹声音的找寻来回归音乐本体。其实人类一直存有纯音乐的梦想，笛卡尔就是一个极端的例子。他曾把音乐比喻为酒精，也就是说音乐的感觉如同酒精的感觉，是一种无须外物介入的直接物理刺激。②而尼采之所以与瓦格纳反目，一个重要的原因就在于他们之间在音乐理念上发生了难以调和的冲突。尼采坚持音乐的纯粹性，只强调音乐与人的生命感觉的契合，而瓦格纳却用音乐来成就自己的戏剧梦想。③这种对于纯音乐的维护在现代音乐中走到了它的极致，从形式上看，现代音乐颠覆了传统形式（比如稳定

---

① [法]米歇尔·希翁：《声音》，张艾弓译，北京：北京大学出版社，2013年版，第78页。
② 参见[美]彼得·基维《纯音乐：音乐体验的哲学思考》第三章，徐红媛等译，长沙：湖南文艺出版社，2010年版。
③ 参见[德]尼采《瓦格纳事件 尼采反瓦格纳》，孙周兴译，北京：商务印书馆，2011年版，第74页。

的和弦以及协调的音程关系的瓦解），但这一切也都说明音乐不再有任何的外在目的和表现力。勋伯格 1910 年的无调性音乐革命引发阿多诺的强烈关注，尽管之后的有关十二音程音乐让阿多诺多有疏离，但是他自己的创作并没有回避这样的音乐形式。威特金指出："十二音程音乐是每首乐曲的基本构造单位，它不变的程序具有明显的封闭性，这似乎是将本属于历史的东西交给了数学。在勋伯格的许多追随者那里，音乐不再直面历史，就像斯特拉文斯基的音乐和爵士乐一样。"① 把音乐交给数学，让音乐祛除历史，这样的构建音乐的方式就是现代音乐理论，它是通过打破传统音乐建构方式来寻找还原音乐的纯粹性之路。当然，与此相对照，"好声音"则是另一类型意义上的对于纯音乐的期待和实践。

以"纯声音"作为参照，音乐（歌唱）中的声音是否别样？或者说是否有一种所谓的音乐（歌唱）的"纯声音"存在？这样的提问不是声音目的论的思路，也不是声音自然主义的主张，而是为了寻找音乐本身的声音性。

提出"好声音"一说并把它植入评判歌唱好坏的标准之中，大抵是因为今天的歌唱（或"好歌唱"）已经不同程度地脱离了声音这一范畴本身，甚至发展到是否是"好歌唱"已经无须在意声音的地步，所以提出"好声音"并以"好声音"为"好歌唱"唯一的衡量标准，这是不是矫枉过正，不便妄论，但起码暗含了有意张扬纯粹的声音理念以及批判某些音乐现象的锋芒。现代音乐是通过音乐结构的颠覆来确立纯音乐的内在标准，而今日"好声音"的提出则是通过音色的纯度来谋求歌唱的好坏。以我的理解，那种好声音的纯度所强调的是一种打动人心的声音因子，它既是一种纯声音的流动，又是与音色、高低、节奏、旋律相关的具有属性和品质的音乐。在这一意义上，我以为"好声音"起码有三个基本的约束：一是声音的纯度，比如干净、清晰、无杂质等，这是一种最天然的发声器官发出的声音，是希翁意义

---

① ［加］黛博拉·库克编：《阿多诺：关键概念》，唐文娟译，重庆：重庆大学出版社，2017 年版，第 206 页。

上的"我听见"的声音;二是发出的声音有充分的乐感,因为既然是在谈音乐(歌唱),就必然要涉及音质、节奏、旋律等构成要素,声音只有符合这些音乐要素,才可能成为音乐。这样的要求可以说是在声音之上附加了歌唱方面的技术要求,虽然不是只出自天籁,也会有后天学习和训练的痕迹。如果操控声音的技术运用得当,也会使声音本身的纯度得以更为动听的呈现;三是声音要有个性,要有吸引人的魅力,也就是希翁所谓的"有品质",这就是声音要与个体的体质、气质联系在一起,通过声音传递一份真实的个体存在状态,通过声音呈现一种有内涵的心境。这样看来,寻找真正的"好声音",尤其是真正符合音乐标准的"好声音",并不是那么容易的。这一标准的提出既是对音乐纯洁性的要求,也是对音乐人纯洁性的要求。

马克思有一段论及音乐的话,意思是说要想欣赏音乐,就要培养会欣赏音乐的耳朵;没有会欣赏音乐的耳朵,任何音乐都只能是对牛弹琴。① 马克思的音乐观触及了音乐呈现的本质,音乐是人的音乐,人的音乐本质既来自于人的自然的音乐禀赋,也来自于后天的专业培养和技巧训练。今天看来,马克思的"音乐的耳朵"之所以仍具意义,是因为"耳朵"本身可以摒弃其他的非音乐杂质,建立最具有纯度的衡量声音的标准,也就是希翁在"我听见"中获得的声音时间化的空间特质。在扩音设备高度发达的今天,在各种杂质充斥声音世界的今天,分辨和欣赏一种有纯度的声音,不能不是一个难题。这确实需要一个能够真正聆听音乐的耳朵,也需要一种能够集中过滤声音杂质的对于"好声音"充满内心感受的耳朵。此时此刻,人体器官的功能意义加上个体生命力的充溢被格外地凸显出来。当我们说"好声音"时,我们不是在为某种流行的曲调叫好,不是在为某种时尚的元素喝彩,更不是在为或隐或现的出没在音乐周围的各种"噪音"埋单,所有的这一切都只能会使"好声音"在晦暗不明处隐而不显,所有这一切都应该被视为我们获取

---

① 参见马克思《1844年经济学—哲学手稿》第三节《私有制和共产主义》,刘丕坤译,北京:人民出版社,1979年版。

"好声音"的障碍而遭到摒弃。当然，我们还要在此基础上进一步追问：如果真需要用"好声音"的标准来甄别歌唱的优劣，我们又该如何聆听和指认呢？

三

浙江卫视《中国好声音》音乐真人秀节目的电视屏幕上出现了一个别致的令人好奇的道具——转椅。乍看起来，这无非是大众传媒为了收视率而煞费苦心制造的一个荧屏噱头，但仔细想想，正是这样的一个转椅，使得马克思所谓的"音乐的耳朵"有可能成为整个音乐聆听的要角，也使得"我听见"真正有可能排除干扰而自指"我听见"。

一个保障"好声音"出现的神秘武器——转椅，它在歌者和听者之间构建了一道意想不到的屏障。欣赏音乐，鉴别声音，现场聆听无疑是不可或缺的，歌者与听者面对面，声音在喉咙（包括声带）和耳朵之间的传递完全通过自然的空气振动，不带任何其他的附加因素（对于专门的音乐人来说，音响设备参与的强度和范围是可以通过现场聆听加以充分辨识的），这无疑是最直接的接触声音、聆听声音的方式。空气的振荡在耳膜上形成波动，这种几近物理发声、物理传播的还原，给人以获取纯粹声音的印象。人体的唯一接收声音的器官——耳朵与人体的唯一的发声器官——喉咙（包括声带）的直接交流，最大限度地保证了声音在器官与器官对接中所穿越的空间路径的通畅和纯粹。可以说耳朵成为声音接收和鉴赏的关键，这一点非常重要。不过从日常经验看，任何现场版的音乐欣赏，即使是再精彩的音乐呈现，也会由于视觉的参与而黯然失色。视觉对人的存在方式的主导始终是无法抗拒的。可以假设一个听者面对高度专业化的声光电的舞台打造，面对高度专业化的服装舞美设计，面对高度专业化的歌者的舞台风格呈现，再加上现场屏幕放大效果和现场营造的热烈气氛，这些高度集中的视觉要素在不自觉中成为了左右音乐聆听的干扰符码,视觉欲望不能不在相当程度上压倒听觉欲望来为自身的享受服务。如果再考虑听者对歌者个人背景资料的了解,歌者的粉丝或亲友团的现场追捧效果,歌者本人气场的发散和构造整体场域的感受,那么到头来我们会发现在现场聆听音乐时,声音是否还有足够的位置能够让听者关注和欣赏已经成为一个不可回避的问题。

　　希翁曾提出"声音显形指数"的概念,这一概念是指"人声、声响或音乐具有特定数量的'声音显形指数',从零到无限,它的相对丰富或相对不足永远影响着对场景及其意义的感知",而"乐师或歌手的目标就是净化掉嗓音或乐器声音中的呼吸、摩擦或任何其他与音乐发声有关的偶然摩擦、振动的噪声"。① 从这个意义上说,任何声音的呈现都是在追求"声音显形指数"的最大化,都是在尽一切努力去克服演唱者和现场设备可能产生的噪音,以及由此带来的对于声音聆听的干扰,这一点无疑成为鉴别"好声音"需要面对的最不容忽视的问题。"声音显形指数"就是上面提到的希翁所强调的对于声音而言的"我听见"。转椅的登堂入室为聆听者提供了一个避免视觉引导主观先期介入的尴尬。背对背,屏蔽目光,使得视觉暂时处于休眠状态,其他的感觉也跟着有所收缩,唯有耳朵开始最大限度地开动其功能,使得听觉超越视觉以及其他感官作用上升到主导现场的独一无二的地位,这样的声音吸纳和辨识,是否会更具可信性?是否会把归属于音乐的东西真正发掘出来?这应该说是转椅参与聆听歌唱、追寻"好声音"的根本目的。一个物理空间的重构,一个身体的旋转姿态,尝试规避视觉霸权的可怕后果。或许"中国好声音"的魅力就蕴藏在这样的一个现场道具里,它不是音乐的道具,不是歌唱的助手,它是在一个混杂的空间里试图把声音与声音之外的其他要素彻底区分开来,把选手的歌声突出为前景,与周围的背景加以充分剥离,让声音和声音背后的音乐能够真正有效地浮出"水面"的有效手段。

---

① [法] 米歇尔·希翁:《视听——幻觉的构建》,黄英侠译,北京:北京联合出版公司,2014年版,第98—99页。

人发明转椅当然是为了旋转之用。表面上看，旋转本身给人带来了更加灵活的空间感和更加便捷的运动感，旋转给人制造了在任何时候都可以随意脱离你所面对的对象、回避你所与之发生联系的眼前的人或事物的可能，而且转椅所承载的转动功能比起人体本身的颈部或腰部乃至腿部的转动更为有效，更加彻底。深层上看，这一简单的90度乃至180度的旋转给人带来的是视觉地位的革命性改变。原来以视觉为中心建立起来的凝固的人与人、人与周围景物的有机关系，被轻而易举的旋转所打破，这是对人与外界构成的面对和回避关系的彻底颠覆，面对是目光的正视，身体的在场；背对是目光的转移，身体的缺席。前者是以视觉为中心建立起来的具有正面意义的身体存在状态，通常受到高度的关注和肯定，成为确立空间格局和意义的基准；后者则是一种变体，一种身体应对外在环境的消极的本能反应，通常受到排斥和忽视。转椅的出现恰恰扭转了这一潜规。通过改变身体的位置，通过改变目光的注视方向，空间格局的改变和空间内容的差异获得了塑造在场的可能和容忍，而这样的改变从最本真的意义上意味着视觉中心地位所面临的危机。原来以视觉为中心与外界建立起来的看与被看的关系，现在却在转椅灵活的空间调整中遭到瓦解。视觉被移除中心位置，一种新型的身体与空间的关系得以建立。这样的改变无疑也为一种新型的现场聆听音乐方式的构建铺平了道路。

　　按理说，耳朵比之眼睛有自己的优势，其最大特点是"耳听八方"的全方位和全天候的声音接收能力。由于传播声音的空气具有无所不在的弥漫性，所以耳朵的接收效果一般不受位置或方向的影响，而只受距离远近的影响。当然，它的作用方式具有某种被动性（比如集中精力听和随意听并没有本质的差异）和局限性（比如只与声音发生关系）。眼睛则有另一番气象。眼睛的视觉本性和被置于人体前部的位置，尽管天然地决定了它的观看是受到限制的，在身体不动的情况下，180度是它的视野极致，恰恰是这样的限制而由此导致眼睛的观看行为是主动的，也就是说它的观看方式是主动的捕捉和扫描，这种主动性蕴含了强烈的占有欲和控制欲。正是在这一意义上，它时刻重构着人的感觉，也协调着人的感觉，使其他器官围绕在它的周围，遵从它所设计的感觉结构和可能延展的认知线路。勒格罗·克拉克就曾分析说："视觉器官是能提供最多信息的有辨别力的感觉器官，因为它提供了一种方式，凭这种方式，物体的位置、形式、材质和颜色能在近处或远处被辨别出，使空间的属性得以精确规定，而其他感觉机制几乎很难达到那样的精确性。"进一步说，"所有现代灵长类都有一个特性：脑部视觉中心的精密进化发展……视觉器官的这种不断增加的优势在组织的进化中总体上发挥着重要的作用"。[1]这一视觉进化论的阐释路径为我们提供了有力的佐证。即使从经验意义上眼睛所建立的人的外在活动形态看，眼睛的地位高高在上。人的现实存在首先是空间感的建立，是在空间位置和物体关系中寻找自身活动的依据，而这一切都依赖于眼睛所构造的视觉图像和位置关系的引导，眼睛所给予人的存在感既提供了人的活动场域的限度和结构，也提供了人的活动界限和方向，图像感和认知感成为人的描述和理解外界的准则，视觉中心主义恰恰就在这样一种人的实在感觉和活动空间中建立起自己的权威。相比视觉，人的任何其他感觉都无法脱离视觉的主宰而有效地构造自我的独立性。

转椅的奇妙功效在于它把聆听音乐的现场区隔出不同的场域——眼、耳共享的空间和耳朵独享的空间。这是转椅介入以寻获"好声音"的最具革命性的一面。耳朵终于意识到自己有可能摆脱眼睛的纠缠和控制，终于感觉到可以充分发挥自身的特色。转椅不是一种高端技术，但它在媒介现场环境中成为耳朵的最可信赖的帮手。应该说场域的构建至关重要，耳朵独享的场域是一个几近纯净的空间，它不再顾及眼睛的感受，力图排除现场情绪的干扰，在整个空间中尽可能捕捉和聆听喉咙（包括声带）的每一刻律动和声音的每一次延展，这里只有由旋律和节奏构造的嗓音线条和情绪波澜充满的音

---

[1] 转引自［美］彼得·基维《纯音乐：音乐体验的哲学思考》，徐红媛等译，长沙：湖南文艺出版社，2010年版，第2页。

乐空间，于是嗓音、音乐、"音乐的耳朵"制造了一个逼真的"好声音"之梦，它们的参与使耳朵的内在习性获得了最为畅快淋漓的施展，把声音与音乐的结合推向纯粹"好"的一极。由于转椅的加入，眼、耳共享的场域不能不让位给耳朵独享的场域，尽管这样的区隔是不严格的，但是转椅确实发挥出一种把现场的空间感纳入到时间流的诱导之中，这就使得无论是歌者、观众还是导师，都纷纷走出自身的空间辖域，把空间之在转化为时间之流，自觉不自觉地承接起声音之流循环往复的中继站功能，人们越发意识到那种稍纵即逝的声音才是最有可能充实起为"好声音"所营造的时间之流的。

也应该注意到媒体在设计转椅这一场景时，极力甚至夸张地呈现了舞台和转椅的对峙，给人以现场设定双中心的强烈印象，从而把整个的现场空间浓缩为一个由舞台到转椅再由转椅到舞台的任何一方都不可或缺的空间格局，转椅也由此获得了一个音乐声频接收和音乐效果彰显的极为有利的潜在位置，这也成为转椅带给音乐导师甚至音乐观众的不容置疑的强制性力量，它的暗示性和引导性使得任何一个现场聆听者都会尝试去屏蔽非听觉干扰而把耳朵独享的场域维护到极致。表面上看，现场的转椅是由音乐导师自己操控的，一旦耳朵所捕捉的声音是"好"的，他们会把耳朵独享的场域转换为眼、耳共享的场域，而这样的转换从技术上来说是轻而易举的，只需手指轻按转椅上的电钮就可以达到目的，导师们操控转椅的转身就宣告了听觉独享的终结。尽管这一具有决定意义的转身使得转椅把耳朵独享的场域带入到眼、耳共享的场域，但它的代价是必须明确昭示眼、耳共享的场域所扮演的角色只具有辅助功能，也就是说在眼睛参与聆听"好声音"之时，耳朵已经独立完成了自己做出判断的重任。转椅就是这样在耳朵的全力支持下化腐朽为神奇，把"好声音"一览无余地呈现在聆听者面前。

转椅的转动是否真的能够保证人们所期待的声音与耳朵之间的无障碍交流，是否真的能够瓦解视觉的独断性统治，把现场的以视觉为中心转换为以听觉为中心，其实远比我在这里的讨论要复杂得多。不过通过外在空间位置的改变而打破视觉中心主义的努力，通过把听觉推到聆听的前台，让它最大限度地发挥功能，为"声音显形指数"的最大化扫清障碍，这样的音乐真人秀节目的追求无疑是值得给予更多关注的。尽管尚难有大家异口同声的肯定，但是也会给人们带来不断的思考或追问：这样的尝试成功了吗？我们能够更可信地聆听到我们想要的声音了吗？我想刘欢的一番说辞给出了不一样的回答[1]，这也同样值得大家留意。

---

[1] 参见《锵锵三人行〈中国好声音〉导师刘欢》，http://v.ifeng.com/ent/mingxing/201211/70531f11-44e2-4cbf-9ad4-4cb9c0aeaacd.shtml。

《江南 style》：去身体化与"范儿"性

一

《江南 style》仿佛一夜之间风靡整个中国，这至少应该有两个理由：一是媒体的参与，通过互联网的放大功能，网民得以迅速知晓和接受，而且借助视频传播，有实物，有形象，可资模仿和学习。当然，媒体的作用说大也大，说小也小，因为毕竟由媒体引发的《江南 style》这类风潮也还可见。那么这就需要有第二个理由参与进来。《江南 style》来自韩国。想想中国前几年涌动的"韩流"，时尚、动感十足的韩国歌手，试图与日本一争高下的韩国动漫，大行其道的韩国料理，知名度超高的韩式美容整容。再往前推一些年，还有男女老幼看得不亦乐乎的韩剧，甚至在中国人的日常生活中，韩国在日用消费品和耐用消费品领域的强势发展所带来的影响也不容小觑，比如手机、家用电器、汽车等，这些无不在我们的日常生活中出没。应该不用再多说什么了，韩国乃至韩国制造本身就有名堂，被罩上光环，生发出极强的广告效应。

这样两个理由说下来，之所以只能是"至少"，一看便知这理由都还在《江南 style》的外围打转，只提传媒和"韩流"显然尚未触及这个"style"

本身的特质。那么到底是一种什么样的特质所散发出来的魅力带动了中国大江南北甚至地球村里千千万万的男女老少疯狂地跟风仿效呢?

说起《江南 style》,我想先大致规范一下它的艺术形式。表面上看,这应该算是一段亦歌亦舞(歌舞)的表演——骑马舞配上流行歌演唱。歌不多说,因为它涉及韩语歌词,不易学习,而舞则不同,身体动作一看便知,一学便会,所以大为流行的反倒是这段本来为匹配演唱而编排的舞蹈。说是"骑马舞",因为从表演者的身体姿态看,它可以归于人们日常对于骑马实践的经验认知——手臂牵拉缰绳的招式,胯部的骑坐姿势,以及腿脚的蹬踏动作,加上嘴里吆喝的赶马用语,从最一般的意义上说,这算是一段模拟骑马动作的舞蹈。创制者"鸟叔"本人也曾说过,这段音乐舞蹈是他醉酒之后的偶得,之前他设计和模仿过不少动物活动姿态,最后才选定骑马动作。①从骑马到骑马舞,把一种自然动作加以程式化,再添加某种审美趣味,这些都不难理解。不过骑马舞到底有什么特别之处,能令不分民族和文化差异的人们狂热地追随和模仿?如果仅限于"舞蹈"这一范畴,问题难以被有效地回答。比如中国传统民族舞中的蒙古族舞,骑马动作也是其中的重要内容,却远未见流行,仅停留在专业表演的范围。一般而言,蒙古族的骑马舞蹈有两种令人印象深刻的舞姿:一可称之为"快马加鞭式",多为男性舞蹈者表演,舞蹈者身形灵动,动作刚健,旋律热烈,颇有奔驰在辽阔草原上之感;另一可称之为"悠扬徐步式",多为女性舞蹈者表演,表演者在抒情、柔美的音乐中摆动身体,手臂微幅伸缩,双腿前后轻快交踏,似信马由缰地在大草原上漫步。当然,无论是舞蹈编排还是服饰设计,都具有高度的专业性,强调技巧、舞姿与民族风情的结合。两者比较起来,《江南 style》这种所谓的骑马舞,显然既不具备专业舞蹈的技术水准,也不具备传统舞台的表演规范,但是它们两者的命运却大相径庭,《江南 style》在蒙古族舞之外超乎寻常地

---

① 《江南 style》,https://baike.baidu.com/item/ 江南 style/9188394?fr=aladdin。

流行，这不能不成为一个有待解开的谜团。

视频上播放的《江南style》有两种模式，一是现场版，一是MV版，两个版本从内容上看各不相同：前者有现场观众的参与和台上台下的互动画面，显得热烈、奔放、喧嚣，制造出一场媒体参与的全民狂欢式的奇观感；后者通过频繁变换场景、人物、服饰、虚实来强化视觉上奇幻、错乱、穿越的效果，制造出一种媒体高度拼贴的令人眼花缭乱的时尚盛宴感。当然，这两个版本无论差异多大，在我看来，它们都显然有别于传统舞蹈——无论是古典舞，还是现代舞。从它本身所暗含的魔幻性、反表演性、无边界性等特征看，《江南style》更像是对20世纪中期以来后现代舞蹈精神的延续。与其说它是一段跳舞表演，不如说是一种别开生面的假借舞蹈形式的后身体①律动。这样的结论使我们开始接近我要说的奥秘之所在。

舞蹈是人利用自己的身体创造出来的艺术形式，它对身体的利用是整体性的，也即肢体各个部位通过关节运动的协调一致以及气韵对身体的生动灌注，它不特别强调单一器官的作用和外在的物质条件，舞蹈就是身体自我的律动。比较而言，歌唱的声音由嗓子（喉咙加声带）发出，作用于听觉；舞蹈的动作由身体呈现，作用于视觉。当然，绘画也作用于视觉，但绘画更多来自对外在物质条件的充分把握和发掘，与人体（器官）并无决定性的关

---

① "后身体"一词借自汪民安、陈永国编的《后身体：文化、权力和生命政治学》一书，他们在这部编译的文集的"编者导言"中谈到了"身体转向"问题。在他们看来，所谓的"身体转向"是基于尼采，"尼采的口号是，一切从身体出发。如果说，存在着一个漫长的主体哲学，这种哲学或者将人看成是智慧的存在（柏拉图），或者将人看成信仰的存在（基督教），或者将人看成理性的存在（启蒙哲学），这一切实际上存在着一种共同的定义：人是理性的动物。这是形而上学的定义……现在，由尼采开始将动物性纳入人的重新规划了，也就是说，他和形而上学截然相反地将人看成是身体的存在"（参见汪民安、陈永国编《编者导言——身体转向》，长春：吉林人民出版社，2003年版，第9页）。尽管这里有关身体的论述是从哲学史的角度介入的，但是它不能不成为我们今天重新思考舞蹈中的身体问题的理论依据。舞蹈中的身体也会成为"后身体"的一部分，这至少意味着两个起码的方面：一是身体完全可以脱离外在的实际目的而存在，二是人与身体的分裂使得身体自我中心的主张有了强有力的支撑。

联。身体是人最可利用的动人之物象，作为物象的身体，它的任何活动都构成生命力的直接释放。其实身体最直接的接受者应该是触觉，身体所释放的生命能量，所带来的感觉刺激，在触觉那里没有任何回旋余地，也不需要任何的回味和反思。倘若把身体置于视觉之下，视觉中的身体会因为空间的距离感、时间的变幻感而变得复杂多样，与触觉中的身体极为不同，这一切也契合视觉对观看对象的繁杂和灵动的要求，从这一意义上说，满足视觉欲求并不是一件容易的事。视觉的贪得无厌，在人体五大感官中最为突出。至于听觉、嗅觉、味觉、触觉，它们获取满足感的声音、气味、滋味、软硬等固然千种万种，但无法像视觉那样可以在千差万别、千变万化的空间中寻找色彩、形状、位置、质地等的多样性和变化性，它们的接受对象只具单一性。从这里我们可以隐约窥视到用单一身体来满足丰富的视觉，那该需要多么大的勇气和能量。

　　在古典审美趣味盛行的年代，身体规训——艺术化的身体训练是使身体符合人为设定的标准，尽可能回避身体带给人的本能冲击，以满足视觉投射欲望的要求。西方芭蕾舞是古典审美时代身体训练的极致。身体的艺术化通常可分为两种方式，一种是正常的顺从身体自然状态的训练，另一种是畸形的违背自然人体状态的可以称为虐待式的训练。比如芭蕾舞要求人（尤其是女性）用脚尖支撑人体的重量、调整人体的姿态，这就是一种典型的"虐训"。我在一本芭蕾舞研究的书中读到这样一段有关"脚尖功"出现的描述："舞剧《仙女》之所以能取得如此辉煌的成就，其奥秘首先在于编导充分考虑到了主要角色扮演者的形体条件和技术基础：玛丽娅·塔利奥尼的天赋条件并不理想，身材瘦长，双肩圆溜，相貌平常。但在父亲菲利浦几近残酷的严格训练下，她终于掌握了高级娴熟的技巧，以此弥补外形上的先天不足。"在此基础上，玛丽娅·塔利奥尼成功地完成了希尔菲达这个角色的舞蹈,"突出大跳、脚尖功。"①这"几近残酷的严格训练"和"脚尖功"说明了当时芭蕾舞对身体规训的一个情形,这种我称为"虐训"式的舞蹈是古典时代制造审美趣味的最集中体现。可以说它对身体的要求是强制性的,通过外在训导达到内在约束的最大化,是一种在严格的程序化过程中有节制、有预测的能量释放。西方古典时期,女性歌唱家通过假声(如花腔)来达到表现声音的极致状态,而男性歌唱家中出现了一种所谓的阉人,其女性化的声音表达也是到了有过之而无不及的程度。②这样的训练都是身体规训的一部分,尝试满足当时人们的一种"病态"审美需求。芭蕾舞对身体的利用显然达到了登峰造极的地步,成为人通过摧残身体、虐待身体达到视觉快感的常规手段。渴望一种扭曲的美来满足人的欲望。身体的自然状态的呈现已经不再具有审美意义,或者说被非自然状态的美所彻底征服,身体的顺从自然节律的训练也难以获得人们更高级别的欣赏快感。只有当身体表现出反身体的意识,身体的形体动作完全超出身体本应承受的生理界限之时,人的视觉欲望才有可能得以满足,人的快感情绪才可能得以释放。显然这种古典美在走向极致后也就走向了它自己的反面,但是审美趣味的构建并没有因此有任何的矫正,人体的各种感觉器官甚至有了自身内在的更加病态化的需要。

现代舞是身体的自我叙述,是身体的自我游戏,甚至可以说是身体的自恋般展示。之所以具有这样的品质,更多地缘于现代舞是一种男性化身体呈现,是一种与现代文明相伴而生的身体律动。刘青弋认为,现代文明曾经

---

① 朱立人:《西方芭蕾史纲》,上海:上海音乐出版社,2001年版,第34—35页。
② "17世纪初叶—19世纪末,在文艺复兴起源地意大利,以音乐目的,为造就男性女高音或男性女低音而对男童实施阉割,堪称'为艺术献身的壮举',这类人被称为阉人歌唱家,中译为阉伶(castrato,英文发音为[kae'strɑ:tau],中文发音为 yān líng)。这类让人惊叹的特殊人群,有着女性的身材、女性的心态,甚至具有比女性歌手更为甜美圆润自然的嗓音,由于 Castrato 的嗓音柔韧而有光彩,给人以美感,因此被世人誉为'最接近上帝的声音'。这个诡异的传统所孕育的音乐艺术到1870年阉割行为被意大利认定违法之前,取得了高山仰止般的成就。"(参见《阉人歌唱家》,https://baike.baidu.com/item/阉人歌唱家/2399882?fr=aladdin。)

极力主张"这个世界上，强者属于男人——我们历来认为：男人有发达有力的肌肉，男人更具理性精神，男人有坚强的意志，男人具有控制世界和他人的能力，男人具有主动性和进攻精神……另外，男人是女人赖以生存的精神支柱。男人的身体是这个伟大的时代需要的身体"。从这一意义出发来观照现代舞，"现代舞者似乎普遍地崇尚身体的粗狂，肌肉强壮而有力，线条笔直而带棱角，衣着朴实而显中性，情感冷漠而富理智，身体的动态抽象而无性属特征"。[①] 不过在我看来，现代舞中身体利用的特点是自我潜能的巧妙释放，这种巧妙又由于技艺的直观介入而显得出人意料、妙趣横生。现代舞的技巧定位不像古典舞那样依靠身体的虐待和模态，而是在男性思维擅长的现代机械原理的启示下，使得肌肉、关节、肢体、形状获得了解剖学意义上的动态运用，具有某种潜在的科学意蕴。其实人的身体活动还存在与现代舞不同的另外一面，那就是对现实生活的身体模拟，即把日常生活的身体动作充分技术化，从而达到程式化，比如我们上面提及的蒙古族舞蹈的身体舞动形态。需要强调的是，舞蹈之所以是舞蹈，一定是舞台身体的规训姿态完全遮蔽了日常随意的身体行为，如前所述，芭蕾舞是通过身体的虐练式活动来呈现舞蹈的可能性，现代舞则是通过在男性思维擅长的机械原理指导下的肌肉活动来呈现舞蹈的可能性，它们都或多或少地疏离于对日常生活中身体活动的模拟。比厄斯利在讨论"舞蹈里发生了什么"这一问题时提供结论说："如果玉米舞蹈的每个活动都是通过巫术的公式或宗教的规则而被详尽描述……那么我们最好把它当作纯粹的仪式，而不管它作为工作模式的结果多么有表现性。就像阅兵时的战士和做弥撒时主持仪式的牧师一样，参与者接近舞蹈，但其实却没有在舞蹈。但是如果在仪式中进行的某些部分有助于完成表现性（或意志的特征），这在一定程度上独立于任何实用功能，那么不管它可以是其他的什么，仍然是一种运动。换句话说，如果存在着比实际目

[①] 刘青弋：《现代舞蹈的身体语言教程》，北京：中国人民大学出版社，2011年版，第195页。

的必须呈现的更多的热情、活力、流畅、兴高采烈或庄重,那表现性就会有溢出或过盛,并且把它标记为属于自己的舞蹈领域。"① 显然比厄斯利认为舞蹈之所以是舞蹈就在于它的非实用性,这种非实用性是以超出实际目的的表现性为症候的。超出实用目的表现性就是在实用目的之上的"溢出"或"过盛"的那部分内容,也就是说身体活动凡属于有实际功用的,皆非舞蹈,舞蹈在此之外。我在前面讨论的身体活动的程式化,如果脱离了实用目的,那才有可能归于舞蹈一类,而其中的自我情绪和精神状况的表达又是实用性所无法包含的。

二

比较而言,《江南 style》确有不同。自我身体的戏谑化构成了其中的一大特色,这种身体的戏谑化无疑是非实用的,其表现性完全超出任何日常活动的实际目的。由此进一步观察,我认为《江南 style》甚至还是去身体性或干脆无身体性的,它并不是如古典芭蕾舞中虐待般地利用身体,也不是现代舞蹈中对身体反身效果的玩味,它对视觉的投射更强调身体占据某种位置后的场域氛围和本能律动,以及身体在自我嘲弄中的夸张造型和由此引发的无身体遐想,也就是说当人们观看《江南 style》时,身体是如何被规训的,身体利用的特点到底在哪里,身体本身具有怎样的特质,这一切都不会给人留下多大印象,反倒是身体在对象戏仿中的去身体化,即身体游离于身体之外的律动,会给人以强烈的刺激,是律动而不是身体,是场景而不是身体,是姿态而不是身体,是自我戏谑中的搞笑而不是身体,最终是欲望而不是身体,这是一个借助身体而指向恣意放纵的无身体的律动,这是一种在空间里

---

① [美]门罗·C.比厄斯利:《舞蹈里发生了什么?》,载[南非]大卫·戈德布拉特、[美]李·B.布朗《艺术哲学读本》,牛宏宝等译,北京:中国人民大学出版社,2016年版,第276页。

自如舞动乃至狂热躁动的后身体景观、一种新的释放力比多的"style"……说到这里，我们会意识到《江南style》带给人们的是无身体的身体欲望的空间化呈现，因为所有在身体之上叠合的戏谑、夸张、搞笑、热烈、喧闹、仿拟的种种情致已经完全稀释了玩味身体的可能，去身体化的动作构造了空间变换的视觉效果，去身体化的夸张构造了戏谑化的自我喧闹，去身体化的毫无外在约束的放纵构造了荷尔蒙和欲望的释放。《江南style》魅力的奥秘是否就在于此呢？

不过戏谑化地处理身体经验，戏谑化地改造身体记忆，也有进一步诠释的必要。当我们在视频上观赏这段《江南style》时，骑马动作所呈现的招式是可辨识的，但是它又迥异于我们日常生活中所有的有关骑马经验的记忆，实际上是在经验之上添加了几分随意、几分夸饰、几分滑稽、几分反常，恍惚中是在骑马，恍惚中又感觉是在做一种骑马的游戏，或者是在有意破坏我们根深蒂固的骑马的经验性认知模式，于是一种经验的自我防护机制启动，一种来自外在的颠覆性威胁使得经验记忆兴奋起来，从而以一种更加投入的方式来化解这一反作用力，这里的化解实际上就是一种经验的自我充分艺术化，或者说是一种经验的自我充分技术化，其潜在的内涵或许是经验的自我充分欲望化，技（艺）术所带来的只能是外在形态的改变——变形，变形是对超出经验认知的接纳，而失范后的变形其不拘一格的狂野是可想而知的，但也由此会引发力比多的格外兴奋和裂变。于是我们看到的《江南style》不是在烈马失控中疾驰狂奔，而是在破除经验的另一种"style"中寻找失而复得的后身体快感；不是在矫枉过正中堆积起过多的丧失经验的落寞，而是在经验破除中收获新生意义上的经验再造的后身体亢奋。经验在抵抗的节节败退中不断进行自我调整，至少也在努力谋取外在包装下的变通和被接受性。秩序一旦打破，界限一旦模糊，经验一旦退缩或调整，外爆必然发生。《江南style》所引发的狂欢潮正是这一现象的极好诠释，是一种解放和发泄的双重胜利。

19世纪时，马克思曾经说："无产阶级只有解放全人类，才能最后解放无产阶级自己。"或可以套用这一认知逻辑得出如下结论：舞蹈者只有解放舞蹈，才能最后解放舞蹈者自己。如何解放舞蹈？解放舞蹈者不是要消灭舞蹈，而是要使记忆中的舞蹈经验充分陌生化，从而达到舞蹈本身获得新生的效果，而舞蹈者在这种新生中获得了自身得以解放的必要场域。舞蹈者成为舞蹈的主人，成为驾驭舞蹈的灵魂，而不是舞蹈的经验和程式引领舞蹈者，舞蹈者本身的任何身体非实用性律动都具有了舞蹈意义。在我看来，这一对舞蹈的颠覆和舞蹈者自身的改造成为从舞蹈经验和舞蹈规训中解救（男性）舞蹈者身体的有效路径，使其在与舞蹈遭遇时，解构任何舞蹈意义上的模态和技术，解构附着其上的现代审美意象和情感寄托，这种解构不能不说是舞蹈者的舞蹈身体的自我解构。这一现象或可以用"无器官的身体"概念来解释。

德勒兹和加塔利在描述"无器官的身体"（英文缩写为"CsO"）的基本特征时这样说："CsO完全不是器官的对立面。它的敌人不是器官。它的敌人，正是有机体。CsO不与器官相对立，而是与那种被称作有机体的器官的组织对立。确实，阿尔托发动了针对器官的战争，但同时，他针对的，他想要针对的其实是有机体：身体就是身体。它是单一的。它不需要器官。身体决不是一个有机体。有机体是身体的敌人。"① 他们借助阿尔托有关身体的构想，把身体与构成身体器官的有机性对立起来。身体反对器官的组织性，这听起来是极为荒唐的说法，这一想法就像一个有关身体的哲学诡辩、一个有关身体的奇思妙想。按照他们的逻辑，身体之所以反对器官的组织性是因为有机体全面掌控了身体，而有机体对身体的掌控是通过附着于身体的器官关系来实现的。按照麦萨格（Kylie Message）的说法："无器官的身体所反对的是结构、定义和言说的有机化原则，它们表征了一种器官、经验或存在

---

① ［法］德勒兹、加塔利：《资本主义与精神分裂（卷2）：千高原》，姜宇辉译，上海：上海书店出版社，2010年版，第220页。

状态的集体装配。"① 可见有机体的存在使身体呈现为一个有中心、分等级、非流动的统一结构的存在物。如果身体是有机体，那么身体必然会被作为器官的装配以及这一装配所表现出来的统一功能所完全笼罩，身体不再呈现为身体本身，而只能呈现为身体的他者。德勒兹和加塔利由此洞悉到身体的装配性为自身所编织的有机体外衣，实质上扰乱了身体存在的方寸。身体对有机体的有效抵制，只能是通过去器官而达到去装配性，尽管器官不是身体的敌人，但唯有通过去器官化才能达到去有机体的目的，去器官化实际上是在去器官自身所感染的那种无可救药的有机性。一旦身体不再是为身体的有机性而存在，在身体与身体器官的剥离中，身体有可能回归一种自在的存在状态。如果在这一情形下考虑舞蹈，就意味着舞蹈已经失去了往日的附着之所，也即任何试图通过规训肢体来达到舞蹈目的的手段都会在这一后身体的"无器官的身体"中不知所措。

德勒兹和加塔利在分析培根的绘画时尤其指出了其中所饱含的"无器官的身体"现象，并把这一现象转化为人的歇斯底里的存在状态。② 以我观之歇斯底里某种意义上是现代性的产物，是对现代人的精神状态的诊断，是由于现代人的自我异化导致的精神分裂后果。人只有存在强烈的自我意识乃至自我中心意识——这一点恰恰是现代性所赋予人的最大成就感，才有可能在自我失落和自我堕落中生发出严重的难以解脱的生存焦虑，也才有可能形成

---

① Adrian Parr (ed.), *The Deleuze Dictionary*, Edinburgh: Edinburgh University Press, 2005, p. 33.
② 有关"无器官的身体"，德勒兹和加塔利这样分析说："在有机组织之外，但同时也作为体验的身体的界限，有着阿尔托发现并命名的东西：没有器官的身体。'身体是身体／它是独一的／而且不需要器官／身体永远也不是一个有机组织／有机组织是身体的敌人'。与没有器官的身体相对的，不是器官，而是人们说的有机组织对器官进行组织。这是一个强烈的、具有强度的身体。"有关与此密切相关的"歇斯底里"，德勒兹指出："在生活中，有许多近似'没有器官的身体'的状态（醉酒、吸毒、精神分裂、施虐—受虐，等等）。但是，这一身体的活生生的现实，我们是否可以称之为'歇斯底里'，而且又是在何种意义上呢？"（参见［法］吉尔·德勒兹《弗朗西斯·培根：感觉的逻辑》，董强译，桂林：广西师范大学出版社，2007年版，第49—51页。）

一种高度症候化的精神分裂状态。从这一视角介入《江南style》，显然力图摆脱现代性带来的精神分裂境遇成为《江南style》的或隐或现的动力所在，它给人们带来的已经远远超出了舞蹈。"无器官的身体"成为《江南style》自我麻醉也是自我解放的一种有效的手段，或者说是后现代境遇中舞蹈者的生存荒谬感的镜像。

受此启发，我甚至以为《江南style》不仅是去身体化的——去那些占据身体的器官化，其实这种去器官化的背后隐蔽着更为幽深的目的，即通过去身体的器官化达到去舞蹈化，从而进一步达到去有机化、去程式化，去技术化，去专业化，其实还可能标示一系列其他潜在的"去"——去中心、去审美、去表演、去情感、去舞台、去艺术……在最为根本的意义上，去现代性，从而真正实现舞蹈者身体的另类自在的可能性。那么这一所谓的舞蹈者身体的另类自在，在大众文化和媒体文化制造的景观下，又能够给人们提供怎样的视觉联想？怎样的欲望激发？或者更进一步说，填充起怎样的后现代空间？去身体之后，这样的舞蹈到底还剩下什么？这不能不是我们面对《江南style》所要进一步追问的问题。

一旦身体去器官化得以实现，身体在去有机化之后成为一种"无器官的身体"，这样的结果为身体的符号化敞开了大门。当福柯在现实社会和理论话语中寻找身体规训和身体自由的变通路径时，先驱阿尔托已经义无反顾地尝试回到身体的原初状态。其实《江南style》使得此骑马舞游离于彼骑马舞，如同阿尔托在观看巴厘戏剧表演时所受到的冲击和震撼，巴厘舞蹈完全脱离了西方戏剧的话语中心，自我塑造出一种形体舞蹈，它在戏剧场景中对身体的施展已经彻底颠覆了身体的器官性和身体的有机性。[1]某种意义上可以说《江南style》也是在寻找这样一种身体的后现代存在样态，我这里想借用一个旧词并加以翻新来形容此情形，姑且称之为身体的重新"范儿"

---

[1] 参见［法］安托南·阿尔托《残酷戏剧——戏剧及其重影》，桂裕芳译，北京：中国戏剧出版社，2006年版，第46—59页。

化——这是去身体化后"无器官的身体"存在的一种境界。

三

查百度可知,"范儿"首先是戏曲行话,亦称"份儿",是指京剧演员唱念做打技巧的要领、窍门或方法。如果一个演员没有完成好某个技巧动作或没有唱好,可说他失"范儿"或是没有掌握好"范儿"。在做某个技巧动作及表演某段戏之前的准备状态叫作"起范儿"。"范儿"这个词在北京方言里是指"劲头""派头"之意,用来描述外貌、行为或是在某种风格中的特别之处,相近于"有气质""有情调""有派头",不过这些只可意会不可言传。"范儿"也有穿着打扮方面的意思,一般前面会带一个修饰字或词,比如"欧范儿""日范儿""洋范儿""中国范儿",等等,是指穿着上有某国家或地域的突出特点,给人留下深刻印象,或者"潮范儿",是指穿着比较嘻哈,很有街头感觉。[①] 不过我这里用"范儿"是指什么呢?姿势?风度?做派?气质?情调?一种行为样式?一种生存状态?……是,又不是。我这里的旧词翻新是想强调,在今日大众传媒强烈聚光、大众文化偏执追捧的语境下,与传统"范儿"的程式化和风格化的自我约束和仿效不同,如今的"范儿"更多地融入了去有机化、去器官化之后的存在状况,特立独行的外形重塑,卓尔不群的个性渲染,或可称之人为自身寻找的一种欲望力比多释放的另类方式。"范儿"成为一种后身体意义上的能量束,通过对外凸显取魂摄魄的征服力和对内彻底内爆既定经验和传统记忆的解域功能,营造出一种在自我重构语境中身体的再实现、再满足,甚至再超度的戏谑化的"无器官的身体"样态。

"范儿"是继"大腕"之后的又一个大众文化样本。"大腕"是指一个

[①] 参见《范儿是什么意思》,https://zhidao.baidu.com/question/117750055.html。

人在大众文化氛围里所能够凝聚的社会推崇度以及由此转换而来的社会地位和社会能量，而"范儿"则是一种大众文化中自我放纵和自我陶醉的膨胀度和认可度。当然，一旦人的行为或姿态可以定型为"范儿"，那么它也完全可以获得无法忽视的社会感召力和感染力；"大腕"更多地体现出一种特殊的社会阶层价值，是精英身份和卓越才干的体现，而"范儿"则是粉丝文化的产物，是个人气派和率性而为的某种风格，只有在粉丝的追捧和崇拜之下才会生出更具标示意义的特质，"范儿"更多地表征着粉丝的期许和欲望释放的指向和可能。具体到《江南 style》，它是在完全脱离了传统舞蹈（古典舞和现代舞）藩篱之后，以一种不曾有过的身体展现方式带给人无限的惊喜，从而彻底征服观众，这也正从一个侧面反映出它所可能拥有的全新的后舞蹈性的"范儿"质。值得注意的是，这样的新生"范儿"质离不开大众文化语境下表演者的镜头感和粉丝意识的制造。这里需要对这两个参与因子给予必要的抵近观察。

镜头感是大众传媒语境下最令人兴奋也最令人不安的感觉，它从根本上把人变成了一种"镜头动物"，人的任何活动，哪怕最私密的活动，也都会或浓或淡、有意无意地被观察到镜头意识的存在，从而使人们的日常生活完全依赖表演的宿命。这是迄今大众传媒所带给人的最大困境。某一天，人突然意识到自己需要面对无处不在的镜头，人需要无时不在地寻找自己的镜头感或镜头表现力，只有如此行事，人才能完好地表现自我，完好地生存下去，而由人或物所填充起来的镜头场景，就是今日之"范儿"性聚合和离散的场所。显然，把镜头困境变成机遇，这无疑就是今天"范儿"们要散发能量的无形空间。舞台或公共空间的表演者不再像以往那样跟着镜头走，而是挑战镜头，更新镜头，为镜头生存制造更加刺激、更加亲民、更加放纵的外爆点，使镜头在深度的兴奋中时刻与颠覆性的"范儿"质捆绑在一起。"范儿"性一旦与镜头结合，就可能像聚光灯一样照亮大众眼前的快乐幻境，重构后现代的庸常生存场景。

至于粉丝意识，它也会在"范儿"与镜头的媾和中登台亮相。粉丝已经成为表演者生命的一部分，他意识到力比多释放的程度是寄予在粉丝身上的，粉丝的拥趸成为他获得释放快感最成功的标志。今日粉丝之所以不可或缺，在于粉丝所追捧的已经不再是具有价值或意义的事物，不再是形式繁复、内涵充盈的事物，而更多地只是简单而直接的意指符号，具有刺激视觉而唤醒本能的超强作用。具体到《江南style》，这里的鸟叔"范儿"已经彻底演变成为一种只具有功能意义的符号，一种广告效应十足的品牌logo。从这一意义上说，制造镜头中的粉丝logo就是对表演者生命力和创造力的考验，这是一种象征性征服力，而来自粉丝的期待则是一种无须追问缘由的麻醉式跟风，是一种精神分裂症式的狂欢感和癫狂感。正如克罗斯伯格在分析粉丝的作用时这样说过："粉丝通过调动和组织情感投入（既为自己，又为他人）积极建立起了权威性的地点和形式。通过使某些东西或实践具有重要性，粉丝'授权'给它们，让它们为自己代言，这些事物或实践不仅成了发言人，还是替代性的声音（就像我们跟随流行歌曲歌唱那样）。粉丝赋予自己投入的对象以权威性，让这些投入的对象代表／为自己说话。粉丝们让它们来组织自己的情感和叙事的生活与身份。"[①]可见有了这样的粉丝，任何镜头感的制造都不难成功，任何能量的释放都不成问题。当然，粉丝的权威性和能量释放不能不使粉丝拥有者大有被"粉"得噤若寒蝉之感，时时刻刻要想到粉丝存在的超级影响力，自身的任何光环、任何能量、任何"范儿"质，都无条件地寄托在粉丝身上，"范儿"把自我的力比多凝聚为具有镜头感的超级外在形式，从而也为粉丝的接受和喜爱创造了尽情发挥的条件。

《江南style》一夜间蹿红之后，网上可查到"style"的衍生形式，五花八门，千奇百怪，比如国内流行一时的有关中国首艘航母辽宁舰（当时尚未有这一命名）的"航母style"，永康市民主小学的《小学生style》，还有

[①] 陶东风主编：《粉丝文化读本》，北京：北京大学出版社，2009年版，第141—142页。

比如国外的英国副首相参加竞选时登台秀的《选举 style》，更有网上流行的无发明版权人认领的美国总统奥巴马和前总统小布什的《总统 style》，等等，还有很多日常生活中受到熏染而灵机一动生发出来的各种"style"意识和"style"招式……其中或赞颂，或倾诉，或嘲弄，或戏仿，在身体的另类摆弄中玩味自身的快乐。在鸟叔《江南 style》风靡之初，来自韩国的人士一度提出这一舞蹈是在谋求颠覆韩国上流社会的身体姿态，具有一定程度的政治指向性。但在中国乃至地球村迅速播散后，人们更多会想到的是《江南 style》广泛而深入地为后身体时代人们的普遍经验的改造提供了一个典范。它所表现出来的这一时代的精神症候为后身体力比多的公开释放探寻出一种新路径。它以破除经验、消解艺术、嘲弄技术、释放情绪、娱乐大众的算计似乎在不经意间赚取了自身利益的最大化。尽管我们一目了然，《江南 style》也可以说是在利用身体、借助身体寻找某种传统艺术失范之后尚处于晦暗不明的后现代趣味，显然《江南 style》对身体的征用已经完全没有了古典和现代那种把身体作为审美范式或模型来打造的欲求，而更多的只是力比多释放时与镜头下粉丝娱乐或利益的共谋，这种表面上追求"无器官的身体"存在的欲望实际上是在实现另类身体自在的最大存在感，因为它的"范儿"性成为大众文化场域的一个不知有多少人目睹、心仪乃至追求的奇观，它完全超出了舞蹈和舞蹈者，成为一种人的后身体存在状况。

当然，这样的一种力比多释放的新形式到底还给我们带来了哪些值得回味的内涵，无疑有待再思考和再发掘。

辑二 诱惑

从物欲症到物控症：网购背后的病理逻辑

格拉夫等人在面对10余年前美国出现的令人惊讶的网络购物狂潮时曾写下这样的一段描述：

在过去的几年里，网络上出现了一种新的病菌携带体。即便是把大型购物中心、邮购目录和购物频道加起来，感染力都没它大。只有加利福尼亚和阿拉斯加的淘金浪潮，或是德克萨斯的石油风潮，才比得上这股把互联网当做购物中心的狂热劲头。目前20%的美国人每周至少花5个小时上网，其中大部分时间都在购物——大多数网站现在都会卖点什么。

2003年的购物高峰期，消费者在网上花了170亿美元，差不多是1999年的两倍。而现在它还在继续增长！单是2004年感恩节这一个周末，消费者的在线消费额比2003年增长了整整1/3！该年度在线销售额一举冲上了500亿美元。虽然在零售总额中（340000亿美元），它所占的比例还很小，但互联网很快就会超过邮购目录的销售额。你能想象到的一切东西（甚至包括你想象不到的一些东西）都能够在网上买到。

大多数东西都能在 eBay 网站上买到。它是在线购物比赛中最大的赢家。该公司来到世上还不到 8 个寒暑，但 2003 年的业务量已达 230 亿美元……每 1 秒钟，就有价值 729 美元的东西从 eBay 上卖出。①

不仅单位时间内卖出的量在当时来说令人难以想象——竟然高达每 1 秒钟 729 美元，而且所卖出的东西也够疯狂的，无奇不有。不过这样的购物奇迹在 10 年后的中国已经不算什么了（当然在当下的美国也不算什么了）。我们先来看一组有关中国"双十一"购物金额的统计数据。2015 年 11 月 11 日，阿里巴巴"双十一"购物狂欢节开场。"从 11 月 11 日零点开始，天猫的总交易额就在不断刷新。1 分钟破 10 亿，3 分钟破 30 亿，12 分钟破 100 亿，10 个小时破 500 亿，破纪录的节奏如坐火箭。"② 这一确实有点惊人的数字，在 2016 年"双十一"被更加惊人的数字所打破："52 秒，交易额破 10 亿元……6 分 58 秒，交易额超过 100 亿元……1 点整，交易额破 353 亿元，超 2013 年全天；2 点 30 分 20 秒，交易额超 500 亿。"③ 如果折算为美元，2016 年的"双十一"，阿里巴巴在前 52 秒里 1 秒卖出去的商品金额约达 2000 万美元。

面对这样的商业现象，我们已经无法用经典经济学来加以解释，无法在使用价值和交换价值的市场行为中寻找贴切的答案，于是我们必须进入到文化病理学的范畴来加以观照，以便做出并非危言耸听的诊断。

---

① ［美］约翰·格拉夫、大卫·瓦恩、托马斯·内勒：《流行性物欲症》，闾佳译，北京：中国人民大学出版社，2006 年版，第 9—10 页。
② 《2015 天猫双十一成交额变化图：总成交额达 912.17 亿》，http://www.askci.com/news/chanye/2015/11/12/84734cyxg.shtml。
③ 《2016 天猫双 11 全天交易额达 1207 亿　订单量达 6.57 亿》，http://tech.ifeng.com/a/20161112/ 44491807_0.shtml。

一、物欲症与消费

格拉夫等人认为,这种购物狂潮的出现,从一个侧面透露出一种人类迄今为止所患的新病症——物欲症。关于这一新病症的临床表现,格拉夫等人搬来《牛津英文词典》的相关解释作为说明的依据:"物欲症(affluenza):名词。一种传染性极强的社会病,由于人们不断渴望占有更多物质,从而导致心理负担过大、个人债务沉重,并引发强烈的焦虑感。它还会对社会资源造成极大浪费。"① 可以说物欲症的病理逻辑是,作为主体的人对物品的占有乃至消费总是处于不满足的状态,由此导致焦虑情绪愈演愈烈,难以控制,而这一情绪发展到彻底左右人们的日常心理和行为的地步,使身心沦为物欲的工具。此结果显然已经构成严重的心理疾患。当年马克思提出的商品拜物教问题可以说是物欲症产生的一个直接根源。商品拜物教第一次确认了人与物之间关系的颠覆性改变,从物为人役摇身一变为人为物役。从马克思到格拉夫,这样的人与物之间关系的症候性改变不能不成为一种必须正视的社会现象。

为什么会出现"物欲症"这样一种心理疾患呢?格拉夫没有给出有力的解释和答案。在我看来,这种症状的出现至少需要从两个层面加以认识。

首先,"物欲症"是欲望投射外部现实受阻的一个结果。欲望本身受到社会规范的约束,这是文明社会的基本法则。人的欲望投射通常有两个路径,一是人与人之间的投射,一是人与物之间的投射。在前消费社会阶段,人对物的欲望投射固然存在,但由于生产规模和生产效率的制约,物本身被限定在使用价值范围之内,溢出现象少有发生,即使有形式大于内容的情形出现,有物超出自身使用价值而呈现其他价值的时候,也还是脱离不了使用价值占据主导地位的基本性质和基本格局,使用价值之外的其他价值难以获

---

① [美] 约翰·格拉夫、大卫·瓦恩、托马斯·内勒:《流行性物欲症》,闾佳译,北京:中国人民大学出版社,2006年版,第3页。

得独立的地位，因此还不具有普遍意义。对物的日常生存需求就是人的欲望实现的限度或边界。此一时期整个社会尚未进入物自身溢出使用价值而成为常态的阶段。也由此人与人之间的欲望投射成为前消费社会的基本社会关系形态。人与人之间通过肌肉和性别构造直接的身体接触和占有毕竟有限，而借助有限之物（如土地、财产）来调控人际关系则具有更大的潜力，也就是在这个意义上，人与人之间的关系反映在物与物之间的关系上，人通过分配物而分配人，人通过占有物而占有人，这种物在人际关系中所扮演的角色，不是物在谋求本身增殖和变异，而是要达到通过物的操控来调整人自身的处境和生存空间。当然，由于人对物的占有与分配涉及人与人之间关系的设定和调整，具有相当的复杂性；再加上物自身尚未脱离使用价值而进入裂变阶段，欲望的实现还无法摆脱实体规约的范围和可预期性。由此，欲望作为一种心理欲求，欲望伦理作为一种社会规范，对欲望进行疏导和限定，欲望本身对外在之物并不构成任何侵害，因为它没有改变物的基本存在形态和性质。

欲望本身是一种刺激反应性的心理活动，这就意味着刺激得越多，欲望就会随之变得越强。欲望在心理预期的作用下，如果无法直接满足，也可以通过想象满足来弥补。当然，在前消费社会，物的形式性尚未凸显，形式性发挥作用是在使用价值和价值分离之后才有可能。一些人类学家在研究原始社会时，曾提出过物超出使用价值被使用的案例，如古代社会的祭祀或夸富宴活动。这时的物不再具有直接的使用价值，而是更多地体现为交换价值，甚至符号价值。交换价值之所以成为可能，实际上就是物的形式性超过物的实用性，物不再仅仅是该物，而且有可能成为脱离该物的一个"新生物"，这种新生物之所以能"新生"，因为它不再以使用价值来衡量其功能大小，而是以使用场合以及人与人之间的关系来决定它的价值。一旦交换价值确立，物也就脱离了自身的直接的使用属性，该物具有了某种他者价值，符号价值也可由此介入而来，而这一价值后来成为物的具有决定意义的价值。

其次，消费社会的到来改变了一切。波德里亚在《消费社会》一书中专门讨论过物品消费中的"浪费"现象。其实消费社会的实质不在于消费，不在于物品按照使用价值的利用，不在于交换价值表现出来的形式性，而在于物可以超量使用（囤积、挥霍），因为消费社会提供了生产的无限可能性以及由此而来的物品的无限丰富性。在消费社会里，物品（商品）的品牌性（形式性）也开始具有不可低估的商业价值，具有实现商业利益的最重要的消费引导功能，不过对于消费者来说，物品数量和品牌叠加在一起才是真正意义上的"消费"。超量使用（囤积、挥霍）、无尽选择以及欲望的无限制造，导致物品在消费中的"浪费"。"浪费"成为消费社会的一个根本性标志。

为什么会出现这样一种反常的挥霍现象？是什么重构了人与物之间使用价值的利用和被利用的关系？物在消费社会里到底发生怎样的改变？波德里亚对消费社会中出现"浪费"现象的分析值得注意："所有社会都经历过浪费、挥霍、花销与消费，严格地说，它超出了必需，一个简单的原因是对多余物、过剩物的消费，它使得个人乃至社会不仅仅感觉他们是在生存，而且感觉他们是在生活。这一消费有可能变为一种'消耗'、一种纯粹的破坏，而且带有特别的社会功能……浪费远不是非理性的残余，而是具有积极的功能。在更高一级的社会功用性中，它取代理性的用途。浪费甚至最终表现为一种基本功能、一种社会逻辑……成为个体和社会层面上价值、差异和意义的生产场所。"① 应该说波德里亚的这一观察非常深刻，他把消费问题，尤其是浪费性消费问题作为一种甚至是社会不可或缺的"积极的功能"，一种个体社会身份的确证手段，由此成为个体和社会的"价值、差异和意义的生产场所"。一个社会只有生产出多余物，商品生产远远超出人的正常需要，那么浪费现象——浪费性消费才会发生，也才更可能由此产生这样一种社会逻

---

① Jean Baudrillard, *The Consumer Society: Myths & Structure*, trans. George Ritzer, London: Sage Publications Ltd., 1998, p. 43.

辑——甄别社会差异、定位个体身份、重构市场法则，而人的越发膨胀的病态的消费欲望也被更深、更广地刺激出来，深植于人的内心。

物的挥霍还可以表现为另一种形态——符号性消费。在前消费社会，符号性消费已经存在，只是尚未进入日常生活而成为普遍的物品利用形式。消费社会的符号性不仅涉及商品品牌问题，而且通过不断命名和诠释把这种品牌意识转换为一种符号价值，从而造成物自身的裂变，左右人对物之价值的认知，进一步深入改写人与物的关系。如下的例子可以对此现象做出简要的说明。英国学者莫特（Frank Mort）曾分析过这样一种文化现象：在20世纪80年代的英国，"新男性形象"成为一时热议的话题。整个社会发挥想象力对此不断地加以命名和重构，像具有自我怀疑精神，"先锋派分子"——乐观、现代意识、品牌、两性生活前卫、慈爱的父亲等，各种各样的头衔纷至沓来。可见"作为一个混血人物，他的成因远不止一个，他是临时撮合的许多观念压缩而成的产物"[①]。莫特进一步指出："时尚工业认为，这种对男性气质的混乱认识是件好事。对于一个以多元文化为生命的社会成分来说，新人物的出现总是受欢迎的，他们实质上是男性品位和风格款式向多样化发展的一个结果。"[②] 莫特的这一观点呈现出问题的两个方面，一是从观念层面为"新男性形象"加冕，另一是从实际社会生活层面对这一加冕形象加以物质固化。所谓的"新男性形象"，这一概念本身其实并不如想象的那么明确，它实际上是一个能指逐渐累加的结果，最终得到的是一个由"概念丛"加以表征的对象物，这就是符号意义上的能指增殖。对象性在符号作用下变异为消费物品的"符号丛性"。符号丛性是一种漂浮在消费对象之上的全新的物的存在形态，符号丛性首先来自于能指与所指之间的游离，即所指与能指不

---

① ［英］弗兰克·莫特：《消费文化——20世纪后期英国男性气质和社会空间》，余宁平译，南京：南京大学出版社，2001年版，第17—18页。
② ［英］弗兰克·莫特：《消费文化——20世纪后期英国男性气质和社会空间》，余宁平译，南京：南京大学出版社，2001年版，第18页。

再是一对一的关系，但更为关键的是，符号丛性是所指之上被附加的或明或暗的多个能指或能指连接。符号丛性成为能指结构中的全新符号形态。本来是人与物结合构造了一种稳定的能指／所指结构，现在则是能指自身格外膨胀起来，开始独立构造一个脱离原来能指／所指结构的新的能指结构，这一新的结构或是能指的多重累积、浮动，共同遮蔽所指，或是干脆把所指（比如人）排除在外，由多重能指自身相互指代。"新男性形象"实际上已经脱离了被命名的对象，更多地反映出一种普遍的能指累积到一定程度的符号化社会期待。

　　无论是物的挥霍性消费，还是物的符号性消费，消费社会就是在如此地生产着更加肆无忌惮的欲望。消费社会的到来使人们越发意识到，它的最大能耐表面上看是使物的生产具有了规模性、批量性，乃至无限性，其实更为关键的是，它彻底改变了物的存在方式——物自身的裂变，物自身脱离物的原初功能而具有了不可限量的自由，由此物成为一个"自由物"。自由物是对欲望的一种应和。消费社会中的物既是自身又不是自身，这一裂变具有两个方面的影响：一是物的不可估量的增长，导致物在人身边的大规模堆积，物的存在已经远远超出人的生存需要，乃至身份需要，人的空间被物大肆填充；另一是物具有了超越自身的使用性质而进入非实用领域的能力，从而打造出自身多样化的变幻无穷的符号丛性，物甚至呈现出把人的存在替换为物的存在的趋势，物开始彻底改写人的存在方式。这一切为物欲的病态化提供了基础。

　　既然物的裂变和符号增殖为欲望的满足提供了无限的可能，为什么还会出现物欲症呢？在我看来，格拉夫所谓的物欲症固然是现实压力所致，但拉康有关欲望的分析或许可以为我们从另一层面打开索解这一奥秘的大门。

　　从主体角度看，物欲症是主体存在的匮乏特质所导致的一个必然结果。拉康在讨论主体存在时曾提及匮乏。吴琼引述了一段拉康论欲望、存在与匮乏之间关系的话："欲望是存在与匮乏的关系。确切地说，这一匮乏即是存在的匮乏,它不是此物或彼物的匮乏,而是存在的匮乏,存在就是据此而存在着。"① 并由此分析说:"在拉康的理解中,欲望作为一种持续的力并不是心理意义上——那充其量只是一种力的效应——而是存在意义上的,欲望是存在的本质……如果欲望是存在的本质,那这个本质就是匮乏,欲望即是匮乏的欲望,欲望主体即是匮乏的主体。"② 拉康的这一思想还可以进一步引申,即欲望总是呈现这样的性质:"欲望不再是对某个具体对象的欲望,而是对一个不可能的对象的欲望,由此导致的结果就是欲望的绝对性,是欲望的不可满足性、不可还原性以及不可摧毁性。我们根本不知道欲望欲望的是什么,我们只知道欲望总是在欲望着:欲望欲望着,这就是欲望的绝对性,人作为一个欲望性的存在就处在这个绝对性的绝对控制之下。"③ 拉康对于主体存在匮乏特质的认定以及吴琼的条分缕析的分析表明,欲望问题在任何意义上都无法解决,或者说也无须解决。欲望就是欲望,存在就是存在,匮乏就是匮乏,它们构成主体的标志,欲望对于主体来说是本体性的,匮乏对于存在来说是本体性的,因此主体的本体存在性质就是匮乏。我们在这里对物欲症的病理根源有了一个不一样的诊断。物欲乃欲望之一种,或者说是欲望的一种表征,它的出现同样是主体匮乏的反映。而这一匮乏的最大问题,或者说能够发展成为一种"症",就在于欲望始终伴人左右,成为一种挥之不去的主体生存状态。

巴塔耶在讨论消费问题时把消费分为两个部分,一是生产性消费,这有点像马克思所说的用于必要的生产资料生产的消费;一是非生产性消费,比如奢华、悼念、战争、宗教崇拜等。巴塔耶所区分出的后一种情形超出了传

---

① 吴琼:《雅克·拉康——阅读你的症状》(下),北京:中国人民大学出版社,2011年版,第385页。
② 吴琼:《雅克·拉康——阅读你的症状》(下),北京:中国人民大学出版社,2011年版,第384页。
③ 吴琼:《雅克·拉康——阅读你的症状》(下),北京:中国人民大学出版社,2011年版,第384页。

统意义上的生产性消费，物所呈现的价值超出了生产循环范围，从而进入另一种价值评估体系，巴塔耶称这一现象为"耗费"，这一说法有点像波德里亚评价消费社会时所使用的"浪费"概念。只不过两者研究的对象和语境大不相同。沿着这一分析思路，巴塔耶还提到了一个我认为更为至关重要的问题，那就是所谓的"缺失原则"，这是一个经济学术语，与拉康的哲学意义上的"匮乏"构成了某种呼应的关系。巴塔耶说："尽管各种耗费的形式彼此会常常发生对立，但是，它们仍旧构成一个共同体，其特征是，它们的重点都置放在缺失上，这个缺失应当是彻头彻尾的，这样，这个活动才能获得它的真实意义。"[1]拉康的"匮乏"和巴塔耶的"缺失"从不同角度揭示了主体存在的状态，而当主体陷入消费社会时，这样的状态被逼迫出来，转化为一种难以治愈的病症——物欲症。

表面上看，消费社会的到来使得物在不断堆积，无穷无尽，无止无休，而欲望在不断制造，无缘无故，无因无果。物始终处于一种延宕状态，欲望也始终处于一种无止境状态，两者的遭遇导致了欲望对物的难以割舍的追求，由此导致了欲望对物追求的病态。按照拉康的说法，匮乏才真正是主体存在的实现方式，而欲望恰恰迎合了这一实现方式。消费社会貌似为主体欲望的实现提供了无限可能，却由于欲望本身的匮乏性，使得主体欲望的实现落入了有限与无限的循环之中。这就从根本上解释了为什么消费社会到来，物品极大丰富，反倒人的欲望无法得到满足，从而患上了物欲症的根本原因。其实真相在于一旦人的欲望被发掘出来，它的匮乏性也就随之而来，成为一种本体存在，表面上是欲望，实际上是欲望的匮乏，无从满足，也无法满足。

---

[1] Fred Botting and Scott Wilson(eds.), *The Bataille Reader*, Oxford, United Kingdom: John Wiley & Sons Ltd., 1997, p. 169.

二、物控症与网购

消费社会之所以关注物欲，谋求生产更多的物欲，甚至不惜制造出一种人类社会从未有过的新病症——物欲症，就是指望物欲自身生发出无所不能的投射功能。也就是说人通过物的开发和物的占有制造出欲望，欲望越强烈，对物的投射就越强烈，而对物的开发和占有的力度就越大，欲望的边界就越发膨胀，欲望的满足反而越难充分，这一投射的根本性结果，表面上看是在此基础上使得资本主义生产和再生产变得一劳永逸，更深层的发掘则会发现，欲望与物的深度结合导致物自身的被重塑，而人由于欲望的驱使也开始偏离自身的生存状态，这是一种物欲产生裂变后的难以想象的结果。人由自由人变为对象人，由对象人变为依附人，而物则由自在物变成对象物，由对象物变成自由物，主客体在螺旋式变化中都走向自己的反面。把人制造为一个病人，一个需要不断消费才能存活的病人，消费社会也就达到了它的目的，消费主导一切人的社会行为，消费在任何时空、任何意义上都名正言顺，甚至都至高无上。

格拉夫等人有关物欲症的发现，指出了消费社会的一个重要特质，也成为我们观察消费社会的不可或缺的症候，但他们没有进一步注意到在物欲症发展到一个难以预料的结果时，其实另一种症候也在与物欲症同时发酵，或在物欲症的形成过程中日益凸显，或在物欲症发展到极致时突然爆发，我们甚至可以说，这一不易察觉的新症候与物欲症是一体两面，只不过孰轻孰重、孰隐孰显还要看不同时段、不同场域里物与消费以及物与人的关系的改变状况。应该说今天的网购已经与格拉夫等人观察到的20世纪90年代发生的网购有了根本性的不同。当下网购已经不仅仅是一种消费，或者本质上已经脱离了消费社会意义上的消费。网络的超级化（无所不能）和网络的万维化（无处不在）成为常态，网络技术的发展也已使移动终端成为人们身体的重要器官①，网购也从日常生活的流俗走向在日常生活的流俗之外添加上仪式的制造，因此网购之对象在高技术的护佑下具有了君临一切的可能性。网购不再仅仅是参与人的消费行为，满足人的占有欲望，更有甚者，它在与人的欲望打交道的过程中，悄然改写了消费规则，悄然替代了占有位置，直至变被动为主动，开始操控人的欲望，操控人的占有，彻底颠倒物与人之关系。这是一种更加直观甚至更加致命的社会症候。网购本身成为一个社会存在的极端状态，比照格拉夫等人的"物欲症"，我姑且称之为"物控症"。

物欲症是一种人对物的病态欲望的表征，物控症则是一种物对人的占有本能的操控。主体匮乏的存在状态所导致的物欲延宕乃至焦虑成为人们患上物欲症的根本原因，也就是说物欲症是主体尚有回味和反思的一个结果，而人的占有本能被操控，物对主体占有的零距离剥夺成为物控症产生的根本原因。物欲是主体的状态，物控是客体的状态或主体客体化的状态。网购的便利化、人性化和生活化催发物欲症的流行，而网购的绝对化、操控化、仪式化导致物控症的彻底实现之可能。在这一意义上，格拉夫等人所说的物欲症是从主体出发与世界秩序打交道获得的一个结果，诱发人的病态存在，而我这里所谓的物控症则是从客体出发，是网购行为本身为主体立法所建立的新世界秩序的一个结果，是一种客体对人的完胜。

物欲为何会蜕变为物控？这当然是人自身存在方式改变的结果。欲的消退（遮蔽），购的崛起（呈现），构造了一种前所未有的新型人/物关系。以往的欲望由于无法满足（或者说匮乏）而导致病症，也由病症带来更多的想象、更多的幻觉、更多的爱恋，而欲望所驱动的物性裂变和符号增殖，两者千方百计地填补着物欲，当然也在主体的匮乏和主体的幻觉中制造了更为变

---

① 汪民安在《手机》一章中这样写道："手机或许不是人的一个单纯用具。实际上，它已经变成了人的一个器官。手机似乎长在人们的身体上面。它长在人们的手上，就如同手是长在人们的身体上面一样。人们丢失了手机，就像身体失去了一个重要的器官，就像一台机器失去了一个重要的配件一样。"（汪民安：《论家用电器》，开封：河南大学出版社，2015年版，第111页。）

本加厉的欲望。表面上看，物控会是人在自觉不自觉的状态下寻求或设计的一种自我解脱之路径，否则将被物欲症彻底摧毁。对物的操控与对物的欲望大不相同。操控更多表现为一种具体的行为方式，是物直接出面与人构建的一种关系，由于物与人的过于比邻或接近，达到一种物对人的召之即来和挥之即去之感，其实恰恰就是这样一种物对人的呼风唤雨般的作为，使得人自身被物的汪洋大海所淹没，从而欲望无法获得有效距离的释放空间，而主体也在距离消失的过程中被客体所吞噬，欲的成分被降到最低（或完全遮蔽），几乎不再起作用，而（网购之）物突起为主导者。

波德里亚曾就"诱惑"发表过一段精彩之论，他说："如果我们从诱惑的角度来看，那么一切就都颠倒过来了——不再是主体来欲求，却是转而由客体来引诱。一切都由客体出发并回归于它，正如一切都始于诱惑而非欲望。主体古老的特权被推翻了。因为主体过于脆弱并且只能发出欲望，而客体，即使在欲望缺席的情况下仍然十分自如。客体的诱惑通过欲望的缺席而发生，它可以仅仅借由欲望的效果来发挥作用……"[①] 这是一种什么状态？客体的诱惑构成对主体欲望的颠覆，一切由客体发出，最终回归客体。客体成为主客关系中的主宰者，或者成为主体欲望被诱惑完全控制的俘虏。我们不妨看一则随意从网上下载到这里的具有典范意义的网购故事。

  每天上午8点一刻左右，沈玲第一个来到办公室，在启动办公电脑的同时，她都会打开手机淘宝看看，聚划算的团购今天又有些什么新货。

  浏览了一圈，沈玲相中了一款原价299元的电烤箱，当天限时购只要99元。随后她把团购链接分享到自己的微博上，让粉丝好友也可以购买。

[①]［法］让·波德里亚：《致命的策略》，刘翔、戴阿宝译，南京：南京大学出版社，2015年版，第160页。

中午12点过，沈玲接到了两个快递电话，这是她前两天在淘宝上购买的睡衣和零食到货了。沈玲告诉记者，每到换季的时候，她都会在淘宝上购置一堆当季"新品"，平均每天都有两三个包裹，多的时候五六个。

傍晚6点下班，沈玲拎着两袋战利品高高兴兴地回家去了。别以为她的一天就这样结束了，晚上才是重点。沈玲说，每天吃了晚饭，她都忍不住躺在床上逛逛淘宝，看看自己收藏的店铺是否有更新，收藏了几个月的宝贝是否降价……每次都要零点过了才肯睡觉。[1]

这是一个非常典型的网购者画像，她表示："一天不下单，心里就长草。"更为关键的是，她还说："一天中最开心的时候，就是拿着手工刀，划开一个又一个包裹的透明胶封条。"[2] 物控症就是表现为这样一种人的心甘情愿，甚至快乐无比地把自己的身心变为物的直接役使者的状况。网购者的一天价值就在于自己直接参与从浏览选物、点击下单、快递收物、拆装验物这一流程中，不知不觉成为其中的一分子。物控通过把对物欲改写为被物诱惑，把人分割为一天之中的不同时段加以占有，通过虚拟控物的快感和接受物品的仪式化使物诱对人的占有达到本能深度。

有几个常用的网购流行语——秒杀、剁手、海淘——非常值得玩味，物（客体）在最大意义上击垮主体，使主体失去往日的地位和尊严，它们的出现无疑暴露出网购的深不可测的物控性质。

"秒杀"就是物（客体）诱惑主体从而打垮主体的结果。物的杀手锏就是召唤主体毫不犹豫地实施所谓的"秒杀"，表面上看，主体在尽可能短的

---

[1]《一位淘宝剁手族自白：一天不下单 心里就长草》，http://news.sohu.com/20140606/n400512224.shtml。

[2]《一位淘宝剁手族自白：一天不下单 心里就长草》，http://news.sohu.com/20140606/n400512224.shtml。

时间里完成了对物的占有，以此获得了攫取的快感，达到了获取对象的目的，满足了占有的欲望，但实际上"秒杀"的实施主体是在一种情绪高度兴奋、心理冲动强烈的状态下完成的动作，一个"快"字把主体行动的理由彻底打乱了，也把事物存在的节奏打乱了，把时空秩序的安排打乱了，混乱中的主体丧失了思考和反省的能力，也因此失去了主体选择的合理性，物在"秒杀"中的绝对性和毋庸置疑性彻底颠覆了主体自诩的身心一体，主体被置于诱惑的"全景敞视"之下，失去了自身的把控，也即失去了自身的自由，成为物任意摆布的人偶。至于"剁手"，肯定不是真的要剁网购者之手，它表面上是一种炫耀，炫耀人体器官从未有过的好使，从未有过的利索，它对物的占有方式（网购）直接消弭了对象（商品），把对象一网打尽。其实人在狂购中已处于失控状态，无法停止手的点击动作，患上了一种肢体点击神经质——又一种精神诱发导致的身体疾患。用于网购点击之手在人的活动中已经远远超出了传统意义上手的使用范围。人手是制造、使用工具之手，而这种制造和使用是在一整套结构和规范中完成的。在人类社会进入点击时代之后，个体手的功能被发挥到极致，具有了心理附加其上的虚幻和妄想的特质。用手点击成就一切。鼠标发明之前，是点击遥控器；遥控器之前，是点击计算器；计算器之前，是点击打字机。当然，这些点击的结果都在物理动态之内，点击与点击的结果具有直接的物理联系。网购彻底改变用手点击的性质。表面上看，网购时代里用手点击就是完成任意占有的目的，更深层的意义在于用手点击成为人体器官从使用价值到符号价值转换的起搏器，因为手在点击中完成了主体的虚拟化，同时完成了主客之间关系的翻转：虚拟场域替代实体空间，虚拟物象替代实体物品，虚拟支付手段替代实体货币交换，虚拟人偶替代实体人身；还有最为根本的是，客体在点击中成为虚拟物控的最大赢家。"剁手"的潜语境是在述说网购的疯狂和占有物的任意和自得，其实则是主体在变态中被客体控制的一大奇观。最后，我们发现"海淘"的可怕之处，也是致命之处。"海淘"与"海量"紧密相关，落入"海淘"的人们已经彻底处于"海量"客体的物控之中,"海量"使主体完全丧失了理性思量和合理斟酌,因为量本身达到一定无法想象的程度,质就无法再起到有效的功用。本来人们对品质的追求是商品为人所用的价值之所在,因而任何物(商品)的存在都需要一定质,质的规定使得该物成为该物,更使得该物成为唯一可能的该物,它的独一无二性和原初性价值都来自这个质。质代表品质,代表价值,更代表意义。然而如今在网购"海量"的包围和裹挟下,量湮没了质。"海淘"里的量具有两方面的情形,一是提供给主体无限的选择之量,二是提供给主体无限的拥有之量。量通过自身"无限性"颠覆了质的"有限性",质对人的帮衬和奖赏功能被量对人的挤压和占有功能所替代。显而易见,"海里"所"淘"之物只能是物控的结果,主体在"海淘"中丧失了往日自傲的存在感。其实无论是"秒杀"还是"剁手",都只能是实施"海淘"的一种手段和路径,"海淘"意味着主体被投入客体的汪洋大海,主体在客体的包围和笼罩之下永无翻身之日。

网购中欲与控之关系所出现的根本性翻转仿佛是在不经意间完成的。表面上看,物诱中的网购所引发物的超常规裂变,此一裂变如同物的癌症,它的使命就是裂变、扩散和吞噬,使有机体彻底崩溃,从而达到完胜之目的。它不再顾及主体的欲望,把欲望不断后推,不断未来化,从而成功操控人的欲望,把欲望推向绝望,使绝望之人成为失控的人,成为易于虏获的对象;物诱甚至来不及顾及役使中人的无奈和无能,主客体之间的距离瞬间瓦解,物的操控在疯狂的点击中瞬间完成,人与物之间空间消弭的零距离彻底埋葬了人之为人的尊严,物直接攫取了人的身心。而网购中物的变态海量也使得物的量对质实施了彻底铲除,从根本上重写了从物欲到物诱的法则。物的零距离征服和海量湮没所造就的物控症不是一个简单的物与人关系变化的反映,而是一个更大的具有决定意义的社会机制的表征。麦克卢汉曾提及这样一种现象:"在机械时代期间,我们已经把自己的身体延伸到了空间。今天,在一个多世纪的电子技术之后，我们已经把自己的中枢神经系统本身延伸到了全球的怀抱之中，就我们这个星球所关注的而言，我们已经废除了空间和时间。"[1] 显然，麦克卢汉非常自信地宣称人的身心在机械和电子技术的帮助下，已经成功地延伸到人之所欲的一切时空，人的时空距离感被消弭，甚至达到"废除空间和时间"的地步，地球村也由此而生成。这里的"废除"确实点到了要害。但是反过来，我们必须追问到底是我们废除了空间和时间，还是某种身外之物让我们不得不废除空间和时间，本来我们借助时空找到了妥帖的自我安身立命的方式，现在却被我们在不经意间消解了，也就是在我们欢呼雀跃之际，我们被安排在了另一种生存的方式和环境中。如今的网购所表现出来的症候恰恰就是如此。表面上是我们身心的延伸，实际上是我们身心的被包围，被切割，被虏获，被填满，从而物征服了我们的身心，我们不能不沦为物的异在。

如果我们用齐泽克的视野来观照网购导致的物控症，或许会看到某种可以作为答案的答案。在拜物的历史过程中出现的三个阶段，如同黑格尔的"否定之否定"的理论预设，即首先是传统的人与人之间的拜物（主人的魅力），然后是标准的商品拜物（"事物之间的关系，而不是人之间的关系"，也就是将拜物替换到客体上），最后是我们后现代时代所目睹的拜物的物质化本身的逐渐消失。

> 随着电子货币的出现，金钱失去了它的物质存在，转变为一种纯粹的虚拟体（只有通过一张银行卡或者甚至一个非物质的计算机代码才能获取）；然而这个非物质化却更增强了它的把握力：金钱（金融交易的复杂网络）转变为一种看不到的，也正因此无所不能的幽灵框架，统治着我们的生活……

---

[1] 转引自［美］戴维·哈维《后现代的状况——对文化变迁之缘起的探究》，阎嘉译，北京：商务印书馆，2003年版，第367页。

……随着这种拜物的幽灵化，随着它确定的物质性的逐渐解体，它的存在变得甚至更加富有压迫性，更加无孔不入，仿佛不存在主体逃避它的掌控的途径。①

齐泽克的拜物幽灵化逻辑所涉及的还只是电子货币以及由此生产的金融交易的复杂化，它表征着一种物质性解体之后拜物的更加无所不在、无孔不入的弥漫化的笼罩状态，显然这是西方货币非纸币化发展到相对成熟阶段的后果，信用卡的普遍采用，交易结算的计算机化，使得实体金融系统变得不可见，也由此引发某种神秘感，这样一种幽灵开始统治我们的生活。按照齐泽克的思路，网购时代的到来，这种拜物幽灵化无疑再次获得更加不可限量的发展，不仅信用卡交易已非主流，货币支付进入无卡化阶段，甚至整个市场交易也变得非现场化，固定时空的消解、固定物质手段的消解，使得商品交易可以在虚拟状态下进行，也因此变得随时随地，这样的行为与你始终捆绑在一起。一旦人被投入到计算机屏幕上的海量虚拟商品信息中，人不得不成为实体的鼠标、虚拟商品图像与货币数字之间的转换者，购物如同一场游戏，仿佛不再被任何实体（商品、货币）的物质性所压迫，但实际上人不知不觉地陷入虚拟场景和虚拟现实，受到幽灵般的虚拟存在引导，在不知不觉中被征服。显然，齐泽克的拜物幽灵逻辑更为深入地揭示了此阶段主客体关系的改变。网购之所以带有物控症色彩，可以说是一种虚拟幽灵出现的结果。物的幽灵化意味着什么？它使得物成为弥漫于我们生活时空中的幽灵，它甚至不需要物的超量堆积，不需要物的符号丛性的发酵，它已经超越了物的物品阶段而进入到物的物性阶段，从而成为一种无处不在、无时不有的与我们身心一体之物。我们的存在就意味着这种幽灵物的存在，我们自身也完全被物性化了。其实主体一旦进入网购，就会随着虚拟幽灵物的游荡而游

---

① ［斯洛文尼亚］斯拉沃热·齐泽克：《幻想的瘟疫》，胡雨谭、叶肖译，南京：江苏人民出版社，2006年版，第125页。

荡。这是一个统治我们日常生活的"幽灵策略"。当然，其所指也远超齐泽克所谓的电子货币和金融交易的幽灵化，而是出现一种更具普遍性的物控语境，导致虚拟幽灵的身边化。物控症某种意义上消弭了欲望实现的焦虑，欲望的匮乏似乎在物控症中走向了自己的终结，尤其是物控症与网购的结合，更为欲望的匮乏带来了解决的生机。物控导致了主体的匮乏，主体的匮乏使得大他者毫无着力之点，这是一种伊托邦场域下网购的策略和胜利。

三、从异（伊）托邦到"双十一"：数字完胜中的成人礼

如果说物欲症是消费社会的一个标志，那么物控症就成为网络社会的一个标志，而网络社会作为一种社会机制，其最大的特质就是伊托邦。伊托邦下的物控症具有更为致命的意识形态魔力。

提及伊托邦，实际上或许还有一个与此相关的概念值得参照——异托邦。福柯在《另类空间》一文中提出"异托邦"概念，旨在说明与乌托邦相对的一种另类的社会文化形态，它的时空安排和位置关系都与传统不同，具有奇异的他性特点。在福柯看来，异托邦有内外两个方面，其内在的特质在于"我们不是生活在一个同质的、空的空间中，正相反，我们生活在一个布满各种性质、一个可能同样被幻觉所萦绕着的空间中"，而这样的内在空间实际上是与外在空间相互作用和相互影响的，也即"我们所生活的空间，在我们之外吸引我们的空间，恰好在其中对我们的生命、时间和历史进行腐蚀的空间，腐蚀我们和使我们生出皱纹的这个空间，其本身也是一个异质的空间，换句话说，我们不是生活在一种在其内部人们有可能确定一些个人和一些事物的位置的真空中，我们不是生活在流光溢彩的真空内部，我们生活在一个关系集合的内部，这些关系确定了一些相互间不能缩减并且绝对不可迭

合的位置"①。外部空间对内部空间构成干扰，内部空间无法独善其身，而异托邦就是指外部存在的这一另类空间。外部空间的特质在于多价性，是一个关系的集合，而且外在空间对内在空间的"腐蚀"作用异常强大，使其"生出皱纹"。福柯还进一步列举了他所谓的异托邦的两种形态，即危机异托邦和偏离异托邦。今天随着"在我们这个社会中，这些危机异托邦一直不断地消失"，而偏离异托邦开始更多地占据了我们的日常生活，"人们将行为异常的个体置于该异托邦中"，比如精神病诊所、监狱，甚至包括养老院。②其实福柯所列举的异托邦形式，在今天看来，也可以落实在所谓的伊托邦之上。伊托邦作为一种外在空间，它对内在空间的"腐蚀"作用同样是不同以往的，它作为偏离异托邦，比起精神病诊所、监狱、养老院等，更具典型性，更具全面的规训性和难以逃逸性，而且更具令人无法回避的意识形态的诱惑性。

那么什么是伊托邦呢？伊托邦是一个全新的社会机制，它是人类社会迄今为止所发生的最大限度改变存在方式的一整套话语。米切尔（William J. Mitchell）把伊托邦定义为所谓的"数字时代"。他是这样加以描述的：

> 大约在1993年的某个地方，随着万维网（World Wide Web）的兴起和《连线》杂志的发行，这场由异类精英（geckeati）领导、网络促成、硅作动力的反对旧秩序的革命有了其虚拟的1789、十月革命、五四运动……随你怎么说都行。显而易见，随着同时展开有时还相互交织的技术革命、资本流动、社会重组和文化变革的进行，人们熟悉的体制正在被一扫而光。③

---

① [法] M. 福柯：《另类空间》，王喆译，载《世界哲学》2006年第6期。
② [法] M. 福柯：《另类空间》，王喆译，载《世界哲学》2006年第6期。
③ [美] 威廉·J. 米切尔：《伊托邦：数字时代的城市生活》，吴启迪等译，上海：上海科技教育出版社，2005年版，第11页。

米切尔试图说明伊托邦所带给我们的改变可以比拟于以往的历次革命，甚至有过之而无不及，这并非危言耸听。其实人们之所以热衷于伊托邦，其诱惑在于它成为人们梦想乌托邦的一种可能实现的途径，甚至是一种所敬仰的乌托邦的现实莅临。从传统视角观照伊托邦，其异托邦性确凿无疑，其技术进步的特点和全面变革的态势已经从内到外对人进行了彻底的征服。如果这个以超级网络（万维网）为特征的伊托邦的出现，其迄今为止的数字表现某种意义上实现了人对生活的美好憧憬，那么伊托邦的一个更加隐蔽的目的无疑就是颠覆人的现存世界和人对于现存世界的感觉方式，乃至人在这一现存世界的行为方式，这或许是一次迄今为止技术革命推翻人的现存社会秩序的最具挑战性的企图。伊托邦所建构的世界试图使人的以往一切生活方式丧失合理性，甚至变得荒谬。伊托邦如同一个潜力无限的危险的"大他者"。如果我的这一断言具有实际所指，那么马上就会找到最流行的，也是最触目惊心的例子来加以佐证。难道今日已经发展得风风火火的网购不就是这个所谓的伊托邦对当下人的日常状态的一次大规模侵入和颠覆吗？物控症的疯狂流行不正是作为异托邦"大他者"的伊托邦作用于人的日常生活的致命结果吗？

显然，今天的伊托邦已经在谋划把一个现实王国变成一个网络王国。如果仅仅着眼于技术手段的革命性魅力的话，波兹曼曾描述过电视给人类社会带来的影响，他分析说："美国正在进行一个世界上最大规模的实验，其目的是让人们投身于电源插头带来的各种娱乐消遣中。这个实验在19世纪中期进行得缓慢而谨慎，到了现在，20世纪的后半叶，已经通过美国和电视之间产生的亲密关系进入了成熟阶段。在这个世界上，恐怕只有美国人已经明确地为缓慢发展的铅字时代画上了句号，并且赋予了电视在各个领域的统治权力，通过引入'电视时代'，美国让世界看见了赫胥黎预见的那个未来。"①电视只不过是人类当下利用的高技术手段之一种，即便如此，它也已经改变了人的日常生活。而马尔库塞对技术入侵人的日常生活曾做出更为深入的分析，指出发达的工业文明，"它的生产力和效率，它增加和扩大舒适面，把浪费变成需要，把破坏变成建设的能力，它把客观世界改造成人的身心延长物的程度，这一切使得异化概念成了可疑的。人民在他们的商品中识别出自身：他们在他们的汽车、高保真度音响设备、错层式房屋、厨房设备中找到自己的灵魂。那种使个人依附于他的社会的根本机制已经变化了了，社会控制锚定在它已产生的新需求上"②。这是一种怎样的情形？马尔库塞把发达的工业文明对人的生存环境的革命性改造深化为对异化概念的质疑乃至彻底消解，深化为物已经发挥出征服人的潜能，甚至成为一种迷人的存在物。人的存在合理性需要外在物来加以保证和承担。这就如同波兹曼所说的电视机出现在人的日常生活所带来的革命性改变。当然，如果说波兹曼还只停留在技术对于人的存在的局部影响上，马尔库塞或许更为深入地指出了技术进步所创造的人工环境对异化的挑战，甚至使人的异化存在变得合理。有理由指出，由于他们所处时代的原因，当时技术尚未发展到一定阶段，他们没能进一步看到全新的更加致命的社会机制的出现。

伊托邦所带来的改变是整个社会性的，对人的改造也是全面颠覆性的，它既强化了马尔库塞意义上的意识形态幻觉，又全面铺开了波兹曼意义上的技术进步后果。"全球数字通信基础设施的影响是巨大而又广泛的，但却掩盖了由此产生的问题，即距离消失、空间终结以及几乎所有一切的虚拟化……我们应当认识到，新的连接为我们提供了一种全新的方法来构造和组

---

① [美]尼尔·波兹曼：《娱乐至死》，章艳译，桂林：广西师范大学出版社，2011年版，第133页。
② [美]赫伯特·马尔库塞：《单向度的人——发达工业社会意识形态研究》，张峰、吕世平译，重庆：重庆出版社，1988年版，第9页。

织居住空间，来满足我们的多种多样的需求。"① 显然，"距离消失""空间终结""一切虚拟化"——数字时代的特征不仅没有成为我们日常生活改变后的羁绊，反倒成为我们沉迷其中的独有特质，成为我们日常生活须臾无法离开的依据。我们这里讨论的网购正意味着在伊托邦里找到了最合适生存的土壤，网购也由此成为伊托邦的最可信乃至最有魅力的镜像。借助伊托邦的无所不在和无所不能"数字化"，网购发展成为物控的数字幽灵，从而导致物控数字幽灵的流行。网购不是消费，而是物控下的数字裂变，这是伊托邦语境下网购的不容忽视的全新特点。伊托邦驱动的网购使物控数字的潜能得以淋漓尽致的发挥，新的生活方式在网购中搭建完成。我们马上就会清楚地看到，网购施展的物控数字幽灵在万维空间中的裂变、增殖更添加了其控制力，其震荡产生的效果令人不可预期。从最本质的意义上，一种新的物质性（数字）开始反过来重构人的生存空间，重新定义人的活动方式，重新分配人的感性经验。物控数字幽灵引发时空压缩，这一压缩自身却又不断带来膨胀。压缩导致膨胀，膨胀不仅是物的膨胀，还表现为人心的膨胀，人五官感觉的膨胀，最终是人的数字化膨胀。这一结果非常隐秘，它通过对人的趣味的整体发掘和掌控达成潜移默化的改变。物控数字幽灵在对人的身心操作中获取对整个人群、整个社会的控制力。网购实际上成为一种伪装，物控症是其背后的目的。

就在物控数字幽灵化发展到一定阶段时，"双十一"出现了，它不仅把"秒杀""海淘""剁手"这些经典的网购行为集合成一个异托邦意义上的伊托邦效能，构造了一个网购集群的奇迹或神话，而且物控症在这里找到了更为有效的意识形态的神话形式。"双十一"故事是主体灵魂出窍的故事，"双十一"故事是客体完胜的故事。此刻主体欲望的投射已经不再呈现为主体自身的价值，网购作为一种替代符号，借助仪式化的神话制造显豁出物控症的

---

① [美] 威廉·J. 米切尔：《伊托邦——数字时代的城市生活》，吴启迪等译，上海：上海科技教育出版社，2005年版，第28页。

本真。

　　在百度键入"双十一"字样时，相关介绍铺天盖地，但起码能得到如下一则解释："'双十一'即指每年的 11 月 11 日，是指以电子商务为代表的、在全中国范围内兴起的大型购物促销狂欢日。自从 2009 年 10 月 1 日和中秋节一起双节同过开始，每年的 11 月 11 号，以天猫、京东、苏宁易购为代表的大型电子商务网站一般会利用这一天来进行一些大规模的打折促销活动，以提高销售额度，逐渐成为中国互联网最大规模的商业促销狂欢活动。"① 今天看来，这样的解释固然没有任何夸饰的修辞语言，但把"双十一"性质完全定位于商业活动，用"电子商务""购物促销""狂欢节（日）"加以描述，显然是太肤浅了。前两个关键词限于"双十一"的市场价值评估，把市场功效摆在了第一位；后一个关键词也只着眼于商业营销，是更多人参与的一次大型商业促销活动。在互联网上搜索"双十一"出现的千千万万个词条，所涉及的内容和描述的氛围，基本上都限定在这样的范围内，商家利用商品推介手段和仪式化场合所释放巨大的购物空间，为人的欲望释放准备了充足的条件。

　　其实"双十一"具有更大的野心，它的意识形态话语更具魅力。如果我们赋予它足够的能量，或可以说，它是网购在物控数字幽灵意义上举办的一次成人礼。"双十一"最耀眼的意识形态神话叙述是抽象数字的高密度展示，也即物控症在时空高度聚合下，极力压缩人们对于网购的操控和想象，使得网购之物本身抽象成为数字，网购行为的幽灵般的数字化成为一个有无限意涵的符号。请看下面这样一则消息：

　　　　阿里巴巴实时数据显示，截至 11 日 24 时，天猫双十一全天总交易额 1207 亿元，创造了新的世界纪录。无线交易额占比 81.87%，覆

---

①《双十一》，http://www.baike.com/wiki/双十一。

盖235个国家和地区。

此前，11日6时54分53秒，2016天猫双十一交易额超571亿元，超越2014年双十一全天；11日15时19分13秒，2016天猫双十一全球狂欢节交易额912亿元，无线交易占比83%，超越去年全天交易额；11日18时55分36秒，2016天猫双十一交易额超1000亿元，无线交易占比82%；11日22时12分03秒，天猫双十一交易额首次到达1111亿元。

……

整整24小时，双十一全球狂欢节现场的大幕一直在滚动，数字从0到1207亿。14分钟，2012年被甩在身后；1小时，2013年被甩在身后；6小时54分，2014年被甩在身后；15小时19分，2015年被甩在身后。

……

2016年天猫双十一共产生上亿个物流订单。而截至16时，其中1.87亿个订单已经点击发货。

……

13分19秒，双十一第一单，送达广东佛山芦苞镇；28分，跨境进口第一单，送达浙江宁波北仑区；1小时25分，农村第一单，送达云南红河弥勒市中以则村。

……

截至11日23时51分，全球235个国家和地区参与到此次双十一当中。其中最热门的进口国家分别是日本、美国、韩国、澳大利亚、德国。而参与双十一最活跃的海外国家TOP5分别是俄罗斯、西班牙、以色列、乌克兰、法国。[1]

---

[1]《2016年双十一销售额数据（实时更新）2016双十一成交额排行榜直播》，http://www.southmoney.com/redianxinwen/201611/863244.html。

这是一则对阿里巴巴"双十一"狂欢仪式现场和 24 小时之内网购情况的跟踪报道。无论是网购量（多少），还是网购率（线上），抑或是网购面（国家和地区），都由数字来直接说话，更有甚者，这里的数字都具有惊人的量级，如果说它们的出现是前所未有的数字轰炸也不为过。人们对数字的感觉通常是日常性的。如果要对数字有感觉，起码需要具备两个条件，首先数字不能太大，不能超出一般人的日常认知。人们最常用的数字一是与货币相关，其次是与时间有关。人民币面额小到一角，大到一百，纸币数字对于人们日常数字经验建构具有基础性意义，日常消费中累加起几百、几千、几万的数字属于正常范围，不会让人陌生到不知所措；至于时间，涉及的秒、分、时，都是很小的数字，更是在人的掌控范围，不会有新的惊奇感。其次是数字背后要有实物相关，通过常识连接，数字可以顺利地转化为实物，从而为空洞的数字找到可理解的具体现实，与货币金额相对应的纸币，与时间相对应的钟表，就是很好的例子。阿里巴巴的"双十一"数字战略就是彻底颠覆人们日常的数字经验，以"数字神话"颠覆人们建立在常识性经验基础上的正常心智，从而引发疯狂的数字幽灵崇拜。数字幽灵崇拜其实在日常生活的特殊场合下也出现过，比如股票市场（交易大厅）大屏幕的数字滚动显示就是利用数字制造一种拜物形式。"双十一"的现场仪式挪用了股票交易模式，把大屏幕搬到网购的公共场所，制造了一个人潮汹涌的观看数字幽灵出现的真人秀现场，人潮与数字潮相应而生，人们跟着数字兴奋，人们对着数字欢呼。此时数字带给人的刺激完全把人的欲望和冲动提升到极限，人已经在数字神话中拜倒在数字的脚下。值得一提的是，"双十一"制造的数字神话还在于它的抽象性，此时的大数据数字已经无法与任何实物发生关联，人们已经从实物连接思路上跳出来，摆脱实物束缚，在数字本身建构起向上攀登的天梯，努力探寻和突破天梯的上限，一种无限的数字诱惑时时在滚动中呈现。超出经验的抽象数字颠覆了人们的常识性感知，带来浓重的神话色彩，成为攫取人们心智的超级手段，如同摄取了人们的灵魂，缺少灵魂之人不再具有意志和健全心智，只能表现出迷狂性崇拜。还有就是数字与时间之比，数字的向上跳跃，不仅有超出万的数字，十万，百万，千万，亿，十亿，百亿，千亿……而且这些数字的发生是在秒、分、时的时间单位之内，数字与时间之比极其惊人，数字的膨胀速度极其迅猛，大有迅雷不及掩耳之势，人们的心理极限面对这样离奇的挑战，最终只有崩溃。抽象数字幽灵在时间的裹挟下获得了彻底的胜利。

"双十一"现场制造的人潮和数字潮带来了一场伪狂欢，因为它不是人的狂欢，而是物的狂欢；它不是主体占有欲望的胜利，而是客体深度诱惑的胜利。成人与否要用年龄来标示，物的"成人"也要由数字来标示，而物控症的完成更离不开数字潮和由此衍生的数字神话。如果我们把"双十一"制造的数字神话算作一次物控症的成人礼，那么确实没有什么比天价数字更具有指标意义。物控症使辩证法的平衡被打破，在超级螺旋中，物控达到了它的不可预知、不可名状的状态。因为物控症的数字化本身超出了人实存的意义，它的界限到底会在哪里，已经成为一个无法回答的问题。

口唇焦虑与书写策略

——《舌尖上的中国》游走于技与道之间

开篇

《舌尖上的中国》(以下简称《舌尖》)已经播放了两季,这是央视迄今投放的最具策划性和企图心的美食类纪录片,引起的关注人所共知。

其实在电视上播放任何一档美食类节目都是有风险的,因为无论如何饮食的好坏是以色泽、味道、口感为基础的,它的评判需要一种身临其境的现场感和亲身性。在电视上谈美食只能交代制作技术,呈现食物色泽,至于嗅觉上的味道则难以直接体验,就连最需要确认的口感也无法通过品尝来完成。味道和口感的缺失需要一定程度的弥补,从这一意义上说,电视上播放的美食类节目大都会尽可能发掘其他方面的内容,从而通过替代性满足来使这类节目获得预期的收视效果。不过,如果说《舌尖》仅是在这方面做出了不懈的努力,那还完全没有找到观看这档节目的入门之道。无论是食材性质、制作工艺,还是饮食观念、地方特色,《舌尖》所呈现的美食背后的文化积淀以及由此引发国族身份认同,才是这档节目尝试的着力点,才是这档节目别具一格的特色所在,也构成了其中更多可体悟、可玩味的意识形态空间。

中国有句老话,"民以食为天"①,大家对此耳熟能详,也就是说这个"食"字构成了中国老百姓日常生活的天大事件。"天大"体现在哪儿?中国饮食文化研究专家赵荣光曾指出:"我们发现几乎没有哪个民族能像中国人的祖先那样,在自己的饮食生活中倾注了如此多的注意力,有如此深厚的理解、如此辉煌独特的创造。也就是说,中华民族的历史文化,有更为鲜明和典型的'饮食色彩'。中华民族文化的这种'饮食色彩'不仅表现在餐桌上,而且表现在中国人食生活的全过程之中,更表现在他们对自己食生活、食文化的深刻思考和积极创造、孜孜探索中。"②按照《舌尖》制作的目的和逻辑,这里的"天大"应该不是一部营养学讲义,也不是一部烹饪技术教程,更不是一部美食鉴赏大全,这些虽可以成为这部纪录片的内容,但又不是其谋划之眼。《舌尖》所呈现的是一种在人类学和文化学框架下发生的饮食活动、饮食观念,从而为中华民族构建出一种象征性无处不在的饮食谱系,也可以说寻找饮食上的民族性构成了其中的"天大"内核。日常不起眼儿的一饭一汤,即使有古人的遗训,却也不会成为今天衣食无忧的人们的特别关注点,《舌尖》却一改人们对日常饮食生活缺乏深度思考的状况,为烹饪制作和饮食活动发掘出民族文化、地域特色,甚至价值哲理的内涵。昔日直接满足人们的果腹之道、生存之欲,如今被一层厚厚的文化意蕴所装饰、所阐发,并成为人们身在其中、相互依赖的符号秩序。

从最直接的电视画面的呈现看,《舌尖》的特点是在一定程度上游离于日常生活中具体的厨房操作,游离于烟熏火燎的做饭状态,甚至游离于人们心目中厨房大师傅的印象,它要把厨房作为不仅仅是一个居家生活的空间,对于一个家庭来说,厨房无疑具有无可替代的重要性,再贫困的家庭都不会没有一个灶台,都不会没有一口大锅,因为那是人们活下去的需要果腹的起

---

① (汉)司马迁:《史记》卷九七,北京:中华书局,1959年版。
② 赵荣光:《中国饮食文化史》,上海:上海人民出版社,2014年版,第6页。

码条件；它要把厨房化作一种日常烹饪饮食的诗意活动场所，从而获取充盈美感的生活画面，它要在这样的唯美图景中找到一个民族的智慧、富饶之根脉。《舌尖》所创意的诗意图景呈现如夕阳西下中的缕缕炊烟，所展示的烹饪技艺以及饮食活动带有更多的充满人情世故的浪漫情调，这需要我们抽丝剥茧般地观察和体会。

一、物性的诗意

松茸、笋、火腿、莲藕、豆腐、奶茶、糯米、酱菜……这些天然的食材乃至人造食材，一上来就成为《舌尖》的主角。我们不能不意识到或许可以追问一个问题：为什么会有这样的一种对于食材的讲述？到底是什么使得这样的物（食材）成为了一种可叙述的对象？

食材作为物，作为可讲述的对象，首先有一个建立合理性的问题。按照《舌尖》的讲述逻辑，物作为食材必须具有两个方面的合理性：一是纯天然的大自然直接赐予之物，另一是人参与其中的改变了物的存在状态而为人所用之物。这样的两点是构建食材合理性讲述的基础。每当我们辨识一种对象物时，最直接的方式就是把它放入一个利于辨认的类别中，以此来确定它的性质和功能，这也是福柯在讨论词与物的关系时发现的历史上曾存在过的一种非常重要的观察物的方式。福柯说："相似性是那个在世界深处使得事物成为可见的东西的不可见形式，但是为了使这个形式有可能处于光的沐浴之下，就必须有一个可见的形象，把它从其深刻的不可见性中牵拉出来。"[①] 也就是说任何有关物的发现和认知，尽管需要借助那个可见的形象，但是还要进一步去触摸这个形象背后的那不可见的内在形式。这一形式可以在相似性中现身，任何有关物的认知都可以在相似性形式下得以进行，由此也就有

---

① [法] 米歇尔·福柯：《词与物——人文科学考古学》，莫伟民译，上海：上海三联书店，2001年版，第37页。

可能更清晰、更具体地了解物的性质和功能。如果把福柯的这一思想引入我们这里所讨论的物（食材）的对象化问题，此一断言又会引出何种进一步的探问呢？如上所述，《舌尖》所提及的物（食材）具有两种基本性质，可以归入两个相似性类别，第一类旨在强调其中所包含的人杰地灵之意，强调它是这片土地上的大自然赐予的果实，甚至某种程度上引申出它是大自然的独一无二的馈赠，也透露出上天护佑着这一方水土这一方人的意味；第二类旨在强调生活在这片土地上的勤劳智慧、心灵手巧的人们，他们的人工介入使得大自然的物变成了可为人类造福的食材，人的介入使得物具有了不同于纯天然的物的另类形式的意味，更为关键的是，人的介入实际上为其背后所可能延伸出的更为厚重和久远的历史和文化奠定了根基，而所有这一切在《舌尖》里的表现又都显得那样自然而然，呼之欲出。福柯在谈论相似性时还进一步强调一个特点，即"相似性需要一个记号，因为假如不被可辨认地打上记号，任何相似性都将并不引人注目"①。按照我的理解，这一记号就是我们可以用来描述物（食材）之特性的关键词，也就是那些被命名之物（食材）的物性。

　　捕捉《舌尖》里描述物的关键词，以此来观照物作为食材的相似性，从而获得人们更好的认知和讲述的捷径。我们先来看《舌尖》里有关"松茸"的一段介绍性描述："云南香格里拉，被雪山环抱的原始森林，雨季里空气阴凉。在这片松树和栎树自然混交林中，单珍卓玛和妈妈正在寻找一种精灵般的食物。"② 这里交代了松茸生长的地理环境和气候条件，更为关键的是，松茸的出现是与人的出现同时进行的，由此在松茸的存在与人的存在之间建立起了一种或隐或现的有机联系。这种联系的前提是人需要走进大山，走进

---

① [法] 米歇尔·福柯：《词与物——人文科学考古学》，莫伟民译，上海：上海三联书店，2001年版，第39页。
② 中央电视台纪录频道编：《舌尖上的中国》第一季，北京：光明日报出版社，2014年版，第15页。

松茸生长的天然环境，最大限度地认可天然，把这一环境作为人与自然和谐相处的根基。那么如何在此基础上提取相应的关键词以标示松茸自身的特性呢？从这里的讲述看，"自然"无疑是松茸的最具相似性的特征，也可以说这应该是这部纪录片试图传递给观众的一个根本性理念。由于这种天然的自然性，使得松茸自身获得了精灵般的神秘感，这种神秘感又嵌入了人自身存在的一种不易察觉的内蕴，或者是一种人谋划的与自然相亲相通的意念。如果人想寻找松茸，想采撷乃至利用松茸，一个非常重要的条件就是要认识赐予松茸生长的自然秉性，这里需要的是深山，需要的是原始森林，需要的是雨季，甚至需要的是不同树木混杂生长的地域环境，在如此这般的大自然中，松茸获得了自身繁衍的条件。如果我们进一步观察，这里的讲述还暗含着另一个更隐秘的"自然"之处，那就是两位女性的出现——单珍卓玛和她的妈妈，她们既是松茸的寻觅者，又是松茸的认同者，与松茸息息相关。女性与自然有着天然的契合，这不仅是因为她们与自然一样具有天然的孕育功能，更为关键的是女性的本然性与自然的本然性有着天赐般的有机统一。单珍卓玛和她的妈妈与女性，松茸与自然，这样的相互映衬的讲述把自然的这一相似性进一步加以确认，从而强调了这对母女采撷松茸的合理性和自然性，她们本身构成与自然最贴切的一部分，与松茸具有内在的一致性，从而松茸在她们那里也使得自身的自然性呈现得如此富于魅力。

《舌尖》里有关豆腐的讲述则另有一番景象。豆腐与松茸的最大不同之处在于人直接参与了对物的改造，这一改造使得物在自身的物性之外又获得了人的灵性，两者叠加在一起，人的参与成为豆腐的一个必不可少的因素。当然，在豆腐制作的起始之处，物的那种自然性仍无法绕开。先是讲到水："始建于明代初期的大板井，直径达到罕见的 3 米，几百年后依然不失活力。做豆腐的各个环节都和水密不可分，大板井的水是天然的软水，甘甜并且富含矿物质,周围的豆腐坊因此受益。"①接着讲到人与自然的结合,甚至人在改造自然中创造了另一种人造的文化"自然":"云南不是大豆的主要产区,但这不妨碍这里拥有悠久的豆腐历史。在1000多年里,伴随着北方民族的数次迁入,豆腐代表的中原饮食文化,已经深植于西南边陲的这片富饶之地,并且演绎出自己独特的气质。"②这样的有关豆腐的叙述,潜在地为《舌尖》的观众植入了一种不易觉察的视角,那就是在中国广袤的地域空间里适于生命培育的土壤无处不在,无论南北,无论东西,我们都可以为豆腐找到理想的家园,这既可以说是大自然的馈赠,也可以说是人对自然认识的一种升华,是人在构建自身文化时对自然的合理利用,在豆腐的南迁中渗透着一种对中国人顺势而为的聪明才智的褒扬。《舌尖》在这里的叙述出现了两个与豆腐打交道的主人公,均为男性。一个叫姚贵文,敏感于时空变化中豆腐发酵的恰到好处;另一个叫胡学兵,非常精到地掌握了点豆腐的技巧。"河谷地区的温暖很容易让豆腐发酵,而适度的干燥又让它们不至于腐败,对于风、水、阳光和豆腐之间的微妙关系,姚贵文比任何人都要敏感。"③"石膏是把豆浆点化成豆腐的关键。胡学兵对于石膏的纯熟运用,和他的祖先如出一辙。在煮沸的豆浆中,变性的蛋白质和石膏相遇后迅速发生胶凝作用。这种变化如此巨大,以至于在瞬间就可以觉察到。"④其中的"敏感"和"觉察"强调了(男)人对物(食材)的独有感知,这种与自然和物性相通达的认知,来自人的神经末梢的感觉触发以及经验性认知。这样的描述符合男性从事日常活动的方式和特质,它所强调的男性参与自然改造活动时对于自然

---

① 中央电视台纪录频道编:《舌尖上的中国》第一季,北京:光明日报出版社,2014年版,第87页。
② 中央电视台纪录频道编:《舌尖上的中国》第一季,北京:光明日报出版社,2014年版,第89页。
③ 中央电视台纪录频道编:《舌尖上的中国》第一季,北京:光明日报出版社,2014年版,第87页。
④ 中央电视台纪录频道编:《舌尖上的中国》第一季,北京:光明日报出版社,2014年版,第89页。

规律的认识以及对于这些规律的把握，使得男性在日常活动中获得了主导地位，也成为对大自然潜力进行充分发掘的强有力者，也就成为最能理解自然奥秘之人。女性是依靠自身的天性来融入自然，男性则是依靠自身的心性来揭示自然。《舌尖》这一集的题目是"黄豆对豆腐的漫长寻找"，电视节目的编导是想通过对物（黄豆）的"漫长寻找"环节来强调大自然自身变化（转化）的价值，而其中人的参与又是这一变化的不可或缺的催化剂。不过与采撷松茸的顺其自然的与物打交道的方式相比，把豆腐形成的过程加以压缩，把这里的时间浓缩为空间，把这种时空转化作为赋予豆腐意涵的路径，进一步充实了自然与人相交之后形成的活力和特色，而把时间压缩为空间的推手无疑来自男性的参与。男性具有在大自然中牢牢把握时间以便在空间中恰到好处地获取自然馈赠的本领。于是《舌尖》有了这样的一段描述："豆腐无限包容的个性，给擅长烹饪的中国人创造了极大的想象空间。那些原本让大豆尴尬的不利因素——胰蛋白酶抑制剂、不能吸收的糖以及植酸，在中国人古老的转化手段中，都被自觉或不自觉地消除了。豆腐的出现，让人体对大豆蛋白的吸收和利用，达到了一种高峰。"[1] 这里说到中国人，指的主要是男人，女性也被提及，但是大都作为陪衬或辅助性角色。男人把大豆对于时空的感知、大豆对自然环境变化的反应纳入了一种自身存在的获得感中，从而使自身活动成为参与豆腐制作的一部分，也成为时间与空间转换所可能具有的人化构建者。

我们不能简单地说这样的物（食材）的寻找和加工活动体现了中国文化中的天人合一思想，因为人走进大自然而大自然用最美好的东西馈赠人，这确实可以说是一种天人合一的具体体现，符合老子所说的"人法地，地法天，天法道，道法自然"[2]。但如果仅仅停留在这一高度的哲学层面，问题就

---

[1] 中央电视台纪录频道编：《舌尖上的中国》第一季，北京：光明日报出版社，2014年版，第90页。
[2] 王弼注、楼宇烈校释：《老子道德经注》第二十五章，北京：中华书局，2011年版。

被彻底地简单化了。其实我们可以从高度抽象的哲学认知中发掘出其中更有文化指向和审美意涵的内容，从而把食材问题落实到人与自然美妙结合的境界。物的幽灵般的物性来自于自然，同时也离不开同样归属于自然的人的参与活动。在福柯所论述的相似性中，我以为"交感"更具这样一种人物相参的特色。福柯说："交感激发了世上物的运动，并且甚至能使最遥远的物相互接近……交感还产生了一个隐蔽的和内在的运动——即从事物的相互交替中得来的性质的置换。"[①] 显然，我们这里讨论的无论是大豆生成豆腐，还是松茸采撷为食材，都是物与物或物与人之间交感行为发生的结果。物性中的女人被物性所迷住，她们常常流连于物性构造的自身天然性之中，这样的交感为物打上了深深的人性美妙的烙印；而物性中的男人则更多地琢磨于物性的变化以及自身巧思和技艺的淬炼和发挥，这是一种沉醉的但不失理智的谋求物性延展的狂想，男性享受于这样的物性之变，因为他由此看见了自己投射出熠熠生辉的男性之思、物性之美。

二、口福制造：快感的享用

人与物的相互作用的重要一环是物进入书写，也就是从这一途径，物进入了人创造的文化。物是在一种什么样的期待中进入书写的？或者说物被发现具有怎样潜在的文化特点可以满足人的书写欲望？在这一视野下，物之人性的形成，至少涉及两方面的内容：一是有关物深掘后被定为人化物性的可能与方式，另一是物本身所具有的能够被符号化的潜质和特性。由此在我们为物的存在和点化绞尽脑汁之时，一个重要的问题必须面对，那就是任何叙述实际上都是在寻找更为合理或更有利于人的存在的书写行为，满足人的书写欲望，这一欲望的满足是与书写的合法性密切相关的。至于合法性的建构

---

① [法] 米歇尔·福柯：《词与物——人文科学考古学》，莫伟民译，上海：上海三联书店，2001年版，第32页。

是通过什么样的逻辑来讲述的，会有多种可能。

具体到《舌尖》的书写策略，可以从口福视角加以考察。是否有口福是中国人对自身的饮食文化的一种最直接，也是最具体民间特色的评价。就人与饮食的关系而言，口福是人对满足口唇欲望的一种表述。当然，口福如果仅仅是在传达所谓的口唇欲望的满足，其文化和社会价值难以叠化其中，文化积淀的丰富性也无法有效呈现，由此饮食活动的意义更无从提及。口福的设定可以作为人满足自身口唇之欲又回应人心诉求的一种书写实践，而把口唇之欲提升到口福之福，这是人在饮食活动中为自我合理存在构建的一种赋意书写行为。

口唇问题类似于弗洛伊德的"口欲"，作为人生第一个生理阶段，结束之后似乎不会再重复出现。人毕竟是一个高级动物，他的生理进化的任何改变都是在指向一个目标，那就是人能够更像人一样去生活，这是生物进化观念发酵的结果。口唇的生理功能的进化，大致可分为三个阶段：一是口唇期的吸吮、咀嚼功能；二是发育期的说话、表达功能；三是情爱期的亲吻、示爱功能。我们发现，尽管口唇的这三种功能是依次进化的，但它们却在文化熏陶后处于脱离生理根基的交错存在状态。①

口唇第一阶段的功能，在人的身体器官成熟之后，表面上看还在原地踏步，但其实已经发生了根本性改变，这样的改变首先是生理上的，是在生理基础上多器官的混合，由单一的口唇功能逐步发展为口唇的味觉、鼻子的嗅觉和眼睛的视觉之间的混合，这种混合既有身体发育时期器官之间的相互介入和相互促进，更有人之为人的后天文化修养因素的加入，这使得口唇变得不再像婴儿时期的口唇，只具有单一的功能，而是出现了以口唇为中心的多

---

① 弗洛伊德最初认为人的早期发展经历过三个阶段，即口欲期、肛欲——施虐冲动期和阳具欲期。"要是设想这三个阶段是以明确的方式彼此相继，那就错了。一个阶段可以接续另一个而出现，它们还可以相互重叠，可以比肩并存。"（参见［奥］西格蒙德·弗洛伊德《精神分析纲要》，载葛鲁嘉译，宋广文校，葛鲁嘉修订，车文博主编《弗洛伊德文集》08，北京：九州出版社，2014年版，第290—291页。）

器官的混杂和互动。

　　口唇期第二阶段的一个显著标志就是说话的加入，说话首先需要用口腔（喉咙、声带、舌头、牙齿）来发声，发声具有将自我的情绪、观念、意志和外在的事物相联系的特点，尤其是对外在事物的指认上，成为表达自我想法的最可信和最明确的方式。说话功能的实现打破第一阶段口唇的直接性，这是一种直接的生理性吞咽和极其单纯的情绪性发音，而把喉咙、舌头、牙齿、声带训练成为与口腔活动一体的器官，尤其是有了口型、声带的加入，口唇的重要性无疑被极大地提升，它成为人要达到自我目的、实现自我愿望的最强有力的身体器官。口唇叠加说话其实也是大脑走向成熟的标志，因为说话是大脑语言功能得以进一步开发的结果，是人的思维能力进化到一定阶段的反映。说话通过声音把语言引入，语言是带有意义的声音，而意义对语言的附着，语言对声音的附着，表面上看是意义求助语言、语言求助声音，声音则求助口唇，实际上恰恰相反，这一过程是翻转过来的进化形式，是口唇开始逐步叠加声音，声音逐步叠加语言，语言逐步叠加意义，最终完成口唇运动意义的外在化和明确化。从这里我们不难发现口唇的一大秘密，在我们需要把口唇的感受表现出来时，我们已经完全可以放弃面部表情和肢体动作的参与，而是直接通过声音发出的语言来进行，口唇与声音的高度统一以及声音与语言的高度统一，使得口唇最终被语言乃至由语言携带的意义所重新塑造，由此口唇成为人体器官中承担最重要功能的器官。比起眼睛的看，耳朵的听，鼻子的闻，四肢的动，甚至大脑的想，口唇集中了所有这一切器官具有的功能，因为在它把语言和意义据为己有之后，使得语言表达，与声音表达，与视觉表达，与感觉（口感）表达，与情绪表达，与享用表达，与快乐表达，最终与意义表达，融为一体。即使没有口唇第三阶段功能的有关爱欲的加入，口唇已经成为人无法忽视的器官和器官功能的集合体，已经成为意义生成的集合体。由此出发，我们便可以充分地理解制造口福是多么的重要，对人的存在是多么的有价值。

当我们把日常生活中为了存活的吃饭（口唇活动）转换为一种口福（口唇享受）时，也就是要充分甚至极致性地调动口唇功能时，我们实际上是在谋求人的存在的快乐的最大化。这种快乐是一种综合的快乐，它既是生理意义上的，也是心理意义上的；既是器官感受的快乐，也是意念满足的快乐，而且这种快乐是从始至终、不断丰富、无边无际的，这种口唇快乐是一种存在论的快乐、一种形而上的快乐。在此意义上，口福的"福"的内涵被物性扩展开来，口福再也不是简单的吃东西的那种感觉，而是一种复杂的生理和心理活动的叠加，欲望和意义在此被充分唤起。我们在满足口唇的过程中，口福对各种感受、欲望的调动，对回味和评说的开发也是前所未有的。

《舌尖》对口福之"福"高度重视，不仅体现在菜肴的烹制上，还包括食材的选取，甚至包括个体的感觉和经验的运用上。也就是说我们需要在饮食制造的各个环节上都构建一种程序的合法性，从而保证最终得到的成果是可信赖的，使得在饮食链条上的最高享用者的口福得以最大限度地实现。

《舌尖》对于口福的制造，值得称道的是遵循一种饮食文化的叙述逻辑，也就是对饮食背后的丰富的历史信息的发掘，从而使得饮食的内蕴更为充实。比如《舌尖》讲述的有关从面到"饸饹"、从肉到"红烧肉"、从菜到"泡菜"……的故事，每一道菜肴的制作无疑都是在对口福的一种满足，口福享用无穷尽，菜肴制作也无止境。有关"饸饹"的制作过程是这样书写的："饸饹，也被称为'河漏''河捞'，是中国北方汉族最常见的面食之一，拥有古老的制作与食用历史。传统的制作方法是把和好的高粱面、小麦面或荞麦面放入饸饹床子里，制造者坐在杠杆上，把面挤轧成长条，放入锅里煮熟，再配以由豆腐、肉或红白萝卜做成的臊子，浇上辣椒做成的浇头，就可以吃了。"[1] 从书写的角度看，此类描述还只是勾勒了饸饹的简单制作过程，

---

[1] 中央电视台纪录频道编：《舌尖上的中国》第二季，北京：中国广播电视出版社，2014年版，第137页。

尽管其中包含有交感的成分，但显然还未能把这道饮食的内涵充分地发掘出来。这就需要纪录片的制作者去寻找历史和文化的有用信息，使其具有某种意义上的传奇性。饮食的传奇性是口福制造的不可缺少的一道重要的工序。《舌尖》继续延伸了这一话题。在众多饸饹面中，河南郏县的"金刚饸饹面"之所以最为有名，就是因为其中隐含了我们的口福制造需要的大量的历史和文化信息，这意味着人们享用美食时，不仅是在享用美食本身，也是在享用文化，享用一个民族的特性。有关"金刚饸饹面"的两段传说都很给力。第一段的内容是这样的：

> 关于金刚饸饹面的由来，有很多有趣的记载。传说，在明崇祯十六年（公元1643年）初，三边总督孙传庭出兵潼关，在河南与李自成义军作战。为了丰富军粮的口味，出发前，孙传庭传谕三军，每军可携带20台饸饹机。结果，在这一年的十月，明军与义军在郏城狭路相逢，明军中计，被义军杀得溃不成军，包括饸饹机在内的军械被当地百姓和义军全部缴获。当地百姓为纪念义军骁勇善战的金刚精神，把用这些饸饹机做出来的面食称为"金刚饸饹"。①

另一段有关饸饹的叙述更具传奇性，不仅把饸饹的历史上推到1200年前，而且还与唐代文人韩愈做出勾连：

> 据说早在唐代，郏县就已经有金刚饸饹面了，还与被称为"唐宋八大家"之一的韩愈有关。传说，唐宪宗元和九年（公元814年），河南上蔡一带的刺史拥兵自立。韩愈带兵生擒了刺史，路过郏县时，

---

① 中央电视台纪录频道编：《舌尖上的中国》第二季，北京：中国广播电视出版社，2014年版，第137页。

还吃了金刚饸饹面。①

这两段有关饸饹的历史记载,尽管都用了"传说"二字,但是读者不能不注意到,两段"传说"都是有历史年代、历史人物、历史场景和历史过程的,也就是说,《舌尖》发掘这样的历史"传说"的目的是要把饸饹所暗含的传奇性充分坐实。"传说"作为一种历史书写方式,实际上最吸引人之处在于其中可能隐含的传奇性色彩。一旦人们了解了饸饹的来龙去脉,会毫不犹豫地把这种文化享受叠加到眼下所吃的饸饹面上,使得口感不错的美味更带有了文化意味,口唇发展为口福。

《舌尖》提到的我们日常生活中经常享用的"红烧肉",也负载了同样丰富的历史信息,它这样被记述:

> 红烧肉中,最著名的是"东坡肉",相传为北宋文人苏东坡所制。在宋人周紫芝的《竹坡诗话》中所记:东坡性喜嗜猪,在黄冈时,尝戏作《食猪肉》诗:"慢着火,少着水,火候足时他自美。每日起来打一碗,饱得自家君莫管。"从这首诗中不难看出,苏东坡深谙火候与时机是做出的红烧肉好吃与否的重要因素。因其味美酥香,盛传开来,成为汉族名菜。东坡肉也是红烧肉最早的雏形。②

把红烧肉与宋代大文豪苏东坡联系起来,这种探寻源头、采撷历史的努力别有一番滋味。有了这段历史,红烧肉与宋代、与文人、与诗歌联系起来,显然《舌尖》着意强调的不仅仅是我们吃的那道菜,这种直接而浅显的

---

① 中央电视台纪录频道编:《舌尖上的中国》第二季,北京:中国广播电视出版社,2014年版,第137页。
② 中央电视台纪录频道编:《舌尖上的中国》第二季,北京:中国广播电视出版社,2014年版,第145页。

口唇之欲满足起来只是一时一地，而如果一旦我们了解到这一美食活动其中包含了这样重大的历史信息，那么我们的满足感就会从口唇播散开来。形象地说，我们是在"吃"一种难得的历史和文化，这种文化叠加在食物之上，使得我们的美食活动具有了历史纵深感和文化仪式感。在口福的制造中，福本身更多了一个来源，而且是福的更为深厚的可反复咀嚼的醇厚之味。口中之福既来自美食的滋养，更来自美食背后的文化延伸的魅力，达到了入心入脑的程度。福作为一个抽象的概念，它的内容是可以有逻辑、有缘由地加以填充的，也就是说，福之所以成为书写对象，就是因为它本身是可以制造的，而且这一制造的潜力是无穷的。

我们之所以乐于把一道道菜肴的故事转化为一个个国族的历史故事，使其中充满传统文化色彩，从而来满足口欲之外的口福，就是因为在中国传统文化中道德理念无处不在，任何的快感活动最终都需要在文化的道德基因中找到自己存在的合理性。这就如同福柯在讲述希腊人对于快感的态度时，他们同样具有非常道德化的一面。也可以说福柯有关快感的论述使我们对这一问题有了其他的思考路径。福柯指出希腊人对"性快感"的认知，其中包括"与嘴巴、舌头与喉咙（为了饮食的快感）的接触"所产生的认知，需要与道德建立起必要的联系，以此作为衡量的标准。福柯指出："关于'性快感'的道德反思，目的不在于建立一种确定性活动的规定形式的规则体系，划出各种禁忌的界限和把各种实践活动分门别类，而是阐明'享用'快感的各种条件和样式：即希腊人称作的'快感享用'的风格。"① 福柯还进一步指出："在快感的享用中，如果人们真的必须尊重国家的法律和习惯，不要触犯法律，并且按照自然的要求行事，那么人们所谓遵从的道德准则就与能

---

① ［法］米歇尔·福柯：《性经验史》第二卷，佘碧平译，上海：上海人民出版社，2016 年版，第 35、47 页。

够构成一种接受确定规范的束缚的东西相去甚远。"① 福柯提供了一种希腊人的"肉体伦理"方式，那就是如果自我能够在享用快感时不忘外在的道德和荣誉的约束，那么这样的享用就是快乐和自由的。福柯还转引了西莫尼德的一句话："享乐是一切动物共有的"，而"喜爱荣誉与赞颂却是人特有的"。②福柯这里所谓的享乐就如同口唇之欲，至于"荣誉和赞颂"就如同口福之福，也就是说，其实人在追寻口福时都是从两个层面来加以体会的，一是直接的口感，它把享乐局限在"口头"，局限在口唇的感觉，即使加上眼睛的色觉、鼻子的嗅觉和舌尖的味觉，也都停留在人体器官的范围内，是一种稍纵即逝的生理感。当然，动物只知道吃，不知道品尝。人确实具有品尝的能力和需要，但即便是品尝，也还无法涵盖口福所内蕴的享乐。二是品尝之外对附加快感的追求，也就是对福柯所提及的"荣誉和赞颂"带来的那种快感的追求。福柯强调的是道德的外在约束力以及自我意识中道德感的建立，从而达到一种快感享用的风格，而我在这里强调的是外在的历史和文化感的转化，它内化为口福的深入认知。当我们在品尝美味佳肴时，不仅会为这种食物的制作表达由衷的赞叹，而且会为生长在这一方土地能够有这样的口福而传递出内心的归属需求。这一切都不再是外在的东西，而是如福柯所说的是一种如鱼得水般的自在自为，这种建构起来的"肉体伦理"既是对个人行为的约束，更是对个体行为的放大。说白了，快感享用的风格是一种饮食文化的风格，它是需要由大量的历史和文化信息灌注的，它不仅需要和"口"建立联系，更主要的是还需要与"福"建立联系，后者把这种灌注打造成了一种有充分地域乃至国族特色的、有丰富历史内涵的饮食—文化信息链，使福融入口的享用过程，占有口的享用过程，成为口走向福、获取福的路径。

---

① [法] 米歇尔·福柯：《性经验史》第二卷，佘碧平译，上海：上海人民出版社，2016年版，第47—48页。
② [法] 米歇尔·福柯：《性经验史》第二卷，佘碧平译，上海：上海人民出版社，2016年版，第54页。

三、重设国族神话：艺与道

按照《舌尖》的叙述逻辑，有关中国饮食文化的话题无疑还有进一步延展的空间，因为某种意义上我们所谈论的一切似乎都脱离不了詹明信揭示出的中国人深陷的讲述魔咒，那就是个人话题无不是民族话语的规约和投射，完全可以透过个人话语来窥视民族话语的内蕴。细考《舌尖》，它也同样落入了这一隐晦的言说套路之中。

按照霍尔的观点，"意义就是赋予我们对我们的自我认同，即对我们是谁以及我们'归属于'谁的一种认知的东西——所以，这就与文化如何在诸群体内标出和保持同一性及在诸群体间标出和保持差异的各种问题密切相关"①。这里所提及的意义是一种归属感的自我认同，是在诸多差异中寻找存在的同一性，它离不开群体认知的同一和所认知之物的同一性，离不开在自我认同的基础上对群体内在本质的认定和传承。从这一语境出发，《舌尖》其实并不仅仅是一档饮食节目，它的目的显然不在于此。整个节目的指向或寓意是欲透过饮食构建一种国族化话语，以此来重新设计一种国族形象以及国族面貌。当然，这样的设计恰恰就是在通过同一性饮食的制造去追寻一种文化积淀意义上的国族风俗之可能。

要在"舌尖"上寻找那个历史和文化意义上的中国，也意味着要寻找那个当下的个体从舌尖到内心体悟的中国。"中国"二字，作为一个国族概念，本与饮食没有直接的关联，但当你在这部纪录片的某一刻听到这样一段话时，你的内心是不是已经感受到了自己作为中国人所具有的那种不由自主的归属感呢？这段话是这样表述的："从手到口，从口到心，中国人延续着对世界和人生特有的感知方式。只要点燃炉火，端起碗筷，每个平凡的人，都

---

① [英] 斯图尔特·霍尔编：《表征：文化表征与意指实践》，徐亮、陆兴华译，北京：商务印书馆，2003年版，第4页。

在某个瞬间，参与和创造了舌尖上的非凡史诗。"① 这是一种代入感极强的言说，它把每一个人的吃饭行为瞬间提升到创造文化、感知历史、触摸祖先、获取人生价值的方式。中国历来以诗的国度自居，而饮食方面的"史诗"化描述，从另一方面印证了来自中国饮食的造诣，这种试图把饮食本身作为同一性的表征并上升到审美高度，表达出中国人落在实处的人生态度，使我们再次开启在同一性中寻找和感悟国族的饮食风韵。

乔安娜·韦利－科恩（Joanna Waley-Cohen）在分析帝国时代的中国饮食特质时提出，中国饮食文化的形成是与其哲学理念密不可分的，饮食对中国人来说不仅仅是一种应对饥饿的果腹活动，而且是一种健硕身体、修身养性的日常手段。"健硕身体就像追求知识和精神完美一样重要。它们构成器官整体的各个部分，功能上无法分割。饮食与健康关系之紧密源于这样一种理解，也源于这样一种更普遍的观点，即物质与道德世界的联系……简言之，吃得好可以被理解为身体健康生活的基础，由此构成了道德品质的一部分……规范人的饮食行为是为了预防和治疗身体的堕落，这是一种道德责任。"② 这种论述中国饮食的道德化思路并非别开生面，而是遵循了一种颇具普遍性的言说套路，那就是把一种日常生活行为上升到道德层面，上升到伦理层面，甚至上升到国族层面。这与我们前面引述福柯提及的古希腊人的相关思想也存在异曲同工之处。我们在《舌尖》中也同样可以找到这样的家常便饭式的论述套路。其实这样的简单比附并不一定能把国族问题深刻地反映出来，某种程度上或使人感觉其中的牵强之处，或缺少必要的内在勾连。如果我们换一个视角，或许能够获得更为精致的有关饮食与国族规范和国族认同之间叙述上的联系。

---

① 中央电视台纪录频道编：《舌尖上的中国》第二季，北京：中国广播电视出版社，2014年版，第75页。
② Paul Freedman(ed.), *Food: the History of Taste*, London: Thames & Hudson Ltd., 2007, pp. 103-104.

《舌尖》隆重地推出了一个"艺",值得留意。我们可以把"艺"作为国族与个体之间的桥梁,从而寻找一种更加具有个体经验的国族化意味。我们赋予自我认同的同一性可以落实在这个"艺"上,也就是"艺"可以作为饮食国族化的明证或通达手段。那么这里的"艺"到底是指什么呢?其实这个字在中文语境中并不陌生,我们经常可以听到"艺多不压身""艺高人胆大""艺无止境"这样一些民间说法,这里的"艺"指"技艺"或"技巧",是"技艺"或"技巧"积淀的结果。《舌尖》之"艺"也与此相类似。它既属于个人经验,又属于民间传承,更属于文化规训。"艺"首先是一种操作程序上的高度形式化、一种个体在千锤百炼后下意识地对活动规律的完好掌控;其次,这样的个体经验不断更新汰变,进一步生发出民间文化意涵,成为一种强烈的"有意味"的形式。如果同一性赋意的自我认同可以与某种民间技艺形式相融通,那么我们就可以说是找到了一个国族存在的依据。《舌尖》就是在这个层面上把对"艺"的关注按照一种更具文化特色的设计路径发掘出来,它被称为"四艺",即"工艺""手艺""技艺""绝艺"。无论"四艺"之间到底有多大的差异,我们所要重视的是这一个"艺"字,它无疑是其中的核心要素。"艺"是宗,"工""手""技""绝"是变,万变不离其宗。有关"艺"之变,我们可以在《舌尖》叙述中找到一些相关的关键词,比如"火眼"("随和的程亚忠只有在收获菜籽的时候才会变得严苛起来。三十年的经验,使他练就了一双火眼"[①])、"手感"("油温是关键……中式厨房不依赖温度计,全凭厨师的手感和经验而精准控制"[②])、"刀功"("刀功——中式烹饪的核心技艺,代表着一个厨师的功力。蓑衣刀法,依靠手腕控制,下

---

① 中央电视台纪录频道编:《舌尖上的中国》第二季,北京:中国广播电视出版社,2014年版,第48页。
② 中央电视台纪录频道编:《舌尖上的中国》第二季,北京:中国广播电视出版社,2014年版,第51页。

刀的力度、位置、方向，全在方寸之间"①）、"火候"（"要使虾肉熟而不老，虾壳脆而不焦，在时间上不能相差分毫。李锐甚至能根据虾壳的爆裂声判断出锅的时机……这道菜对火候的考校，有着如教科书一般的严格"②）等，此类关键词的一大特色就在于，尽管它们大都停留在个体经验和心得层面，但它们存在的价值在于强化"艺"，凸显"艺"，应该说它们在把"艺"变为一种可操控的技术形式、变为一种可习得的规范的同时，也由于它们的存在而使得"艺"本身具有了在个体经验之上进行提升的可能性，"艺"被提升到一种形而上层面，这是一种顿悟式的本质直观。而且所有这一切都强调一个"心传"，"所谓'心传'，除了时代相传的手艺，还有生存的信念以及流淌在血脉里的勤劳和坚守"。③"艺"，按照《舌尖》的说法，并不局限在厨房，而是更能用来评价处世的修养以及为人的境界。"艺"和"心传"实际上都在暗示一种国族思维方式作为底蕴。

饮食的家族化、饮食的个体化，使得饮食具有了民间文化的意义，饮食成为个人和家庭之间共享的财富，由此而来的饮食的国族化造就了一个民族的饮食特质。这样的进化观念构成《舌尖》叙述的主轴。值得注意的是，这里的国族意义是经过重新设计的，因为它尝试在现代性秩序中把"技艺"或"技巧"凸显为前景，使其不脱离中国传统的家国理念，重视个体经验与族群传承，在国族饮食链条中实现个体制造的国族化。当然，这种国族化也是充分个人性的，是以个体经验和手艺为基础的。个体的追求是鲜活的，是充满个性气质的，尽管饮食制造的高度形式性在一定程度上制约了个体的发挥空间，也划定了同一性自我认同的范围和力度，但是个体对于烹饪技艺的运

---

① 中央电视台纪录频道编：《舌尖上的中国》第二季，北京：中国广播电视出版社，2014年版，第72页。
② 中央电视台纪录频道编：《舌尖上的中国》第二季，北京：中国广播电视出版社，2014年版，第74页。
③ 中央电视台纪录频道编：《舌尖上的中国》第二季，北京：中国广播电视出版社，2014年版，第54页。

用也在不断扩展和深化这种技术意义上的形式性，也在不断探索从传统走向现代的更阔大的空间。

一般认为，饮食的技艺化是饮食国族化的一个重要标志，是同一性构建的基础。无论是餐具还是灶具，对于家庭和个人来说，它既是形式化积淀，涉及民族审美取向和民族心理构建，又具有仪式化的意义，反映出民族文化和民族文明的进程和审美价值的追求。

四、符号秩序：由口福到幸福

口欲的口福化，口福的国族化，国族的幸福化，应该说这是《舌尖》尝试构建的一种有关中国饮食文化的符号秩序。这里的关键在于如何在制造口福的基础上，使口福充分国族化，又如何在国族化完美的基础上，使其中的美味回归个人体悟层面的幸福感。如果仅仅谈口福，那么任何幸福感都是个体化的，即使存在历史和文化的底蕴，但脱离不开个体感悟，也会因此失之恒久。如果仅仅谈国族化的口福，那么口福就失去了鲜活存在的根基，也就无法成为凸显自身文化韵味的场所。口福的国族化是在口福的基础上，为提升器官和感性的深度而做出的一种努力，试图达到一种康德意义上的"无目的的合目的性"。但如何在这个意义上理解幸福感的到来呢？这需要我们从幸福的本质谈起。

在列维纳斯看来，幸福既是一种抽象存在，也是一种离不开具体内容（享用）的过程。列维纳斯指出："幸福的独立总是依赖于内容：幸福的呼吸、凝视、进食、劳作、使用锤子与器具等等（活动）所具有的快乐与痛苦……吸取营养，作为恢复活力的手段，是他者向同一的转化，这一转化处于享受的本质之中：一种其他的能量，它被辨认为他者，如我们将看到的，被辨认为对那施诸其上的行为本身的支撑——一种这样的其他的能量，在享受中变成了我的能量，变成了我的力量，变成了我……人们生活着他们的生活……"① 这里的幸福显然是在强调追求一种本体存在的意义。列维纳斯的同一性哲学,是将他者变为同一、外物纳入自我、可能变为现实的哲学,而这就是对幸福感制造的享用,实现这一制造的过程就是个体享用的过程。享用就是旨在建立一种同一化的秩序或同一化的结构乃至同一化的形式。在这里,当我们最终幸福地生活着时,同一性的任务也就完成了,幸福的目的也就实现了。

一般而言,饮食之所以能够给人提供幸福感,至少出自三种情况:一是有关味道记忆的失而复得或美味的始终充盈;二是沉浸于对饮食氛围的节奏和韵律的感悟;三是饮食味道的完美中和,达到怡人口舌、浸人心脾的效果。中国饮食文化中的"十美风格"②就体现了对幸福感的追寻和再造。这三种情况都可以说是同一化秩序建立之后的一种对于秩序本身的享用,吃的是菜肴,享受的是味道,感悟的是秩序,沉浸的是幸福。

我们在《舌尖》里发现了一种有关"味"的说法,这是"五味"带给中国饮食的味觉体验传统。"五味使中国菜的味道千变万化,也让中国人在品味他们各自的人生况味时,找到了一种特殊的表达语境。在中国人的厨房里,某种单一味道很难独自呈现,五味最佳的存在方式是调和以及平衡,这不仅是中国历代厨师不断寻求的完美状态,也是中国人在为人处世甚至在治国经世上所追求的理想境界。"③把"五味"与中国人的"为人处世"乃至"治国经世"联系起来,这样的讲述在《舌尖》的叙事策略中并不陌生,只不过"五味"使之更为丰富,也更具国族特色。"五味"会让人想起《道德

---

① [法]伊曼努尔·列维纳斯:《总体与无限:论外在性》,朱刚译,北京:北京大学出版社,2016年版,第89页。
② 赵荣光指出:"士大夫的饮食讲究质、香、色、形、器、味、适、序、境、趣的和谐统一,他们讲究食料与食品的先天美质,追求诱人的香味、悦目的色彩、鲜美的味道、美观的形态、精美的器具、文雅的名称、舒适的口感、井然的秩序、优雅的怡情的环境以及愉悦的趣味和高雅的情调。"(赵荣光:《中国饮食文化史》,上海:上海人民出版社,2014年版,第89页。)
③ 中央电视台纪录频道编:《舌尖上的中国》第一季,北京:光明日报出版社,2014年版,第239页。

经》上的那段脍炙人口的名言:"五色令人目盲;五音令人耳聋;五味令人口爽;驰骋畋猎令人心发狂;难得之货令人行妨。是以圣人为腹不为目,故去彼取此。"① 这里提到的"五味"与"五色""五音"一道,在老子看来完全是负面之物,具有负面价值,因为它们除了撩拨人的欲望,满足人的口腹之欲,不会带来任何益处。但是这也从一个侧面见出中国古人把"五味"提升到口味之上的高度,与道德修身、治国理政联系起来。中国古人善于以"五"论道、论人、论事,哲学中有"五行",医学中有"五脏",音乐中有"五音",绘画中有"五色",饮食中有"五味",人际中有"五福",② 也就是说中国人善于在阴阳五行中解释和调控世间的一切。因此把"五味"与中国人的宇宙观和生活观结合起来,没有脱离中国传统哲学以及人们日常观念生发的根基和脉络。中国古人善于在变化中观察和把握事物,善于应对复杂的局面,追求一种和而不同的精神内蕴。"五"在中国古人的观照下变得圆润、通畅、洗练。这也成为中国古人在日常生活中追求人际和谐、家族共荣、国泰民安的一种根基,也成为中国传统文化中的一种至高理想。可以说这一切已经深入地落实到了中国人的文化—心理结构上。③ 说"五味"是一种奠基

---

① 王弼注、楼宇烈校释:《道德经》第十二章,北京:中华书局,2011年版。
② 《五行、五脏、五官、五体、五味、五色、五志、五常对应表》,https://wenku.baidu.com/view/9aebbff548649b6648d7c1c708a1284ac85005c2.html。
③ 李泽厚提出并充分论述了所谓中国人的文化—心理结构。他认为,中国人的文化—心理结构具有如下特点:"伦理学的探讨压倒了本体论或认识论的研究,例如中国古代哲学范畴(阴阳、五行、气、道、神、理、心),无论是唯物论或唯心论,其特点大都是功能性的概念,而非实体性的概念:中国哲学重视的是事物的性质、功能、作用和关系,而不是事物构成的元素和实体,对物质世界的实体的兴趣远逊于事物对人间生活关系的兴趣。中国的'金、木、水、火、土'五行不同于希腊、印度的'地、水、火、风'四元素,前者更着眼于其生活功能,所以有'金'。与此一致,中国古代辩证法,更重视的是矛盾对立之间的渗透、互补(阴阳)和自行调节以保持整个机体、结构的动态的平衡稳定……而不是波斯哲学强调的光暗排斥、希腊哲学强调的斗争成毁……孔子正是把握了这一历史特征,把它们概括在实用理性这一仁学模式中,讲求各个因素之间动态性的协调、均衡,强调'权'、'时'、'中'、'和而不同'、'过犹不及'等等。"(李泽厚:《中国古代思想史论》,北京:生活·读书·新知三联书店,2017年版,第25页。)

于中国人的饮食习惯上的文化—心理结构,并以此来细细考察《舌尖》对于"五味"的论述,正是在寻找中国传统中的那种尝试同化外界一切事物的认知路径。在此基础上,我们就会理解《舌尖》里所谈论的"五味",为什么会有幸福感存在其中,幸福感的制造是与同一性密切相关的,而这一切无不体现在饮食和菜肴之味道的和谐中,在"五味"里追求一种有机统一的协调性、适中性、稳定性。

《舌尖》有一段关于四川火锅的描述:

> 如果说泡椒和豆瓣酱,是四川人对辣椒的创造性使用,那么真正让川菜风靡中国的,则是迷人的麻辣。这是四川人对辣椒最为卓越的创造。花椒原产中国,是最传统的调味料。麻辣味是川菜独有的味型。
> ……
> 从原料、汤料的采用到烹调技法的配合,麻辣火锅使荤与素、生与熟、麻辣与鲜甜、清香与醇厚恰如其分地结合在一起。这也正是中国人对五味调和的理解。[①]

在汉语的字典里,与味道相关的术语(成语)还真不少,随手一查,便可取得如下这些:"原汁原味""有滋有味""余味回甘""津津有味""弃之可惜,食之无味""淡而无味",等等。这些术语(成语)的特点在于,它们直接与口感中的味觉联系起来,以此作为判定食物好坏的基础。不过通常意义上,它们又可引申一步,进入对于事物本身性质的认定。一则故事说孔子听到一段美妙的音乐,三个月都不知肉的滋味。[②] 这一说法无非是要表明音乐

[①] 中央电视台纪录频道编:《舌尖上的中国》第一季,北京:光明日报出版社,2014年版,第230页。
[②]《论语·述而第七》:"子在齐闻《韶》,三月不知肉味。"转引自杨伯峻译注《论语译注》,北京:中华书局,1980年版。

的美妙动听，入人心脾，竟然令孔子对肉味长久失忆。不过这一现象反过来也说明用肉味来与音乐的动听做对比，显然肉味不仅具有非常诱人的味道，而且具有作为衡量事物高下的标准。味之所以具有这样的作用，原因就在于味本身在人的感觉中占有重要的地位，它首先是一种人的直接体验，具有刺激、诱惑、回味的身心效果，构成人判断饮食好坏的标准，也就是在这个意义上，味进而成为判断事物好坏的一种价值。如果从人体感官对外界的感觉来说，味道是第一位的，其他的体感都是之后才可能具有的。所以我们知道，从味道来寻找幸福感是最直接、最真切，也是最牢固的。

一般来说，早餐在一日三餐中是最普通的一餐，之所以普通是因为它是最简单的，比起中餐的量足和晚餐的质好，大多数家庭的早餐就是走一个过场，人们常常是匆匆吃上一口，就急急忙忙上班赶路去了。当然，《舌尖》所呈现的中国人的早餐，表面上看是"随性的"日常安排，但是这种随性则体现在不同的内容和不同节奏中，多少年来，人们都是这样过来的，自然而然，习以为常，但也恰恰就是在这样一种状态中，使得广州人的早餐称得上是一种享受，因为享受的不仅是食品，还是这一过程。

> 早晨七点，位于广州老城区的酒家门前站满了等候开门的人。此时，点心师傅已经忙碌了整整三个小时，一样样精致的茶点，被一双双灵巧的手赋予了生命。每个回头客都有自己心仪的座位。早茶长盛不衰，与广东近代以来的贸易的兴盛有关。
>
> ……
>
> 广式茶点有干湿两种，干点最为精致。招牌虾饺，水晶饺皮包裹鲜嫩虾仁，饺皮柔韧，虾仁甜脆，糅合出鲜美的口感。统计表明，广州人早茶的平均时间通常在一个小时以上。[①]

[①] 中央电视台纪录频道编：《舌尖上的中国》第二季，北京：中国广播电视出版社，2014年版，第257—258页。

过程就是一种体验和感悟，这样一种生活状态被不断地累积起来，构成日常生活中的基本内容，而且这种累积实际上是在制造一种日常的节奏和韵律，人的身心在这样的节奏里是非常自然而放松的，快乐由此产生，身心会在节奏中感受着自然般的韵律，从而形成一种身心与外在环境的完美结合。这样的早餐过程把人纳入其中，就是一种列维纳斯意义上的享用。幸福感是个人化的，是享用的结果。享用与幸福相统一，也就是说他者与同一相统一，这一点不容忽视。列维纳斯在谈到"享用"时有一个非常值得留意的思想，享用是与独立、与需要、与同一密切相关的。列维纳斯提出从形而上学意义上说，自我始终在为自我的同一寻找基础和条件。"自我反对世界的'他者'的方式，就在于逗留，在于通过在世界中的居家的实存而自身同一化。在世界之中，自我乍一看是他者，其实是本土性的。它是这种变异的转向本身。它在世界之中找到一块位置，一个居所。居住是置身（其中）的方式本身……'家'并不是一个容器，而是一个位置：在这里，我能够；在这里，我依靠于一种另外的实在，但尽管有这种依靠，或正是由于这种依靠，我是自由的。"[1] 由此，自身同化的手段之一就是居家，而居家的核心意涵就是为自身确定一个位置，从而获得完满，达到同一，实现自由。需要与欲望之间是存在差异的，"在需要中，我可以啃食实在的事物，通过吸收他者来满足我自己。在欲望中，则并没有对存在的啃食，没有满足，而是有一个无尽的未来在我面前展开"[2]。显然幸福感来自过程中的自我展开，来自展开中的同一化，它把人的欲望、需要和期待统统化为一种把他者变为自我的活动，而且这种活动是在不经意间自然而然地完成的，这是一种极高境界的享用过程，幸福就蕴含在其中。

---

[1] ［法］伊曼努尔·列维纳斯：《总体与无限：论外在性》，朱刚译，北京：北京大学出版社，2016年版，第8页。
[2] ［法］伊曼努尔·列维纳斯：《总体与无限：论外在性》，朱刚译，北京：北京大学出版社，2016年版，第97页。

如果把饮食纳入列维纳斯所谓的幸福范畴，就会发现之所以我们能够从饮食中寻找到幸福，是因为我们把饮食纳入了自我存在的一部分，任何有关饮食的制作都需要我们的口味来评判，并不断调整饮食的口味，统一饮食的标准，从而获取同一化效果，这种同一效果的取得就是一种幸福的创造。

北京"五道口":一个街区的进化史

有那么一段日子,我时常独自在北京海淀的"五道口"街区徘徊,尝试去切身体悟,甚至学着波德莱尔当年游逛巴黎街头的样子,寻找那样的一种兴奋而又怅茫的感觉。19世纪法国巴黎的拱廊街与21世纪初期中国北京的"五道口",突如其来的遭遇会是怎样的情形?当然,我也逐渐意识到,两者之间的任何比附和勾连似乎都难以言表。

不知从何时起,"五道口"的所谓"宇宙中心"(U-Center)之誉慢慢流播开来,网上可查到各种各样或讥讽或夸耀的说法。其实今日的"五道口"更为可能的是构造出一个全球化挤压下现代和后现代扭结在一起的充满另类景致的迷乱的街区空间。"五道口"的铁路道口的保存,明显遗留着现代的痕迹;而在之后的不断改造和进化中,作为日常街区,它既给人们提供了关涉衣食住行的物质选择和世俗趣味,也不断在一波接着一波的文化的、工业的、商业的、科技的潮流中不忘在各种口味、语音、表情、体态、服饰、动静、明暗、张弛的熙攘和交错中谋取自恋和矜持,其中还少不了到处充斥着的后现代意味浓郁的迷乱、分裂、杂糅的氛围和气息,从而引发莫名难辨的压抑与兴奋、迷离与煽情、无奈与亢奋相纠缠的感觉。这里的人们怀有不同的目的、情绪和心境,流连、观望和游走……由此构造着一种本雅明笔下的"眩晕感"①。我既是这种眩晕感的体验者，又是它的畅想者。那会是怎样的一段历史和现实交织的神话构建呢？

一、"道口"的意志——街区的年代和颜色

"五道口"这一地名看似普通，其实充满着现代性意涵。所谓"道口"，是指铁路的道口，也即它与作为城市现代化标志物的铁路有着一段密不可分的历史记忆，其中不乏值得回首的传奇性现代城市建设的故事：中国人自己设计的第一条铁路，从当时的北京丰台柳村经西直门向城市北部持续延伸，时间是20世纪的第一个十年。迄今在北京北部丛山峻岭的居庸关到八达岭之间的青龙桥，还矗立着那位我们耳熟能详的中国铁路设计的先行者——詹天佑的铜像。詹天佑领导设计、建造的这条京张铁路开创了中国人自己建设铁路的先河，也把现代的时间观念和生活方式引入了尚在现代门槛之处徘徊的中国。谈及铁路，以往人们更多会注意到它对日常时空观念的改变，这是现代性的一个标志性事件。比如哈维就说过："不仅仅是商业和铁路，因为使大都市生活可以承受的大规模交通系统的组织和其他所有时间上的协调，也要依靠建立某种普遍地和共同地接受的时间的意义。"②这段话的内在逻辑是，时间观念的改变源于（铁路等）大规模交通系统的建立。不过铁路对城市空间的影响，比如铁路对一个城市的穿行效应这样的现代性事件则少有人留意。北京的"五道口"就是这类事件的一个见证。

当年这条铁路穿过城市时，因为与城市的已有道路平行交叉，留下了所谓的"道口"，铁路所经过的城市道路难以逃脱被分割的命运，而这样一

---

① 本雅明说："这里所表达的是19世纪的历史观所特有的一种眩晕感。它对应的是一种观念，即世界的进程乃是一个由物化事实组成的无限系列。"转引自［德］瓦尔特·本雅明《巴黎，19世纪的首都》，刘北成译，北京：商务印书馆，2013年版，第33页。
② ［美］戴维·哈维：《后现代的状况——对文化变迁之缘起的探究》，阎嘉译，北京：商务印书馆，2013年版，第333页。

种断裂意味着给铁路授予特许优先通行权，也使城市因为铁路的到来而直接步入现代。在铁路留下的"道口"处，清晰可见甚至可触摸两条长长的钢轨以及钢轨向两侧延伸所架构的铁"路"，还有在两条钢轨上奔跑的"火"车。为了更有效地实施这种铁路的优先通行权，每当火车通过时，必须先放下铁路两侧的隔离杆阻隔马路上的交通——行人和车辆的来往。优先通行权意味着铁路的现代诉求表现出强烈的等级秩序安排。"道口"和为"道口"设置的隔离杆就是这一"特权"的忠实守护者。这条铁路留给北京城高傲的区隔方式甚至可以说是一种现代性对前现代性的蔑视，当它与其他"低等级"城市道路交叉时所设下的不容置疑的禁令，使得人们更容易把它确认为具有地理意义的现代性标识，因为它所带来的城市划痕是深入城市肌理的，打破了前现代城市的和谐空间的迷梦。仅仅是两根铁轨就切开了城市道路，割裂了城市肌理，甚至打乱了城市布局。这实在让人不禁发问：是什么给了它这么大的权力？让它具有如此唯我独尊的地位？

当人们在城市的街道上不再看见泥土路、土坯房时，它们的替代物——柏油马路、砖瓦楼台——已经充满现代意味了。不过钢铁对城市建设的加入，借助自身的现代技术（材料）优势，参与制造了前所未有的城市景致，也进一步灌输了现代城市意识。本雅明曾这样描述过巴黎出现的铁路："当事实证明，1828—1829年以来被广泛试验的对象——火车头只能在铁轨上有效运行时，上述发展就进入了一个决定性的新阶段。"[①] 应该说这不见首尾的钢轨成为了现代城市建设中新的神秘之物。其神秘性既来源于它自身的样态，也来源于它所承担的通行功能——不同于人们过去习以为常的泥土路、石板路、碎石路，不同于具有现代技术含量的水泥路、柏油路，更来源于它的充满现代性的技术意志。钢轨与枕木的结合造就了一条完全不像路的"路"，它缺少宽阔的路面，更不用说传统道路所具有的那种随物赋形的弯

---

① [德] 瓦尔特·本雅明：《巴黎，19世纪的首都》，刘北成译，北京：商务印书馆，2013年版，第37页。

曲、交叉的延展能力，人们惯于使用的畜力车或人力车，甚至汽车，都根本无法在上面通行。它的"高级"之处就在于它表现得别具一格，它的不像路却被称为"路"，从而成就了它的钢铁般的穿越行为。这是现代城市建设理念中被强制揳入的全新的钢铁逻辑。铁路是专用之路，使用这一铁路的车辆也是专门生产的。火车，就它的外观、体积、速度、动力、载客方式来说，不同于人们以往熟悉的任何车型和车质，"铁"路和"火"车超出了千百年来人们有关路和车的任何记忆，推翻了人们有关路乃至车的传统认知。强烈的现代身份使得铁路本身不能不令人刮目相看，也成为现在城市结构中等级秩序的最内在特质。于是铁路以它的特别姿态开始"横行"于城市之中。铁路负载的火车让人们最直接地见识到什么是高等级的现代化交通工具。铁路的"道口"由此充满了霸气，也充满了灵韵。

　　进入红色中国岁月，铁路"道口"的技术与革命叠加，具有了更为复杂的意识形态编码：现代性演变为阶级性，现代意志演变为革命意志，进化话语演变为进步话语。仿佛一夜之间，"道口"的能量不再是现代钢铁的能量，而是红色精神的能量。当"道口"再次阻断城市行进的脚步时，人们停下来，站在铁路隔离杆的两侧，翘首等待着一个震撼人心的场景的出现、一个激情四溢的红色仪式的出现，迎接一种充满革命热情、具有时代能量、表达工人意志的强大力量的登场。火车到来时那种颇为隆重的轮轨滑动的咔嚓声、汽笛激昂的鸣叫声、蒸汽机车时代车头喷出的大团烟气，那种体积庞大、气势如虹，甚至成为一种德波意义上的社会"景观"——这一景观的制造比以往任何时候都具有灵魂的震慑力，它不再是资本主义发展的钢铁意志的体现，而是作为新社会领导阶级的铁路工人，他们的革命意志所外化的一种超级物质形式和物质能量。此时的火车和钢轨已经不仅是一种现代运输工具、一种传递现代性的物质载体，而更是一种铁路工人作为产业阶级的至高地位的表达，它成就了红色城市的内在精神，同时也改写了城市人们的日常生活。一种日常的红色仪式感和向革命理念致敬的意识形态深入人心。

在红色岁月，还值得一提的是"道口"意识形态的表达已经超越了铁路本身，其影响力播散为周围的城市街景和肌理，一条铁路带动了一片城市区域的革命化改造，现代性的物质力量转化为革命性的阶级诉求，也因此铁路工人成为这一城市重新布局的直接受益者。"五道口工人俱乐部"在这一铁路"道口"的东北侧拔地而起。这样的规划显然是在为铁路工人修建的一处（当时看来的）娱乐休闲的场所，这是一座体现当时铁路工人的社会地位和阶级尊严的建筑。在以钢轨为基点构筑的红色城市空间中，铁路的配套工程不仅有属于生产范围的一个个职守"道口"的站房，不仅有粗放的且条理分明的铁路货场，也不仅有旅人上上下下的简易的候车建筑、站前广场和站台，而且有调整铁路工人身心、健全工人日常生活的娱乐休闲场所。

红色的革命化城市已经从单一的生产流水线中走出来，它把生产过程想象为一个劳动者当家做主的过程。"五道口工人俱乐部"就是按照这一红色政治经济学原理设计的一个不可或缺的环节：一方面工人的劳动力在铁路上不断地消耗性支出，另一方面休息对于工人来说就不仅仅是吃饭和睡觉那么简单，用红色政治经济学思维来论证，精神生活是与经济基础密切相关的上层建筑的一部分，它是生产得以有效维持的必不可少的条件。当然，这样的一种政治经济学规划还不足以证明"工人俱乐部"存在的合理性，因为它还没有更进一步考虑红色意识形态的诉求。在当时的中国，铁路工人与俱乐部的结合无疑是意识形态参与打造社会主义新生活的一部分。铁路工人属于大产业工人，是工人阶级群体里的佼佼者，是组织性、纪律性、革命性的集中体现的象征，不仅具有领导阶级的身份，而且可进一步被称为工人阶级里的天然领导者，他们与钢铁、电力、石油、矿山等掌握国家发展命脉的诸种行业的工人一起，成为建设国家的生力军。所以他们的生存状况具有红色中国生产和建设的指标性意义。表面上看，工人的体力和脑力的支出是一个政治经济学问题，但对新中国的红色意识形态而言，作为主人翁的工人阶级，他们的劳动力的使用已经不再是资本主义生产意义上的对剩余价值的榨取，而是尝试把生产者从纯粹的生产中解放出来，从生产流水线秩序的盘剥和束缚中解放出来，于是不仅他们的劳动成果会被他们自己分享和利用，而且它还设计了一个社会主义性质的生产结构——使工人成为生产的主人，也就是说，他们不仅应该充分享受休息、娱乐的权利，而且要有高于一般社会阶层甚至其他工人群体的休息的等级和质量，唯其如此，主人翁的社会地位才能获得最好的体现和诠释。可以断言，是新中国的红色意识形态使得铁路工人的俱乐部获得了它参与生产流程的合法性，也使得工人阶级在革命领导阶级的崇高地位的笼罩下获得了高于其他社会阶层的合法性。工人俱乐部是与红色大工业相匹配的产物，是对社会主义理念的一种实践。

哈维说过："'城市'形象与'乌托邦'形象长久以来一直纠缠在一起。"① 铁路把城市道路拦腰切断，某种意义上是在把城市的前现代脚步截断，把前现代的单调和平庸加以阻隔，建构起充满工业革命和红色革命的社会图景。这正是一种令人神往的乌托邦的表征。打破人们前现代的认知习惯和生活方式，"道口"把一种现代性理念深刻地镶嵌进城市空间，这似乎是一个撕裂前现代城市格局的现代性工程，但是由于红色中国具有强大的工人阶级当家做主的意识形态诉求，它从根本上弥补了城市现代化所带给人们从身体到心理的日常生活阵痛，而且以红色意识形态为规训方向，从心理上获得了革命意志和革命激情的补偿。由此，"道口"与铁路、与铁路工人、与领导阶级高度结合，以红色风暴姿态构造了此一城市变革的新景观。

二、从生产到"生理"——拼贴意义上的街区景致

"五道口"的再次改变始于20世纪90年代，它与中国大的社会变革相呼应，"道口"的现代灵韵和红色神话双双走向终结。由大工业和阶级主导

---

① [美] 大卫·哈维：《希望的空间》，胡大平译，南京：南京大学出版社，2006年版，第152页。

的城市肌理开始走向后现代城市街区的拼贴性再造。

  一条轻轨（也称"城铁"）紧邻原有铁路（京张铁路）的西侧修建起来，并与之并行、延伸，穿过"道口"。不过轻轨的建造具有两个"道口"所意想不到的外爆点：一是它在经过"道口"时不再采用传统铁路那种武断的平交式的阻断交通的方式，不再像以往铁路那样以自身的现代身份和红色理念给城市施加不容置疑的权威，而是呈现出一种与所通过的城区道路表面上和解、骨子里戏弄的高傲姿态——轻轨在"道口"处架起自身，构造了一个立体交叉的"道口"，城区道路显然没有因为城铁的通过而被二次阻断，尽管这样的勾连抹擦了"道口"的紧张，使昔日已遭破坏的城市道路交通没有再恶化下去，也不再谋求与追求效率和统筹互通的现代城市理念相左，但是我们今天看到的这一高低错落、交错斑驳的"道口"新景观，更像是一幅后现代意义上的"拼贴"画，使"五道口"涂上了一层浓烈的反讽色调。轻轨的到来既凸显了昔日铁路在现代和红色理念下对人们日常行为的过度干预，又在生硬和柔软的反差中制造出一种对现代灵韵和红色神话的玩味，让经过这里的人们在不经意间更加充分地意识到昔日"道口"的现代性冷漠和红色意识形态的主导地位，似乎潜在地实现了解构"道口"中心的企图。二是轻轨本身更进一步彰显了自身的多方吐纳、自由开放的特质，也由此带来一种隐而不显的后现代格调。从外观上看，轻轨不再面对"道口"一过了事，而是在"道口"一侧设站，所设车站是四面敞开式的，使人流来去有多种选择，使涌动的人潮在进出车站时获得更为便捷的引导和路径，尤其是它的多样化身段，使其彻底融入街区的生活状况，成为街区人们随时可与之交道之物。至于车站结构的高架方式也是彻底改变了人们的平面候车观念，立体化为观看周围的一切准备了视野，甚至制造了藐视传统"道口"的居高临下的俯瞰格局，加上车站外观的波浪式屋顶和车站两侧通透的玻璃幕墙，软化了轻轨、钢轨、列车自身的硬度所可能造成的视觉和心理的冲击。被架起的车站形成了一个由外爆引发的拟真空间。这里我们可以借用波德里亚的一个说法，即"每幢伟大的建筑都统治着或一度曾统治这座城市"①，这就意味着"五道口"曾经的威严已经在不经意间被颠覆，轻轨站取而代之，成为这里的新地标。这一新地标的设置所透露出的新信息是传统意义上阻隔人流来往的铁路"道口"的权威意识被改造，一种人流聚集并被送往四面八方的公共空间里的平民意识得以产生，这一对现代乃至红色城市功能的实质性改写，为灵动和繁富的后现代城市街区活动开启了多种可能性。

雅各布斯曾谈论过城市人的自由流动问题，流动是城市人对生活方式的一种选择，有了这样的选择才会有城市本身的动力或活力。"城市人的这种自由的丰富多彩的选择和对城市的使用正是大多数城市文化活动和各种特色行业和商业的基础，因为这些活动能够从很多地方为城市带来技术、物质、顾客，而且形式特别多样，不仅在市中心如此，在具有自己的特色的城市其他街区也一样。"②从这一视角来看"五道口"的发展，就会有更具条理性的认知。就在北京市第一条城市轻轨紧锣密鼓推进之时，在"五道口"西南侧仅一街之隔的商住小区——华清嘉园于2000年鸣金开盘，直接呼应了轻轨通过"道口"时立体化改造所可能带来的交通和人流方式的变革。在某种意义上，华清嘉园矗立于"道口"西侧，与"道口"东侧的工人俱乐部呈分庭抗礼之势，而此新街区形态的萌生以及对红色神话的疏离，暗示昔日意识形态走向衰落的宿命。街区意识的出现以及街区的主导力量开始由阶级变为资本、由生产变为日常，成为这一时期"五道口"最大的质的改变。一个市场化运作建设起来的在当时看来的高档居住小区，与周围一片片低矮、简陋的密密麻麻的居住区形成鲜明对照。华远地产开发的华清嘉园以当时4000元一平方米的不菲价格夺人眼球，对于当时年收入几千元至多万把元的工人阶级来说，不仅高不可攀，简直是在对这一阶级自身尊严的藐视。这种状况

---

① [法]让·波德里亚:《美国》，张生译，南京：南京大学出版社，2011年版，第28页。
② [加拿大]简·雅各布斯:《美国大城市的死与生》，金衡山译，南京：译林出版社，2005年版，第126页。

仅仅是资本重塑城市街区的一个开始。昔日的领导阶级如今只能在高大楼宇的阴影下失去尊严地生活。商住小区的引入不仅重新划定街区里人们的社会阶层的地位差异,还引入了全新的现代居住理念,比如配套齐备的居住设施(电、热、气等)、居民高质量休闲娱乐的内外环境、象征阶层地位的停车空间、儿童游戏空间,甚至业主会所概念,这一切都随着华清嘉园商住小区的启用而展示出来,资本无疑获得了更大的社会生存空间和更加自由的生活状态的掌控权,这成为既是现代社会发展的铁律,也是后现代社会分化的根基。身临高架的城铁候车站台,举目四望,优雅的华清嘉园与破旧、落寞的低矮民居错落地对峙着,资本的得意可想而知。资本对昔日主人的横眉立目,对今日有钱人的放软身段,成为如何贴切而温馨地服务于新的社会主导阶层的经典示范。显然,资本在区隔不同社会阶层的同时,也在推销个体存在的价值理念,推销一种个体化的生存方式,而不屑于再去专门硬性地提升一个试图体悟崇高的精神群体。

"五道口"变革的另一景观就是"五道口工人俱乐部"的脱胎换骨。原来的"五道口工人俱乐部"招牌,这八个字呈半弧形被格外优雅地安置在俱乐部建筑的顶部,乍一看与陈旧、呆板的房屋平顶形成鲜明对照,多出几分浪漫的审美情调,不过在这八个字下面框定的中心位置,某一天出现了一个字号更大、更为抢眼的牌匾,上面书写有"电影院"三个字。有资料显示,早在 1957 年建成使用的"五道口工人俱乐部",曾经是北京市有名的八大剧场之一,当年梅兰芳、马连良等老一辈艺术家经常到此演出,[①] 这无疑是当时对工人阶级的一种最拿得出手的精神奖励和心灵抚慰。1998 年俱乐部正式变身电影院。现代放映技术、多样化观看空间、日益占据主导地位的市场导向和大众趣味需求,使得昔日"工人俱乐部"不能不谋求自身的转型。与轻轨站的设立和商住小区的建设相一致,去阶级化、去集团化的诉求渐呈汹

---

① 参见《北京五道口工人俱乐部》,https://baike.baidu.com/item/ 北京市五道口工人俱乐部 /4442765。

涌之势，意识形态内涵日益松动，甚至在不经意间被掏空。电影院更多地指向了一个中性的大众参与其中的娱乐场所、一个体现大众喜好和休闲趣味的消费场所。传统的聚集人气、体现团结、分享理念、表达意志、接受教育的统一的观影大厅被改造为区分高低层次、不同人群、多种风格的多功能小厅。个体趣味替换了集体意志，消费功能替换了教育功能，身份意识替换了阶级意识。"五道口工人俱乐部"转型为五道口的一家电影院，实质上意味着昔日灌输式的宣导和政治动员的规训式社会结构的弱化，神圣性也随之烟消云散。人们的日常观影选择和体验成为最主要的诉求，人们的日常需求成为电影院存在的首要制约因素。

当然，"五道口工人俱乐部"的蜕变，还与一股扑面而来的另类艺术潮流密切相关。稍早，大约三公里外的圆明园画家村已然发展到它的最热闹的阶段。"从1989年以后，那些在北京盲流的艺术家开始了更加具体而残酷的盲流生涯。他们远离了自己的家乡，认为自己似乎与生俱来就只能从事被称之为'艺术'的事情。而北京这个有很多领事馆和外事机构的政治文化中心就成了他们理所应当的立足之地……直到1992年年初，这里已经有了……一大批画家，圆明园村的艺术家迅速增多。漂流的生活、没有确定的未来、自由的空间把艺术家吸引到这里。似乎浪漫的梦境和诗意的理想可以在这个地方获得实现。"① 这显然是与进一步改革开放的时代风潮相一致的艺术新潮，其中所焕发的梦想、激情、释放以及格外宽松的外部氛围、几近荒野的空间环境，都成为这些艺术家实现心灵自由之所，他们创造了一个无边界、无约束、无理由的公共生活状态。尽管我们一时难以找到圆明园画家村与"五道口"街区变迁之间的直接联系，但是这样一种大的时代语境有如蝴蝶效应，那种自由的精神气息也会在"五道口"上空弥漫。有一个例子似可以提供某种说明。当时的"五道口"已经可以暗自触摸到另类艺术生成的脉

---

① 易丹、吕澎：《1979年以来的中国艺术史》，北京：中国青年出版社，2011年版，第219页。

动。我们在正规、庄严甚至宏大的建筑背后，在破旧散乱的民间居住的简陋空间，可以找到来自最底层的刺激神经的艺术方式。有人这样回忆当时"五道口"出现的不同以往的民间艺术样态和民间艺人的迷乱作为："当时五道口的标签应该是朋克、摇滚、打口、网吧……一条街的卖打口盘的，一条街的网吧……至今 ~~~ 开心乐园，当时北京算最早的演出场地了，'无聊军队'、CMCB，现在摇滚圈的好多人都是从这里走出来的……"[1] 这是一段有关"五道口"街区"地下"生活的写照。至于"地上"的民间生活，我们同样可以在网上找到更为专业的个人回忆，比如摇滚乐：

> 五道口在北京乃至中国摇滚乐中的地位，确实近似于东村之于纽约摇滚乐。它曾经是隐秘的打口超市，甚至早在 1992 年，我就曾在北京语言学院附近一家唱片店对一张标价为 150 元的平克·弗洛伊德《黎明前的吹笛手》垂涎三尺；而更令人刻骨铭心的是，从"嚎叫"到"开心乐园"，五道口见证了中国地下摇滚 1990 年代后期到 21 世纪初神奇的一段历史。离摇滚乐队集中营树村相对较近，是五道口摇滚现场兴盛的一大原因。那时候摇滚青年刚刚萌动了城市意识，刚刚开始歌唱城市生活……而对于树村乐队来说似乎并不存在北不北京新不新声的问题，他们在城郊，在城乡结合部给这座城市注入大地的气息，但每当他们在演出结束后月黑风高返回郊区的农房老巢，北京城对他们来说就像是一艘贼船。是的，城市只是贼船，而乌托邦似乎总是在远离城市的地方。[2]

把当时"五道口"的摇滚与纽约的摇滚相提并论，评价不低。而对于树村乐队的描述更是精彩，说他们的"乌托邦"总是在一个"远离城市的地

---

[1]《我记忆中的五道口》，https://www.douban.com/group/topic/11454569/。
[2]《北京故事：五道口和摇滚》，https://www.douban.com/note/504339220/?type=like。

方",这种"远离"其实并不是指距离上的"远离",而是更多意味着场所的边缘、地位的卑微、从业的小众,更多意味着一种无法弥补的心理距离和曲高和寡的孤寂,也就是在这样的一种生存状态下,或许才带来了那种在纯净空间里回荡的令人神往的音乐。"五道口"还有值得记忆的是那种带有醉感的氛围,其中酒吧充当了民间催情的场所。许多人都会回忆东源大厦整个地下一层的别样氛围,各式各样酒吧,Global Village、Propaganda、LA BAMBA是其中的佼佼者,那里布满了四面吧台、双人高脚椅、多人沙发、大小包间,还有就是那种难得的原汁原味的音乐,每天晚上人满为患,尤其是周六周日,再大的舞池也是人挤人。① 如果按照巴尔扎克的观点,英雄是现代性的真正主体。② 那么我们在重新认识20世纪八九十年代的"五道口"时就会发现,社会的主角确实已经发生了根本的改变。在昔日的劳动阶级之外,出现了一个有钱、有闲阶层,他们开始占据"五道口"街区的日常空间和公共资源,而这里的随物赋形的改变也迎合了他们多样化的物质和精神需求。

　　本雅明在研究波德莱尔时,将焦点落在了闲逛者身上。他注意到在19世纪的巴黎,已经有人提供了一个新的研究视角,即"生理研究",这一视角下"巴黎生活中的所有形象无一不被'生理学家'所描述",除了针对个体的"生理研究"之外,"城市生理研究"也开始大量出现,这也是更多的对闲逛者赖以生存的城市街区的观照。为了闲逛者阶层的需要,城市开始考虑为他们提供必要的活动空间,原来狭窄的街道被拓宽,原来单调的街区被加以装饰性美化,原来乏味的街道通过市场化而变得富有生机。这是本雅明意义上的街区的"生理病变"。对闲逛者来说,"街道变成了居所"。③ 相对

---

① 《五道口的酒吧文化》,https://www.douban.com/note/272601980/。
② 参见[德]瓦尔特·本雅明《巴黎,19世纪的首都》,刘北成译,北京:商务印书馆,2013年版,第146页。
③ 参见[德]瓦尔特·本雅明《巴黎,19世纪的首都》,刘北成译,北京:商务印书馆,2013年版,第98—101页。

于 20 世纪八九十年代的"五道口"来说,轻轨、商住小区、多功能电影院、新潮美术、摇滚乐、酒吧……这种种新阶层的休闲对象和空间逐步在"五道口"被发展起来,它们一起构成了"五道口"前所未有的"生理病变"的新景观,这种"生理病变"首先从外在空间的变化来征服来往这里的人们,使他们有意无意中成为了其中的一个闲逛者。19 世纪巴黎的闲逛者出现在 20 世纪后期的北京,这可以说是一种精神气质上的一脉相承,但在"五道口"还有另外一番意义,或者用伯曼的话说,这里开始出现了一种"共同视野"。① 显然,无论是当时学院路各个大学的留学生们,还是当时高校里时尚的年轻人,以及投入商界的追求品质的白领阶层,对于他们来说,这样的生活状态和生活场景是密切相关的,既反映日常需要,也呈现生活情调。他们需要一个这样的充满"生理病变"的街区,他们要把自己闲逛者的身份牢牢地打在"五道口"那种越来越纷杂而多样化的日常趣味之上。

其实"生理病变"还更为深入地浸入日常化的街区景致和街区意识。在"五道口"轻轨站向东西两侧延伸的大约一公里范围内,街区的形态在逐步地提升档次和品质,街区的趣味更多地展现为随意且自由,到处弥漫着跳跃和流动的时尚气息。从街区走过,间或可见的外文书写的商店招牌,这已是一道见怪不怪的街头风景。值得记录一笔的是,纷至沓来的高鼻子、蓝眼睛的外国人在改革开放后的北京街头时有所见,唇齿相依的韩国人和日本人捷足先登。当时"五道口"周边的高校,比如北京语言大学、清华大学、北京大学、五道口金融学院,带来不少外国留学生,尤其是韩国、日本、美国

---

① 伯曼在描述当年西方现代主义发展状况时这样说过:"20 世纪 60 年代的各种现代主义和反现代主义都具有严重的缺陷。但是它们的丰富多彩、以及强烈生动的表达,产生了一种共同的语言、一种震颤人心的氛围以及一种经验和欲望的共同视野。所有这些对现代性的看法和修正都是一些积极的历史定位,都是一些将不安定的现代与过去和未来关联起来的尝试,以便帮助当前世界各地的男男女女在这个世界上生活得舒适自在。"转引自[美]马歇尔·伯曼《一切坚固的东西都烟消云散了——现代性体验》,徐大建、张辑译,北京:商务印书馆,2003 年版,第 40—41 页。

以及东南亚、非洲等地的留学生，后来又加上了中东欧留学生，使得这一街区在不经意间从内到外换上了一副混杂的面孔，打上了令人羡慕的异国和时髦的特色和情调。你在"五道口"徜徉时会不经意间有陌生的声音从耳边飘过，专注一看却也是东方面孔，韩国和日本的语言听起来既陌生又亲切，它把"五道口"街区染上了一层淡淡的"洋"色，也由此发酵出一种潜在的追逐时尚的欲望，感染或诱发着那些追逐新潮的年青一代的更多幻想。更有一些不起眼的但颇为小巧的服装店、快餐店、茶馆、咖啡屋、各式各样的杂货店也雨后春笋般开了起来，以及随着掌上电脑和手机的井喷而开设的专卖店，偶尔一两家书店或书吧也杂糅其间，甚至美容美发、保健养生行业也竖立起醒目的招牌。各类店铺混搭分布，显得凌乱无序，但与这些凝固而又灵动的街区氛围倒也十分匹配。如此这般的"生理病变"让闲逛的人们越发意识到街区所具有的居所意义。细致观察，在"五道口"街区穿梭的人流中，不再仅是昔日那些具有光荣身份的劳动者，所添加的更多是高度分化的各色人群——年轻学生、白领阶层、知识分子、高端商务人士、外来打工者、外国旅居者……诸多身份的混杂成就了此一街区或悠闲或匆忙的人群景致。人在街区两侧珠串式的店铺中间漫不经心地游走，或停下脚步张望，或干脆步入一个心仪的小店铺，东挑西选，浏览观赏。驻足时光阴却在流淌，不时会摆布人们浏览的心境；走过时异彩纷呈的装扮交错呈现，诱导人们潜在地组构出一个个凝固的欲望错觉；人流穿梭于各种商业样态之间，不时受到空间和欲望的阻滞。更为流动的是那些见缝插针般出现在街边的小商小贩，那些卖各种小吃的、穿着鲜明少数民族服装摆地摊卖民族产品的、卖盗版书和盗版光碟的、给手机贴膜的、发英语学习资料的、推销各种产品和服务的、开农用车贩卖水果的，甚至街头艺人表演的、送快递的……他们的存在打破了"五道口"时空的线性，扰动了街区一体化格局，衬托街区空气里的游移和暧昧。人在游动中也不时会被其中的某样东西或物品勾走眼神或心境。

选一个华灯初上的夜晚，站在清华科技园东望，会被不远处昔日铁路

"道口"的钢铁意志与今日日常街区构建所形成的街区氛围之间的迷离转换所触动,乃至震撼。一条不足一公里长的城市街区,连接起若干完全不同时代的风云际会,涌动的人流却在昔日的没落和今日的辉煌之间漫不经心地游荡。这是观念和意识在街区改造中拼贴化的结果,或者说是一种奔向后现代街区的杂多格调,"生理病变"就是这样一种氛围和意义上找到了自己合适的形式。仿佛一夜之间,"五道口"阻滞了当下人们的脚步,它在后现代改造的戏仿中找到了人们滞留于此的理由以及激发出闲散游荡的可能。此一街区从此彻底抹去了作为地理意义的节点和红色意识形态的权威意志,学着把自己打扮成一个资本和市场打造的充满活力、迷乱、沉醉的后现代意味十足的公共街区空间。[1]

三、科技风潮之下——街区的物化与物境

年代流逝,阶层转换,街区勃兴,时尚流行,"五道口"在这样的蜕变中重构了自己的样态,获得了一次次新生。新的商业业态和购物空间随着白领和外籍人士的消费冲动而如雨后春笋般发展起来,需求的趣味和品位在消费欲望中膨胀开来。"五道口"在"生理"方面的改变是在向着"舒适自在"的街区日常大步迈进。当然,我们也可以说,这种种的改变都是在为"五道口"的下一阶段变革提供准备,是新一轮变革的预演。轻轨带来的南来北往的人流冲击,资本运作日益成熟的商业环境,新文化喧闹的情绪躁动,终于孕育出了"五道口"的另一副面孔、另一种指向。

昔日的"五道口"除了体现现代钢铁意志和红色阶级意识形态的城市空间布局之外,并没有现代都市意义上的街区概念,更谈不上充满后现代混杂而多歧的街区日常意识。当年在"道口"的东南侧、"五道口工人俱乐

---

[1] 有关"五道口"历史与现实的指南性揭秘,参见《揭秘宇宙中心,五道口》,http://www.sohu.com/a/147859022_739702。

部"对面还建设了一座明显是为满足铁路工人基本生活需求的与生产活动相配套的"五道口百货商场",这是一个外表看上去极为朴实的单层建筑,主体部分为一层,室内空间显得宽敞,屋顶开有若干用于采光的天窗,两侧设置有面积不大的夹层,可通过简易的楼梯上去,说是商场不如说更像一个火车站候车室,或是一个大型的铁路货物贮存仓库。"五道口百货商场"与一街之隔的有着独立院落和围墙的"五道口工人俱乐部"相比,显然是一个附属物,这样的设计理念或可以理解为,在满足工人阶级的精神文化需求的同时,也要提供起码的物质生活便利。当然,这样的生活便利后来逐步惠顾到周围的普通居民,使得"五道口百货商场"成为整个"五道口"地区的具有核心意义的日常消费的购物场所,这不能不说是作为领导阶级的工人阶级团结和帮助人民一道生活的象征,进入其间购物如同一场在工人阶级主导下的集体仪式,其红色意识形态召唤显而易见。

"五道口"的深刻变革是在推出商用住宅之后,在将"五道口工人俱乐部"彻底转身为多样化的大众消费场所之后,那座计划经济时代体现主人翁地位的附属商业建筑,也难逃自身的没落。一座充满现代商业气息的连锁购物机构——华联商厦替代了传统的"五道口百货商场"业态。华联商厦以自身主打的多样化审美时尚和趣味与一街之隔的工人俱乐部变身为多功能电影院呈呼应之势。也就是在这个意义上,"五道口"完成了自身向物化公共空间的初步转型。其实在华联商厦建立之前,当地的东升乡政府已经开始面向市场经济建立新的运行机制,通过土地出让,一座在当时看来颇为奇特的弧形建筑物——东升大厦于2004年竣工。仅就东升大厦的外观来看,它显然是试图通过打破周边传统的方形或长方形的老套建筑形式和格局,通过建筑造型改变所带来的视觉冲击换取更多的好奇和青睐,从而把现代商业植入"五道口"街区的整体趣味之中,这似乎是眼球经济法则在"五道口"落地的较早范例之一,而这样的建筑形态也很好地呼应了几百米外波浪形外观的地铁站建筑,并与华清嘉园商住小区的高档气质相匹配。东升大厦不仅具有新颖的外观，而且矗立在十字路口的一侧，占尽"金角"之地利，尤其是借助开阔的视野把巨幅广告悬挂在大厦外墙体上，使得在此居住乃至工作的人们更强烈地感受到来自商品繁荣的诱惑。东升大厦的易初莲花（后改为"卜蜂莲花"）大型超市和青鸟健身业态的引入在当时来说是前卫的，它不仅充分延续了华清嘉园底商的购物氛围，留住了南来北往的旅居者的脚步，而且健身理念的提倡更直接呼应了华清嘉园会所的设立，使得成功的商业人士和都市白领找到了自身调整和放松的公共空间。

　　物境的营造还要倚仗物化的内在化和身边化落实。有一个现象值得一提，1988年5月，国家在与"五道口"毗邻的中关村地区中关村电子一条街的基础上正式批准成立了北京市高新技术产业开发试验区，1999年8月更名为"中关村科技园区"。这是中国第一个国家级的高新技术开发区，也是中国第一个国家自主创新示范区、第一个国家级人才特区。"中关村科技园"被誉为"中国硅谷"。正是在这一时期，"五道口"的"生理病变"开始趋于成熟。中关村之所以具有这样的科技和产业优势，与近在咫尺的众多高等院校和科研院所不无关系。北京大学、清华大学、中国科学院，成为"中关村科技园区"的最为重要的技术和人才的大本营。"五道口"与中关村隔若干街区相望，这股科技大潮的浸染应在预料之中。1999年，教育产业化理念的提出引发了科技研发和产学研结合的高歌猛进。"科技是第一生产力"的口号成为一时间最具创新型和合法性的理念，也使得教育走出校园找到了新的理论支撑。世纪之交的2000年，与东升大厦一街之隔的清华科技园拔地而起，57万平方米的建筑规模用来筑巢引凤，不仅吸引搜狐、网易、中国电信等众多国内知名的互联网企业在此落户，而且各式各样的中小公司也纷至沓来，据统计，先后200多家企业入驻是清华科技园的常态，它们群聚而生，试图凭借高校资源成就一番事业。而被高墙完全围挡起来的大学群，昔日的那种"两耳不闻窗外事，一心只读圣贤书"的理念，在当今高涨的科技风潮和追求物化心理的鼓噪之下黯然失色，大量学生、教师、科研人员不经意间被纳入了"五道口"——不仅参与高端工作，贡献心智，而且也投身于趣味多变的日常消费之中，成为闲逛者中的一分子。也就是在这一意义上，"五道口"由于科技所秉持的物化意识的加入，开始在物境中与街区日常结合起来，为"五道口"街区换上了另外一套充满后现代意味的贴身包装。

无疑，在"五道口"的进化史中，一种诱惑的力量始终存在，那就是在后现代性意义上对物化意识的自觉不自觉的接受甚至憧憬。这里的物化固然存在一种非人化的倾向，是对人身心的一种改造，但是这样的改造不只具有负面意义，从另一角度看它也会使人的漂浮心灵落实到一种对物的依赖之上，这是一种随心、贴心的与物相处的方式，也可以算是在高度后现代碎片化的物境中人寻找自我安顿的一种方式。在不断消解现代意识和红色意识的日常街区中，自身具有充满合理性的资本和技术之手在无形操控中把需求加以剪裁和修饰，分层级、分时段、分趣味地给予制造和包装，这使得人的欲望在对物的越发多样的占有和玩赏中具有了更大的释放空间，也成为"五道口"改写自身品位和理念的最内在的理由。科技发展风起云涌，商业业态丰富多样，日常选择的纷繁多样，这种生活方式深刻地影响了"五道口"街区趣味的最终定型。

只要你留意就会发现在科技风潮的推动下，"五道口"的街区空间开始充斥在智识影响下以物化为风尚的摆弄和玩赏的心思，一种随物赋形的艺术感觉和设计理念开始不再仅仅是纸上谈兵的一种智力炫技，也不再仅仅是设计者智商的一种体现方式，而开始更多地被投射到日常驻足的环境和使用的物件上，一切都显得新奇、刺激、顺眼、可心，高度的人性化意味着环境设计和物品设计已经渗透到整个街区。店面的升级改造就是一种凸显。一个个风格各异的店铺连接在一起，呈现出不断变换的魔幻色彩，使得它们在有意无意中提供了充足的打发时间的空间内涵。应该说此时的"五道口"已经大大超出日常消费和购买的需要，随着脚步的移动，来往者穿梭在不断变化的各抱地势、各具趣味的大大小小的店铺转换之间，完全是一种心境放松但情绪饱满的投入。物件的琳琅满目，摆设的千奇百怪，灯光的柔和迷人，空间的温馨浪漫，这一切的一切都会吸引你逗留一会儿，再逗留一会儿，那时真的会感觉到脚步的移动是那么不情愿，也显得沉甸甸的。只是辗转之间，时间却悄悄地流逝了。一切都停留在视觉、听觉、味觉、触觉中，一切都为感官所精心准备，一切都在不动声色地暗合智识追逐显在的物化。

科技智识的物化效果对街区的着色或许是不动声色的。与昔日意识形态的精神狂想完全不同，物化生存已经充塞了大大小小的各种类型的街区空间。在整个街区漫步和小憩，你会在咖啡馆里遭遇款式不同的便携式电脑，还有那些在闪烁荧屏上扫来扫去之后或呆滞无神或充满表情的目光，这些目光不时地投向大玻璃窗外纷杂的景致或室内机械意味十足的室内吊顶或其他无关紧要的小装饰；更多的时候，人被安置在机器对面，机器在把人捆绑到与自己相对的固定状态上，它不愿顾及人的感受，而是把人作为自己的附属物，通过房获人的眼睛和身心的方式来经营和释放自己的空间掌控力；不过通常在这些电脑旁还会躺着一个更为灵敏而可以随意移动的机器装置——手机，表面上看，如今的手机已经成为人们手里的玩物，有意无意地被占有和摆弄，不仅手机里的内容成为消遣的对象，就是手机本身也由于它的功能变换和别致设计受到格外的欣赏和喜爱。其实手机的另一副面孔同样是机器，是一个随时把人直接变为一个连接外界的终端、把人改变为一个每时每刻发挥接收功能的信息加工厂的机器，而大量的垃圾会随着手机堆积在你的身边，让人在视觉盛宴中消磨掉他的时间，仿佛是在把他的无聊和消遣驱赶到一旁。某种意义上，"一个人体前所未有地和一个机器紧密地结合起来，我们前所未有地为自己制造了一个新的身体：一个新的任何机器的混合体"[①]。机器与你朝夕相伴，你时刻被机器包围，你不由自主地成为它们之间的一个

[①] 汪民安：《论家用电器》，开封：河南大学出版社，2015年版，第113页。

最本质的物理存在物。如果你在这一类休闲场所里发现一个阅读纸本读物的人，除了几分亲切，还有就是惊讶，因为这里不仅涉及年龄，涉及一个公共空间的存在方式，从体态摆放到对位置占有，而且涉及知识流播以及智识呈现的形式，与此相关的是知识存在的纯度。这不能不是智识对于一个街区成长的不经意改变，因为它已经完全深入到街区内部，完全深入到构造街区的人际的空间形态。后现代街区就在这里找到了它的另类而又不断自然化的感觉和气息。

"五道口"在百余年的变迁中从未停下脚步，始终在不断地求新求变。"五道口"一天中的绝大部分时间是流动的，沉睡只是在入夜之后的那几个小时，当黎明揭开它的面纱时，它的多彩多姿的外表就不再隐晦，它愿意把自己最光鲜亮丽的一面呈现给涌动起来的人流，但也不会忘记在高楼大厦和高墙内部看不见的智识养分，于是它也不断地求新、求变，以更为时尚、更为新潮的空间感受和时间洋溢填充起自己、调整好自己，以留住更多人的脚步和目光，不仅是那些亲切的老面孔，还应该有更多的陌生的新面孔。

尾声

近三年，有关"五道口"的两则消息颇值得关注。

第一条消息：2016年7月，中关村智造大街启动，这条大街"位于五道口清华大学东南门，是在北京市政府、中关村管委会及各委办局支持下，打造的围绕智能制造产业生态中试基地，成为引领'中国制造2025''国家双创基地'创新高地"①。

第二条消息：2016年11月5日，"为配合京张高铁的建设，京张铁路北京北站至北五环段的铁轨的拆除工作正式开始。11月17日，位于海淀区的

---

① 《中关村智造大街》，https://baike.baidu.com/item/ 中关村智造大街 /22372941?fr=aladdin。

双清路与五道口两个平交铁路道口已设立围栏，部分铁轨已拆除"①。

第一条消息告诉人们"五道口"在科技发展上设定了更为远大的目标，这样的空间拓展不仅影响到软实力的进步，而且让更多的科技和人才成为"五道口"街区的内蕴；第二条消息则正式宣布"道口"的终结，这个昔日代表现代和红色意志的铁路"道口"最终丧失在追赶世界的合理化设计中，与此相关的清华园车站尽管被保留下来，却也在博物馆的阴影中被冷落在现实之外。

其实在"五道口"摇身一变为"宇宙中心"之际，它的历史使命就已经彻底完结了。代表现代性和红色意识的"五道口"已经变身为大众寻找生活方式和消遣娱乐所依赖的日常街区，这里的人们实践着日益丰富的感官满足。于是现在的人们常常又会面临另一个充满诱惑性的追问："五道口"为什么会成为"宇宙中心"？或者问为什么偏要把"五道口"变成今日的"宇宙中心"？迄今为止，我所看到的最为精彩而巧妙的回答来自这样一则对话："总有人问：'为什么五道口是宇宙中心？'总有人答：'我从这里走过，我的青春在哪里，哪里就是宇宙中心。'"②而我的回答则是：神话编织在哪里，"宇宙中心"就在哪里。

---

① 《宇宙中心五道口变身"无道口"，部分铁轨已拆除》，http://www.sohu.com/a/119439936_407828。
② 《拆不完的五道口：还是宇宙中心吗？》，https://www.sohu.com/a/157903261_200664。

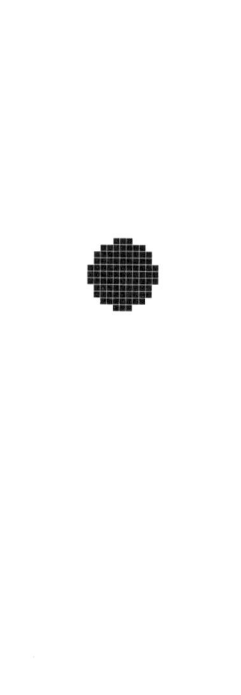

辑三 逃逸

从群女性到第四空间：中国大妈们的广场舞演绎

广场舞与大妈的联系，其实是与大妈们的联系。与广场舞相关联的是以大妈为基础的大妈们，而不是大妈自身，是这一称谓的复数，而不是单数，这一点不容忽视。如果说单数只是一个相对简单的身份描述，那么复数则可能化合出多种意味和指向，作为从事公共活动的群体，大妈们所蕴含的差异或另类就更不稀奇了。至于大妈们所跳的广场舞，表面上看是女性的生活技艺的展示方式，是女性自娱自乐的群体活动，也是作为大妈们刷存在感的手段，而更为要紧的还在于广场舞是一种通过对公共空间的改写而重塑共同体的存在方式，这一切或可能带来针对无论是空间还是女性（特殊群体）还是舞蹈还是生存的多重的阐释向度。大妈们以舞蹈形式重构空间，成就了一个由舞蹈与广场交汇的日常文化事件，由此可以发问：广场舞给大妈们赋予了什么内涵？大妈们在广场舞这样的审美时尚中获得怎样的生存样态？

一、寻找"大妈们"

"大妈"在汉语里是一个普普通通的名词，这个称谓一看便知是有关女性的相关年龄段的一个称谓，也是晚辈对女性长辈的一种昵称。而对"大妈们"的寻找，首先要从大妈开始。个体大妈显然具有两个进行认知的参照坐标：一是性别，一是年龄。无论是性别，还是年龄，它们都是构成个体大妈转向群体大妈们的基质。

从年龄上说，跳广场舞的大妈大都是在五六十岁。这个年龄段的女性生理特征正处于更年期或更年期已经结束，与之相伴的，无论是单身，还是非单身，她们的直接性快感处于结束的边缘或已告结束。也就是说她们自身的女性生理机能开始发生某种改变。作为生物学意义上的女性特征逐渐离身远去，变得模糊，甚至难以被唤起，她们正在逐渐步入去性别化的、某种程度上已经可以被叫作"大妈"的这一含混的性别称谓的阶段，而从另一视角看，她们进入了一种中国传统伦理的关系之中。"大妈"不是真实意义上的"妈"，而是虚拟意义上的"妈"，是比妈还大的妈，这是中国传统伦理通过母性定位来规约和指认这类女性的方式。"妈"的意涵只在家庭内部具有意义，而"大妈"既可以在家庭内部获取意义，更可以走出家庭，进入社会，后者更宽泛地揭示了这类女性自身可能具有的社会地位和价值。甚至可以这样说，这是把女性的个体性征转换为亲昵、尊重、和谐的主体特质的诉求。从这个意义上讲，大妈是在用一种公开的传统伦理方式来重新打造自己的存在特质，昔日的女性性征乃至母性性征都已经不再重要，她们开始构建一种特殊的女性社会身份。

在一般社会伦理中，作为长辈的妈，其身份和地位是约定俗成的。这种约定俗成性把妈从性别中区分出来，"妈"不是一个性别概念，而是一个伦理概念。妈的伦理价值凸显为家庭关系中的辈分和日常生活中的慈爱。辈分以母仪为表征，慈爱以母性为表征，所以妈的核心价值诉求是完成一个家庭结构的黏合与运转。她通过自己的母仪树立起为人处世的行为规范，通过自己的母慈表达来自长辈的关心和呵护。这样的地位和身份彻底使妈告别了自身作为个体的性别特质，进而转换为那种属于女性人格中孕育和抚养的主体特质。母仪和母慈的表达，性别只是其内涵的基础，更为重要的是一种家庭伦理规范中的行为指向。

"妈"是一个成年、已婚且育有子女的女性的身份标识，但更是一个女性由私人个体向社会主体过渡的标识。弗洛伊德曾经构想过一个从本我到超我的心理活动的理论模型，以此来揭示个体的心理活动以及可能产生的社会后果。这一心理活动也可以说是个体向主体的转移过程的心理基础，更进一步说，这一过程还可以从福柯的个体治理意义上的规训自我或关注自我的方面来加以认知。

弗洛伊德在论述本我与自我的关系时做出过这样一个基本判断："在自我的自我保护本能的影响下，快乐原则便被现实原则所取代。"[①] 这里要首先明确的是弗洛伊德的整个研究工作是围绕着心理病理学进行的，而我在这里对弗洛伊德观点的征引不是要具体针对此类疾患，而是在更一般意义上的借用，是想从中更有效地寻找女性由个体向主体转换时那种习焉不察的心理基础。那么弗洛伊德的这一断言包含怎样的可借鉴的内容呢？

弗洛伊德构造的个体人格结构模型是由本我—自我—超我三个要素组合而成。易言之，遵循本能的本我的任何活动，都是为了实现快乐原则，但是快乐原则往往在现实中无法达到，也就是说现实原则始终制约着快乐原则的实现，或者说把快乐原则转换为现实原则，这种转换是通过对本我的压抑完成的。想要完成自我存在，调节本我与超我之间的矛盾和冲突必不可少。弗洛伊德认为在自我实现的过程中本我始终处于冲动的欲求实现状态，但是与之相伴的压抑也随之而来，它使本我无法突破超我的藩篱。比如在考察女性气质形成时，弗洛伊德认为，女性气质的被动性是压抑机制的产物。表面上看，女性自我的实现最典型的表现是女童从阴蒂快感向阴道快感、从恋母情

[①] 车文博主编：《弗洛伊德文集》09，北京：九州出版社，2014年版，第10页。

结向恋父情结转移的完成。^①但从深层看，这一转移并没有为女性本我的真正实现找到出路，生理发育完结了，现实需求实现了，却反倒引来更大的压抑，因为弗洛伊德注意到，女性气质形成的外在条件起到了某种意义上的决定作用，比如"妇女对攻击性的压抑是由其体格规定并由社会强加给她们的"[②]。弗洛伊德的这一分析尝试从生理学和病理学探知女性成长过程所带来的女性气质，发掘女性气质构造的内在心理和本我在超我面前被压抑的严酷现实。我们可由此窥视到超我作为主导性要素在女性气质形成的过程中发挥了不可小觑的影响力。在弗洛伊德的意义上的超我，一个重要表现是化身为"自我理想"。"超我的假设已真实地描述了一种结构关系，而不仅仅是把诸如良心之类的抽象物进行人格化。还有一个归之于超我的更重要的功能没有提到。超我也是自我理想的载体，自我依照它来估量自己，竭力模仿它，力争满足它的更加完善的要求。"[③]显然，所谓的自我理想是个体规训的一个重要基础，是在一种结构关系中个体形塑的手段。

弗洛伊德在研究群体心理学时对个体与群体的心理影响和互动过程有过观察，其中个体对群体的"认同作用"是弗洛伊德重点考察的一个概念。认同作用产生于群体，只有认同作用的实施，源于群体的自我理想才有可能在个体身上得以实现。从群体心理学的视角出发会发现，"自我被划成为两半——一半反对另一半"，这一点促使我们提出如下假设："在我们的自我

---

① 参见车文博主编《弗洛伊德文集》08，北京：九州出版社，2014年版，第106页。这里引用两段弗洛伊德的相关论述："我们有权坚信我们的观点：在女孩的阳具欲望期，阴蒂是主要的性感区。当然，情况不会一直如此。随着女性气质的产生，阴蒂就全部或部分地把其敏感性连同其重要性移交给了阴道。这是妇女在其发展中不得不完成的两个任务之一。""现在让我们谈谈女孩在发展中肩负的第二个任务。男孩爱恋的第一对象是他的母亲，在男孩俄狄浦斯形成时期依然如此。而且从本质上说，终生如此。对女孩而言，她的第一个对象也应该是母亲⋯⋯但在俄狄浦斯状态中，女孩的父亲变成了她的爱恋对象⋯⋯因此，在该时期，女孩不得不改变她的性欲区和爱恋对象。"
② 车文博主编：《弗洛伊德文集》08，北京：九州出版社，2014年版，第104页。
③ 车文博主编：《弗洛伊德文集》08，北京：九州出版社，2014年版，第58页。

中形成了某种这样的能力，使自己从其余的自我中分离出来，并与它们发生冲突。我们称之为'自我理想'（ego ideal）——按其功能我们把自我观察、道德良心、梦的稽查以及压抑的主要影响归咎于自我理想……它从环境的影响那里逐渐收集环境施加给自我而自我又总是不能达到的各种要求。"① 弗洛伊德还说："全体成员之间的相互联系就属于这类认同作用的性质——以重要的情感共同性质为基础。"② 这样一种来自外在（比如群体）的自我理想，透过心理投射到个体之上的影响，引发个体的认同作用的发生，从而实现自身。也就是说群体成员之间产生认同作用自有其合理性，因为个体的群体意识和群体取向的生成，实际上可以看作是以群体关系之情感为内核的自我理想的投射，这种投射就是一种隐性压抑。其实任何个体在面对群体时，都会不同程度地被群体的规约所抑制，从而在认同作用的促动下导致情感本身的改变乃至投射方式的变异。如果这种改变和变异产生出某种积极的意义，那么群体就会成为个体的生存依托，情感就会真正成为群体中个体之间的爱意。③ 但我个人以为，弗洛伊德似乎没有注意到来自外部的群体意志在作用于个体时，这种规训上的自我理想所产生的认同作用是否可以转化为自觉意义上的心理认同，仍然有待进一步观察。由此延展，福柯的外在规训或可以有效地理解个体的群体化生存。

其实弗洛伊德精神分析意义上的人格结构无非是人在自我成长过程中心理机制的自我规训和改造，这种规训和改造就是为了自我在外化的过程中不断适应外在的（群体意义上的）生存条件。我们从这一点接入福柯的相关思想或许是顺理成章的。弗洛伊德与福柯，两人之间表面上看似风马牛不相及的研究，却也暗含着内与外、心与身方面的相互呼应的特点。弗洛伊德

---

① 车文博主编：《弗洛伊德文集》09，北京：九州出版社，2014年版，第107—108页。
② 车文博主编：《弗洛伊德文集》09，北京：九州出版社，2014年版，第106页。
③ 其实如果这样追问下去的话，弗洛伊德的俄狄浦斯情结的社会投射似乎可以成为一个有关情感（爱欲）的哲学问题，已经超出了心理学的范围。

的有关个体心理机制的研究在一定程度上可以对应于福柯的个体身体规训的研究。在福柯看来，人自我规训的主要目的就是要使自身成为一个具有可评估的社会价值的主体——个体最终蜕变为主体。泰勒（Dianna Taylor）指出："福柯的主体不是一种我们占据的状态，而是一种我们实施的行为。进而，它是一种通常发生在规训环境下的行为。我们构造了作为主体的我们自身（我们被如此构造），通过各种不同的'自我实践'，包括书写、饮食、锻炼和说真话等等的行为。"① 泰勒所论的福柯的这一思想从根基处揭示了个体向主体生成的过程，也就是说任何人如果想成为一个主体，那么他必须在规训的意义上落入一个现实环境，从而把自我具体化为一种与该环境相对应、相协调的人。福柯使用了"辖域"（blocks）概念来描述这样一种规训的情形。

> 在这些辖域中，技术能力的部署、交往游戏、权力关系，依据审慎构思的方案而彼此适应。这些辖域构成了我们所说的"规训"（discipline）——规训的词义在此被稍稍地放大……通过认为的澄清性的系统，规训表明，客观结局、交往系统和权力是如何浇铸在一起的。它们也展现在不同的接合模式：有时候突出的是服从和权力关系（如苦修和修道院类型的规训），有时候突出的是目的性行为（如工厂和医院的规训），有时候突出的是交往关系（如对学徒的规训）；有时候突出的是这三种关系类型的渗透（在军事规训中，大量甚至是冗余的符号，既表示着，也牢牢地编织着权力关系，而这些权力关系又独具匠心地产生大量的技术效应）。②

---

① Dianna Taylor, "Practices of the Self", in Dianna Taylor(ed.), *Michel Foucault: Key Concepts*, Durham: Acumen, 2011, p.173.
② 汪民安编：《自我技术：福柯文选》III，北京：北京大学出版社，2016年版，第125—126页。

如果按照福柯的这种"辖域"思维，规训是一个非常复杂的过程或工程，其中涉及技术、交往，也涉及权力，它至少是这三个要素之间或彼此纷争或彼此融合的结果。女性在家庭中的母性化、母性在社会中的大妈化，体现出的就是个体对群体意志的服从，其目的就是在交往中自我定性，即实现一种完全脱离自身特质的被群体所认可的生存样态。当然，女性的被规训，除了这些实体性的外在物质条件外，除了这种在关系中构造的互动性适应外，还有一个不容忽视的规训"辖域"，即通过外在规训达到带有标签化的认同作用，自我标签化的符号认知建构出一种超我意义上的自我理想，这是一种超我的自意识，这或许在某种意义上迎合了福柯的在谈论主体生成时所注意到的更加隐秘的机制。

"关注自我"是福柯设定的一个伦理主题，也是他构建自我的主体伦理学的一个基本方面。"关注自我"与"规训自我"如何可以整合在一起，或者说它们之间是否具有某种内在的一致性，也是一个值得探究的问题。这一点可以从福柯谈论主体性时曾经说过的一段话里寻找线索："虽然我现在对主体如何通过自我实践活动这种积极的方式建构自我很感兴趣，不过，这些实践并不是个体自己创造的。这些实践是他在当时的文化中所发现的范式，并且是当时的文化、社会和社会群体向他推荐并且强加给他的。"[①] 也就是说主体之成为主体的基本条件需要外在的规训，因为主体的成立是个体自身实践的结果，而这种实践的基础来自"文化、社会和社会群体"，是从外部强加给他的，也是他无法逃避的。这是问题的关键所在。福柯伦理学上的"关注自我"具有两个方面的指涉：其一是"目的在于认识自我——这是认识你自己（gnothi seauton）的常见内容——塑造自我、超越自我，以及对可能会吞噬人们的欲望进行控制"[②]，这也正是弗洛伊德的超我压抑本我的另一面；其二是处理"关注自我"与"关注他人"可能存在的关系。在福柯那

---

① 汪民安编：《自我技术：福柯文选》III，北京：北京大学出版社，2016年版，第266页。
② 汪民安编：《自我技术：福柯文选》III，北京：北京大学出版社，2016年版，第255页。

里,"关注自我"与"关注他人"是无法分离的,或者说是相互暗涉的。"自我关注也意味着与他人的关系……在自我关注的发展过程中,始终存在着与他人的关系问题。"① 在被问及"关注自我"与"关注他人"的分离会不会导致"关注自我"的绝对化时,福柯回答说:"只有当人们不关注自我并且成为自己欲望的奴隶之后,控制他人和向他人行使专横权力的危险才会出现。如果你正确地关注自我,换言之,如果你在本体论意义上知道你是谁,如果你知道你能够做什么……如果你知道应当惧怕和不应当惧怕什么,如果你知道你能够合理地期待什么,另一方面,知道哪些事情对你来说无关紧要……那么,你就不会向他人滥用自己的权力。"② 这就是福柯所设想的"关注自我"的两个基本方面和可能带来的结果,也就是个体之所以能够成为主体的基本条件。当然,我们这里需要把这两个方面进一步整理一下,以加深我们对于主体伦理的认识。福柯所讨论的语境是古典时代的社会存在。不过把这一论题放到今天同样具有现实价值,因为我们知道福柯所强调是如何"关注自我"以及如何在"关注自我"的基础上"关注他人",并且把自我与他人的关系调整到符合现代社会的要求,这既是主体成为可能的条件,又是实践主体的途径。从这一意义上说,"关注自我"的一个合理方式就是如同弗洛伊德所说的,可以设立一个"自我理想",从这一"自我理想"出发来重新塑造自我作为主体的形象,而这一"自我理想"也就是外在语境下的一种被赋予和被强加。

从弗洛伊德到福柯,从内在的"自我理想"到外在的"自我规训"和"关注自我",这样的一种内外结合、内外互动的主体生成机制,也从根本上规范了女性由女到妈到大妈甚至到大妈们的转换过程。妈是对女的压抑,妈制造了一个全新的自我,而大妈是对妈的压抑,大妈则制造了另一个全新的自我,她们的出现都是超我召唤的结果,这是女性欲望在压抑中得以实现的

---

① 汪民安编:《自我技术:福柯文选》III,北京:北京大学出版社,2016年版,第261页。
② 汪民安编:《自我技术:福柯文选》III,北京:北京大学出版社,2016年版,第261页。

伦理方式；大妈们则是对大妈的压抑，是"自我理想"和"关注自我"的一种社会化的实现方式。个体不需要规训，而主体则是规训的直接对象，这种规训在弗洛伊德那里是从本我到超我的过程，而在福柯那里就是从外部的身体活动方式的设计和安排到对自我意识的不断询唤。我认为如果说妈已经成为主体的话，只不过这一主体更多地具有家庭和家族的意义，那么大妈则完全是社会化的主体，大妈的升级版大妈们通过称谓的转换，使得自身从母性／女性进入到非母性／非女性——"群女性"阶段，这是一种福柯"辖域"意义上的社会语境，它所生成的自我理想也是大妈们从事广场舞活动的一种现实规范。

二、广场舞与"群女性"

在中国当下社会的日常生活中，跳广场舞的大妈们是一个带有标志性的群体——"群女性"①。与同一年龄段的大叔相比，大妈显然更愿意群聚，这种群聚的特性使她们脱离了大妈的角色，成为公共空间里的"大妈们"。在女人的一生中，从女婴、女童、少女到女人，围绕性别构建自身始终是挥之不去的表征，而妈的出现意味着女性人生中的一个重大转折，即从纯性别中走出来，进入一个性别与家庭角色混同的阶段，这种由母性替代女性的过程实际上是一个从女性个体向女性主体的转换过程，而大妈作为一种家庭身份和社会身份的兼顾在妈之后出现，无疑是女性构建自身主体性的一个有

---

① "群女性"这一称谓直接受到吴冠军有关"群学"论述的启发。吴冠军针对所谓的"群学"有过这样一段明晰的阐发："群学关注大他者的一整套操作——所有关于人之群处的意识形态设定。正是大他者，将单个的个体以一种特定的方式黏合在一起（该方式因时与地的不同而迥然相异），形成一个作为'文明社会'的共同体。野蛮人、禽兽之所以无法形成'文明社会'，正是因为他们之间不存在一个大他者在进行全面的规介。在这个意义上，那无形又始终在场的大他者，恰恰正是一个共同体的'substance'（质核），是共同体赖以构建的支撑性的地基。共同体的质核并不是施密特所说的同质性的'民族意识'，相反，'民族意识'本身亦只是大他者编织出来的一段叙事植入到某一群人的'意识'中。"（吴冠军：《现时代的群学——从精神分析到政治哲学》，北京：中国法制出版社，2011年版，第20—21页。）

意味的延伸，因为它为大妈们的出现奠定了脱离家庭而进入社会的基础。从这一视角拓展开去，大妈们也可以获取一种由社会性别（gender）构造的社会性。

　　社会性别理论作为福柯的"自我规训"和"关注自我"理念的一种女性主义延伸，它对女性社会存在的研究具有深入的启示性。[①] 社会性别的提出，首先让人们必须面对这样一个问题。霍姆斯（Mary Holmes）在介绍巴特勒的相关思想时写道："有关性别的社会建构的思想可以被看做是基础性的，我们如何理解一个人何所是，人如何行动以及他的行动如何理解。朱迪斯·巴特勒……强调性别如何把我们建构为主体（思考、行为的人）……她把性别视为一个社会建构，它创造了这样一个现实，人们在其中过着他们的生活。"[②] 性别建构主体，而性别又由社会来建构，主体则是依附性别的社会建构之存在。巴特勒在谈及社会性别时尤其强调要把这一问题落实到社会性别的行为方面："社会性别不是一种稳定的身份，也不是一个表征各种行为的场所，社会性别更像是一个时间上的无为建构、一种外部空间的机制、一种风格化的行为叠加。社会性别的影响是通过身体的风格化完成的，而且必须被理解为一种世俗的方式，在此，身体的姿态、动作以及各种样式构成了一种社会性别自我的持久的幻觉。"[③] 想想看，"身体的姿态、动作以及各种样式"，这样的说法恍然间使我们意识到巴特勒着意强调的社会性别的特点，

[①] 有关福柯对女权主义的影响，莫雅·劳埃德曾在一篇文章中指出："直到较近的一段时间里，女性主义对福柯著作的兴趣往往集中于他的谱系学研究，尤其是他的权力分析对理解妇女世界地位的实用性（或无用性）以及女权主义政治面对由话语构成的一个主体的前景。"当然，作者在该文中还进一步分析了福柯对女性主义影响的另一方面，即"福柯的女权主义政治"，并且具体分析了普洛宾、迪普洛斯和巴特勒三人的相关研究成果（参见莫雅·劳埃德《福柯的伦理学和政治：适用于女权主义的策略？》，载汪民安等编《福柯的面孔》，北京：文化艺术出版社，2001年版）。

[②] Mary Holmes, *Gender and Everyday Life*, London and New York: Routledge, 2009, p.55.

[③] Sara Salih and Judith Butler（eds.）,*The Judith Butler Reader*, Malden, MA: Blackwell Publishing Ltd., 2004, p.114.

难道不是以具有标志性的身体行为作为表征的吗？而中国大妈们所跳的广场舞不正是巴特勒意义上的社会性别的一种表现方式吗？之所以有大妈们，之所以有"群女性"，就在于是广场舞改写了女性的社会存在方式，广场舞把社会性别铺展开来，"群女性"通过广场舞培育了身体的风格化和世俗化。巴特勒还对社会性别的行为化做出了进一步说明：

> 如果社会性别的特点不在表现而在行为，那么这些特点有效地构造了他们所说的表达或呈现的身份。表达和行为之间的区分至关重要。如果社会性别的特点和行为，身体表现或生产其文化意义的各种方式，是行为性的，那么就不存在行为或特点的以此为标准的先在身份；也不存在真或假、社会性别的现实或扭曲的行为，以及对于真正的社会性别身份的假设将呈现为一种监管的虚构。社会性别的现实是通过持久的社会行为手段创造出来的……①

在巴特勒看来，身体行为是社会性别的反映，是对社会性别的一种行为化指认。巴特勒之所以强调社会性别的行为性，是因为她试图为性别（女性）本身去本质化，为这样的性别身份去先在化，社会性别就是具体语境里的性别行为，是由具体的行为语境决定和构造的性别行为，也就是说女性的任何特质都具有后天性，都是在行为中被培养起来的。具体到中国大妈们的广场舞活动，正迎合了巴特勒这一理论见解。广场舞本身的行为特征具有塑造"群女性"这一社会性别的功能和特点。女性主义研究者艾莉森·贾格（Alison M. Jaggar）对此现象提供过自己的一个观察结论，指出："否认男女差异的明显缺陷是，它无视性与社会性别对每个人生活方面的影响之大。人们的工作、娱乐、穿衣、收入水平，甚至说话方式都是由关于两性合适的外

---

① Sara Salih and Judith Butler (eds.), *The Judith Butler Reader*, Malden, MA: Blackwell Publishing Ltd., 2004, p. 115.

表行为的社会期望所规范的。人们的不同是根据性别而有规则地产生的。占优势的社会性别准则可以而且也经常遭到某些地方的某些个人的反对,但在大部分时期对大部分人来说,这些准则完全是天经地义的日常生活框架。女权主义者要对付性别差异,就不能无视性别差异的社会体制化,不能拒绝承认社会和政治现实。"①可见承认性别的社会差异是认知和理解女性问题的一个前提。从性别平等到社会性别,前者强调男女之间的身份和地位问题,后者则更多体认社会行为的差异和构造这一差异的体制化问题。"群女性"就是在把女性自我的广场舞行为不断地加以一种体制化,从而以此体制化对抗彼体制化。只有这样的体制化的建立,"群女性"也才可能有来自体制的性别活动的起码保障,由这里出发,社会性别问题才有可能在广场舞体制中获得解决,这里没有身份问题,而只有社会性别存在的可能性问题。艾莉森·贾格也进一步提出,要发展出一种对于女性来说具有真正现实意义的"关怀"概念以及与此密切相关的实践活动:

> 发展这样一种关怀的概念,是个集实践、政治和思想为一体的工程。它不可能发生在一个由统治构造起来的世界里:在这个世界里,公共领域和私人领域截然分开,一套人人熟知的、与社会性别联系的西方文化中的对立词汇将不平等合理化,如文化/自然,头脑/身体,理性/感性——在每个二分法中,前一个词同男性相连,前一个词比后一个词优越。探索试验超越平等的途径需要一个丰富的、在某些方面受到保护的环境,一个有意识致力于发明不那么僵化、不那么等级性的生活思维方式的女权主义社群。②

---

① [美] 艾莉森·贾格:《性别差异与男女平等》,载王政、杜芳琴主编《社会性别研究选译》,北京:生活·读书·新知三联书店,1998年版,第201页。
② [美] 艾莉森·贾格:《性别差异与男女平等》,载王政、杜芳琴主编《社会性别研究选译》,北京:生活·读书·新知三联书店,1998年版,第212—213页。

如何构建艾莉森·贾格所谓的"关怀"？这一"关怀"与福柯提倡的"关注自我"是否具有某种可能的联系呢？在我看来，福柯的"关注自我"是一种对现实中人如何更好地存在的观照。福柯把视点放在了古代社会体制所构建的历史语境中。福柯认为"关注自我"实际上涉及一系列自我生存的具体问题，包括如何驯化自己的身体、如何在政治或家庭关系中处理好自我与他人的关系、如何因循身体的健康观念和快乐法则，还有就是作为女人如何寻求性和婚姻生活中的快感和满足，这一切都构成了"关注自我"的主要内容。在福柯看来，"关注自我"是一种"生存的技艺"。①萨拉森认为福柯有关自我生存技艺的说法，"不再仅仅限于统治者的自我技术，也不再可以约简为策略性目标。此时，自我就是目的本身，关怀自我'延展到整个生命中'，转变为一种包罗万象的生活艺术，转变为一套应付艰难生活境遇的终身的实践性生活规则及其训练"②。如果把福柯的"关注自我"的"生存的技艺"具体延伸一步，就会触及艾莉森·贾格提出的"关怀"问题，也可以说艾莉森·贾格提出的"关怀"问题是对福柯的"关注自我"在社会性别领域的一种延续，其对象直接指向女性本身的现实境遇。其实在福柯所讨论的女性的家庭和婚姻的角色之外（由于福柯观照的是古代社会，其时妇女尚难有社会活动，所以福柯的视角局限于女性的传统社会空间），女性的社会活动已经超出了家庭和婚姻，这样一来，如何在整个社会框架下来评价男女之间的关系，就是女性主义者提出的一个至关重要的问题，也是福柯相关思想的有力延展。在此基础上，艾莉森·贾格提出了可以更好地落实"关心"活动的"女权主义社群"概念。这与弗洛伊德谈及的"群体心理学"或许存在某种意义上的勾连，尽管两者讨论的对象完全不同。弗洛伊德说："群体中的

---

① [法] 米歇尔·福柯：《性经验史》（增订版），佘碧平译，上海：上海人民出版社，2011年版，第330页。
② [瑞士] 菲利普·萨拉森：《福柯》，李红艳译，北京：中国人民大学出版社，2010年版，第244页。

个体通过群体的影响而在他的心理活动方面发生常常是深刻的变化。他的情感倾向会格外强烈,而他的智力显著降低,这两个过程显然是以接近该群体其他成员的方向发展的:只是通过取消对每一个人特有本能的抑制,并且通过他放弃他自己特有倾向的表现,才能达到这种结果。"① 按照弗洛伊德的分析,群体内含的一个基本心理逻辑就是个体在情感上对群体的归依,情感压倒理智,群体成为大家一致认可的、值得追随的标志性"符号"。而从女性主义看,"女性主义社群"的建立尽管具有外在的政治目的,即谋求整个社会范围内的男女平等,或者说是寻找男女平等的社会机制,但是就具体存在形态来说,它不能不是以情感归依为纽带的,也就是说,"女性主义社群"是建立在女性之间具有一致的理念、情感和行为方式的基础上的,而其中彼此"关心"的情感是其不可或缺的因素,更起到了黏合剂作用。

  当然,"女性主义社群"更多地具有社会学意义,它所关注的是一种由女性组建的社会群体,它的出发点和目的是与女性权利的获取密切相关的。而我在这里提及的"群女性"则没有那种置身于整体的社会结构的意义,而更多地是一种自发的女性作为个体化主体的社会空间里的存在方式,但"群女性"在广场舞活动中的心理状态是与弗洛伊德的群体心理理论分析相吻合的,她们在心理上归依于广场舞这样一种"群女性"的活动形式,首先属于情感归依。"群女性"把女性的社会存在构造为一种相对独立而有效的社会群体,也具有"女性主义社群"的基本特点。吴冠军在研究他所谓的"群学"时,把它与拉康的"大他者"理念联系起来,认为人的存在实际上是大他者结构下的存在,人作为主体具有群体性,而这种群体性恰恰就是大他者的一整套规制直接作用的结果。②

---

① 车文博主编:《弗洛伊德文集》09,北京:九州出版社,2014年版,第87页。
② 参见吴冠军《现时代的群学——从精神分析到政治哲学》,北京:中国法制出版社,2011年版。

三、广场舞与第四空间美学

　　一般而言，女人属于空间，男人属于时间。男人在空间里会瞻前顾后，女人在空间里则努力经营；男人对于空间里的位置关系格外敏感，女人对于空间里的氛围状态格外在意；男人在空间里倍感压抑，总想仓皇逃逸，女人在空间里立足脚下，完善自身。

　　用空间来进行展示女性的另一意义在于女性空间化不是社会空间生产的一个环节，而是通过"群女性"特征来改写空间、拓展空间，从而开辟出具有特殊意义的"第四空间"。这是女性获得另类意义上的社会存在感的实现路径。需要注意的是，在我们设定的论述视角中，女性褪去性别，她们以"大妈们"的名义上的"群女性"的身份出现，替代了往日的"个女性"的性取向，此外还替代了社会生产意义上的社会性，更替代了家庭关系意义上的伦理性。或简言之，第一空间是性别交往的空间，第二空间是社会生产的空间，第三空间是家庭伦理的空间，第四空间是公共生存的空间。对于广场舞的大妈们来说，第四空间的特质不是欲望满足，不在身体生产，不负家庭责任，而只能是生存的展示。大妈们用自己的身体表演和"群女性"特质的认同尝试完成对存在空间的改写——一种审美意义上的自我认可和共同体的再造，而性乃至与性密不可分的身体从此消失，"群女性"的凸显不能不说开辟出这样一个第四空间的美学风尚。

　　应该说每一种群体都有属于自己的空间以及属于自己的空间占有方式。按照传统中国式社会结构，妇女在家庭空间中居于主导地位。但随着现代性的崛起和中国红色意识形态时代的到来，这样的传统伦理安排发生了颠覆性改变。在"娜拉出走"和"妇女能顶半边天"的现代的和革命的双重口号的鼓舞下，妇女走出家门、谋取社会身份、扮演公共角色逐渐成为趋势。于是妇女在公共空间的现身不仅成为常态，而且进一步发展成为引发社会关注和引领社会时尚的社会行为。不过值得注意的是，以往的一切对于女性社会公共生活的关注，还是处于传统的男性体制的框架之中，也就是说社会生产空间里出现了女性的身影，她们所承担的责任和角色，要么在男性构建的社会空间里充当男性身边空白的填充物，要么在社会生产环节表面上与男性并驾齐驱，实际上是在男性已经构建好的结构中作为一个（或明或暗的）被给予者而参与运作。如果我们在这样的语境里为广场舞寻找存在的理由，那么这完全可以说是一条为女性找到的摆脱男性构建的庞大社会机器的路径，这种摆脱具有存在论性质。广场舞是对公共空间广场的一种独占，它划定了这一公共空间的界限，灌注了广场特有的生气，重构了广场与传统空间迥异的性质。大妈们以"群女性"的方式在广场舞中实现了自由意义上的女性独白和存在，这应该是一种脱离了外在的强大的社会机制的中国大妈们在广场空间中以舞蹈形式获得的审美存在。

具体到广场舞的空间性和公共性，具体到广场舞创造的全新的审美风尚，我们还是要追问：广场舞是一种什么样的舞蹈？其实这样的追问不在于回答广场舞的舞蹈性质为何，而在于认定这一舞蹈所具有的审美风尚如何赋予其一种更为繁复的存在论意义。

首先，舞蹈与广场的结合。其实广场在属于大妈们之前，首先属于城市（或乡村）。广场是一个城市（或乡村）的标志性存在。在西方城市发展史上，这一点尤其明显。古希腊城市广场，如普南城的中心广场，是市民进行宗教、商业、政治活动的场所。古罗马建造的城市中心广场开始时是作为市场和公众集会的场所，后来也用于发布公告、进行审判、欢度节庆等的活动，这样的广场通常集中了大量的宗教性和纪念性的建筑物。15、16世纪欧洲文艺复兴时期，由于城市中公共活动的增加和思想文化各个领域的繁荣，相应地出现了一批著名的城市广场，如罗马的圣彼得广场、卡比多广场等。后者是一个市政广场，雄踞于罗马卡比多山上，俯瞰全城，气势雄伟，是罗马城的象征。到了19世纪后期，城市中工业的飞速发展、人口和机动车辆的持续增加，使城市广场的形态、性质、功能发生新的变化。不少老的广场变成了交通广场，如巴黎的星形广场。① 西方的广场发展史给了我们一个提示，仅就广场自身而言，它是一个地理空间，但更是一个社会空间，一种公共文化政治空间。地理空间所包含的只能是单一的方位和面积等实体性的物理要素，具有指标意义的是人对这一空间的认知和利用，这一点与空间的自然存在状态呈现出差异。空间的人化或社会化显然是地理意义上的空间的被改写和被利用，从而获得不同的构型、色彩、节奏和氛围等的凸显社会空间意义的内容。社会空间被赋义，不仅反映在城市对空间设置的考虑，而且反映在空间的使用情况、空间填充物的性质和目的。更为至关重要的是，传统广场总是体现了一种"空间统一的热情"②。

列斐伏尔在谈及社会空间时有这样一段话值得引述，他说："确切地说，社会空间不能只考虑自然（气候、选址）或它先前的历史，也不能只考虑生产力发展所带来的对于特定空间或特定时间的任何直接的合情合理的安排。中介和中介者必须被考虑：群体的活动，知识和意识形态的要素，或者表征领域的要素。社会空间包括一系列复杂的客体，既有自然的，也有社会的，比如网络和路径，它们便利了物品和信息的交流。这样的'客体'，不仅是物品，而且是关系。作为客体，它们拥有显而易见的特质、外观和形式……"③ "新的社会关系召唤一种新的空间，反过来也一样，新的空间召唤一种新的社会关系。"④ 列斐伏尔的广义上的空间规定对于认知广场空间同样具有启发性。其实广场空间的历史性改变，是一种新社会关系建构的结果。任何新型空间形态的构造乃至空间内容的填充，其象征性不言而喻。昔日的

---

① 参见《城市广场》，http://baike.baidu.com/link?url=SCfQ--0Kx-rmz3m5adB9tqYs1bw2qh1ByJaMCw20k69k3Lgsq63jUt1VpO0PY3O-1Mv2oriTteVg1qyAkNlKFJw9DMfGC9Lz7IKDoRw_gG9OoWEtLQUmFbdu-aV8W3we。
② [日] 芦原义信：《街道的美学》，尹培桐译，广州：百花文艺出版社，2006年版，第54页。
③ Henri Lefebvre, *The Production of Space*, trans. Donald Nicholson-Smith, Oxford, OX, UK; Cambridge, Mass., USA: Blackwell,1991, p. 77.
④ Henri Lefebvre, *The Production of Space,* trans. Donald Nicholson-Smith, Oxford, OX, UK; Cambridge, Mass., USA: Blackwell,1991, p. 59.

中国，广场时常充满抗议的人群，也时常充满欢庆的人群，那是一种男性意味颇浓的意识形态的空间，征服感和仪式感是其表现的极致，是一种崇高意义上的空间美。从这一意义上说，传统社会中广场从不可能让给女人来谋划自我、张扬自我的。

与古典和现代城市的广场形态和赋义不同，后现代城市广场空间的特点开始趋向多样化而非中心化、小巧化而非大型化、亲民化而非神圣化、日常化而非仪式化。这样的后现代广场空间为女性的广场活动提供了可能。被女性广场舞填充起来的广场空间，从根本上说是女性天然释放后的一种广场构建，从而使得女性所创造的"第四空间"具有了生存论价值，这一价值不再具有外在的溢出性，而只具有自在的展示性，也就是审美超越性。广场舞所创造的"第四空间"淡化了昔日城市空间广场的传统政治功能，而是发展出一种日常生活审美的广场韵律和氛围。广场舞开拓出一片作为大妈们的女人的理想存在形态。

其次，广场舞与交谊舞的对照。从人类学的视角看，舞蹈的广场形态应该是舞蹈的最初形态。这类舞蹈的功用更多具有仪式性，用于祭祀和礼仪。不过舞蹈从外在的神化追求逐渐过渡到舞蹈的世俗需要，也由此引发了对人之身体的自识和利用，以及对专门化舞蹈空间（比如宫廷、舞台）的设定，舞蹈开始被纳入一种世俗的社会文化体制之中，这是有关舞蹈的一个简要的进化史描述。当舞蹈从乡间进入城市，从广场进入宫廷，各种规范被建立起来，尤其是对女性以及男女之间舞蹈交际的规范，这包括舞蹈的场所、着装、姿态、男女之间的互动等诸多方面。也就是在这一意义上，有一个舞蹈史事件特别值得提及，那就是华尔兹的流行。华尔兹的出现彻底打破了男女之间的舞蹈禁忌，使一对一的男女交谊舞获得了应有的合理性。我们先来看这样一段背景性描述："文艺复兴的宫廷舞，通常是一种正规的和严肃的男女之间的行为动作。女性被像少女一般谨慎地护卫起来，带着尊贵，不与众人近距离接触……18和19世纪的舞蹈更富戏剧化，表达了一种略感宽松的态度。尽管两性之间的关系还是非常正规的。群舞以手臂长度为限,由舞姿裁决者认真监督实施,这是规矩。"① 就是在这一语境下,我们注意到华尔兹带来的革命性意义。

华尔兹彻底改写了四个世纪以来的这类舞蹈活动。数个世纪以来,因其"非道德"而被谴责、被调整、被禁止,但是难以抗拒独立的心灵和新出现的强大的中产阶级……华尔兹成为了19世纪的舞蹈。男女双双在私人居所或公共舞厅的舞池里旋转。"身体接触"的舞蹈开始在上流社会出现。皇帝或皇后、先生和太太以及中产阶级成员都参与其中。

……

华尔兹的胜利也不是一蹴而就的,它在不断改进宫廷舞,如四人四步舞、沙龙舞和骑士舞,这些舞蹈在更为保守的圈子里广泛流行……艾伦·多德沃思(Allen Dodworth),当时纽约的一位最有影响力的舞蹈教师,他极力强调舞蹈学校"不是一个娱乐的地方",而是一个为社会和个人灌输规范的场所。他的舞蹈编创强调风度,如同他赞赏的沙龙舞和规矩的舞步。尽管有如此的抵制,但另一种更紧密的双人舞,波尔卡舞,还是在19世纪中叶出现了,并且得到了高度追捧。它把华尔兹的旋转和跳步结合起来。到该世纪末,紧密的双人舞最终迎来了大获全胜的一天。②

由此可见,舞蹈的发展实际上是一种女性突破外界对自身禁锢的发展,

---

① Carol McD. Wallace, Don McDonagh, Jean L. Druesedow, Laurence Libin and Constance Old, *Dance: A Very Short History*, New York: the Metropolitan Museum of Art, 1986, p. 68.
② Carol McD. Wallace, Don McDonagh, Jean L. Druesedow, Laurence Libin and Constance Old, *Dance: A Very Short History*, New York: the Metropolitan Museum of Art, 1986, pp. 68–70.

这种突破几乎用了一个世纪，只是到了 19 世纪中叶之后，男女双人舞才慢慢流行起来，并逐渐成为舞场的主流。男女可以一对一、面对面地舞蹈，而且有一定限度的身体接触，在男性主导下，女性有了更为开放的展示自身的空间。华尔兹的流行改变了整个人类舞蹈史的生态，一种男女混搭、男携女伴的以男性为主导的舞蹈成为男女之间公共联谊活动的主潮。这样的舞蹈是一种男女二人之间非性爱的亲密身体活动，其中的女性无论从着装、舞步、神态都是在女性性别的既自由又约定俗成中完成的，这是一种公开的以群体伦理性为依托的凸显男女性别差异的异性交往活动，也是男性话语体系下男女共处的一种公共交往的亲密模式。其实这样的舞风在现当代中国一直盛行着，根本不乏传播空间。[①] 只不过中国大妈们的广场舞的兴起和火爆，在某种程度上拆解了流行了上百年的男女一对一共舞的基本生态，并且把这一"群女性"意义上的舞蹈推向了公共空间，这种公共空间不是传统意义上的乡村世界，而是现代意义上的城市空间——广场。如果说"第四空间"仅归属于女性的话，更进一步说，仅归属于跳广场舞的大妈们的话，那么"第四空间"就一定是有别于以往空间或其他空间的，其美学特色来自完全不同于交谊舞的大妈们所跳的广场舞，来自于"群女性"与广场舞的结合。广场舞是单一性别的（即使有大爷参与，也不是男女双方一对一的舞蹈，从而不影响它的作为单一性别的舞蹈的基本特点），它的审美理念来自于纯粹性；广场舞是"群女性"的舞蹈，它的审美理念来自于女性自身的存在感；广场舞是投射到外在空间的，空间的占有和构造意味着女性自身获得了充分的存在感的保障和展示的自由。

最后，广场舞与非舞蹈的延宕。或许可以大胆设定，广场舞是一种清除性别的非舞蹈的舞蹈形式。广场舞不是旨在利用广场空间来打造一种单一性别舞姿的身体感，而是一种利用非传统意义上的舞姿肯定自我的存在感。表

[①] 值得一提的是交谊舞的广场形态——广场交谊舞，这种交谊舞是在公共场所（比如公园广场或社区广场）里完成的，舞蹈主体是当仁不让的中国的大爷、大妈们，颇显中国特色。

面上看，广场舞是一种空间改写和拓展方式，这种改写和拓展是以广场被空间特有的舞姿所稀释或接纳而告完成，其实这一过程最值得注意之处反倒是大妈们的舞蹈被广场空间的销蚀和湮灭。广场舞很容易让人联想到一种狂欢式的广场活动。不过中国大妈们的广场舞狂欢，完全不具有巴赫金意义上的实现社会平等的指向，而更多的是表现出一种在公共空间中身心极度放松的生存状态。从这一意义上说，大妈们所跳的广场舞，其身体和舞蹈都不重要，尽管肢体活动还保留着某种舞蹈意义上的技术规范性，音乐也在身体活动中提供了必不可少的节奏和韵律，甚至使用的道具都打上了传统意义上的舞蹈元素（比如扇子、飘带等），但是这些舞蹈要素实在是被降到了极其次要的地位。广场舞既不要求展示舞蹈意义上的技巧，也不要求展示身体训练的成果，更不要求舞蹈表演的效果，广场舞就是中国大妈们日常生活中的一种生存样态。

如果借用齐泽克的"压抑性反升华"概念对此生存状态略加描述，则一定会有另一番景致可观。在弗洛伊德设计的心理结构中，自我处于本我和超我之间，具有斡旋功能，如今出现了一种所谓的"压抑性反升华"，它从根本上终结了自我以及自我的这一功能。齐泽克说："'压抑性反升华'成功地去掉了这个自主的、'综合'的中介机制即'自我'，通过这种'反升华'，'自我'失去了它的相对的自主性，而向无意识回归。但是，这种'回归的'、强迫的、盲目的'自动'行为，带有本我的全部征兆，非但没有把我们从现存的社会秩序的压力下解放出来，而且完全依附于超我的要求，并因此已经在为社会秩序服务了。结果是社会'压抑'的各种力量对驱力施加了直接的控制。"[①] 更有甚者——"在后自由化社会里，实施社会压迫者不再以某种内在化的法律或禁令的伪装来掩盖自己的行为，那样做需要放弃自我和自我控制，相反，它采用了一种催眠机制的形式来强制性推行'屈服于诱

[①] [斯洛文尼亚] 斯拉沃热·齐泽克：《快感大转移——妇女和因果性六论》，胡大平等译，南京：江苏人民出版社，2004年版，第14—15页。

惑'的态度，也就是说，它的命令归结为一个要求：'尽情地享乐！'"①超我直接作用于本我，甚至超我可能伪装为本我，与本我融为一体，而本我在超我的催眠下以为自身就是本我，在这个意义上，本我尽情地释放，"尽情地享乐"，都不是一种无缘无故的自由自在的行为，而是处于一种隐秘的"被"的状态，只不过不自知罢了。

齐泽克的这一断言是在分析资本主义条件下人的存在状况。我想转换一个角度，借用齐泽克的这一思路，把广场舞说成是"压抑性反升华"的产物，只不过我这里提及的超我其内涵应是别有一种意味，或者说，它是在"群女性"的伦理意义上的"反升华"，它的超我是在"第四空间"构建意义上的"反升华"。广场舞中的"反升华"是一种替代性的"反升华"，是在用广场舞来印证一种生存状态，从而替代女性自身的性身体的流逝和追悼。

余论

既然广场舞是一种非舞蹈意义上的舞蹈，既然广场舞本身也不具有真正舞蹈表演的价值，那么它的存在到底为何？我们已经有所讨论，并且得出了相关的"群女性"的生存样态的结论。不过当下中国有关大妈们跳广场舞的另一面也有所显现，那就是它在不断制造一个个有趣的意识形态景观。以眼下的情形看，这样的景观至少有两大类：一是广场舞的荧屏化，也就是广场舞脱离广场，脱离"第四空间"，走上荧屏，典型事例就是2015年春晚，广场舞与《小苹果》混搭走上了央视荧屏。②另一是广场舞的国际化。曾经有评论这样写道："近段时间（广场舞）还有'走出国门'的架势，像'川大

---

① [斯洛文尼亚] 斯拉沃热·齐泽克：《快感大转移——妇女和因果性六论》，胡大平等译，南京：江苏人民出版社，2004年版，第15页。
② 参见央视网新闻《〈小苹果〉串烧〈最炫民族风〉，广场舞舞上春晚》，http://m.news.cntv.cn/2015/02/16/ARTI1424051930453953.shtml。

妈美国纽约广场舞',‘中国大妈'在法国卢浮宫广场舞,到现在的俄罗斯红场广场舞。就好比一支生命力极其顽强的‘远征军'样不断奋战着。屡屡闯入世界人民的视线,‘震撼'着人们的感官。"① 显而易见,这样的国家化和国际化的广场舞表演行为已经远远超出了我在这里讨论的广场舞的初衷,一定程度上掏空了广场舞的内质。如果用齐泽克的"压抑性反升华"理论来看,恰恰就是这样一种症候的呈现。在中国这样的传统思维浓厚、意识形态强烈的大环境下,潜意识的高度意识化也是非常正常的,甚至如同所谓的斯德哥尔摩综合征。某种意义上,广场舞的被收编也是完全可以想象的。当然,中国大妈们的广场舞最终是否会成为这样一种"快感大转移"的伪狂欢,尚待观察。

---

① 刘栋:《"中国大妈跳广场舞"是要走"国际化"路线?》,http://blog.sina.com.cn/s/blog_1311a0f970101fxqd.html。

自媒体：意义生成的能指攻略

学者胡泳在 2014 年发表了一篇谈自媒体的文章，对自媒体的粉墨登场做出如下描述："'自媒体'一词在中国甚嚣尘上，需归功于两点：一是移动互联网催生了新的内容生产和传播方式，以微信为集大成者。2012 年 8 月 23 日，微信推出公众平台。它实际上是腾讯公司在微信的基础上新增的功能模块，通过这一平台，个人和机构都可以打造一个微信公众号，群发文字、图片、语音三个类别的内容。这个平台吸引了众多媒体，也吸引了众多期待转型和突破的媒体人，他们破除旧日媒体模式的愿望是如此迫切，以至于纷纷迫不及待地把'自媒体'作为一顶桂冠戴在自己头上。"[①] 不过只有在此基础上的门户网站的加入，"自媒体之火才真正熊熊燃起。一方面，门户网站面对移动大潮带来的用户迁徙，痛感自己已成'旧媒体'，有一种不得不改变的紧迫感；另一方面，曾经为门户支起半边天的传统媒体，对门户网站的价值越来越小，网站购买发布的媒体内容，既相似累赘又没有营养。相反，随着信息传播速度的加快，信息源的多样化和竞争的加强，网站越来越需要自媒体的速度、现场感和专业看法。寻找到以社区为动力的新的信息生

[①] 胡泳：《自媒体的探索与冒险》，南方报业传媒集团、南方传媒学院主编：《南方传媒研究》2014 年第 47 期。

产方法，成为门户网站的突破口"①。应该说这一对自媒体发轫的观察较为可信。胡泳的相关看法道出了自媒体生成的两个秘诀：一是移动互联网强力推出微信公众号，进一步拓展了媒体利用的自由度，彻底结束了传统媒体的外在制约；二是门户网站纷纷加盟助阵，使得自媒体借助更为强大的门户网站得以广泛传播，覆盖面和影响力具有了无限扩大的可能。当然，如果我们想进一步理解自媒体迅速走红的原因和社会覆盖范围日趋拓展的理由，那无疑还需要深挖细掘，看看它们背后到底还有什么需要我们破解的奥秘。我在这里主要集中关注这样三个问题：一是自媒体自创新词到底意味着什么，二是信息方式何以成为自媒体发迹的助推器，三是来自边缘的语体和语汇的流行最终成就了怎样的自媒体格调。

一、自创新词

我手头有一本 2012 年商务印书馆出版的《新华网络语言词典》，其中"收录字母型词语（如'GF、MM、PMP'）827 个、数字型词语（如'520、7456、88'）482 个和汉字型词语（如'菜鸟、美眉'）1637 个，共计 2946 个；非检索型的表情符号，以列举的方式辑录 280 条"②。应该说在自媒体快速发展的近 10 年来，新词的爆炸性出现和普及成为一种前所未有的新媒体现象，新词添加的速度几乎令人目不暇接。

自媒体的遍地开花固然有多种因素参与运作，我在这里要指出的是，自创新词构成自媒体成长的一个不容忽视的特点。

任何书写或言说都是传统的产物，这样的说法一点儿都不为过。只是在自媒体出现之前，我们或许对这一涉及传统的问题没那么敏感，也不会特别

---

① 胡泳：《自媒体的探索与冒险》，南方报业传媒集团、南方传媒学院主编：《南方传媒研究》2014 年第 47 期。
② 汪磊主编：《新华网络语言词典·前言》，北京：商务印书馆，2012 年版，第 3 页。

留意，因为我们的口头语和书面语的传统异常坚固，构成了我们既定的言说方式和陈述风格，也就是所谓的有意无意的约定俗成性，我们就是在这样一个习得的语言环境下成长起来的，依赖这一传统，而一旦脱离这一传统，我们几乎无法言说，甚至会不知所措。这一传统与我们自身的日常经验、文化习俗和价值观念息息相关，尤其是传统的语言书写和文化生产大都依赖知识人去实施，而知识人所接受的教育和由此带来的知识也是传承的结果，是对既有语言框架和文化观念的沿袭[①]，这就使得我们对传统的依赖是绝对的，缺少疏离或抵制的起码能力。

不过不同传统中语言的变化也是显而易见的，这里暗含着某种变化的必要性和必然性。房德里耶斯在谈到词义会发生改变时，从语言使用的语境出发，这样论述道："生活使作用于词的原因日益纷繁，从而推动着词汇的演变。社会关系、职业和各式各样的设备、用具，都会引起词汇的演变，一方面排除旧词或改变其意义，一方面要求新词的创造。"[②] 这里提到了"新词的创造"，房氏给出的变化的理由是"作用于词的原因日益纷繁"，其中包括词语使用的"设备"或"工具"的改变。把这样的语言论移植过来观照自媒体的自创新词问题，几乎没有任何障碍，因为自媒体本身具备了房氏所谓的语言发生改变的条件。与传统媒体相比，自媒体中语言的使用更加自由和灵活，因为它透过语境本身与他媒体相互区隔，语言传统的约束明显减少，从

[①] 沃尔特·翁在谈到文字与学术的关系时曾指出历史上存在这样一种语言现象，即"当欧洲和亚洲有相当规模的一群文化人想要分享一个共同的思想遗产时，其他受制于文字、男性使用的语言就形成了。几乎和拉丁语同时代的这一类语言有：犹太拉比使用的希伯来语、古阿拉伯语、梵语、古汉语、拜占庭时代的希腊语是第六种……这些语言已经不再是母语……它们不是任何人的第一语言，完全受制于文字，只有男性把它们当做口语用……"这里不仅涉及性别问题，更主要的是，思想的构成是由一种脱离母语的由文字主导的语言完成的。参见［美］沃尔特·翁《口语文化与书面文化——语词的技术化》，何道宽译，北京：北京大学出版社，2008年版，第87页。

[②]［法］约瑟夫·房德里耶斯：《语言》，岑麒祥、叶蜚声译，北京：商务印书馆，2015年版，第230页。

而个人化或小群体化（语言共同体）色彩更为浓烈。当然，如果我们只是简单接受房氏的这一论断，不去发掘背后的运作机理，那恐怕还是无法谈清楚自媒体自创新词的意义之所在。

我这里尝试引入维特根斯坦有关语言的思考，以此作为揭示自媒体自创新词特质的一个可资借鉴的理论资源。如果按照 M. 麦金的说法，维特根斯坦秉持着一种功能主义语言观，这种功能主义透过心理与语言之关系表现出来。① 这一点为我们理解维特根斯坦所谈论的"私人语言"乃至"语言游戏"提供了考察该问题的基础。我之所以触及维特根斯坦的"私人语言"和"语言游戏"，是因为我以为自媒体语言首先具有"私人语言"的性质，其次也没有逃离"语言游戏"的命运。

其实维特根斯坦是否定"私人语言"存在的，但他的语言哲学却是从思考"私人语言"起步的。M. 麦金有如下说法："我们是以关于我们自身情况的内省知识为基础，去把握感觉、思想和影像等为何物的——这种说法就是维特根斯坦关于心理学哲学的评论的中心论题，而他关于私人语言的评论，可视为他对这幅图像影响我们关于如何界定心理学概念的观念的方式所做探讨的开端。"② 维特根斯坦之所以否定"私人语言"，是因为语言不仅是一种个人表达，而且是一种众人理解。当维特根斯坦把感觉或心理与语言乃至语言外化相对接时，表面上看起来反映个体感觉或心理的"私人语言"此时再也无法维持私人性，因为语言的使用需要别人理解。维特根斯坦说："我怎样用语词指称我的感觉？——像我们通常所做的那样？那么我的感觉语词就和我的感觉的自然外现连结在一起了？这样的话我的语言就不是'私有的'。

---

① 参见 [英] M. 麦金《维特根斯坦与〈哲学研究〉》，李国山译，桂林：广西师范大学出版社，2007 年版，第 135 页。
② [英] M. 麦金：《维特根斯坦与〈哲学研究〉》，李国山译，桂林：广西师范大学出版社，2007 年版，第 141 页。

别人也能够像我一样理解这种语言。"①从这一意义上说，语言不属于个人。那么接下来又提出了另外一个问题，如何寻找个体语言与语言使用（语言规范）结合的路径呢？我以为这涉及私人语言及私人语言的非私人化问题，也即首先是私人的，其次是非私人的。该如何认识这一看似矛盾的论证呢？

维特根斯坦提出过这样一个问题："人们可能说：谁为语词给出了一个私有定义，他现在就必须内在地决定要如此使用这个词。他怎么决定这样做？我应该假定他发明了这种使用的技巧还是发现了已经现成准备好了的技巧？"②"发明"和"发现"，在这里意味着一个之前尚未存在，一个之前已经存在。而维特根斯坦是要引导我们意识到"发现"的价值，因此这一问题开始把我们的思考引到"语言游戏"方向。

所谓"语言游戏"，维特根斯坦是这样定义的："我还将把语言和活动——那些和语言编织成一片的活动——所组成的整体称作'语言游戏'。"③陈嘉映进一步解释说："我们在场景中学会说话，在场景中理解语句的意思，在这个基础上，语句逐步脱离特定的场景，话语套着话语，一个词的意义由另一个词或一串词来解释。若把语言视作一个大领域，有一个和现实交织在一起的边缘地带，这个边缘地带就是语言游戏。"④陈嘉映似乎区分了语言解释和语言使用，从而把语言使用归为语言游戏，语言解释则是语言本身的领域，我倒是以为这或许并不符合维特根斯坦的原意。维特根斯坦之所以不同

---

① [英] 路德维希·维特根斯坦：《哲学研究》，陈嘉映译，上海：上海世纪出版集团，2005年版，第106页。
② [英] 路德维希·维特根斯坦：《哲学研究》，陈嘉映译，上海：上海世纪出版集团，2005年版，第108页。
③ [英] 路德维希·维特根斯坦：《哲学研究》，陈嘉映译，上海：上海世纪出版集团，2005年版，第7页。
④ 陈嘉映：《语言哲学》，北京：北京大学出版社，2003年版，第166页。陈嘉映认为"语言游戏"处于语言与现实交织的"边缘地带"，这一想法不知从何说起。其实维特根斯坦所说的"语言游戏"，应该是指语言的使用和理解，而使用和理解是没有也不可能有"地带"划分的，只要语言一出现（新词一发明），它自然会进入一个语境，进入维特根斯坦意义上的"游戏"状态。

意"私人语言"的存在,一个根本的原因在于"私人语言"是必须进入"语言游戏"的。下面来看维特根斯坦提及的一个有关"疼痛"命名的例子:

> "假使人类不外现疼痛(不呻吟、不扭歪了脸,等等)会怎么样?那就不可能交给一个孩子使用'牙疼'这个词。"——好,我们假设这个孩子是个天才,自己给这个感觉发明了一个名称!——而他现在用这个词的时候当然不可能让别人理解。——那就是他理解这个名称却不能向任何人说明它的含义了?——但什么叫作他"为他的疼痛起了个名称"?——为疼痛起名称,他是怎么做成这件事的?!无论他是怎么做的,他有什么样的目的呢?——当人们说"他给予了他的感觉一个名称",他们忘了:语言中已经准备好了很多东西,以便使单纯命名具有一种意义。如果我们说得上某人给这种疼痛起了名称,那么"疼痛"这个词的语法在这里就是准备好了的东西;它指示出这个新词所驻的岗位。①

维特根斯坦的整个哲学研究其实一直都在讨论"语言游戏"问题,情况非常复杂,我在这里只能简短截说。这段引文已经回答了上面的提问,即语言的使用方式或技巧是现成的,是"已经准备好了的",不是使用人自己发明的,所制造的新词充其量是被放入已有的使用语境之中,也就是说任何新词的创造最终都是要进入"语言游戏",只有这样,新创造的语言才可能被人理解。在这一意义上,我们理解了维特根斯坦所谈论的"私人语言"问题,为什么"私人语言"必定是不存在的,以及"私人语言"与"语言游戏"之关系。

当然,如果按照克里普克的说法,维特根斯坦对于语言的认识经历了

---

① [英]路德维希·维特根斯坦:《哲学研究》,陈嘉映译,上海:上海世纪出版集团,2005年版,第107页。

一个过程。他在《逻辑哲学论》阶段更多地关注于语言的"每一个语句都对应一个（可能的）事实。如果这一事实得到确认，这个句子就为真，否则，为假"①。进入到《哲学研究》阶段，情况发生了根本性改变。此一时期的维特根斯坦开始拒绝早期有关语言须根据所对应的事实来判断是否是为真的思想，也就是说："维特根斯坦将'这个句子必须在什么样的条件下为真？'这一问题替换为另外两个问题：第一，'在什么情况下，这一形式下的这些词语才能被恰当地肯定或否定？'；第二，假定第一个问题得到了回答，那么'在这些情况下，我们对这一形式下的这些词语所进行的肯定活动或否定活动，在我们的生活当中扮演了什么角色以及起到了什么作用？'"②克里普克提供了这两个替代性问题，实际上意在说明维特根斯坦把对语言问题的思考从语言与现实的决定与被决定的关系转换为语言与自身的关系，以及语言可能产生的影响。不是从现实来论证语言的合理性，而是从语言来观照语言自身的合理性，以及语言可能具有的现实功效性。因此这种转换发生的一个直接后果就是"语言游戏"成为维特根斯坦语言哲学中至关重要的基本原则。阿兰·巴丢说，维特根斯坦所谈的语言问题还存在其他暗含的面向和动机，其中涉及真理和意义的关系。维特根斯坦早期的语言哲学是在研究一个词语是否有一个固定的内在观念作为根基，也就是说语言的能指背后是否必须有一个所指作为意义的来源。巴丢认为，维特根斯坦后期的语言哲学是反哲学的，着力瓦解之前的语言哲学，也即瓦解形而上学的语言观念，维特根斯坦对语言问题的思考不是实体性的，而是语境性的，不是真理性的，而是意义性的。"真理仅仅是经验观察之事，而意义，根植在多样可能性……可以在命题的结构中获得解读，可以在以下这个直接事实中获得解读，即我们

---

① [美]索尔·克里普克：《维特根斯坦论规则和私人语言》，周志羿译，桂林：漓江出版社，2017年版，第93页。
② [美]索尔·克里普克：《维特根斯坦论规则和私人语言》，周志羿译，桂林：漓江出版社，2017年版，第97页。

可以独立于所有外部证实来理解它。"①因此，巴丢进一步认为，"在尼采之后，尽管方式不同而且策略也相反，维特根斯坦属于20世纪这一强大的潮流：为了意义而解构真理"②。巴丢的这一"为了意义而解构真理"的说法可以作为我们理解维特根斯坦的语言观甚至是理解自媒体语言观的一个指导性原则。

在维特根斯坦的有关"私人语言"和"语言游戏"的基础上，我们可以转入自媒体"自创新词"问题的讨论。

维特根斯坦语言哲学至少对我们有两方面的启发：首先"私人语言"来自感觉或心理，是个体化的，我们看到自媒体语言之所以凸显自创，就在于个体写作成为其中的主体部分，在自媒体时代，人人都是写作者，所以个体心理和感觉的传递逐渐充满了自媒体写作的方方面面，而最为关键的是，自创新词是自媒体区别于其他信息方式的根本特色所在，这里的语言"私人化"不仅要在语言内部引发变革，而且试图通过新词制造带来一种语言意味的改写，相比之下，通常使用的语言修辞不得不退居次要位置。其次也要进一步看到，一旦"私人语言"走上自媒体，语言公共性这一规约传统就会不同程度地影响到语言的使用和理解，但是这种影响是在"私人语言"进入自媒体"语言游戏"之后的影响，也就是说"私人语言"在发明之后进入自媒体，改造或重塑了自媒体语境，并在此基础上，使得语言使用再"语言游戏"化，而不是通过既有的"语言游戏"驱逐和消解新制造的"私人语言"。这一顺序非常重要，也是自媒体创造乃至接纳"私人语言"的不同于传统媒体中的语言使用的特异之处。因此我们不能不注意到"私人语言"在自媒体中的作用不是追求修辞意义上的特别效果，而是对自媒体语言本体的重塑，

---

① [法]阿兰·巴丢：《维特根斯坦的反哲学》，严和来译，沙明校，桂林：漓江出版社，2015年版，第51页。
② [法]阿兰·巴丢：《维特根斯坦的反哲学》，严和来译，沙明校，桂林：漓江出版社，2015年版，第51页。

这一重塑之力非常强大，由此成为自媒体别具一格的大众化或边缘化的语言本体存在。

就自创新词而论，自媒体语言是以私人性为前提的，只有注意到私人性，才会在其中发现自创新词的颠覆传统语言以及解构传统观念的可能。我在这里要强调的是，与维特根斯坦纠结于"私人语言"与"语言游戏"之间的关系不同，自媒体语言的私人性是格外突出的，尽管维特根斯坦的论证逻辑是对的，即"私人语言"不可能独善其身，只有与"语言游戏"结合才会保有持久的生命力，但是"私人语言"与"语言游戏"之间是存在差异的，而自媒体正是利用了这一差异为自创新词的成功植入找到了路径，一定程度上改写了"语言游戏"的规则。应该说只有在不同以往的自媒体语境中，这样的情形才会出现。在维特根斯坦时代，在强大的语言传统流行的时代，任何在"语言游戏"之外寻找语言更新之路，基本上是不可能的。

自创新词，其中最有影响力的是自创实词，这一点非常明显，即不再通过修饰词语的选择来选择修饰的程度、性质和状态，或者说修辞本身已经难再承载这样的目的，而是通过实词的替换来改写语言的核心意涵，这不仅表达了对语言传统中的实词本质主义的不满，对传统词语本身缺乏基本信任，而且对修辞在语言中所起的作用也表达了难以发挥其有效性的担忧。我提出的实词本质主义，实际上是一直以来语言使用的基本特点，就是围着实词所建立起来的意义链条和阐释途径。实词之所以拥有如此强大的语用功能，根本原因在于实词具有现实或观念的对应性以及历史根源性，它存在的合理性由此而生发出来，也就是说任何实词都可以在现象或观念世界找到对应物，或者在历史过程中找到来源物。在一般的词语使用中，实词本质主义以及在此基础上建立的词语等级体制是普遍流行的，甚至到了人们习焉不察的地步，但是在自媒体中这一状况发生了改变。

以新词"爱豆"替代旧词"偶像"为例。我从网上随意找到一则使用"爱豆"的例子，这应该是"爱豆"的通行用法。

虽然大家很多人爱吐槽部分极端追星人群为脑残粉,这个词跟大家根本沾不上边,难道波多野结衣、天海翼、吉泽明步、大桥未久……等等启蒙老师不是你们的快乐崇拜么,一日为师终身为爱豆![①]

首先从词语本身的意涵看。按照《现代汉语词典》的解释,"偶像"是指"用木头、泥土等雕塑的供迷信的人敬奉的人像,比喻崇拜的对象"[②]。"偶像"在现代社会的语言使用中通常具有正反两个方面的意思,负面的是指一种沉迷于盲从而导致人的思想和行为被严重束缚,比如维特根斯坦有一句名言是"哲学所能做的一切就是破除偶像"[③],这里的"偶像"显然带有负面意涵。不过在现代语言使用中,更多的时候我们会用"偶像"一词表达正面观念。"偶像"一词成为我们用来指代那些被喜爱的对象,尤其是指展现出崇高意义的公众人物,这里的"偶像"与崇拜、敬仰密切相关,而被崇拜、被敬仰之人通常具有独特的气质,一方面他自身笼罩着光环,因神秘而有魅力;另一方面他自身的巨大能量播散在一定空间里,形成自身的气场,达到征服的目的。"偶像"一词无疑高度依赖现实中指代的对象,被指代对象远远高出人们所认知的崇高是"偶像"生成的基础。仅就"偶像"的使用来说,它只是贴附在被指代对象上的一种被动的词语表达,"偶像"崇拜更具有精神性,是一种精神依附或精神迷狂。这可以说是使用"偶像"一词的传统语境,也是我们使用"偶像"一词所能获得的固定认知。语言中的"偶像"之义是约定俗成的,有现实层面和观念层面作为支撑。一旦你使用"偶像",就会落入这一语言使用的语境中,意义也就由此先在地被决定。

自媒体中,"爱豆"替代了"偶像"。尽管"爱豆"也表达崇拜或敬仰,

---

① 《爱豆》,http://www.fanjian.net/jbk/aidou.html。
② 中国社会科学院语言研究所词典编辑室编:《现代汉语词典》,北京:商务印书馆,2005年第5版,第1012页。
③ 《〈维特根斯坦论伦理学与哲学〉经典语录 / 名句》,https://www.juzimi.com/article/54922。

但是与被指代人自身具有的神秘魅力和精神征服不同,"爱豆"更多地表达了一种崇拜者个体的情感和爱好,这是一种纯个人化的带有玩赏和宠爱心态的观照对象的情形。"爱豆"作为一个实词,作为一种表达(句子)的主导词,一旦通过它的使用把句意凝固下来,就完成了对"偶像"生成的传统句意的取代,彻底改写了原来的句意。有关"爱豆"一词的由来,有人这样考证过:

> 爱豆的兴起与日韩发达的娱乐产业有关。日韩存在一整套用于培养偶像明星的严苛体制,比如演艺公司(事务所)的练习生制度、选秀制度等。在这套制度下,作为普通人的粉丝可以从爱豆出道之前的练习生新秀时期即对爱豆有所关注,并目睹其成长过程。他们组成极其有组织有纪律的后援会,为爱豆组织应援,建立爱豆相关的粉丝论坛等。粉丝与爱豆之间的关系相当密切,且多数抱有"爱豆的造神过程有我们一份"的想法,而爱豆也多被教导"粉丝即上帝"的理念,"违逆粉丝就意味着背叛"这一爱豆与粉丝组成的情感共同体。[①]

可见"爱豆"一词与"粉丝"密切相关,与粉丝文化和粉丝经济密切相关。"爱豆"不同于"偶像","偶像"从一开始就具有自身的特殊之处而值得人们去敬仰和崇拜,"爱豆"则是在人们心里逐步培养起来的一种亲近和喜爱的情感,因此把喜爱的对象视之为"豆"——小巧、圆润、精致,这是可以放在手里揉搓和爱抚之物,体温和体感非常浓烈。"偶像"是一种有距离感的存在,它在完全陌生的状态下莅临,除了震撼和魅力外,不会使崇拜者有任何私人情感上的贴近感和邻家感。至于从"大众偶像"到"私家爱豆",这背后还有一种对象关系上的改变,前者强调的是现代公民社会里公

---

① 邵燕君主编:《破壁书——网络文化关键词》,北京:生活·读书·新知三联书店,2018年版,第121页。

共理想的追求，后者强调的是消费社会里个人趣味追逐的情感寄托。

其次，从语义差异的生成因素看。卡西尔在研究语言和神话关系时注意到洪堡的一个思想，即"洪堡提出的'语言的内在形式'这一概念似乎在朝着另一方向发展。他不再考虑语言概念的'出处'，而只是关注它们'是什么'；他想要解决的问题，不是语言概念的起源，而是如何证明它们的特性"。由此出发，卡西尔提出"语言从未简单地指称对象、指称事物本身；它总是在指称源发自心灵的自发活动的概念。因此，概念的性质取决于规定着这一主动性观察行为之取向的方式"①。在卡西尔看来，洪堡所确定的语言研究原则涉及根本性转向，也即我们不再关注语言与对象之间对象对语言的决定性影响，而更强调语言本身具有怎样的特性，以及这一特性存在的方式。就此观察"偶像"和"爱豆"，它们之间区别是显在的："偶像"的内涵更多来自宗教或迷信的膜拜情感，是一种外界对主体作用的表达；"爱豆"的内涵更多来自当下的粉丝宠爱活动，是主体自发的对于外界对象或客体的情感表达的折射。所以"爱豆"的使用更多意味着一种对当下状态的描述，一种主体赋予的情感内蕴。显然，"爱豆"与"偶像"相比具有私人性，但这种私人性更进一步的作为在于，由这一实词主导脱离了"偶像"传统的既有语言游戏，生成一种新的语言游戏，从而构建一种适合于自媒体特点的语用生态。

必须指出的是，自创实词是质疑实词本质主义的一个路径，这种质疑是媒介性的，而非语言性的。也就是说自创实词背后依托着强有力的自媒体语境，这使得自媒体语用有可能放弃传统的修辞改写语义的路径，在实词改写和替换中制造出某种传统媒介中追求的修饰和被修饰之关系的效果，在语言表达中植入更为复杂的意向。与通常用修辞限定实词不同，自媒体自创新词的手段是通过颠覆实词使实词本身负载更多的信息或出现令人意想不到的反

---

① [德] 恩斯特·卡西尔：《语言与神话》，于晓等译，北京：生活·读书·新知三联书店，1988年版，第62页。

讽意涵，从而达到言说效果。

二、重设语境

自创新词是媒体性的，这一判断非常重要。这一方面意味着自创新词并非随意而为，超出既定媒体，它的语用效果就会减弱甚至弱化为零；另一方面意味着自创新词是在脱离了原来的语言传统基础上进行的，也就是说自媒体之所以能够大量容纳自创的新词，一个非常重要的原因就在于，语用语境发生了改变，传统语言随着语境的改变而受到限制乃至削弱，语言在新的语境中找到了释放自身能量的新可能。我们先来看这样一个句子："野蛮人崇拜木石雕像，文明人崇拜血肉的偶像。"① 这是萧伯纳的一句有关"偶像"的名言。显然，这里的"偶像"一词万不可用"爱豆"替换，否则萧伯纳的思想会被严重扭曲，呈现为反讽效果。这就是传统语境的规约力量之所在。

自媒体时代的到来，信息方式出现新变，这意味着我们的说话方式有了重新调整的空间，之所以如此，一个主要原因在于自媒体在技术上突破了传统媒体的限制，为自身划定了一个边界明晰、外力干扰相对弱化的语境，使得以往那些被压抑、被遮蔽的民间语用形式找到了一显身手的机会，由此自媒体也扮演起释放传统媒体之外普遍的社会情绪和社会欲望的角色。自媒体的这种承担民间语言的展示功能、成为个性化语言的演练场所的特性，导致了一个重要的结果，即一种另类（边缘）语言共同体得以构建。这一语言共同体的特点是，它的公共性不同于以往语言共同体的民族性和国族性，其至党派性和意识形态性，而更多地凸显为地域性、阶层性、群体性和个人性。至于自媒体的这种语言共同体的形态和运作方式，还需要进一步考察。② 维

---

① 《关于偶像崇拜的名言名句》，http://www.yuwenmi.com/yulu/jingju/69975.html。
② 自媒体对于传统媒体的参与也是随时可能发生的，但传统媒体往往很难再像控制传统媒体那样控制自媒体。

特根斯坦在谈论语言时未涉及语言媒介问题，或者说语言媒介在维特根斯坦思考语言问题之外，因为在维特根斯坦时代语言媒介就是习得的口头和书写所形成的语用传统，没有发生任何有价值的改变。麦克卢汉提出"媒介即是讯息"的思想之所以意义重大，就是因为他发现围绕在我们身边的媒介更新带来了前所未有的语用意义改变之可能，[①] 其影响力已经不是我们在传统意义上对媒介的理解所能把握的了。就语言而言，我们接触到的最早的语言媒介是口头和书面，这是维特根斯坦时代通用的语言媒介，它们所赋予的语用意义已经持续了成百上千年，其中最为核心的语用特征为：口头语言的现场性和即时性以及书面语言（包括手写、打字机、印刷术）的非现场的记录性和流传性。前者意味着语用具有直接指认实时场景和对象的功能，后者意味着语言的历史性是语用合法与否的根据。尽管这两个语言媒介的特性对于语言本身的意义没有别样的改变，但由于它们使语言获得了不同的存在方式，所以语言的影响力是完全不同的。

近几十年来，随着语言存放、释义和传播技术的迅猛发展，信息方式变得日益凸显，甚至发生了革命性改变。媒介问题开始受到日益强化的关注，因为其他媒介在传统媒介之外的介入语言使得"我们与世界重新连接"[②] 成为可能。在波斯特提供的有关信息方式的论述中，他从当代西方著名理论家的文本中发掘出值得关注的新信息方式，这些在口头和书写之外的语用方式强调的是新媒介在语用中的作用。波斯特指出："语言构型中的变化，或说是语言包装中的变化，改变着主体将意符转化为意义的方式，这是文化生

[①] 麦克卢汉说："所谓媒介即是讯息，只不过是说：任何媒介（即人的任何延伸）对个人和社会的任何影响，都是由于新的尺度产生的；我们的任何一种延伸（或曰任何一种新的技术），都要在我们的事务中引进一种新的尺度。……从其积极因素来说，自动化为人们创造了新的角色；换言之，它使人深深卷入自己的工作和人际组合之中。"（参见［加拿大］马歇尔·麦克卢汉《理解媒介——论人的延伸》，何道宽译，北京：商务印书馆，2003年版，第33页。

[②] 腾讯传媒研究院：《众媒时代：文字、图像与声音的新世界秩序》第一部分标题，北京：中信出版集团，2016年版。

产中极为敏感的一点。因而，当语言从口传包装和印刷包装转换到电子包装时，主体与世界的关系也就被重新构型。"① 可见波斯特这里提出了语言存在的三种基本构型方式，即口头、书面（印刷）和电子。电子显然是一种最新的方式。不同的语言构型对于主体与世界的关系会产生不同的影响，因为不同的语言构型传递不同的主体观念和思考方式，也传递不同的主客体之间的位置和立场。尽管我在这里主要关注的是媒介改变对于自媒体语言的影响，但是波斯特的这一思路还是颇具启发。波斯特在谈论信息方式时，具体考察了信息方式电子化之下细分出的若干子构型，比如电视广告、数据库、电子书写等，这样的子构型可以使我们更明了地看到信息方式对语言使用的影响，以及这种影响所产生的更直接的语用效果。我们不妨选择其中的"电视广告"和"电子书写"来看看波斯特所讨论的电子化子构型的"包装"方式中语言存在的情形。波斯特实际上把这样的方式与波德里亚的超真实理论和德里达有关书写的解构性思考联系起来，使问题更具理论深度和意义。

在波斯特看来，电子媒介作为信息方式有三大特点，即语境变为情景，对话变为独白，他律变为自律。② 也就是说，"信息方式下的新兴的支配形式根本就不是语言行为，而是语言形成，是对象征符号的复杂操纵"③。电视广告作为一种新的语言使用方式具有传统语言所不具有的特点：

> 在电视广告中可以清楚地看出新的表意方式，流动的能指只在广告传播的艺术鉴赏层面上，才会被附加到商品上。语言的意指能力，即呈现意义的能力，不仅仅因为人们认识到语言的规约性而被承认，

---

① [美]马克·波斯特：《信息方式——后结构主义与社会语境》，范静哗译，周宪校，北京：商务印书馆，2000年版，第20页。
② 参见[美]马克·波斯特《信息方式——后结构主义与社会语境》，范静哗译，周宪校，北京：商务印书馆，2000年版，第64—65页。
③ [美]马克·波斯特：《信息方式——后结构主义与社会语境》，范静哗译，周宪校，北京：商务印书馆，2000年版，第113页。

它还变成了交流的主体与结构。每一则电视广告都在其结构中复制了语言的终极便利性：语言被改造了，新的联系在电视广告中得以确立，新的意义借助电视广告而出现。①

电视广告代表着信息方式下媒介领域里的极端倾向：它是独白式自指交流，其言语的语境是不同步的。其交流手段脱离了言说者社群，被从生产方式下的物质基础中抽取出来。远程传播的新技术是这种抽取的必要条件，但它们却并不能决定符号的内部结构。②

波斯特所说的"电视广告"，作为一种新媒介化的语用表意形式，其不同之处在于，语言成为一种能指，它与所指相脱离，由此构建了一种交流结构，在此基础上，"电视广告"所构成的信息方式使得语言成为一种自指的语言，与其所指涉的对象并不同步存在。这是对语言的语用传统的一次彻底解构。由此对应于前面提及的电子语言的三个特点就会发现，电视广告自设情景，脱离了能指与所指的互证，也脱离了言说与听说的互动，从而导致语言的独白和自律。比如某种商品的电子广告，由于商品本身不在现场，也由于电子广告本身具有远程传播功能，所以它的语用效力不是直接来自它所指代的商品，而是来自广告自身所设定的语用环境和语用逻辑的自洽性。这种语言使用印证了波德里亚所说的超真实的存在。超真实之所以重要，在于它具有超强的社会行为的范导力量。

至于德里达所谈论的书写问题，他曾提出一个至关重要的思想，即书的终结问题。所谓书的终结，是指书所承载的一种封闭性、完成性、固定性的

---

① [美]马克·波斯特：《信息方式——后结构主义与社会语境》，范静晔译，周宪校，北京：商务印书馆，2000年版，第88页。
② [美]马克·波斯特：《信息方式——后结构主义与社会语境》，范静晔译，周宪校，北京：商务印书馆，2000年版，第93页。

中心意识和边界意识的终结。"德里达坚信，所有交流、所有表达、所有符号都包含着与它们的发送者、言说者、指涉对象分离的可能性，以此作为自己的结构。这一假定是解构主义的本质。"①这一思想可以具体落实到文本性的引入，或者进一步说是互文性的引入。书写所引出的（互）文本性表面上看是改写了书的存在状态，实质上是改写了书背后的人的构意方式和存在状态。这样一来，语境的敞开性设定了意义存在的多样性和复杂性。20世纪80年代中期，利奥塔在蓬皮杜中心主持了一次题为"非物质事物"的展览，其中有一部分内容是运用电脑集体写作组成的。来自不同领域的26位作家被要求对50个词写出短评，之后这些短评被存储在中央电脑的数据库中，以供不同作家随意使用。利奥塔预料，在文本创作中使用电脑，会使语言本身发生不小的变化，因为词语意义的倍增，导致大量歧见的产生。德里达也参加了这次活动。他为"作者"写下了短评。波斯特这样转述德里达短评的大意："当作者服从该实验的规则，他的声音和手被电脑技术抹去时，原作者性就变得'不确定'并会'消失'。"由此，"他推测，这种后现代的书写实验动摇了作者位置的稳定性，使他及其他人寻求'增补的权威'"②。显然，德里达所关心的是主体在电子书写中的命运问题，也就是说一旦文本进入公共空间，作者不再对其有发布权和解释权，不再能够占为己有，那么作者作为主体的权威地位就受到了前所未有的挑战，也因此，在主体之外需要"增补"新的"权威"来统辖语用语意。这应该说是过往的语用传统陨落的结果。一旦把德里达的相关思想移植到信息方式层面，就会发现是电子书写本身对主体地位直接提出了挑战，传统意义上手迹在电脑面前失去了证明合理性的效力。主体地位动摇，就如同实词替换的后果，传统语用语境开始面临

---

① [美]马克·波斯特：《信息方式——后结构主义与社会语境》，范静晔译，周宪校，北京：商务印书馆，2000年版，第148页。
② [美]马克·波斯特：《信息方式——后结构主义与社会语境》，范静晔译，周宪校，北京：商务印书馆，2000年版，第155页。

土崩瓦解的局面。

在波斯特讨论语言与电子媒体的关系时，互联网发展还处于起始阶段，并没有广泛应用于日常生活，所以人们对语言的使用，还是以口头和书面语为主，而波斯特所谓的"电子包装"，从根本上说也只能是一个全新的然而仍然单一的媒介，与我们今天的互联网不可同日而语。但新信息方式的出现以及波斯特的相关讨论至少具有两点意义：一是语言与言说对象的脱离，使得语言能指自身成为一种表达结构；二是主体在电子书写的过程中遭遇解构而失去了往日的主宰地位。这可以说为后来的互联网发展以及自媒体出现扫清了不小的障碍。

在波斯特写作《信息方式》之后第二十个年头的 2010 年，美国著名媒体研究专家莱文森出版了一本广泛流传、影响甚大的著作，名为《新新媒介》。用莱文森自己的说法，之所以用"新新"这样的修饰语来命名该书，是因为媒体的发展已经出现了前所未有的新质。莱文森的"新新媒介"论述，一个突出的特点在于他意识到"新新"媒介构境具有完全不同以往的意涵。莱文森眼里的"信息方式"已经不是波斯特所说的电视广告或电子书写一类，而是各种信息借以传递的互联网形式，莱文森列举了诸如博客网、优视网、维基网、聚友网、脸谱网、推特网、播客网，这些网络交流形式充分吸纳了可能的网络使用者，使网络使用者最终能够找到更适合自己的信息参与方式。从人机结合到人网融合，这样的空间解除了传统媒体的束缚，网络不断地拓展自己的潜能，全新的信息方式使得信息价值获得了独辟蹊径的飙升。

与波斯特的"信息方式"相比，莱文森论说的"网"（包括各种网络门户或平台）的出现到底给我们带来什么改变？或者说我们应该在什么意义上理解这一"网"的作用呢？这里就以莱文森提供的最为典型的博客网、推特网为例略加说明。先来看莱文森有关博客网出场所带来变化的描述：

博客使新闻和舆论的传播超越了电报的阶段。它允许"报道者"即每个人可以把自己采写的报道立即用博客发布，向全世界发布，而不是在报纸上刊载。因为博客由自己编辑，所以它可以是博客人自己喜欢的任何东西，这就与报刊不同了。①

莱文森提出博客网的"个性化和'去专业化'是新新媒介最典型的特征之一"，这一结论来自博客十分突出的两个特点：一是"任何人的博客可以写任何东西"，二是"一帖博客的冲击力包括其巅峰的冲击力是难以预测的"。②第一个特点意味着博客写手书写状态是自由的，他对博客的使用拥有最终决定权；第二个特点意味着博客影响力是前所未有的，这是因为博客借助的网络传播的广度和深度都是前所未有的。

博客网的个体凸显与电子书写的主体衰落是两者最可见的差异。不过，虽说博客网的写作更加自由，更方便地发布个人意见，但是推特网的出现使个体化更加巩固，而且"网"的功能也使之更加深入地融入人们的日常生活。推特网更便于描述和分享，也更可能多地强调广而告之作用以及接收者的沉浸和互动。与博客网相比，推特网更具有私人性，也更加日常化，主体已经遁身无形。从技术上讲，由于互联网的迅速发展和传输能力的极大提升，推特网开始由博客网通常采用的单一文字和单一图片向文字、图片乃至视频整合为一体的过渡，也就是说推特网具有了更灵活和更形象的呈现形式，更加立体多样，更加平易近人，这也强有力地消解了博客网残留的那种话题的公共性和社会性，消解了那种似乎还难以摆脱的传统书写思维的影响。推特网的大众性和趣味性似乎让人们找到了昔日口语场景氛围的特点，

---

① [美]保罗·莱文森：《新新媒介》，何道宽译，上海：复旦大学出版社，2013年版，第18—19页。
② [美]保罗·莱文森：《新新媒介》，何道宽译，上海：复旦大学出版社，2013年版，第19页。

与手写文字、印刷传统有根本上的不同，以往辛辛苦苦构建的主体在这里被完全的个人化所取代。莱文森说：

> 或许，你想让人人知道，你刚才看了什么电影或准备看什么电影，你对老师、老板或董事长怎么看，你午饭吃的是什么或准备吃什么，天正在下雨……无论你想让世人知道的是什么，刚想到的事情、刚经历的事情你都有向世人播报的冲动吧？如果是这样，推特网使你播报这一切容易多了。①

表面上看，这是莱文森描述的推特网所具有的功能，它建"网"的目的与博客网截然不同。随时随地性和无所不能性使推特网不仅消解了传统媒介（口头和书面）的固有权威性和约定俗成性，而且进一步在博客网的基础上把旧日里传播的延时性和单向性改写为互动的、即时的，这是一种新的媒介语境的构造。更深入地看，它的日常性、它的琐碎、它的方便是对传统的合理性、逻辑性和可能性的抵制和拆解。这是一个个体活生生的存在状态，它实现了"网"化的功能和特点，其实它已经与博客网相去甚远了，因为一旦媒体上所推出的内容身边化、日常化、即时化，它的媒体语境能量就开始发挥其强大的湮没作用，内容观看变得不再重要，一种直接沟通的快感和零距离互动成为超越内容之物被推特网所强力推动，其发展前景受到更多的关注。

其实在莱文森写"新新媒介"之时，尽管智能手机作为移动终端已经开始崭露头脚，但是尚未像今天这样普及。应该说智能手机与移动互联网的结合最终成就了我们今天看到的自媒体带来的冲击以及自媒体的使命，这标志着一场来自自媒体的传奇式革命的大功告成。当然，在智能手机出现之前，

---

① [美] 保罗·莱文森：《新新媒介》，何道宽译，上海：复旦大学出版社，2013年版，第134页。

自媒体已经借助计算机软件和硬件所具有的独立性和网络性得以发展，新技术使得自媒体的自创新词以及对各种网络门户和平台的借用所可能的重设语境有了可能。只不过，智能手机的加入之所以需要大书特书一笔，是因为智能手机使得自媒体运用真正达到了任意时空状态下的进出自由，实现了任何人随时随地运用自媒体的可能。莱文森曾描述 iphone 手机的出现极大地促进了媒介发展"越来越人性化"①，莱文森描述说：

> iphone 开始满足人类悠久的信息需求：我们需要任何信息和一切信息，无论何时何地都需要，只要信息存在我们就要去寻求。和一切人性化趋势媒介一样，iphone 实现了我们想象的景观——把报纸、视频、网页、聚友网和脸谱网上的朋友、微博和博客带进我们手中那块小小的屏幕上。②

我们看到智能手机的出现充分整合了媒介发展的一切可能，这种合力使得自媒体如虎添翼，这就是莱文森所谓的"人性化"。不过在我看来，在这种人性化的基础上，个体的自由使用和内容的自由发布，最终完成了自媒体的重设语境的可能，这种语境重设使自媒介得以彻底摆脱传统媒介的束缚，有了前所未有的自由发展空间和独立存在之可能。对比莱文森所谓的"新新"媒介会发现，当时尚未发育的自媒介如今已经成为更具挑战性的媒介形式，或者说自媒介被赋予了更强大的信息改写功能，成为一种与"新新"兼收并蓄的"新""新新媒介"。从而带来了信息在自媒体中的加剧膨胀和脱域，最终实现了重设语境的目的。

---

① [美] 保罗·莱文森：《新新媒介》，何道宽译，上海：复旦大学出版社，2013 年版，第 188 页。
② [美] 保罗·莱文森：《新新媒介》，何道宽译，上海：复旦大学出版社，2013 年版，第 189 页。

主体不在了，个体回来了；传播不在了，交流回来了；灌输不在了，分享回来了；延时不在了，即时回来了……自媒体的魅力就在于附着在主体身上的观念不在了，附着在传播之上的影响不在了，附着在推广之上的自洽逻辑不在了。由此出发，我们对于自媒体解放的意义、自媒体自由的价值就有了更为深入的理解。自媒体的最大成绩就是重构了一个语境，使得任何可能性都在这一新场域中获得了实现的可能。

三、从语体到语汇：语用汰变的边缘习性

自创新词是为了摆脱语言的既有束缚，发表自媒体人私人的理解和感受，而重设语境是为了使自媒体人自由地使用和出入媒体平台，获得平等发声的权利。当然，我们也充分认识到，尽管最新科技带来了从语言到观念变革的可能性，但传统是异常强大的，它们并不可能自动退出历史舞台。就语言使用来说，我们注意到任何社会都是主流语汇极为发达的社会，这一特点与历史传统和现代以来的意识形态活动密切相关。我所谓的主流语汇由三个部分构成：传统语汇、革命语汇、知识语汇。这三大语汇互不隶属，但相互紧密缠绕在一起，它们以传统语汇为底色，以革命语汇为主导，以知识语汇为衬托，三者的合流构成既定的语用生态和社会语用景观。要在三大主流语汇的内部发动一场能指层面上的语言革命，无疑难上加难。自媒体的出现，首先在三大语汇主导的传统媒介之外为语用改写提供了技术上的可能，也即自媒体借助各种网络平台和智能手机的技术化特点和力量，在传统媒介之外开拓出一条可能的独自发声之路，使得媒介作为信息方式有了更充分发挥作用的可能。也由于自媒体的独立性质，使得自媒体的使用者更有可能游离于传统、革命和知识三大语汇构成的语用规范和内涵，更由于在自媒体时代人人都可能具有发声的权利，所以我们看到不同以往的最具景观意义的改变是来自边缘人的语用在不断浮上台面。当然，自媒体语用尽管并非完全自成一

体，与传统媒体有着千丝万缕的联系，也可以说难以从整体上脱离三大语汇传统的影响，但是自媒体本身可能自构的语言特色也是不容忽视的，它在一定程度上成为我们更好地表达民间个体生存状况的最直接、最生动的语用途径和窗口。我在这里从两个层面入手提供一种针对自媒体语用的观察：首先是新兴语体的出现，其次是边缘群体语用的流行。

（一）"找乐"式语体狂欢

自媒体上充斥着各种流行语体，成为一种有待观察的自媒体语用现象。这种自媒体语体与我们通常所了解的传统语言使用上的语体不同，比如我们在自媒体中随处可见频繁新创出来的所谓的梨花体、羊羔体、咆哮体、凡客体、甄嬛体、苍白体……这些语体在自媒体中一浪高过一浪地蔓延，它们肆无忌惮地对传统语体进行改写，无疑构成了自媒体言说的一种表征。

童庆炳认为："语体就是语言的体式。就广义而言，语体是指人们在不同场合、不同情景中所讲的话语在选词、语法、语调等方面的不同所形成的特征。"[①] 可以说这是传统语言观念中有关语体的基本定义。童庆炳把语体放在文体之下谈论。在他设定的文体三层次中，体裁、语体、风格依次呈现。其中语体分为规范语体和自由语体，前者包括抒情语体、叙述语体和对话语体，后者则标示一种具体个体意义上的语体创造。按照童庆炳的说法，抒情语体主要对应于诗歌，其特点在于抒情性；叙述语体主要对应于小说，是对事件过程的叙述，又由于人是事件的关键构成者，所以人自然成为叙述语体的主要表现对象；对话语体主要对应于戏剧，强调场景和动作，比较而言对话语体更为直白、更具人物的性格特点。至于自由语体，童庆炳认为，它意味着作家"凭借自己的灵性和审美情趣，获得某种独特的语感、语调，创造出一种独具一格的、具有艺术魅力的自由语体。这种自由语体似乎是作家在

[①] 童庆炳：《童庆炳文集》第四卷《文体与文体的创造》，北京：北京师范大学出版社，2016年版，第103页。

不经意之间随手写出,却具有一种出人意料的意味和韵调,具有极为丰富的内涵……"①在童庆炳眼里,自由语体之所以"自由",就在于它不同于之前所说的抒情、叙述和对话三种语体,是写作者个性化的一种自由的抒发。童庆炳的一个例子来自"五四"时期的文体革命,认为它是"由自由语体这个层面发动的,鲁迅、郭沫若等一批先驱者强调要用一种最为贴近自己的思想感情的白话口语、最能表露自己的个性的语言体式来创作"②。如果从这一角度来观察自媒体的语体利用,尽管强调自由和个性的基本精神是与童庆炳所说的自由语体一致的,但其中的内涵却大为不同。首先,自媒体语体不是在体裁、语体和风格三分框架下确认的,而是根据语用的具体情景生发出来的,也就是说自媒体语体不具有体裁的基础,也不具有向风格过渡的诉求。如果说童庆炳有关语体的论述代表了一种传统意义上的有关语言语体的研究,那么自媒体语体的出现完全脱离了传统的有关语体问题的认知和规范。自媒体语体更为自由和灵活,它不是出自语言自身中的文体问题,而是出自自媒体语言使用中的书写情境问题。其次,自媒体语体作为一种自由语体,尽管它具有事件性,某种自媒体语体甚至具有当年鲁迅、郭沫若等人的语言革命的冲动,但是它的表现形式和达到目的是完全不同的,自媒体语体的出现本质上是一种民间言说活动的结果,由于自媒体的进入门槛较低,几乎没有任何的限制,这为广大的民间人群打开了一扇进入互联网的大门,使得更多的边缘和底层习性浸染到了自媒体,或者我们也可以说,与主流媒体被权威机制、社会精英和专业人群占据和垄断,民间人群难有参与其中的空间和可能相比,自媒体是在主流媒体之外为更广大的民间人群提供的一种与主流媒体不同的言说通道和空间。尽管自媒体更多地表现为一种自说自话、自娱

---

① 童庆炳:《童庆炳文集》第四卷《文体与文体的创造》,北京:北京师范大学出版社,2016年版,第131页。
② 童庆炳:《童庆炳文集》第四卷《文体与文体的创造》,北京:北京师范大学出版社,2016年版,第137页。

自乐，但从主流媒体看过去其中所包含的反叛和嘲弄意味也颇具锋芒。

自媒体与民间的结合，使得民间的习性浸染了自媒体，这是一个不容忽视的自媒体的特质。胡泳说过的精英人群、传统媒体人群对于自媒体的迫切利用的愿望，他们是在寻找自我空间利用的最大化以及自我经济利益的最大化。我个人认为这一切并不具有真正的自媒体意义，或者说自媒体的存在不是由他们的利用和占有去标识和定义的。一定要看到民间对自媒体的介入和利用，这才是自媒体存在的真正价值之所在。布尔迪厄在强调习性和趣味的基础上，着重考察了社会阶层区隔后的生活现实和观念现实。他的一段有关阶层区隔的描述至为精彩，也可以作为我们这里讨论自媒体民间化的一个必要语境。

> 对立的网络是以统治者"精英"与被统治者"大众"之间的对立为原则的，大众是偶然的和混乱的、可互换的和数不清的、软弱的和无能为力的大多数，只有统计学上存在，这些对立存在于高（或崇高、高级、纯粹）与低（或平庸、平淡、卑微）之间，精神与物质之间，细腻（或精致、优雅）与粗俗（或粗糙、肥胖、粗野、粗暴、粗鲁）之间，轻（或敏锐、轻快、灵活）与重（或缓慢、笨重、迟钝、艰难、笨拙）之间，自由与被迫之间，宽广与狭隘之间，或在另外一种维度上，在独一无二（或稀罕、不同、高雅、唯一、特别、独特、异常）与常见（或普通、平常、流行、下流、一般）之间，在杰出（或聪明）与平庸（或无名、平凡、中等）之间。①

如果说布尔迪厄这里所描述的"大众"阶层的特点成立的话，那么他们必然会作为一种自身携带的"习性"进入到他们涉足的自媒体场域。昔日

---

① ［法］皮埃尔·布尔迪厄：《区分：判断力的社会批判》（下册），刘晖译，北京：商务印书馆，2015年版，第741页。

完全不被注意，甚至被贬抑的"低""物质""粗俗""重""被迫""狭隘""常见""平庸"等的特性成为了自媒体的特色。自媒体作为一种民间语言共同体和民间情感共同体的展示，在相当程度上反映了民间人群的存在状态，也就是说他们原本的那种涣散的、偶然的、软弱无力的特征会在自媒体的自创新词和重设语境中获得某种改变。

自媒体语体来自民间底层的一个标志性表现就是"恶搞"手段的运用。比如"梨花体"①和"羊羔体"②，它们实际上是带有"恶搞"性质的语体实践，这两种语体凸显了自媒体人的语用狂欢，尽管它们的针对性不难理解。"恶搞"是自媒体书写实践的一大特色，它本身具有亚文化的反叛色彩，也可以说是民间人群对权威、正统、经典的抵制和解构方式。③当然，自媒体的"恶搞"很大程度上仅仅是"恶搞"而已，是民间人群利用不同于传统语体的自创语体的一种情绪宣泄。从"梨花体"和"羊羔体"出现的语境看，它们显然与童庆炳所论的文学意义上的语体实践相去甚远。一是它们的命名是由某一事件引起的，事件本身引发了对一种极端个人化写作方式的关注，这里出现的自创一体情形，既是一种自媒体书写策略的命名，也是自媒体人寻

---

① "梨花体"："自2006年8月以后，网络上出现了'恶搞'赵丽华的'赵丽华事件'，网友以嘲笑的心态仿写了大量的口语诗歌，更有好事者取'赵丽华'名字谐音成立'梨花教'，封其为'教主'。"https://baike.baidu.com/item/ 梨花体 /9790559?fr=aladdin。
② "羊羔体"："2010年10月19日晚上7点，'鲁迅文学奖'获奖名单公布，其中车延高的诗歌《向往温暖》位列诗歌类获奖名单之中。然而在当天夜里11点16分，一位名叫'陈维建'的人便在其新浪微博中发表一则名为《"梨花体"后"羊羔体"？》的短信……8分钟以后，他又作微博名曰《车延高的"羊羔体"诗会红》。微博内容简单，只是转引了车延高的另一首诗歌《刘亦菲》的部分内容。此后，'羊羔体'一词不胫而走……'羊羔体'的叫法来源于车延高的名字。'羊羔'为'延高'二字的谐音。因其写的诗获得鲁迅文学奖，而备受争议。因此网友戏称其诗为羊羔体，即延高体。"https://baike.baidu.com/item/ 羊羔体 /5863125?fr=aladdin。
③ 有关"恶搞"的基本特点，参见张跣《网络文化与社会转型》（北京：中国文联出版社，2011年版）第十章"网络恶搞：抵抗抑或消费"。其中张跣转引自兰爱国的"恶搞"研究，认为"恶搞"具有如下几个特点：一是技术化，二是模式化，三是娱乐化，四是祛魅性。我个人认为，第四点"祛魅性"更符合自媒体"恶搞"现象。当然，自媒体"恶搞"更多的是一种来自民间底层人群的戏谑化抵抗，乃至自娱自乐方式。

找自娱自乐性解构话题的方式。二是这种语体命名之所以不具有传统上的文学语体意义，是因为它们无法满足最为关键的文体要件——来自语言使用自身的评价，而更多具有媒介意义——通过制造媒介事件，以消解传统规范的压力，实现自媒体人自我的语言狂欢。这样的语体只能是自媒体的语体产物，而不是语法意义上的语用创新。"梨花体"和"羊羔体"所具有"恶搞"性质，或可称之为自媒体语体中的"谐音类恶搞"语体，即通过写作者名字的谐音来命名一种语体。

至于下面几种自媒体中出现的语体，更体现了自媒体中民间语用共同体的自娱精神。

2010年7月凡客诚品（VANCL）邀请了青年作家韩寒和青年偶像王珞丹出任形象代言人，一系列的广告也铺天盖地地出现在公众的眼帘。该广告系列意在戏谑主流文化，彰显该品牌的自我路线和个性形象。然其另类手法也招致不少网友围观，网络上出现了大批恶搞"凡客体"的帖子。①

2012年4月，随着电视剧《后宫甄嬛传》的热播，观众们在观看电视剧的过程中，被里面"古色古香"的台词所倾倒，剧中人物对话文艺调十足，语调不急不缓，口气不惊不乍，从容大方。古诗风韵在我们细细品味之余，也引起网友的效仿，并将这种文体称为甄嬛体。②

2015年5月13日，《人民日报》上刊登了一则手机厂商的广告，四个版面中三个版面除了一个二维码全部为空白，全部指向最后一个页面，最后一个版面一句"再美的文字赞美这部手机都是苍白的"的

---

① "凡客体"，https://baike.baidu.com/item/ 凡客体 /8845922?fr=aladdin。
② "甄嬛体"，https://baike.baidu.com/item/ 甄嬛体 /10644092?fr=aladdin。

文案占据整个版面,简洁直白的文案引起大批网络段子手的互动,一时间苍白体占领各大媒体和社交平台。①

自媒体语体的发明是自媒体场域中民间人群的一种语言娱乐方式,即通过"恶搞"式语体狂欢以求达到自娱自乐的目的。这或许可以说与 20 世纪 90 年代王朔引领的"痞子"精神和 21 世纪初期赵本山发起的"愚乐"文化堪有一比的民间"找乐"活动发展的一个新阶段,自媒体无疑为它的生成和发展提供了合适的土壤。

(二) 独白式边缘絮语

与自媒体语体密切相关的是一种全新的语言现象的出现,它直接反映了自媒体语用改造的特点,这就是边缘意识对语用的渗透乃至占有。这里的边缘意识主要指两种,一是底层意识,二是女性意识。

有关底层意识,表现在自媒体开始大量采用来自民间的底层语言,这种语言的特点是口语化和粗俗化,但是形象、传神,比如"屌丝""吐槽""冒泡""拍砖""喷鼻血""人肉""蜗居"……这样的语汇在自媒体中大为流行。应该看到在三大主流语汇主导的传统媒体上,底层语言除了在批判场合之外,是不可能成规模地登堂入室的,更不可能占有一席之地。自媒体借重构语境,相当程度上摆脱了传统三大语汇的控制,使参与者有了自由发挥的空间,从而高度激发了底层人群的语用变通力和创造力。也就是在这一意义上,底层语言进入自媒体,一定程度上消解了自媒体受到来自传统媒体影响的可能,改造甚至重构了自媒体生态,也改写了我们既有的语言传统和现实。底层语用构造了难以想见的语言底层化面貌。

如果我们把底层意识和底层语言视为一种亚文化意识或语言的话,那么

---

① "苍白体", https://baike.baidu.com/item/苍白体/17579358?fr=aladdin。

我们就会看到一个无论是葛兰西，还是斯皮瓦克，都未意识到的重要现象，那就是底层也完全有可能在一个全新场域中找回自己发声的意识、机会与权利。李应志曾分析说，斯皮瓦克的"属民"（底层）概念，其特殊之处在于"不能说话"。葛兰西在首先使用这一概念时，也具有"不能说话"的初步特征。由此看来，所谓"属民"的"不能说话"，"最重要的是没有一种统一的集体性，最终的原因则是由于文化上的顺从而丧失了自己的主体意识。印度'属民研究小组'（Subaltern Studies Group）扩展了葛兰西这个概念的原初含义，用来指'南亚社会中的从属群体的普通属性，不管它是根据阶级、种姓、年龄、性别和职务还是根据任何其他方法来进行表述'……而斯皮瓦克心目中的'属民'则具有更加宽泛的所指：'知识暴力所标示的封闭地区的边缘'，或者'被压制的、沉默而不出声的中心'，'处于文盲的农民、部族、城市亚无产阶级的最底层的男男女女们'"[①]。从这一意义上说，让"属民"群体学会"说话"，学会发出自己的声音，成为社会进步的标志性事件。自媒体的出现应该说远远超出了传统社会的群体意识和边界，它把天南地北的一群完全不相识的人聚拢到一起，更为关键的是，它还可以给这些人自由出入的路径和生存的空间，尤其是那些一直生活在社会底层的人们，他们会按照自己的意愿来参与自媒体的发声，任何显性的外在束缚都不再会成为他们碍手碍脚的阻力。

至于女性意识，一些由女性制造的语汇被自媒体广泛采用，比如"小鲜肉""直男癌""中年油腻男""渣男""妈宝男"等，这样的语汇显然来自女性（或以女性身份进入自媒体的男性，这有点像中国古代男人以女性口吻写的怨妇诗），它们反映了女性进入自媒体空间后脱离男性语汇系统的自创语汇的状况。我们所说的三大主流语汇无疑都是男性创造的，语言的内涵和语用的方式都是在男性文化中规定好的，或隐或显地遵从着男性意志。通常意

[①] 李应志：《解构视野下的反抗及其可能性——斯皮瓦克论属民阶层及其主体意识》，《文艺理论研究》2014年第4期。

义上，女性只能进入其中，最有可能的是通过运用男性语汇来委婉和曲折地表达自己的思想和情感，当然，这样的语用限定是非常突出的。自媒体出现后，其重设语境使得民间语用空间被全方位打开，女性在女性意识觉醒的背景下，结合技术提供的自由空间，开始越来越多地创造出带有女性特色的言说方式，至少在语用上呈现出强烈的挑战男性语用的话语实践的意向。

  当年，余秀华的《我穿过大半个中国去睡你》可以说是一个标志性的女性语用的自媒体事件，曾经带给我们以极大的语言震撼。这是因为一种来自底层女性的颠覆性语用让我们开始感觉无所适从，这也是由女性意识生发出来的女性言说的最浓烈的版本，也成为女性在自创语汇运用中制造了整个意象和情绪倾泻的范本。

> 其实，睡你和被你睡是差不多的
> 无非是两具肉体碰撞的力，无非是这力催开的花朵
> 无非是这花朵虚拟出的春天让我们误以为生命被重新打开
> 大半个中国，什么都在发生：火山在喷，河流在枯
> ……
> 我是穿过枪林弹雨去睡你
> 我是把无数的黑夜摁进一个黎明去睡你
> 我是无数个我奔跑成一个我去睡你
> 当然我也会被一些蝴蝶带入歧途
> 把一些赞美当成春天
> 把一个和横店类似的村庄当成故乡
> 而它们
> 都是我去睡你必不可少的理由[①]

[①]《余秀华诗十首》，https://www.douban.com/note/482197081/。

一个"睡"字，如此直白，带着肉感气息，而"睡"与"大半个中国"相连接又令人格外好奇，完全是一个体悟到位的呈现，因为它让人感觉到"睡"的艰难和执着，这是一种直白中的口语宣言，女性表达的体感特质淋漓尽致。一个"睡"字，完全口语化的词语，在诗歌中使用，显得粗俗而任性，但又形象而传神，因为它是经过了"大半个中国"，"大半个中国"把"睡"充实起来，使之内涵丰富、风光无限。其实余秀华眼里的"睡"不仅仅是"两具肉体"之力能够制造和完成的，尽管作者用了"无非"的排比，但是"无非"背后隐藏着更多难以用"无非"概括的幻觉和臆想，一个"睡"字就在这样的自创语体中焕发出女性语用的特质，魅力由此而生。它的另类使得我们在传统、革命和知识语汇浸染太久、在主流传统话语中生活久了的男人倍感惊异。不是余秀华出了问题，而是自媒体给我们带来了检视自我的深度可能，在主流语汇之外，女性意识的崛起也是我们需要面对的自媒体现象。

波尔多在她的女性问题研究中指出了现代社会的一个重要现象，那就是"相比漫长的过去而言，妇女现在花费在管理、约束身体的时间更长。在一个以公共竞技场向妇女重新开放为标志的时代，这些身体规范的收紧，显示了它的牵制性与破坏性。女性气质的理想不断变化、难以捉摸，又万变不离其宗……它要求妇女不断注意时尚中细小而反复无常的变化。这些追求使女性的身体成为驯服的身体，让身体中的力量和活力习惯于外界的规则、征服、变化和'改良'"①。这无疑是现代社会带给女性的难以逃离的外部环境，也就是说现代社会一方面为女性提供了比以往更为广阔的社会舞台，另一方面这一舞台是有框的，它被整个社会文化传统牢牢地固定在了男性主导之下。这一天，自媒体来了。自媒体具有完全不同以往的媒体场域，它的自由和自主为余秀华们提供了一个充分发挥女性权利和身份的新舞台。而更多不

---

① [美] 苏珊·波尔多：《身体与女性气质的再造》，转引自 [美] 佩吉·麦克拉肯主编《女权主义理论读本》，桂林：广西师范大学出版社，2007年版，第242页。

同类型的女性也在借助自媒体平台呈现自己的另类生活状态和人生梦想，这彻底打碎了男权社会的女性规训，罗玉凤们的媒体呈现使人们有机会看到自媒体的强大社会影响力，也看到了传统媒体文化的破产。

结论

我们从语境和语用两个基本方面来观照自媒体作为全新媒体的特点，重设语境意味着如何在传统主流语境之外寻找一个民间乃至边缘表达的空间，其实这样的空间一直在民间存在着，但是只具有地域性和阶层性的限定，区域隔阂限定非常明显，无法为社会所广泛接触和认知。自媒体的意义就在于它提供了一个开放的空间，任何人都可以通过自媒体触摸到民间乃至边缘的语言生态和语用方式，发掘民间语用的特点，这本身就具有一种挑战的意味，当然自媒体出现的最大目的不是与主流媒介分庭抗礼，而更多的是谋求走在与传统主流媒体分道扬镳的轨道上，在和而不同中追求共存和共享。至于自创新词，则是通过自媒体的自由和开放的特性寻找不同阶层的更恰当语用表达方式，也由于自媒体的民间色彩，它在自创新词上更多表现出边缘语言的流入与流行，底层语言和女性语言作为两个比较有代表性的例子被用来很好地说明了这一问题。语言是有传统的，这种传统在历史发展的过程中出现了高度的分化，最初是口语和书面语形态，前者更多地停留在民间，具有地域性和乡土性的特点，后者作为一种广为流通的现代语言存留方式成为主导社会文化的通行语言，书面语对口语的压制和限定是一直存在的现实，也是现代文化发展的一个必然的结果。但是自媒体的出现，使得这一现状发生了意想不到的改变。口语不再被排斥在书写之外，而是成为嵌入书面语的亮点和关键点之所在，只不过在自媒体深入发展之后，书面语在语体和语汇方面同样遭遇了不小的挑战，自媒体无疑为自媒体人带来了更加自由、开放的表达形式和可能。

国家大剧院：改写北京城区中心的审美空间

一、视野的穿越

我猜想法国建筑设计大师保罗·安德鲁在北京最愿意去的地方之一就是景山。

景山位于北京中心城区、故宫（紫禁城）的北面，与故宫北门神武门仅一街之隔，是一座海拔只有88.7米（相对高度44.6米）的小山，说是"山"，其实不如说是"土丘"，但它却在北京城历史上相当长的一段时间里（明、清时期）居于最高点位置，而且坐落在北京城中轴线龙脉之上，紧邻皇城的北侧，具有登上景山而"一览众山小"的得天独厚的地理优势。

说起安德鲁与景山的缘分，大概不在于这位建筑大师具有登高远眺的爱好（是否有此爱好，我不得而知），也不在于他作为一个外国人能够登临中国皇都龙脉之上获取俯瞰紫禁城而感受昔日皇家气势的快感，他作为一位建筑学家，通常会用建筑学家的独特眼睛观察周围的地貌和景物。于是他对攀登景山后满眼的风光有过这样的描述："我经常去景山，很久以前，最早去的几次，还像很多北京游客一样，是为了到那里去欣赏连绵不绝的屋顶，那些仿佛不规则却又相似的重重波浪——如同后来另一位建筑师柯刚跟我讲的那一条'绿色山谷中流淌着的金色河流'。"① 来北京的国内外游客是否都有安德鲁的那种对于这片"屋顶"的感知能力，这里暂且不论，但登临景山所可能留给人们的印记确实应该就是这一视野里的皇家建筑（紫禁城）奇观，这是一个前现代的充满诗情画意的静谧而和谐的景观，也是一个当代社会的平民景观。不过某一天，安德鲁的视线已经无法再满足于停留在这一景观之上，而是让目光掠过"金色河流"，投向距离更远的一个地方。

我多次想去体验一下安德鲁在景山远眺的感觉，那里的视觉景物已经发生了某种改变，不再只是皇家城垣在龙脉上聚拢的神秘气象。这样的改变对于安德鲁来说并非陌生，甚至在预期之中——越过景山脚下的"金色河流"，在天安门的西南方向，在人民大会堂的西侧，一个具有非凡气息的半圆形建筑矗立起来，它的名字叫"国家大剧院"，而安德鲁就是这座神奇建筑的亲手设计者。

当国家大剧院矗立在中国最神圣的长安街畔，并与紫禁城的天安门、中南海的新华门、天安门广场上的人民大会堂比邻而立时，安德鲁的心情是怎样的？安德鲁会对自己成功地在中国首都的心脏位置留下这一"杰作"有何评价？安德鲁在欣赏自己的杰作的同时，是否估量过这一建筑对北京中心城区审美空间的整体性震荡和革命性改写的意义？

二、中心空间的扰动

撇开新中国成立初期苏联人帮助制定的北京市总体规划，20世纪70年代末，改革开放后的北京城市总体规划是以一个中心、一个十字和若干圆环为基本骨架和特点的，而且这一思路在历次总体规划修订中不断充实完善，以至于今天我们看到的北京城区已经成为此规划理念的毋庸置疑的佐证。一

---

① [法] 保罗·安德鲁：《国家大剧院》，唐柳、王恬译，大连：大连理工大学出版社，2008年版，第205页。

个中心是指天安门广场,一个十字是指南北中轴线和东西长安街的交叉,而若干圆环是指已经建成的围绕城市核心区域的六条环路,据说还有建设"大七环"的构想。不过安德鲁在北京中心城区的强力作为不禁让我意识到,一个中心实际上暗含着可以拆分的能指与所指的关系问题,也就是说到底该如何为这个城区中心进行合理的对象化呢?

北京城区的中心能指其实不只对应于一个所指,而是饶有趣味地包含了两个所指,这既显而易见,又不易察觉。这一双所指结构是指以长安街为界线,中心被分隔为南北两个部分,北部是人所共知的故宫博物院,西文译"紫禁城",这也是一度让安德鲁迷恋的透露出大量中国历史文化密码的皇家宫苑;南部以西式广场空间为基调,周边布置了一组高大的建筑——国家博物馆(包括原来的中国历史博物馆和中国革命博物馆)、人民大会堂、人民英雄纪念碑,以及后来的毛主席纪念堂。当然,这样的双所指安排意图不仅是在强调两者之间的内在联系,而且又在强调它们之间的替换关系。

今日的故宫已经成为一座历史博物馆,一个供人们参观的历史文化场所,它所扮演的角色几乎不再具有直接的政治性,而是更加凸显了文化底蕴,表征中国传统文化中帝王政治体制和空间结构的形态及意义,但所有这一切都隐蔽于作为文物呈现在公众面前的皇家场所、皇家器物、皇家规制的幽处,人们所能感受到的只有通过历史想象而回到过去的皇家气象。至于天安门这扇向南开启的大门,作为皇家建筑群落向后来的西式广场的敞开,传承和接续的意味相当浓厚。人们在自然而然中来到一个充满现代感的规制场所,投身天安门广场这一阔大的空间,渺小地驻足其间,一种生命本能的归属感油然而生。举目四望,广场周边的建筑不仅挺拔高大,而且正义感十足,完全可以从中获得某种强大的精神支撑。现代权力空间已经完全取代了古代权力空间,并且进一步成为人们向往的安身立命的理想场所。当人们回望雄踞北方的具有厚重历史感的建筑群落时,光阴荏苒,时空穿梭,强调名正言顺的权力传承具有了一种心灵的抚慰和生存的底气。

与能指对应的所指，能指构造的双所指，不经意间透露着时代变迁意味，既是历史，又是现实；既是文化，又是政治；既是时间，又是空间；既是神，又是人……中心能指就是在这种裂变的弥合中寻找自身的合法性和完整性。

　　值得注意的是，在红色中国的政治架构中，文化（艺）处于与经济基础相对的上层建筑，有关它的空间安排应该切近于实体性政权的运作机制。当年毛泽东把文艺定义为两支有效打击敌人的军队之一，可见文艺承担着不可或缺的政治社会功能，而这一点充分体现在了新中国初期的城市规划中。表面上是在仿照西方，实际上更着意于自身的革命逻辑，即国家级别的大剧院被规划在紧邻城区政治中心的位置，既为中心服务，又参与中心的运作。据说当年由周恩来总理亲自拍板确定了与人民大会堂一街之隔的国家大剧院的选址规划，而且即使在21世纪之交北京城市建设一日千里、北京市总体规划不断调整、资本强势运作大有吞噬一切的情况下，这块50年前规划的土地还一直被保留下来，几乎没有受到挪作他用的干扰。今天，矗立在人民大会堂西侧的国家大剧院已经无可改变地成为嵌入北京城市中心的一道亮丽的有些耀眼的建筑景观，它试图通过建筑自身的颠覆式设计来共同分享一个中心能指中的所指份额。

　　在我的心目中，国家大剧院的存在明显扰动了原有中心的整体稳定性，使得昔日呈现的标准的南北承续的空间布局发生了某种程度的偏移。有文献记载，按照安德鲁当年的设计，他所考虑的绝不仅仅是大剧院作为一个单体建筑的文化功能问题，实际上他还同时考虑了作为城市核心区域的天安门广场的空间结构的功能性改造的问题。如果说当年周恩来总理只是从国家意识形态出发来安排天安门广场的空间格局的话，那么作为建筑学家的安德鲁，他的一个令人意想不到的构想则是以国家大剧院的建设为契机，通过这座建筑外观的创意性设计，通过对其周边空间的绿植和水面的培育，以及通过对国家博物馆东侧进行大面积的绿化铺陈改造，使得天安门广场的整体空间意蕴发生根本性的改变，从一个单纯的具有政治意义的社会空间转换成一个带有休闲功能的城市空间，这是一种通过所指繁杂化来模糊中心能指的空间算计，甚至可以说是一种通过强化所指来淡化能指的从宏观权力向微观权力的过渡。

我想安德鲁一定会注意到，天安门城楼的东西两侧有劳动人民文化宫和中山公园，与国家大剧院一街之隔更有中南海，从空间生态的布局看，它们实际上都具有软性空间延伸的意义，但是由于本身的皇家性质和皇家规制，加上高大围墙的遮蔽，使得它们并没有把自身的软实力投射到天安门广场中心区域；即使是故宫博物院西侧中南海的南海水面也只能无奈地在比邻长安街的红墙处戛然而止，显然红墙的阻隔使得这样的软环境未能有效地与天安门广场建立有机的联系，形成呼应之势，无法参与广场的布局而构造出现代生态意义上的空间结构。遮蔽是中国园林建筑的一大特色，隐而不显，曲径通幽，犹抱琵琶半遮面式的美固然弥漫着传统文化的韵味，但这样的空间设计理念显然与具有现代西式特质的广场空间难以匹配。天安门广场需要一种成比例的大尺度的、更加开放而生机通阔的现代西方园林理念的营造。

从这一意义上说，国家大剧院的建造，或许在安德鲁看来已经不仅是在设计一座国家级的艺术殿堂，而是在为当代中国首都的政体空间提供一种来自世界另一端的建筑诠释，这一诠释的意义在于大剧院在国家政治话语系统中不经意间构造了一种权力微观化场域。大剧院成为一种国家对人民的充满温馨而魅力四射的召唤。想想悉尼歌剧院、巴黎蓬皮杜艺术中心、纽约百老汇、维也纳国家歌剧院……这些世界顶级的艺术圣殿，不仅可以作为一种国家荣誉的象征，同样也是政治权威体制的某种柔性表征。对安德鲁来说，中国的国家大剧院同样承担着这样的一种功能，同时他重塑一个东方古老文明的首都中心区域的政治空间的狂想更具有撼动人心的魅力。

三、明亮与圆弧的反叛

当然,改造天安门广场空间的冲动不仅表现在空间软环境的营造方面——从生态角度整体性地改善广场的质地感觉,在硬质的外围构造出一个软质的缓冲地带,使进入者能以轻松的心境面对中国首都的这一庄严而神圣的政治空间,而且安德鲁还在单体建筑本身动了不小的心思,材料上的明亮和造型上的圆弧,把国家大剧院反差性极强地植入了一片坚实的大理石和厚重的水泥建筑的棱角分明的硬性空间中。

翻阅有关国家大剧院建设的历史文献,主要有两个方面成为当年学界乃至整个社会关注和争论的焦点:一是技术,二是文化。前者陷入建筑学家设置的特定的技术问题,充斥着对安德鲁方案违背建筑理念和建筑规则的批判;后者从后殖民主义高调介入,提出安德鲁的颠覆性设计以及在中国建筑学界如履平地般获得追捧,完全是后殖民主义文化渗透的一个典型表现。[①]不过在我看来,在这两个问题之外,其实还有一个被当时的人们几近忽视的问题,那就是一种跨文化的审美感觉——人的审美感觉的重塑问题。置身于国家大剧院的面前,与它相视而立,一个强烈的视觉印象在平静水面的衬托下切入进来,银白色通体明亮的圆弧和环绕圆弧下方的通透的大玻璃窗,这是在钢结构支撑下由18000多块钛金属板拼合出的神奇外观。这里透露着一种通过建筑外观来重构人的审美感觉的另类意味。我甚至能够强烈地感觉到安德鲁的用心所在。

可以设想安德鲁所面对的空间环境,这是一个凝固了千百年来中国政治文化沧桑的场域,它的任何空间安排都是围绕着一个具有核心意志的能指,深厚的历史感和庄严的崇高意识构成了广场以及广场周边的空间气息,其中的代码是由雄浑的横平竖直的立体线条勾勒出来的,两个所指的衔接也是依

[①] 相关文献参见王能友的新浪博客,http://blog.sina.com.cn/gzneil。

靠着某种有力度的线条、某种难以言说的历史厚重感来完成的。应该说当年的安德鲁不能不面临两种选择，一是继续延伸这样一种既定的空间规则，使能指和所指之间保持有机的传承脉络，而这种选择在建筑形态上无疑要用垂直、厚重、高大的建筑语汇加以体现，（长）方形设计更是唯一能够给人以尊严感、神圣感的形式；另一是独辟蹊径，在现有的广场形态之外建立一种全新的审美规范，开拓出一种全新的建筑空间，这种空间所营造的新所指与传统能指的关系表现出更多的游离性、差异性，尽管它必然会被纳入广场的整体氛围中，但又是一个和而不同的另类存在，它所传递的信息或许不再有历史延续的某种合理性，完全是一种在非传统文化观念支配下的有根有据的审美和建筑的解放。结果表明，安德鲁选择的是后者，这一选择在某种意义上实现了它自身的期许，成为了中心广场（附带）的一个最具特色的组成部分。

从建筑角度来细致品味，国家大剧院本身不是现代的，更不是后现代的，这一点不能不使我惊异。沿着这一思路会发现国家大剧院没有一种特别的艺术观念作为支撑，从这一意义上可以认定它是根据广场的整体空间氛围而特意设计的，也就是说它不是在展示一种建筑风格，也不是在实践一种建筑理念，而更多地反映出一种改写城市中心空间结构的意识形态诉求。

我猜想安德鲁对于广场空间的认知首先是建立在一种厚重得有些压抑的感觉之上的，这种感觉或许从他某一天登临景山之时就明显地建立起来了，在一片琼楼玉宇的视野里，皇城的恢宏和秩序是无与伦比的；而视野的延伸同样会有令人震撼的收获，广场空间的空旷以及周边建筑的宏伟，不能不使人产生令人敬畏的崇拜感和归属感，不过它的神圣、它的距离、它的权威也成为人们内心深处的一种最严格的约束。于是安德鲁或许意识到在民主全球化的今天，在中国改革开放走向世界的今天，空间本身需要一种能量的释放，空间本身的权力意识需要一种软性的缓冲延展感来进行微观调控和装扮。这种修复缺陷的冲动对于一个文化背景完全不同的域外建筑学家来说是需要深刻体悟的。安德鲁的成功就在于他的超出常人的敏感和悟性。从这一意义上说,国家大剧院作为一个文化设施,作为一个轻歌曼舞的审美场所,它的外在形态应该与广场的既定空间有所区隔,它应该成为人们视觉中没有任何压抑和规训信息传递的建筑形态。安德鲁在穿越中思考,他不仅在天安门广场周围的高大建筑上寻找历史讯息,而且试图把这些历史讯息融入建筑的外观呈现和风格感受上。作为广场主调的新古典主义的苏式建筑,阔大的规整外观,正面的挺拔立柱,厚重的大理石墙面,具有俯仰效果的数十级台阶……表面上看去,安德鲁或许要做的就是制造一种反差的视觉效果,从而形成沃尔夫林论及的风格反差,比如古典艺术和巴洛克艺术,"古典的清晰性指的是以终极的、不变的形式来表现事物;而巴洛克的模糊性指的是使各种形状看上去好像是某种在变化的、生成的东西"[①]。这种在同一区域的对艺术风格迥异的追求反映出当时人们内心感受的变迁,巴洛克克服古典,成为人们欣赏的时尚。你或许可以说这是后者对于前者的审美趣味的颠覆——替代和超越。但我们今天所面临的是两种不同感觉的混杂,也是某种意义上两种审美理念的混杂。

  国家大剧院,那会重塑出一种什么样的审美感觉呢?

  银白色的钛金属板和略有茶色的玻璃窗构造了一个明亮的视觉感触,视觉会由于这样一种颜色的捕捉而显出兴奋和紧张,尤其是在强烈的对比环境中。一街之隔的人民大会堂,显然与大剧院构造了一种明暗关系,这可以称得上是一种二元对立的视觉结构。大会堂的墙体所承载的淡黄色,与金色琉璃屋檐的搭配,显得肃穆又多出几分尊贵,视觉接触会受到某种抑制;而大剧院的银白色则更多带有敞亮感,其中又蕴含几分淡雅和安静。是分庭抗礼?还是杂多中和?在这种颜色的空间转换中,你会被这样的景观并置所触动。视觉会在这样的对立中寻找某种平衡的快感,因为空间的区隔使得它

[①] [瑞士]沃尔夫林:《美术史的基本概念——后期艺术中的风格发展问题》,潘耀昌译,北京:北京大学出版社,2011年版,第278页。

们之间获得了相互之间安分守己的独处，又能够把视觉游移的律动和情绪调动的激发提升到可建立起强烈对比感受的程度上。其实与这种感觉上的明快相一致的，还有环绕在大剧院下层的大玻璃窗所带来的通透感，这里带有一种更为让人不能不格外留意的视觉渗透，视觉会在通透的探测和穿越中获得极大的满足，它成为一种开放式的充满魅力的视觉召唤，如果说玻璃的通透感也有色泽影子的话，那么它同样是一种淡淡的不易觉察的浅色，甚至会添加几分依附性的从属感，从而使得整个建筑更加轻盈灵动，更具妩媚的诱惑力。

在安德鲁那里，大剧院外观的色泽似乎没有被特别提及，但是形状却是他重点讨论过的一个问题，因为建筑形状不仅具有审美功能，更主要的是它还决定了建筑物本身的实际效用。我在查阅安德鲁有关国家大剧院的相关说明时，这样的一段话令我印象深刻。大剧院的圆弧状外观像一个"鸭蛋"——安德鲁后来越发乐意接受这样一个比喻性说法，因为它更能标示出这座建筑的结构合理性。[①] 如果仅从外观上看，"鸭蛋"是拼合而成的，它的圆弧在视觉中蔓延，暗含着一种不安分的躁动感，而钛金属模块之间断裂又接续的努力，呈现出一种绵延的律动感和有力的扩张感。安德鲁正是在这样一种生命感悟中把观察视角引向了一个别开生面的方向，他评价说：

> 复杂的生命，以越小的刻度来测量就越显得大，蛋的简单形状所包含的也是这个道理。大剧院形状的纯净、精密和准确也是如此。随着生命的展开，希望比想象中的要多。生命有其设定的功能，也有其可塑性。随时间和环境的变化去适应新的功能。一旦你被连贯的生命曲线抓住而融于它们的弧和扭曲中，曲线就会显得无穷无尽，令人目眩。生命初生之时，唯一要做的一件事，就是要打破保护它最初成长的壳，

[①] 参见[法]保罗·安德鲁《国家大剧院》，唐柳、王恬译，大连：大连理工大学出版社，2008年版，第27—34页。

然后自由成长，走向世界。①

圆弧所构造的曲线，其魅力就在于一种无穷无尽的生成感，这是源于对生命展开的感悟。这些描述完全不像是一个建筑学家思考建筑问题的方式，而更像是一位哲学家不经意间的点拨。这是安德鲁面对一个建筑物所发出的形而上感叹。一个圆弧，一个带给人以丰富想象力的形状，一个卵子甚或一个子宫，一个孕育生命的摇篮，如果我们按照安德鲁的这一思路走下去，我们会在生命的历程中触摸到它的肌体的成长与变化的全过程，我们会成为它的生命绽放的见证者。我意识到这是西方人的一种认知方式。德勒兹在描述巴洛克艺术风格时，也是把风格的根基放在了曲线的潜在功能上。

记得当时的许多评论者，他们由国家大剧院的圆弧外观联想到北京古建筑中著名的天坛和圜丘，它们都是以圆作为建筑自身的特点的。不过后者在自身的建筑构型中体现出中国人的原型思维特质和"天圆地方"的哲学理念，而如果你仔细倾听安德鲁的说法，你会发现从国家大剧院到天坛之间并没有一条思维连接线，也就是说它们之间没有一种认知和模式上的承续关联。如果说西方人对于中国哲学中圆的观念表现出某种程度的理解，那并不表明西方人对东方审美观念的接受，也不表明东方审美观念具有某种世界意义，即使彼此之间存在某种理念上的暗合，同时也更应该充分意识到两者之间存在的差异。

大剧院的圆弧不是要接续天坛，更不是把古老的故事继续说下去，而是要在对中心空间的拆解中制造出完全不一样的所指构型，从而来颠覆这一中心空间的凝固的方正模式，这无疑是在孕育一个全新的生命体。圆弧和圆柱，形状上是有差别的，其中所可能蕴含的命意也可能是根本不同的。天坛祈年殿的圆柱是封闭性的，上下一体，它的视觉边界是稳定的，延伸感是

---

① [法] 保罗·安德鲁：《国家大剧院》，唐柳、王恬译，大连：大连理工大学出版社，2008年版，第31—32页。

可控的，这一形状不可能带来任何僭越的非分之想，而是一种稳重贯通的圆融，一种无欲则刚的内敛，而圆柱之上的圆形屋顶，更是不仅阻断了圆柱向上的能够延伸想象的态势，还以一种从天而降的重压形式使得圆柱变身为具有支撑力的实用柱体，彻底抹去了视觉仰望所可能产生的无限张力感。大剧院的圆弧显然更具视觉魔幻力。圆弧本身的视觉触感是敞开的，它的运动轨迹没有受到任何外在的干扰，是在自然的空间天际中勾勒出它的外在轮廓线，这是一种与外界融合的不设自我藩篱的情形，而且在视觉捕捉这一圆弧时，钛金属片在规则接续中的跳动感，这种镶嵌、拼合的图景会令视觉具有某种难以抑制的延伸冲动，在充满块状的律动中收获身心的愉悦。

圆弧以自身的敞开撇清了与封闭圆柱的瓜葛。圆弧和圆柱在圆的系列中被赋予了不同的功能，在建筑上被赋予了不同的使命，这一切在具体的建筑空间中更成为显而易见之物。

四、壳体的景观风格

国家大剧院不是在建造一种艺术观念，或者说不是在实践一种建筑风格，也恰恰由于这样的原因，大剧院的壳体外观引发了极大的争议。壳体的非实用性成为被建筑学家们诟病的一大问题：这一华而不实的装饰性外壳，不仅浪费大量建设资金，使整个大剧院的造价大幅提升，而且它本身由于跨度结构等方面的原因，存在难以估量的安全隐患（譬如应对地震），即使面对北京的多风沙天气，银白色的钛金属板也会落得灰头土脸而难以清洗的下场。

更为至关重要的问题是，既然这样的一种建筑形式不具有创新性，壳体建筑技术在国外早有先例，那么在今天的北京城区中心植入这样一个没有新意的庞然大物，它的存在价值到底体现在哪里呢？我们有什么理由把这样一个似乎乏善可陈的建筑物摆放在天安门广场的历史风格和政治意志已经凝固的建筑群落中呢?

其实对于国家大剧院的壳体建筑结构,从内到外,安德鲁都有值得留意的说法。王博转述过安德鲁的两段辩白,一是尽管"建筑的外壳设计算不上是技术上的突破,但它是一个巨大且充满活力和感染力的内部空间的覆盖物。当你身处大剧院中的时候,随着视点转移,不同景致始终在不断变化,尤其是在国家大剧院的建筑内部,空间的设计内容丰富多变,尺度处理到位"①。这是安德鲁所得意的只有壳体才可能营造的大剧院的内部空间,由于有了这一壳体覆盖物的存在,各自为政的空间变得混杂又有机,塑造出区隔而迷离的多变性。这是一种脱离了古典主义秩序的在现代抽象和后现代破碎之间走游的混搭的空间效果。不过就我在这里所关注的问题而言,安德鲁对这一壳体的外部空间——它的占位方式和视觉冲击的想法无疑更值得关注,这是一种对多元取向的建筑内涵的赞誉。"安德鲁认为,从建筑学本身来看,大剧院将和人民大会堂形成一种古典的抒情性的对应结构,即反向的冲突。人民大会堂具有醒目的完全由直线构成的、新古典主义的正面,而大剧院仅有一座几乎完全由曲线构成的穹顶。两座格调完全不同的建筑各自表述着自己的时间和功能。大剧院表露出一种'非紫禁'的神秘和宁静……"② 安德鲁所谈论的大剧院建筑的美学价值,就是这样一种空间形式反差中的令人向往的"'非紫禁'的神秘和宁静"。人们不禁要问:难道安德鲁是在追寻和体味中国传统文化中的那种温润而含蓄的美吗?也是,也不是。如果说建筑物具有生命力的话,那么在安德鲁的心目中,大剧院的宁静确实反衬出大会堂的热闹,大剧院的神秘反衬出大会堂的清朗,而大剧院整体氛围的温婉和灵动反衬出昔日天安门广场建筑群落的硬朗和凝重,这无疑是一种审美意义上

---

① 王博:《北京:一座失去建筑哲学的城市》,沈阳:辽宁科学技术出版社,2009年版,第82页。
② 王博:《北京:一座失去建筑哲学的城市》,沈阳:辽宁科学技术出版社,2009年版,第80—82页。

的感悟，也暗含了安德鲁所期待的与历史空间承续与契合的另类方式。不过如果仅仅考虑安德鲁论述大剧院壳体的美学价值，说安德鲁尝试在北京城区的核心位置建构一种差异的美来软性地诱导人们审美观念的改变，那恐怕还不足以把问题充分展开。

其实国家大剧院的壳体构造了一种不易觉察的景观风格意义。壳体比邻天安门广场而存在，这本身呈现出一种毋庸置疑的建筑意识形态。德勒兹说过："建筑从来都是一种政治……"① 这句话的潜在意蕴在于政治理念已经成为某种建筑的存在方式和建筑师的无意识。从这个意义上说，昔日天安门广场的双所指构建是必然的，一种强力能指下的断裂也是必然的，只不过断裂之后的承续又呈现为一种高超的建筑艺术特色——后者的革命姿态从前者的皇家气象中寻获了某种意志和信念的支撑。表面上看，建筑形态是变化的，审美意蕴是不同的，其实内在精神是相近的，政治意志是延宕的。今天矗立在人民大会堂西侧的国家大剧院则又有不同，不是传承，而是裂变；不是延续，而是阻断；不是尊严和信仰，而是新奇和欢愉……当然，我并不想把对这一壳体存在的诠释引向二元对立的边缘挑战中心的解构策略，而是想在壳体本身的景观风格上有所观察和引申。

不妨先来看看与国家大剧院壳体颇为近似的巴黎卢浮宫博物馆广场前的玻璃金字塔。作为入口，它的意义到底在哪里呢？我们可以从网上检索到有关这座玻璃金字塔的大量文献，其中最令人难忘的历史事件是玻璃金字塔的最终落成经历了巴黎人狂风暴雨般的反对浪潮。其实在卢浮宫修缮史上，记载有 17 世纪发生的一件事。当时意大利建筑大师贝尼尼被邀请为卢浮宫设计正面建筑，但由于他的略带夸张的巴洛克风格与巴黎人的审美趣味无法吻合，遭到强烈反对，最后路易十四不得不把他送走了事。300 年之后的今天，贝聿铭面临相同的处境，但是这位坚韧的华人建筑学家用两个词语（两

---

① [法] 吉尔·德勒兹：《哲学与权力的谈判——德勒兹访谈录》，刘汉全译，北京：商务印书馆，2000 年版，第 180 页。

种理念）最终说服了巴黎人，那就是"现代""开放"。[①] 如何来理解贝聿铭的这两个理念？我们可以从玻璃金字塔与卢浮宫博物馆相契合的建筑语言中寻找答案。卢浮宫建筑呈 U 字形，一目了然的是，玻璃金字塔被放置于 U 字形构成的中空式广场的中心位置，给人的感觉是卢浮宫的 U 字形空间敞开胸怀接纳了"金字塔"。这样的规划是不是想传递巴黎人对待外来文化的开放态度呢？通过建筑空间的开放，表达一种文化的开放。再进一步，开放而现代的理念还呈现在玻璃金字塔本身。在三面环绕的古朴的实体性石头建筑中，突兀地放置了一个看上去玲珑剔透的玻璃物，由此构造出一个非透明的实体作为衬托的空间格局，这一格局所透露的是视觉上的某种穿越效果，这是一种无核的敞开。法国巴黎卢浮宫博物馆前的玻璃金字塔显然不同于埃及法老陵墓的实体金字塔：造型是古老的，材料是现代的；气息是古老的，氛围是现代的；时间是古老的，空间是现代的。金字塔与卢浮宫所拼合的建筑群落——古老（金字塔）和现代（玻璃物）的深度融合，充满现代意味，这是一种文明向另一种文明的无私敞开，外来文明寓意十足地整体嵌入巴黎文化的核心地带，使得巴黎卢浮宫博物馆走向了兼收并蓄的现代境界。无论贝聿铭是否会这样来阐释自己的作品，我们都可能意识到：把玻璃金字塔放置在卢浮宫外在空间的核心位置作为卢浮宫的出入口，这一奇幻的设计会令人产生穿越时空隧道的感觉，进入卢浮宫博物馆如同进入一个古老文明的入口，那是来自埃及金字塔的生命气息的延续，它成为我们感知一切文明的起点，时空错位焕发出我们重新安置周围景物的欲望，我们会在玻璃的透明意识中尝试建立一种新的文明秩序。这是透过玻璃所看到的世界，这是在玻璃作用下由现代和过去组装起来的世界，也就是说，玻璃金字塔给予了我们组装外部世界的权力。

　　景观风格意义最大程度上可以反映为一种意识形态操控技术，它在微

---

① 参见《卢浮宫前面的玻璃金字塔》，http://blog.sina.com.cn/orochiocean。

观物理学意义上已经把景观本身加以技术化处理,也就是说,当我们谈论景观风格之时,通常是在说一种有关景观权力的技术安排。这样的思想给我们以启发。其实巴黎卢浮宫博物馆与玻璃金字塔的结合,暗含着这样一种景观风格场的构建,或可以说现代巴黎人在按照自己的价值观和权力意志重新安排一种世界秩序。其实中国北京的国家大剧院也存在类似的情形,它的任何安排(设计)都与人的文明化和现代化难以区隔开来,同样具有景观风格指向。壳体如同玻璃金字塔,本身的建筑语义是相当丰富的,尤其是它们所诞生的特定空间赋予了它们极具颠覆性的景观特征。有记者曾讲述说,国家大剧院设计方案征集时主办方提出的设计理念是至少要符合三个基本条件:1.应在建筑的体量、形式、色彩等方面与天安门广场建筑群及西侧的人民大会堂相协调;2.在建筑处理方面需要突出自身的特色和文化氛围,使其成为首都北京跨世纪的标志建筑;3.建筑风格应体现时代精神和民族传统。[①] 迄今为止唯一为国家大剧院设计和建设树碑立传的纪实作家萧默也记录了当时提出的设计三原则,即现代化、中国人民喜爱、与天安门广场相协调。[②] 安德鲁本人后来也回忆过当时提出的大剧院设计理念问题。其实国家大剧院的设计理念一直处于不断地调整中,经历了一个理念越来越明确、标准越来越完善的过程。可以说安德鲁最终被规约的设计理念是以上三方面的一个简约版:一看就是个剧院,一看就是个中国的剧院,一看就是个天安门旁边的剧院。其实无论设计标准如何调整和改变,当我们把一座单体建筑植入一个已经延续了几十年甚至数百年的建筑群落时,最为重要的无疑是把握好它与周边建筑环境的关系,确切地说是要评估好它对周边整体氛围的影响。德波还从一个不同的角度提示我们,景观所承载的意识形态,还意味另外一层意思:"意识形态,因其整个内在逻辑导致的,由曼海姆称为'总体的意识形

[①] 参见王能友《关于国家大剧院和鸟巢的争论(转4)》中《国家大剧院的贿赂疑云》,http://blog.sina.com.cn/gzneil。

[②] 参见萧默《世纪之蛋:国家大剧院之辩》,http://www.doc88.com/p-746643090307.html。

态'——迫使自己作为僵化总体的伪知识,作为一种极权主义世界观的一种未完成的专制,在非历史的凝固化了的景观中达到了顶点。它的顶点也是总体在社会内的瓦解。"[1] 固然,我无理由判断安德鲁设计的国家大剧院就是德波所谓的意识形态总体社会化达到顶点后面临瓦解的一种表征,但是从建筑形态上看,至少反映出某种改天换地的多元共生理念的影响。

当然,安德鲁的设计存在被规训的痕迹。首先,他懂得选择圆(壳体)作为中国传统文化的延续方式,而对于中国人来说这无疑是一种最内在的中国传统文化精神的体现,也是意识形态谱系中最具审美涵养能力的文化选择,尽管这样的设计在建筑艺术上乏善可陈,缺少更为前卫性的建筑话语的创新之处,尽管安德鲁的内心并不一定谋求与中国古典建筑——天坛的对接。其次,安德鲁的高明之处还在于他选择了变。安德鲁或许谙熟于或许暗合了中国现代文化中"变则通,通则久"的遗训,于是他谋求的不是简单而视觉化地安置一个圆形壳体,而是把它处理为一个通体泛白的明快的通透物,再加上穹顶覆盖的装饰性,跨度超常乃至挑战极限的生命体征,这些要素都不会是中国传统文化所包含的。应该说一个"变"字使得(圆形)壳体具有了超强的景观能量,成为植入高度政治审美一体化的天安门广场的通行证。景观风格不是简单的规训生命体,唯有从变通出发,更深入地探测景观所依附的物质空间,其中所暗含的是一种令人心领神会的权力运作的技术法则。

国家大剧院的设计理念三原则具有不同的分量,就以安德鲁的版本来说,"剧院"是指建筑本身的功能,一种用于文化活动的高雅场所;"中国的剧院"是指建筑本身的风格,可用所谓的民族作风和民族气派来加以概括;"天安门旁边的剧院"则是指建筑的象征,即政治亲和力和国家意志的隐喻。一个在国家首都中心空间设置的艺术殿堂,功能、风格和象征三者缺一不

---

[1] [法]居伊·德波:《景观社会》,王昭凤译,南京:南京大学出版社,2006年版,第99页。

可，但象征显然具有终极意义上的统辖性，功能和风格只为象征而存在。因此功能的现代化，风格的民族化，象征的政治化，三者以象征为内核的完美结合，成为国家大剧院最内在的要求。从表面上看，安德鲁的国家大剧院并未实现这样的设计理念三原则。不过从整体上看，它以自身的风格反叛性地投身到天安门广场的既有建筑群落中，可能的后果曲折而隐蔽，耐人寻味。它象征了什么？统一意志让位给多元趣味？集体法则让位给个体诉求？民族风格让位给现代时尚？国家意志让位给自由情结？似乎围绕国家大剧院的设计构建起一整套另类色彩浓郁的管理、控制、分配的知识体系。其实安德鲁除了在变上做文章之外，更为重要的是他利用自己的西方身份大力输入了一种西方现代价值理念，尽管这一理念与中国传统文化有不小的距离，但是在中国走向现代、走向世界的全球化语境里，期待一种现代意识的融入，期待一种开放意识的融合，更期待外来的现代理念作为一种改革动力和开放标志。我们在何种程度上接受他者，我们在何种程度上容纳另类，这是一个政体获得持久力的重要指标，也是一个民族获得不断新生的难得机遇。所以政治意志的象征之所以在表面上被建筑的剧院功能和现代风格所遮蔽，象征某种程度上屈从于功能和风格的安排，实际上从骨子里是在通过宽容的现代理念和兼收并蓄的古典精神把它们接纳为自我机体中的一分子，如同巴黎卢浮宫博物馆接纳玻璃金字塔一样。安德鲁正是在中国谋求深化改革的语境里找到了实现自我梦想的路径，或者说安德鲁巧妙地找到了象征与功能和风格之间的平衡点，在强化功能和风格而弱化象征时，实际上象征却得到了前所未有的凸显和魅力。

  国家大剧院的壳体技术是平庸的，但是壳体技术所彰显的景观却在含蓄中具有意想不到的颠覆性。由于这一壳体的植入，北京城区中心天安门广场建筑群落发生了深刻改变，这种改变生发出一种不能不令人心动的建筑景观和审美愿景。这确实是法国建筑学家安德鲁先生留给北京的一份会被越来越多人意识到或更进一步被乐于接纳的文化遗产。

辑四 光晕

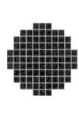

我们距离雷锋有多远
——雷锋的日记、照片与领袖的题词

一、日记

1963年,《雷锋日记》由解放军文艺出版社公开出版发行。雷锋写下的日记之所以向社会公开,因为其中洋溢着集体和神性的灵韵,内在嵌入了崇高的共产主义道德精神。从这个意义上说,它不属于雷锋个人,而属于雷锋生活的那个时代。

日记自然有多种写法,可以是每天生活的流水账,也可以是每天工作心得的记录,更可以是个人情感的自我倾诉,但严格地讲,日记有私密性,有它的非公开性,人们把不便公开说的话记录在只有自己才能看到的本子上,从这一意义上说,日记是一种自言自语、自我宽慰、自我倾诉,乃至自我解脱的书写行为。由于日记的存在,人的无意识和欲望在隐秘状态下得以宣泄,人的本性得以满足地自我暴露,人也才在日常生活层面获得合理化存在的可能和空间。其实任何人都有暴露自我隐私的欲望,只不过现实和文化把人的这种欲望遮蔽起来,或者说伪装起来,使其只能在自我获得充分保护的情况下才会合理地释放出来。显然,日记从本意上讲是与公开性没有直接联系的，更不用说运用共产主义道德来写作日记和衡量日记，因为那样的标准似乎远离了日记起码的私密而自恋的宗旨。但《雷锋日记》的独到之处在于它意想不到地开创了一种新的日记类型。雷锋用共产主义道德修辞彻底改造了传统的日记，使日记脱离了日常生活的流水账，脱离了自言自语的自我矫情、自私自利的"低级趣味"、自说自话的自我疗治，使日记成为自我革命化的督促者、自我思想改造的鞭策者和自我革命理想的抒发者。于是我们所读到的《雷锋日记》因为充盈共产主义道德理念而显得那样的光芒四射。

  细致阅读《雷锋日记》，你会发现在洋溢着革命语言和共产主义道德的深处存在着一个寻家的主题、一个寻找父爱的主题。我想这或许是雷锋写日记的一个最隐秘的心曲，也是雷锋之所以成为雷锋的基因之所在。

  《雷锋日记》不时流露出愿意舍弃自我的一切而为了寻求一个家——这是对他所向往的那个给予他温暖、关爱和哺育的家的最内在的回报冲动。这样的家因为有了父亲而充盈，这样的家因为有了父亲而神圣。于是雷锋在内心不停地呼唤父亲形象的出现，在梦中不时地与父亲相遇，雷锋把这一切都一一记在了自己的日记里。

> 一九五九年×月×日
> 毛主席啊象父亲
> 毛主席思想象太阳
> 父亲时刻关怀我
> 太阳培育我成长。[①]
>
> 一九五九年十月×日
> 我想……见到我日夜想念的毛主席该有多好，多幸福啊！可巧，

[①]《雷锋日记》，北京：解放军文艺出版社，1963年版，第1页。

我在昨天晚上做梦就梦见了毛主席。他老人家象慈父般的抚摸着我的头，微笑地对我说：好好学习，永远忠于党，忠于人民！①

一九六一年二月二十二日
我睡入甜蜜的梦乡，见到了毛主席，他象慈父般的关怀我，和我一起吃饭，同时还拿很多好菜给我吃。②

这些文字几乎直白地告诉我们，雷锋渴望父爱，他多么希望有这样一位父亲来关爱他的生活，呵护他的成长，可父亲只是出现在他的梦里。更为不可思议的是，雷锋梦里的父亲常常与领袖融为一体，这就如同日记可以成为公开的秘密一样，父爱也体现在了领袖之爱上。雷锋写下的日记之所以没有私密性，因为个人在领袖的面前、在共产主义道德的神圣性面前，只有虔诚地敞开心扉。作为一个孤儿，生物遗传上的血缘关系只是一个虚拟的符号，而他与父亲般的领袖的关系成为他渴望构建的一种革命意义上的亲缘关系。表面上看，大写的父爱在雷锋的心目中少了几分神性，而多了几分人性，其实不然，领袖崇拜向父爱渴望的修辞移植，并不具有真实存在的意义，因为这种父爱更可能是精神上的。比如他在承受父爱时不可能向父亲提出作为孩子可能有的生活要求，更不可能像儿子一样在父亲面前随便表现出任性，他心目中的父亲既慈爱，又严格；既具有人格魅力一般的韶光，又具有神一般的威严。其实雷锋的内心希望有一棵大树，能够为他遮风避雨，能够给予他生存的能量。雷锋在父亲般的领袖那里所寻找的是一种不断提升人生境界的精神力量。肌肤之爱被精神之爱所替代，雷锋也从这样的父亲般的培育和教导中一步一步走向共产主义道德的神圣境界，从而在全身心地践行领袖思想的行动中获得了真正的护佑。

---

①《雷锋日记》，北京：解放军文艺出版社，1963年版，第5页。
②《雷锋日记》，北京：解放军文艺出版社，1963年版，第29页。

对于一个缺乏家庭呵护的人、一个在苦难中挣扎过的个体来说，慈祥的父爱是他内心呼唤的精神寄托，而从领袖那里获得的归属感也是他内心对温馨生活的向往。做毛主席的好战士（好儿子），把毛泽东时代革命队伍（工厂）想象为一个温暖的大家庭，这一动力来自内心深处的家园意识的释放。甚至雷锋生命中的大公无私、克己奉公，雷锋生活中的助人为乐、乐善好施，直至雷锋精神中的献身革命、崇拜领袖，无不是他渴望融入社会主义大家庭，在其中寻找关注、理解和爱护，寻找生命满足的一种努力。雷锋对集体利益的维护，对领袖学说的宣扬，对革命事业的忠诚，都说明他有多么珍惜从父亲般的领袖那里、从家庭般集体那里获得的那份珍贵的归属感。一个从小失去家的人，一个举目无亲的人，一旦有了家的可能，那份发自骨子里的渴望是常人无法想象的。共产主义道德提倡的全新的阶级伦理，提倡整个无产阶级亲如一家的理念，使雷锋的内心燃起了希望。因此雷锋有意或无意地时刻提醒自己，只有做好党的一颗"永不生锈的螺丝钉"，做好"人民的勤务员"，才能够换取一个给他带来温暖和归宿的家。雷锋时刻约束自己的一言一行，就是为了更好地融入革命集体中，融入党的高尚事业中，融入社会主义大家庭中。他在日记里把自己比喻为一滴水，把自己想象为一朵花，一滴水融入大海才能永不干涸，一朵花融入百花盛开的春天才能永不衰败。雷锋要求自己成为共产主义道德观的忠实响应者，成为共产主义道德观的积极实践者，只有这样，他才能成为一个对社会有益的人，也才能够被集体小家庭和社会主义大家庭所接纳。聆听和遵从父亲般的领袖的声音，处理好个人与集体、个人与革命的关系，这是雷锋逐渐树立起来的人生信念。《雷锋日记》这样写道：

　　一九六一年二月十六日
　　今天我没去看剧，在家学习毛主席著作。毛主席教导我们说："关心党和群众比关心个人为重，关心他人比关心自己为重。"毛主席的这些话，深深地教育了我，使我的心豁然的明亮了。①

一九六一年九月十一日
……人民的困难，就是我的困难，帮助人民克服困难贡献自己的一点力量，是我应尽的责任。我是主人，是广大劳苦大众当中的一员，我能帮助人们克服一点困难，是最幸福的。②

一九六二年六月二十八日
我认为个人和集体的关系，正象细胞和人的整个身体的关系一样。当人的身体受到损害的时候，身上的细胞就不可避免也要受到损害。同样的，我们每个人的幸福也依赖于祖国的繁荣，如果损害了祖国的利益，我们每个人就得不到幸福！③

短短的几则日记透露出寻找家庭温暖的雷锋充分意识到响应毛主席的号召，深刻领会毛主席的教导，成为毛泽东时代的一名优秀战士，是融入新时代革命大家庭的必经之路，所以雷锋始终在用共产主义思想检讨自己的行为。《雷锋日记》更多地诉诸共产主义道德观，充分表明雷锋在最柔软的那份唤醒亲情记忆、那份眷顾温暖生活的基础上，试图把自己的情操提升与党的理念和领袖的意志联系起来，与革命精神联系起来，与共产主义道德理想联系。雷锋意识到他的一切都是新社会给予的，他的个体存在已经不再有任何价值，新社会的意志应该成为他的意志，新社会的理想成为他的行动指南，他的生活充盈革命才有价值。毛泽东时代的个体，为了设定自我存在的理由、获取自我存在的价值，应该争取更多人、更大集体的赞赏和认同，应

---

①《雷锋日记》，北京：解放军文艺出版社，1963年版，第27页。
②《雷锋日记》，北京：解放军文艺出版社，1963年版，第51页。
③《雷锋日记》，北京：解放军文艺出版社，1963年版，第83页。

该把自己与红色意识紧密地联系起来。雷锋显然不仅意识到了红色的魅力，而且意识到了红色给他带来的荣誉和归属感。共产主义道德在某种意义上成为了《雷锋日记》合法性的基础，成为了一种个体实践共产主义道德的授权书，于是无私、奉献、共产主义事业、为人民服务、永远听党和毛主席的话，成为了《雷锋日记》最响亮的话语修辞。

> 一九六一年九月二十二日
>
> 毛主席写的《纪念白求恩》这篇文章，我早已读熟……他那种毫不利己、专门利人的精神，鼓舞和鞭策了我的进步，使我所取得的收获不小。①

> 一九六一年十月三日
>
> 人生总有一死，有的轻如鸿毛，有的却重如泰山。我觉得一个革命者活着就应该把毕生精力和整个生命为人类解放事业——共产主义全部献出。②

> 一九六一年十月二十日
>
> 人的生命是有限的，可是，为人民服务是无限的，我要把有限的生命，投入到无限的"为人民服务"之中去。③

> 一九六二年二月十九日
>
> 永远听党和毛主席的话，党指向哪里，我就冲向哪里，处处以整体利益为重，全心全意为革命工作，勤勤恳恳踏踏实实在平凡细小的

---

① 《雷锋日记》，北京：解放军文艺出版社，1963 年版，第 52 页。
② 《雷锋日记》，北京：解放军文艺出版社，1963 年版，第 54 页。
③ 《雷锋日记》，北京：解放军文艺出版社，1963 年版，第 59 页。

工作当中，干出不平凡的业绩。①

《雷锋日记》所提倡的利人意识、螺丝钉意识，使雷锋获得了个体生存的超越，他越是践行有益的社会行为，就越会获得超然象外的精神愉悦；他越是把自我投入到更大的集体，就越会获得周围的人们以至整个社会的尊重。应该说雷锋喜欢这种被推崇和被爱戴的感觉，他敏感而深刻地领悟到共产主义道德的力量，领悟到把自己的一切交给领袖（父亲）思想的那种无法估量的发展空间。也就是在这一意义上，《雷锋日记》成为了实践毛泽东"老三篇"所建构的共产主义道德理想的标准符码。一个人如何克服与生俱来的"利己"本能，一个人如何抑制自我欲望的滋生，一个人如何做到完整地投身革命事业和革命理想，从而彻底地摆脱个人利害，这些都是雷锋给自己设置的需要不断解决的生活难题，也都是雷锋进入共产主义道德境界所要完成的超越。《雷锋日记》记录了一个普通的士兵（工人）如何用共产主义道德来改造自己、约束自己的日常行为和思想的过程，这一过程也是雷锋如何走出小我、融入大我的不断丰富和完善自我，不断灵魂深处爆发革命的过程。共产主义道德赋予了《雷锋日记》从根本上的解私密化、解个体化的可能，也使《雷锋日记》获得了这一文体难以企及的崇高地位。

雷锋可能万万没有想到，他的日记有一天会被置于大庭广众之下，成为千千万万人的阅读对象。因为无论从哪个意义上说，雷锋写日记首先还是为自己而写的，是自己跟自己的坦诚交流，是"每日三省吾身"的自我审视行为。但是日记里的雷锋，理想之高远，立场之坚定，意志之顽强，心地之坦荡，革命之热切，激情之饱满，这本不是他作为一个个体该拥有的品质，也不可能是一个普通工人或战士的本然的心理状态，从这里可以看出雷锋的出现无疑是共产主义道德哺育的结果，是对领袖的人格和魅力膺服的结果。共

---

①《雷锋日记》，北京：解放军文艺出版社，1963年版，第71页。

产主义道德成为《雷锋日记》的灵魂。你能够想象，一个生命个体在没有任何直接的外在压力下，自己"私密"心声的表达和倾诉是如此晴朗、如此激昂吗？惊讶之余，你可能会为新社会理想和共产主义道德的成功实践而拍案叫绝，那完全是在不经意间对一个个体的思想和情感的全面提升，以至于我们无法回避这样一种引起日记"变质"的时代印迹。不过当我们触及雷锋内心深处对家和父爱的渴望，对归宿和温暖的渴望时，这样一种日记乃至他自身的思想和行为，就有了另一个坚实的着力点。

二、照片

与日记的私密性不同，一般而言，照片是可以公开的，照片具有展示的性质和价值。在摄影尚未普及的年代，雷锋的照片成为一个时代重要的公共展品，成为新社会肯定个人在理想的社会规范中获得地位和尊严的方式。

雷锋的照片大体可以分为两类：一类是生活照，这是毛泽东时代没有披露的照片；另一类是公共照，这是那些大家已经耳熟能详的照片，内容涉及诸如干革命工作、做好人好事、进行政治学习等。约翰·伯格曾就照片的私人性和公共性提供过这样的见解："我们必须回到……有关照片公私两种不同的用途上。有关摄影的私人用途方面，当被拍摄的那一刹那，当时的景象就被保存记录下来，与主题人物有了一种继续的连贯意义（举例说明，若你在墙上挂一张彼得的照片，你就不太可能忘记彼得对你所代表的意义）。相对地，被公开使用的照片是从当时的环境中抽离出来，变成一种死的东西，而也正因为它是死的，所以可以自由地使用。"[①]约翰·伯格所谓公共照片之"死"，也可以从另一个角度来观察，那就是它被抽象而脱离原初的语境，成为一种具有更多利用价值的抽象符号。符号性是这类具有公共性照片的最

[①] 吴琼、杜予编：《上帝的眼睛——摄影的哲学》，北京：中国人民大学出版社，2005年版，第98页。

大特点，符号是可以根据不同需要对自身内容进行合理的补充、修改、替换的。因此公共照片在私人性隐匿的前提下，获得了被赋予宣传功能的"活"的可能性。某种意义上，雷锋的公共照也可以归于这样一种"死而复生"的照片。它们不是生活照，不是新闻照，也不是艺术照，而是宣传图片。

今天，有人质疑雷锋照片的真实性。具体到这一问题本身，人们很容易混淆与此相关的两个基本概念，即新闻和宣传。一般而言，新闻强调的是即时性、现场感，强调的是建立在具体的真实之上；宣传则有所不同，宣传更强调导向性、典型性，强调事实都要符合既定的主张和立场，要符合抽象的真实。应该说新社会的新闻特点在于宣传与新闻并行，新闻为宣传服务，在一定范围内宣传替代新闻的现象。雷锋个人的生活照虽具有真实性，但更多凸显的是个人性，凸显个人的爱好、习惯，比如雷锋日常生活中的发型、服装、女友等，这些过于私人化的展示，在当时看来并不具有把雷锋宣传为社会主义典型新人的价值，也不符合把雷锋塑造为共产主义战士形象的宣传需要。雷锋的公共照则根本不同，无论是干革命工作、做好人好事，还是进行政治学习、宣讲心得体会，都是在传递一种社会主义理念、一种革命意识形态诉求，都是在宣扬一种毛泽东时代所倡导的利他主义和螺丝钉精神。

雷锋的公共照，其数量之多是那个时代普通社会成员不可能拥有的，因为在摄影尚未普及的20世纪60年代的中国，照片对于普通老百姓来说还是奢侈品，这就从侧面提出了一个问题：为什么在当时作为一名普通战士的雷锋会有如此多的生活照和公共照？是谁为他拍摄的？又是在什么条件下拍摄的？这样的疑问最初由几个外国记者提出来。在随后的调查中，雷锋的公共照拍摄的缘由清晰起来，有资料显示，我们现在所看见的关于雷锋的出版物上所使用的照片，大都是由专人拍摄的，且很多都是补拍的。[①] 如果从新闻

---

① 《雷锋十九幅著名照片摆拍真相》，http://bbs.ziling.com/thread-899875-1-1.html。
《给雷锋拍照者讲述：雷锋为何有这么多照片？》，http://news.xinhuanet.com/mil/2015-06/30/c_127966735_3.htm。

角度看，这样的照片显然难以归入严格意义上的真实，但这也恰恰从另一侧面说明新闻与宣传的差异之所在。在雷锋成为新社会新人的典型之后，党组织专门派出摄影师，为的是能够近距离拍好雷锋的事迹，捕捉到雷锋工作和学习中的点点滴滴，更好地为新社会留下所需要的具有宣传价值的历史镜头。为了达到这样的宣传效果，一些照片还根据再现当时情景的原则进行了补拍。按照当时拍摄者的说法，这样的照片也是一种"真实"，尽管它们不是现场的即时作品，但它们都是来自雷锋亲笔所写的日记的内容，事情本身是真实发生过的，只是时间出现了错位，形式上做了必要的变通。从宣传的角度讲，这样的处理方式不仅不会引发人们的质疑，反而更能体现宣传的需要和精神。

雷锋的一些精心补拍的公共照，从摄影技术来说也体现出摄影者对宣传类照片性质有着很好的理解。为了达到最佳的宣传效果，首先照片的聚焦要高度集中，照片的构图是高度中心化的。中心化还需要其他摄影技术的配合：一是边框的稳定，也就是说边框真正起到分隔照片内与外的功能，照片的内容没有任何外溢的可能；一是照片的平面性，由立体到平面，三维变二维，不经意间让观看者意识不到这一转换，照片不刻意展示景深，使前后层次感尽量简化，从而最大限度地凸显照片所聚焦的内容的重要性。照片边框的稳定和不动声色的平面化，使照片内容变得非常牢固，无论是曝光，还是照片人物状态，都在时空上有效地收缩，成为一个静止的可以很好观看的图像。[1] 应该说雷锋的公共照符合这样的摄影理念。观看时很容易获知，雷锋通常处于画面的中心位置，其他现场要素被安排在雷锋的周围，起着烘托和陪衬作用。雷锋的表情和动作构成摄影捕捉的聚焦点。众多的照片显示，除了一张面部表情难以看清（在车底部修理汽车）的照片外，其他照片均把雷锋荡漾着幸福和快乐的笑意的面孔放大出来，这种处理方式在透视出雷锋的

---

[1] 斯蒂芬·肖尔在谈论照片时提及描述层面上涉及平面、边框、时间和聚焦四个要素。参见〔美〕斯蒂芬·肖尔《照片的本质》第二章，江融译，北京：中国摄影出版社，2012年版。

阳光心态和乐观精神之时，也意味着一种新社会理想光环笼罩下的明媚和和谐。应该说这样的画面从不同的侧面展示出雷锋作为一名毛泽东时代的革命战士的优秀品质和革命精神，从而也使得雷锋事迹的宣传效果易于达到最大化。

桑塔格曾说过："相机在美化世界方面所扮演的角色，是如此成功，使得照片而非世界变成了美的事物的标准。"而"摄影的威力在于，它保持随时细察立即被时间的正常流动取代的瞬间。这种时间的冻结——每张照片的傲慢、尖锐的静止状态——已制造了崭新的、更有包容性的美的正典作品……相机有能力把现实转化为某种美的东西，恰恰是因为相机是一种相对软弱的传达真的工具"。这是一种所谓"视域的英雄主义"。① 如果把桑塔格的这一论述与雷锋的公共照结合起来观察，就会发现"视域的英雄主义"反映出摄影本身的某种性质，即照相机的"相对软弱的传达真"的性质时却成就了美化现实的功能，也为构造美的典范提供了可能。雷锋的公共照最能说明这一问题。譬如有两张照片表现雷锋学习毛主席著作，地点都是在汽车驾驶室里，一张是他自己学习，另一张是帮助战友学习；还有两张照片表现雷锋热爱本职工作，一张是在用抹布擦洗车头，另一张是躺在汽车前轮地下检修车辆；还有三张照片表现雷锋的助人为乐，一张是帮助一位老大娘提着包裹回家，一张是帮助战友缝补被子，一张是作为小学辅导员参加孩子们的课外活动。从表面上看，雷锋的公共照所设定的视域（场景）是普通的，但这里恰恰蕴含着某种不易觉察的"英雄主义"的因素，蕴含着可能生发出美的因素。照片锁定的对象极其简单，一个普通的个体（战士），一些普通的对象（汽车或群众），还有就是单调得不能再单调的场景（或几乎可以忽略），但是普通和单调的场景使得人们更易于看清雷锋作为主角的所作所为以及雷锋与对象所构造的主辅关系。尽管公共照中雷锋是高度聚焦的点，但是细

---

① 参见［美］苏珊·桑塔格《论摄影》，黄灿然译，上海：上海译文出版社，2008年版，第85、112页。

察可知，与雷锋构成关系的对象，无论是被手擎的毛主席著作，还是被修理的汽车、被搀扶的大娘、被辅导的小学生、被帮助的战友，他（它）们在画面中的存在没有因为雷锋的存在而受到干扰和挤压，他（它）们始终占据着比较合理的位置——既体现主角对他（它）们的需要，又体现他（它）们对主角的需要，他（它）们始终给予了雷锋最大的最合理的陪衬。比如雷锋把身体贴附在汽车上擦洗汽车的照片，画面凸显雷锋对汽车的珍惜和爱护，那种发自内心的亲近"老朋友"的笑意一览无余，那应是一幅物我同一，甚至忘我于物的画面；再比如雷锋辅导小学生照片，画面中的小学生们占据了画面的大部分空间，他们错落有致地或坐或站，面部完整，聚精会神，表情努力，目光集中朝向一个方向，他们在一侧，雷锋一人在一侧，他们之间的张力关系非常到位地勾勒出雷锋与孩子们的空间向心力和一体性；还有那张雷锋送老大娘回家的经典照片，画面中的大娘身体近于正面，在雷锋的搀扶下，更显得健康、硬朗，脸上洋溢着回到自己家园的笑意。雷锋则是侧身，处于辅助位置，而他此刻的价值体现就在于老大娘的表情以及作为背景的房屋，尤其是那扇部分敞开的门，还有闻声出来迎接的孙辈孩子。由此可见，照片清晰暗示出雷锋与对象是一种相互依赖的关系。画面中的雷锋是主角，但画面内容传递的是雷锋时刻以对象的服务者、贡献者的姿态示人。反过来看，也正是这样一种关系的不经意构建，使得画面中的对象成为雷锋实现自身奉献精神的强有力帮手，使得雷锋具有了实现自我价值的可能性。雷锋的自我改造、利他精神就是在这样的与他者互动、亲和的氛围下最终完成的，雷锋的光环也由于他（它）们的存在而更加熠熠生辉。

雷锋所做的一切都是圣洁的、利他的、全身心的、充满革命激情的，完全没有个人的私利、没有个人的算计。人的神圣化依赖于有感染力的宣传。雷锋的公共照无疑是制造凡人英雄效果和氛围的有效手段。这类照片不仅宣传了雷锋所生活的新时代，而且规范了被拍摄者的言谈举止，使其被定格在这一时代所倡导的理想和规范之内。雷锋之所以能够成为新社会的宣传典型,就他个人来说,是某种出自最内在的被关爱的需要,也是彻底融入革命大家庭的最内在的需要,照片中出现的父亲(领袖)、奶奶(大娘)、兄弟(战友)以及孩子(小学生),他们都是雷锋的至亲之人,而雷锋也时刻表现出倾心融入革命大家庭的喜悦;雷锋作为儿子、孙子、兄弟、长辈,也在尽可能承担起更多的"家庭"责任。在尽情享受这一融入的过程之时,他也看到了自己的付出是值得的,是有巨大的回报的。神圣化不仅赋予雷锋一个革命的大家庭,不仅拥有一个精神相通的领路人"父亲",而且他的所到之处都赢得了大家庭成员的掌声和欢呼声,他能够时刻感觉到自己已经成为这个社会(家庭)的不可或缺的一员。他的螺丝钉精神发扬得越彻底,他的家庭伦理追求越迫切,他的精神收获就越大,他的社会(家庭)地位就越稳固,他的情感世界就越有寄托。

三、题词

在雷锋写日记的大约 20 年前,毛泽东在延安写下了后来闻名遐迩的"老三篇"——《纪念白求恩》(1939)、《为人民服务》(1944)、《愚公移山》(1945)。在"老三篇"的传播中,三种理念得以极大地宣扬,即全心全意为人民服务的集体主义,毫不利己专门利人的利他主义,以及排除万难去争取胜利的革命乐观主义。延安时期,毛泽东把一个普通个体(战士)的生命与一个政党(集体)事业联系起来,提出了生命的价值在于个体投身于革命事业,个人存在的意义不能脱离集体的意志和政党目标的实现。这样一种全心全意为人民服务的献身精神,需要更为内在的忘我或无我——消除个体欲望来加以实现。从这一立场出发,不仅为普通的警卫战士张思德授予共产主义战士的殊荣,另一位在中国解放区因抢救伤员不慎感染而不治身亡的加拿大医生白求恩也莅临登场,成为中国革命者学习的榜样。从政治理念来说,加拿大医生白求恩是"为了一个共同的革命目标""不远万里"来参加中国革命的解放事业的国际主义者，毛泽东把白求恩的这种国际主义精神投射到"毫不利己，专门利人"的共产主义道德的利他主义之上，并使得漂洋过海的国际共产主义行为最具说服力地践行了人的全新价值，也就是克服一己之私而拥有任何革命者都应该具有的高尚品质。一个外国人能够做到的，中国共产党人有什么理由不要求自己做到？毛泽东在他所高度倡导的革命逻辑中把"革命第一，工作第一，他人第一"作为出发点和落脚点，而这一切成为后来中国社会主义革命和社会主义建设的指导性理论宗旨，并且这种共产主义道德修辞集中体现在代表党的意志的新闻体、报告体、研究体等的话语生产中，不仅被普遍应用，而且被广泛渗透到新时代的社会生活中。

就领导人的题词而言，还有一件事值得一提。在国共内战的 1947 年，年仅 15 岁的女共产党员刘胡兰为了保守党的秘密而惨遭敌人杀害。这一事迹让毛泽东深感痛惜，无法释怀。刘胡兰的死无疑具有毛泽东在"老三篇"中所提倡的革命精神的指标性意义。一个年轻的生命，一个年轻的共产党员，面对敌人的屠刀毫不畏惧，这是一种什么精神？与张思德一样，刘胡兰是一名普通得不能再普通的共产党员，是千千万万个基层共产党员中的一分子，但也就是这样的身份，才使刘胡兰以及她的英雄事迹具有了更大的宣传价值。毛泽东挥毫为她题写了"生的伟大，死的光荣"①八个字。刘胡兰的死正符合毛泽东在《为人民服务》中引用中国古代历史学家司马迁的话"人固有一死，或重于泰山，或轻于鸿毛"。在毛泽东看来，刘胡兰的死之所以"光荣"，就是因为她不是为个人的利益而死，她是为了党的利益和革命的利益而死，这样的死无疑超出了一个个体生命的自然意义上的生老病死，而是把死献给了一种信仰。

---

① "生的伟大，死的光荣"，"这是毛泽东 1947 年 3 月 25 日为刘胡兰烈士的题词。但是，这一题词毛泽东先后两次书写。我们现在所常见的这一题词手迹，是 1957 年 11 月重新书写的。英雄刘胡兰的故事也因此广为流传"（参见周柄钦编著《毛泽东题词背后的故事》，杭州：浙江人民出版社，2015 年版，第 170—174 页）。

中国自古就有题词之传统,甚至可以说逐步演化成为一种题词文化。据研究,"题词"原指"题辞"文体,起源于汉代,本是为表达"纪念或勉励而题写的文字"。根据《后汉书》卷六四记载,文人赵岐曾撰写过一本名为《孟子题辞》的著作,内容为《孟子》一书的概述,此处的"题辞"二字作为一种应用文体最初出现在正史中。明代学者徐师曾在《文体明辨序说·题名》中对题名的要求是"叙事欲简而赡,其秉笔欲健而严",此处"题名"即"题词"。后来题词脱离文体而独立。一般认为这一过程大抵与两个重要的文化因素有关:一是书法,二是寺庙。中国历代书法大家迭出,很大程度上与皇权的看重和科举制度对书法水平提出很高的要求有关,书法与仕途挂钩,促使书法成为一种艺术,也为题词备好了可含蕴、可品评的工具。至于寺庙与题词的关系,是指自古中国各地的名胜寺庙都有笔砚侍候,以备名人题词的习俗。有了名人的墨宝,会吸引更多的游客、施主,尤其是皇帝出行,来到山水名胜,多会留下诸多匾额,成为人们慕名前往的驱力。① 由于时代变迁,古时的颂、赞、箴、铭等文体逐渐演变为单纯的题词,凡表达称颂、勉励、赞美、庆贺、哀悼、警诫等意义的文字在一定场合都可以称为"题词"。而红色中国使得题词具有了全新的意识形态内涵。题词在原来的命名功能、褒奖功能、游记功能之外进一步发展出宣传功能、倡导功能、引领功能,由此题词成为新社会传播政治理念的有效手段。尤其是领导人题词,它会使一个人物、一个事件产生非同一般的意义,人物或事件会因领导人的宣扬而价值倍增。有关雷锋的题词,就是这样一次典型的事迹赋值活动。

1962 年 8 月 15 日,雷锋因公殉职。大约半年后的 1963 年 3 月 2 日,《中国青年》杂志首先刊登了毛泽东给雷锋写下的题词。3 月 5 日,《人民日报》《解放军报》《光明日报》《中国青年报》转载了毛泽东的题词。3 月 6 日,《解放军报》还刊登了刘少奇、周恩来、朱德、邓小平等领导人的题词。

---

①《从书法艺术到政治权术》,http://www.meixun.org/index/news/guandian/136480098329369.html。

之后，陈云、叶剑英也为雷锋题词。其中一些领导人的题词内容如下：

毛泽东
向雷锋同志学习

刘少奇
学习雷锋同志平凡而伟大的共产主义精神

周恩来
向雷锋同志学习
憎爱分明的阶级立场
言行一致的革命精神
公而忘私的共产主义风格
奋不顾身的无产阶级斗志

朱德
学习雷锋，做毛主席的好战士

陈云
向雷锋同志学习，全心全意为人民服务

邓小平
谁愿当一个真正的共产主义者，就应该向雷锋同志的品德和风格学习①

---

① 《历届党和国家领导人为雷锋同志题词》，http://www.360doc.com/content/16/0306/10/7499155_539806358.shtml。

其实周恩来还有一个题词，发表在1963年3月2日《中国青年》杂志"学习雷锋专辑"上，应该是与毛泽东的题词一同发表的，题词的内容为"雷锋同志是劳动人民的好儿子，毛主席的好战士"，但是这一题词被上一题词所替代，并没有流传开来。

领导人的题词大致分为两类：一类是认定雷锋事迹的性质，刘少奇、邓小平使用了"共产主义"一词，陈云使用了"全心全意为人民服务"一词，周恩来则全面地提出雷锋精神的四个方面，使用了"憎爱分明""言行一致""公而忘私""奋不顾身"四个成语加以概括；另一类是号召性地提倡学习雷锋，朱德强调像雷锋那样做"毛主席的好战士"，周恩来在最初的题词中也使用了"毛主席的好战士"一词。毛泽东本人的"向雷锋同志学习"的题词，则可以用上述两类题词的内容来充实。

把"战士"与"领袖"联系起来，这是领导人题词的一个核心理念。在此之前，毛泽东在写"老三篇"和给刘胡兰的题词中都高度强调了个体与集体的关系，强调了把个体献身给革命事业，从而获得个体生存意义的主张。但在今天新的历史语境中，领袖与革命的关系、个体与领袖的关系，成为一个不容忽视的新内容。其实在红色政权建立后，领袖已经成为革命的表征，成为新时代的化身，领袖代表革命，是革命的旗帜，革命也只有在领袖的领导下，才能不断从胜利走向更大的胜利。在这一意义上，把"战士"与"领袖"紧密联系起来，提出战士要跟随领袖，要忠诚领袖，是有其内在理据的。其实强调与领袖的联系就是在强调与革命的联系，忠诚和捍卫领袖，就是忠诚和捍卫革命。刘少奇、陈云、邓小平等领导人的题词虽然没有直接把革命等同于领袖，而是在更普遍的层面上提出把雷锋与"共产主义"和"全心全意为人民服务"这样的精神信仰联系起来，而周恩来后来提出的雷锋革命行为的四项准则，也是在进一步强调雷锋精神与革命理念的有机联系。其实这些领导人提倡的雷锋精神，都是完全可以被纳入领袖精神之中的，是与领袖思想相一致的。

就雷锋个人而言，做"毛主席的好战士"是他毕生的追求，这一点在《雷锋日记》里有充分的体现，因为在雷锋的心目中，毛主席作为伟大的革命领袖不仅是革命的引路人，而且是慈爱的"父亲"。做充满神圣感和正义感的"父亲"的好儿子，这是中国传统文化中理所应当的事情。因此无论从哪个意义上说，领袖与革命的一致性，领袖思想成为革命理念成功实践的根本保障，他作为革命逻辑的钦定者、革命组织的建立者、革命理想的传播者，在革命的不同阶段为人民从事革命事业指出了明确的方向，这一切都是具有高度政治意涵的。对雷锋精神的宣传，把他与领袖、与革命、与时代联系起来，把"共产主义"和"全心全意为人民服务"这样的精神定义为雷锋精神，在今天看来无疑更符合理论和历史的必然逻辑。题词之所以能够在新社会建立后获得极大的扩展空间，不仅在于它具有极大的可供发掘的宣传潜质，因为它始终是与题词者的地位、与题词者的权威密切相关，而且这样的题词具有成为整个社会和整个时代朝向光明、朝向进步大踏步前行的助推器，而雷锋就在这样的一种题词逻辑和社会氛围下获得了自己存在的更为牢不可破的合理性。

余论

在雷锋离开我们34年后的1996年，一部名为《离开雷锋的日子》的电影在全国上映。该片讲述了雷锋当年战友乔安山因一次意外事故造成雷锋的不幸身亡。乔安山是雷锋最亲密的朋友，两人一同入伍，又分在同一个班，驾驶同一辆汽车。雷锋的死一度让乔安山精神失常，他甚至想到了自杀。在过去的30年间，乔安山始终没有忘记雷锋，他坚持学雷锋，做好事，尝尽了甜酸苦辣。最终乔安山惊喜地发现雷锋精神没有随着雷锋的离去而消亡，雷锋精神一直伴随在我们身边，成为我们生活中崇高精神向往的源泉。①影片通过乔安山遭遇的各种困境和挫折一再向今天的我们提出深深的追问：我们还能回到雷锋那个时代吗？我们还能像雷锋那样生活吗？乔安山意识到我们不仅离开了雷锋，而且离开了雷锋生活的时代。虽然践行雷锋精神在离开雷锋的日子艰难无比，但是这样一份雷锋留给我们的精神遗产不应轻易忘掉和抛弃。

齐泽克说过这样一段话，可以作为这篇小文的一个颇有启发性的结尾。

……在我们的反映之外有一个客观现实的观点，预先假定了我们反映现实的精神是作为一种存在于现实外部的一种凝视。宇宙化的透视法学说是反对任何这种凝视的。问题不是我们的头脑之外没有现实，问题是现实之外没有精神。

世界作为一种实在的宇宙的概念，预先假设了一个自我封闭的整体的立场，实际上，这是从一个外部观察者的角度说的。因此，这个自相矛盾的透视法学说让我们能够形成一个真正的唯物主义立场，即世界不是存在于我们的思维之外，而是我们的思维不在世界之外存在。②

齐泽克的这段论述为我们提供了一个反思的视角。由此我要说的是，当我们回溯红色中国的这样一段历史时，当我们面对一个历史人物的"生死爱欲"时，我们的凝视可以是外在于那个世界的吗？有那样一个封闭的整体世界里的雷锋留给我们去观察和解剖吗？齐泽克说，任何客观世界的构想都是一种幻觉，任何一种还原历史的努力也都将是一种幻觉。从这一意义上说，我在这里与雷锋的遭遇就不是一种外在的凝视，而是一种跟随雷锋日常生活的活动，一种朋友式的交谈，甚至是一种亲人般的惦念。总是有那么一种企

---

① 《离开雷锋的日子》，https://baike.baidu.com/item/离开雷锋的日子/14461?fr=aladdin。
② [斯洛文尼亚]斯拉沃热·齐泽克、[英]格林·戴里：《与齐泽克对话》，孙晓坤译，南京：江苏人民出版社，2005年版，第101页。

图、那样一种话语试图把雷锋封闭在一个既定的客观世界里，把雷锋作为一种经典、一种灵韵镶嵌在红色中国历史之中，这固然可贵，但对我而言，我突然好想打开雷锋的心扉，进入雷锋生活的世界，成为雷锋心语的聆听者、解码者。一切坚固的东西都已经烟消云散，我们需要以另一种心境、另一种方式去寻找那样一种历史，乔安山只是提供了方式中的一种。

《非诚勿扰》电视真人秀：完美与让渡

引子

　　最早知道"非诚勿扰"这样一种流行说法，来自冯小刚导演的同名电影，葛优和舒淇出演男女主角，画面很唯美，但爱得很艰难，这艰难来自一个耐人寻味的预设，如片名直接打出的，即"诚"字的出镜和参与，也就是说"诚"被请来与爱相纠葛，也因此使得爱与被爱显得格外艰辛，格外凄楚，当然也有格外动人之处。这样的预设宣告一件事：有诚，才能谈爱；无诚，爱的大门将永远关闭；有诚之爱是真爱，无诚之爱是假爱；把爱建在诚之上，使诚之爱成为一个需要认真看待的信条，甚至成为一场爱恨故事的根基，这不能不让人感到一种浓重的道德色调涂抹了爱，爱被捆住了手脚，爱再也无法成为畅快淋漓之爱。

　　"葛优"和"舒淇"所演绎的爱恋是电影编造的虚拟故事，只不过这样的故事，它所遵循的逻辑是现实提供的，或者说是现实生活中固有的。爱，实际上是人对（男女）情感的一种测试方式。动物凭借自身的生物性来择偶，而人固然也会把生物性放在优先的位置，但随之而来的却是远远超出生物性的东西，而且它们马上就会占据主导地位，左右爱的进行，这种测试不是一蹴而就的，需要一个过程，"诚"在一定阶段必然会受邀出场。

当"非诚勿扰"这个电影故事成为记忆，回味也就慢慢淡了下来，直到有一天，偶然与江苏卫视推出的同名电视真人秀节目《非诚勿扰》遭遇，才让我有了一个再次驻足、再次感悟的机会。这样的两个同为"非诚勿扰"之名的事件，在电影的"虚构"与电视的"真实"之外，电视真人秀为"非诚勿扰"提供了哪些值得进一步观察的内容？电视真人秀是怎样把真与诚之间的纠葛更有意味地呈现出来的？《非诚勿扰》电视真人秀的魅力究竟来自何处？

一、空间的完美

《非诚勿扰》的空间是经过充分设计的，仅从荧屏画面的目击效果来说，它的虚拟性一目了然。然而这一虚拟性并非意在凸显虚拟性本身，而是要达到从虚拟性中脱离出来、获得真实性的目的。

空间的完美意味着空间的完整，也就意味着空间的某种"超真实"——为了追求真实的一个结果。电视真人秀《非诚勿扰》设定在一个相对密闭的空间，密闭本身易于指向完整。它是由一位男嘉宾、24位女嘉宾、一位主持人、两位评议嘉宾以及众多观众共同构成的，要件齐备，不可或缺。密闭空间的物理构造形态是这样的：一条长长的通道，通道的中间设计了一个小的圆形舞台，将通道一分为二；通道的一端设置了专供主持人和男嘉宾出场使用的承载工具——一个透明的圆柱形升降梯，主持人和男嘉宾从升降梯里走出来，通常站立在小圆形舞台的前端，背对升降梯，这个舞台是为男嘉宾在必要时施展身手准备的空间；通道的另一端与升降梯遥相对望的是一个半圆形舞台，这里是24位女嘉宾置身其中的场所；连接升降梯和半圆形舞台的这条通道可供男女嘉宾来往互动，通道的两侧安排了观众席；在小圆形舞台的一侧（右侧）、与此相连接的还有一个小舞台，是专为男女评议嘉宾设置的席位。之所以说这一空间布置是经过充分设计的，是因为据观察可知，整个电视真人秀的表演空间是以男嘉宾所站立的位置和眼前的小圆形舞台为中心的。参与这一真人秀表演的人员的出场顺序是：观众和男女评议嘉宾，他们在电视画面一出现就已经在现场准备好了；接下来是男主持人，他在介绍完评议嘉宾之后，开始推出24位女嘉宾，女嘉宾以一种走秀的方式出场；最后隆重推出男嘉宾。男嘉宾甫一出场，全场空间达到饱和，因完满而完整。值得注意的是，身处同一位置的主持人在男嘉宾出场后即沦为帮手，评论人沦为烘托，观众沦为陪衬，女嘉宾沦为选择对象。男嘉宾作为中心面向对面辐射出的半封闭圆弧，他的目光可以轻松覆盖对面站立的24位女嘉宾，形成了一个播散男性气质的空间，一览无余的位置设定赋予了男嘉宾作为主角的应有的中心位置和气场能量。

拉什注意到列斐伏尔在谈论空间时对有机物构建空间的论述，这是一种特别有意味的方式。拉什是这样评说的：

> ……他（列斐伏尔——引者）针对所有有机物而使用的空间定向和生产的模型是蜘蛛。他的存在来自于蜘蛛：他的解释采取了这样的比喻——蜘蛛通过空间生产在世界中定向自我的方式……蜘蛛通过空间编制自己的网，在一系列对称、非对称的模拟中借用空间生产和获得力量。列斐伏尔的蜘蛛是一种在世界通过扩展自己从而定向自己的身体。通过空间生产，一个身体通过在自己的网中赋值自身，对称地和非对称地赋值空间，从而在世界中拓展自身。
>
> ……所有有机物都有空间模拟的能力。对于人类这种十分空间类别化的存在，空间的模拟会成为一种很抽象的空间，在其中定向也就成为一个意义问题。①

---

① [英] 斯各特·拉什：《信息批判》，杨德睿译，北京：北京大学出版社，2009年版，第187—188页。

其实拉什借助列斐伏尔所获得的这一观察有进一步拓展的潜力。按照列斐伏尔的说法，从蜘蛛的空间构造行为中，我们可以获得一个启示：空间生产首先要构建一个适合自己生存的网，其次是为网中的自己定向。网的存在具有"赋值自身"的功能，从而为"在世界中拓展自身"积蓄能量，但是要把网的这种种潜能充分发挥出来，接下来就是要在这一由网编织的世界里搜寻自我可能的空间定向，由空间定向获得构建其他空间内容的可能性，从而实现网的赋值这一最终目的。所谓的空间定向，如同蜘蛛一样，实际上就是使我们的认知首先获得一种具体的物理方位感。与抽象的理性认识相比较，它具有基础性地位。由空间定向，可以进一步衍生出空间测位、空间分配、空间关联，乃至空间认知、空间操控等的一系列空间活动，由具象而抽象，由定向而意义。

在以男嘉宾为中心建立起来的《非诚勿扰》电视真人秀空间里，"定向"至少包含三个层面的意思：首先是男嘉宾现场站立的位置凸显其存在的中心性。尽管作为节目主持人的孟非与男嘉宾同处通道的一端，背靠升降梯，看似具有掌控和协调现场的节奏和气氛的作用，但是节目的主旨提醒观众，作为"大型生活服务类节目"的主持人，孟非只能是一个配角（帮手），他的现场功能就是要把男嘉宾帮衬好，辅佐男嘉宾赢得更多的上位机会，使得男嘉宾的中心地位越发牢固，而他在这一位置上的举止行为会通过女嘉宾和现场观众的眼缘和情绪转移到男嘉宾那里。主持人发挥得越出色，他对男嘉宾的帮助就越到位。其次，男嘉宾始终处于与女嘉宾互动的有利位置，既可有肢体、眼神、表情的交流，也可有言语的交流，而且由于男嘉宾处于主导状态，在凝视中呈现为一个完整的立体的自我，更利于男嘉宾生命力的播散。这样的一种定向性由此规定了1对24的契合关系，24位女嘉宾一致面向具有中心地位的男嘉宾，他们之间在对称中获得一种稳定的平衡，符合中国传统中以男性为主导的文化习性。最后，男嘉宾的空间定向还有一个观念宣示的问题，这就是评议嘉宾存在的必要。他们需要不时接过主持人通过男嘉宾或女嘉宾发掘出来的话题，给予必要的为男嘉宾增光添彩的分析和判断。男嘉宾从评议嘉宾那里获得的烘托某种意义上使自我主体意识更加凸显，或者说使自我理念更加强化，从而使男嘉宾在矗立的空间中心上有更加得心应手之感，而这一巩固的地位会使对面的女嘉宾所接收到的来自男嘉宾的情感投射更具冲击力。

我们不能不意识到，这一空间定向使得《非诚勿扰》赢得了一个围绕男嘉宾构建起来的稳定而完整的空间位置和关系，而这样的一种空间位置和关系正是社会对于男女空间存在认知的投影。这是按照"超真实"原则呈现的一种存在，是空间构建的一种"完美"追求，或者说通过空间构建来实现波德里亚意义上的"完美的罪行"理念的一种祈望。[①]

《非诚勿扰》空间谋划的"完美"之处还在于24位女嘉宾的在场，这也正是男嘉宾空间定向后延伸构建的一种分配关系。没有女嘉宾的存在，这一空间是不完整的，而女嘉宾人数的选择也是构建这一电视真人秀空间的最需要算计的一部分。一方面要考虑中心与边缘的平衡，这平衡实质上是指边缘能给予中心多大的衬托效果，又不会对中心产生压迫感，不会使空间充满难以消解的张力，那么1对24这一比例不仅是为了通过美（色）来博取观众的眼球，还是为了完成合理的空间位置和关系的构造，使中心与边缘之间

---

① 波德里亚说："幸好，没有什么在实时发生，否则我们就会在所有事件的信息面前不知所措。现时就会成为一个难以忍受的白热化时段。幸好，我们是以一种必需的幻觉方式、一种不在场的方式、一种非现实的和一种与事物非直接的方式生活。幸好，没有什么是瞬间的、同时的或当代的。幸好，什么也不在场，什么也不与其真身相同。幸好，实在没有发生。幸好，罪行从来不是完美的。"（［法］让·博德里亚尔：《完美的罪行》，王为民译，北京：商务印书馆，2000年版，第11页。）值得注意的是，波德里亚所说的"幸好"，是在说"罪行"其实正在向"完美"的方向迈进，也即我们现在身处的现实尽管存在"罪行"，尚不"完美"，而"完美"一旦实现，在某种意义上将是灾难式的，将无情地挤压我们的现实生活，乃至替换我们的现实生活。问题的另一面是，如果我们身处直接的生活场景，身处无可逃避的在场，也即身处"完美的罪行"时段，如果还有这样的"幸好"在我们周围的话，那么我们应该感到庆幸，我们的现实生活还没有完全被"罪行"所笼罩。这正是波德里亚潜台词里所要告诉我们的。

的互动发挥出最大的效应。呈半圆形排列的女嘉宾始终处于最大限度的可被利用的位置上,从而达到与处于中心的男嘉宾的尽可能的呼应和配合,使男嘉宾在男主持人和两位评议嘉宾的帮衬下完成对女嘉宾的询唤和调动。女嘉宾的存在感越强烈,对男嘉宾的帮衬就越有力,男嘉宾的中心地位也就越稳固,整个空间的完美程度就越高。

其实作为完美空间实现的不可或缺的女嘉宾,其女性自身的空间展示也是构造"完美的罪行"的重要能量。本雅明曾经提及展示价值超过膜拜价值的问题。展示得越充分,膜拜价值就越低;展示得越独特,膜拜价值就越贫瘠。① 之所以把展示价值发挥到极致,就是因为这样的一种发挥会使得女嘉宾只停留在展示价值的位置上,也只具有向中心展示的功能,这一展示帮助中心获得了一种能量的有力度的播散,等于说女嘉宾的展示价值换来了对男嘉宾产生膜拜的更多的可能性。

参与真人秀的女嘉宾,其展示的过程是这样的。从外形上就尽可能安排出彼此的个体差异。比如有来自外国的女嘉宾,甚至是黑人女嘉宾,有中性取向的女嘉宾,有身材健硕乃至肥胖的女嘉宾,有双胞胎姊妹的女嘉宾等;从职业看,有高学历的学生,甚至不乏外国留学归来者,有公司管理者,有

---

① 关于"膜拜价值"和"展示价值"的关系以及它们之间历史地位的变化,本雅明有如下一段论述:"随着单个艺术活动从膜拜这个母腹中的解放,其产品便增加了展示机会。能够送来送去的半身像比固定在庙宇中的神像具有更大的可展示性,绘画的可展示性就先于此的马赛克画或湿壁画的可展示性来得大……由于对艺术品进行技术复制方法具有多样性,这便使艺术品的可展示性如此大规模地得到了增强,以致在艺术品两级(指'膜拜价值'和'展示价值'——引者注)之内的量变像在原始时代一样会使其本性的质得到突变,就像原始时代的艺术作品通过对其膜拜价值的绝对推重首先成了一种巫术工具一样。现在,艺术品通过对其展示价值的绝对推崇便成了一种具有全新功能的创造物。"([德]瓦尔特·本雅明:《机械复制时代的艺术作品》,王才勇译,北京:中国城市出版社,2002年版,第20—21页)由于艺术品的可移动性乃至复制的大量出现,展示价值最终超过膜拜价值,成为现代社会的常态,而可移动性乃至可复制性使艺术品的性质发生改变的一个最内在的原因还在于,本雅明认为是光晕的消失对艺术品本身起到了根本性的破坏作用。其实问题的另一面也不容忽视,"伪光晕"的制造在今天已经成为家常便饭,而且这种"伪光晕"往往湮没原生光晕,达到了有过之而无不及的程度。

企业职员，有个体业主，有文体专长者，有政府公务人员等；从性格看，有小鸟依人型，有女汉子型，有文静婉约型，有活泼开朗型，有居家主妇型，有事业家庭并重型……这种种女嘉宾类型使得空间的完美度获得了一定程度的保证。可以想见，女嘉宾身份的多样性为男嘉宾的选择提供了"无限"可能性，也为这一电视真人秀本身留下了近乎穷尽的空间想象，提供了填充真人秀空间的最充分的内容。内涵与外延高度重合，没有缺损，没有缝隙，没有余地。完美在于完整，在于完全，在于没有任何的遗漏，在于完满。《非诚勿扰》电视真人秀所极力塑造的完美空间，使得空间的呈现达到天衣无缝的状态，甚至让观众感觉不到任何瑕疵、任何缺憾，乃至制造所谓的"完美的罪行"的努力都是不容忽视的。

任何事物都具有两种基本形态：不完美和完美。按照波德里亚的想法，前者是现实的，但被描述为一种事物的"本真"状态，即事物是通过表象呈现的，表象会令事物无法遁形，留下痕迹，被人觉察，也就是说表象总是在不完美中通达事物。后者则与表象无关，与幻象有关。若要达到事物的完美，就一定要消解无法实现完美的表象，使事物在模拟中、在影像中、在虚构中、在符号中与事物构成内外同体的"真相"，而这样的存在也就是波德里亚所谓的"罪行"——达到"完美"是一种"罪行"，因为太过完美了，完美得不近情理，完美得近乎荒谬，也完美得毋庸置疑。这样的完美能不是一种"罪行"吗？事物不再有自我的"本真"，而那种改写表象痕迹、重构虚拟空间，从而获得"完美"的效果。那么如何有效地涂抹事物的表象、获得完美的事物呢？这便是《非诚勿扰》的有意无意的思虑所在，也是这档电视真人秀的目的之所在。

有机物的空间，所欲达到的目的就是使自身的存在获得最大可能性，而人作为"十分类型化"的空间存在物无疑具有更为强烈的获取存在感的欲望，他对于空间定向的设定、对于空间关系的操控更为曲折而复杂。空间的完美旨在不经意间构造了一种《非诚勿扰》的"真实"形态，或者说空间的完美在不知不觉中成就了《非诚勿扰》的一种别样的"真实",因为这一完美的空间使自身获得了超越一般意义上的真实性,它的叙述策略使这一真人秀不再有任何表象的空隙和裂缝被人觉察和关注。

二、主体身份

一个存在中心的空间很容易获得完美的形态,中心越强大,空间的完美度就越易于实现,因为中心要求整个空间的一体性,而主体作为中心会时刻把自身的需要和意愿播散到整个空间,从而消解任何试图出格、抵制和逃逸的因素,消解任何威胁乃至具有颠覆性的因素。从这一意义上说,确立中心的权威以及确保中心地位的稳固和强大至关重要。这一现实逻辑在当下媒介中获得了某种随心所欲的实施。

回到《非诚勿扰》电视真人秀的现场。男嘉宾的主体身份以及由此而来的主导地位并不是一蹴而就的,而是经过了一系列不乏失败的建构过程。在现场的一端,男嘉宾的出场方式具有神秘感,如同"白马王子"从天而降,带着特别制造的现场光环效应,在灯光聚焦和观众欢呼声中跨出升降梯,在距离小圆形舞台几步之遥的通道上站立;通道的另一端,迎候他的"公主(们)"各抱地势,各具神态,目光一致投向对面的升降梯,翘首企盼。这是一个色彩浓重的仪式场景,童话般的清新和曼妙,凸显男女遭遇的传奇性。传奇的编排透着虚幻,但是这种虚幻的场景效果更适于追求完满乃至完美,获取(超)真实。值得注意的是,男嘉宾作为个体是存在明显差异甚至缺陷的,但恰恰就是这样一个空间位置以及由这一位置所构筑的空间关系,使得他们之间的差异(或缺陷)在最大限度上被消解,被抹平,使具体的个体最终在不自觉中走向主体,即使某个男嘉宾的身心尚未强大到占据中心,操控整个现场空间,但是男嘉宾所站立的位置作为整个空间的中心支点,首先会使他在空间关系的分配和掌控上获得了某种先在的保证。

当然,《非诚勿扰》的男嘉宾是在一种被抛入状态下现身的,这一抛入感有时强烈到足以摧毁个体存在的地步,个体一旦出现自身认同危机,其存在的本质有可能瞬间被摧毁。因此,当他作为个体存在突然面临自由选择却茫然四顾而毫无着落时,确实需要尽快找到安身立命的理由,也即迅速向主体身份转换,以便获得与空间地位相匹配的主体权力。男嘉宾从被抛入的那一刻开始,就要全力思考如何转换角色,找到主体替代个体的真正立场和位置,从而营造出一种主体驾驭自如的空间关系。

男嘉宾出场的第一个重要动作是在自我介绍之后选择"心动女生",这一环节尽管时常会由于《非诚勿扰》电视真人秀的设计而最终没有发挥作用,但是它起码赋予了男嘉宾一种选择权、一种心理上的优势。接下来,作为个体向主体转换的需要,现场播放了两段介绍男嘉宾的 VCR(视频短片),第一段是有关男嘉宾身世的介绍,包括他的基本情况、兴趣爱好、职业专长、性格特质等,第二段重点涉及男嘉宾以往的婚恋史,尤其是由此可以窥探出男嘉宾的择偶条件和生活价值取向。两个短片播放之后,分别会有现场提问和讨论环节。此时主持人的临场发声会成为添加到男嘉宾身上的一份有能量的资源,会为男嘉宾的中心形象涂上富于光泽的保护层。女嘉宾也会不失时机地献上她们自己的问题和见解,她们的提问以至发表的意见都会对男嘉宾自我形象的维护和提升有推进作用。女嘉宾的提问越个性化,或越具有社会意义,男嘉宾的回应就越会被激发得出彩。即使男嘉宾一时无法有效回应,也会由男主持人(帮手)接过来"救场",还会有现场评议嘉宾的点评和补充。这些环节表面上看似男女双方在"斗法",却也折射出由个体到主体地位确立的关键环节。这两个提问环节之后,还有一个由男嘉宾的朋友对男嘉宾本人做出或优或劣评价的 VCR 播放(从 2015 年开始,这一环节改为男嘉宾的朋友直接来到真人秀现场,或介绍男嘉宾的方方面面,或与男嘉宾一同表演节目,甚至还可能是男嘉宾搬来一个道具,以此配合男嘉宾自己讲述或完成一个他认为必要的故事或事件),其目的无非是让男嘉宾的实力和魅力再释放一把，为男嘉宾主体地位的确立做最后一搏。

整个电视真人秀现场，除了主持人孟非，还有两位评议嘉宾，他们的存在对于男嘉宾主体身份的甄别和确立不可或缺，可以说这是电视真人秀节目制作团队经过严格设计和汰选的产物。首先评议嘉宾的身份本身就非常说明问题。两位评议嘉宾中的一位相对比较固定，由心理学博士黄菡女士担任；另一位则通常由文娱界明星来担任，比如曾子航、张嘉欣、佟大为、刘恺威、张亮、黄磊等人，他们都曾先后登台亮相，指指点点，评头品足，既达到了调剂气氛的效果，又为大家提供了有益的专业知识。我想，评议嘉宾的选用原则，一方面要考虑节目的收视率，在今天粉丝经济和粉丝文化强势构造的语境里，文娱明星本身就是电视收视率的保证，明星的魅力，他们的人格特质，他们的话语权，他们的台前幕后的生活态度，都会成为观众关注和追捧的内容，成为一大部分由情感主导的女观众，也包括现场的 24 位女嘉宾的偶像，使女嘉宾能够有效地跟随自己的情感脉络，完成自己人生的一次重要的判断和抉择，从而也使这一真人秀达到预期的收视效果。从这一角度说，他们的现场存在本身构成了一种无形的号召力，更何况他们还会在现场为男嘉宾不遗余力地进行推销和现身说法，这样的帮手即使无法使男嘉宾如虎添翼，也至少起到了给男嘉宾撑腰打气的作用。黄菡作为知性女士，其形象蕴含的中国传统女性的风韵，加上接受过高等教育的背景，大大增强了女嘉宾和观众对电视真人秀的信任度。当然，在男嘉宾主体建构的整个过程中，最大的帮手无疑是与他一起站立在整个现场空间中心位置的主持人孟非。孟非是整个真人秀现场的组织者和调控者，他一方面要把握好现场节目的进展节奏，把男嘉宾或女嘉宾发言时有意无意间触及的一些问题抛出来，供大家讨论；另一方面以他自己在 40 岁左右的年纪就被赐予"爷爷"身价的有利辈分，指导和推助男嘉宾不断自我完善，也不时会点拨女嘉宾，如何正确认识自己的特点乃至与男嘉宾匹配的可能性。孟非这一主持人角色似乎暗合了中国传统文化中长者本位的观念，其形象总是充盈着宽厚、豁达、忠诚的人格特质，具有中国人易于信服的德高望重的文化品质，或许这是只有在中国传统文化里才会格外强化的伦理观念和历史叙事技巧，用辈分拉抬男主持人的地位存在感。应该说孟非的老道和超级成熟，使得男嘉宾从中获得了成功构建主体身份的额外能力。

由个体而主体，这是在一个谋求完美的空间现身的结果，他的存在价值是要与这一空间一起完美，成为这一空间的有机组成部分，从而完成这一转换。应该说这一电视真人秀空间从节目一开始就已经预设好了，无论是男主持人、男女评议嘉宾、24位女嘉宾、现场观众，还是舞台、音乐、灯光、服饰乃至逐一展开的环节，都在预期中达到完整无余的地步，它在一个先在模型的意义上被重新设计和完成。从这一意义上说，男嘉宾的出场是否能够使自身的个体性完全融入这样一个完美的境遇中，使身处其中的完美境遇带来主体身份的光环闪烁，无疑是整个电视真人秀现场的最具张力的环节。某种意义上，男嘉宾自身的真实敞开，他的缺陷的呈现，他作为个体被抛入感到的紧张甚至无奈，都会像石子投入平静的湖面，与现场的完美引发可能的甚至必不可少的冲突。当然，也恰恰就是这一冲突反倒会凸显个体被改造、形塑为主体的曲折过程，也充分表明完美空间所具有的接纳一切、消融一切的魅力。男嘉宾的缺陷只会在完美中更见完美，而男嘉宾对自身缺陷的克服并最终走入完美，更证明完美的感召力和权威性，同时也更凸显男嘉宾对完美膺服后当家做主的主体身份确立的合理性。也由于男嘉宾的成功融入这一完美，他的空间位置使其彻底超越真实而进入"超真实"，成为这一空间的不容置疑的主人。应该说任何一个走进《非诚勿扰》的男嘉宾都具有完美追求的潜力，而他们在电视真人秀现场的成功就是他们的自我潜力凸显的完美化。与此相反，每一个黯然离开《非诚勿扰》舞台的男嘉宾，更多地失败于完美的完成，他们的或身体或动作或情绪或感觉或态度或观念还没有达到完美的要求，他们的内心世界也还存留着达到完美的障碍或者一时难以克服的缺陷，个体身份未能在真人秀中完成向主体的转换。如果男嘉宾在进入真人秀的现场之前，没有充分理解完美的意义，没有充分地改造自身的不完美，甚至没有认真对待完美自身具有容纳乃至排斥的能量，那么他的以表象示人的做法一定会使得他的归于完美的祈愿失败。

从这一视角看，完美是一种更高级的真，它不需要我们所谓的日常之真，那是一种有缺陷的真，是一种不完整的真，那样的真没有制造梦想的潜力，也缺乏诱惑的魅力。主体（男嘉宾）存在的意义就是要在（超真实）模型的意义上来完成自我的真的重塑，把个体自身变成一个现实生活版的"白马王子"主体，从而虏获自己的意中人。电视真人秀就是在帮助男嘉宾完成这一转型。其实任何一个《非诚勿扰》的男嘉宾，一般而言，他们的真实性都是无法现场验证的，他们的个体身份都具有虚拟的性质，而恰恰就是电视真人秀的出现，通过（超）真实的完美空间的构造，通过赋予男嘉宾空间的中心位置，通过众多帮手和观众的帮衬和烘托，才使其有可能完成这一转型。

完美成为主体自身追求的最大目的，成为主体竭尽全力塑造的形象，因为他的空间存在之完美一旦完成，相识的游戏就会有一个完满的结果。此外至关重要的是，完美的实现也使诚被内涵其中了。空间的完美以及男嘉宾作为主体身份的完美，带来的既是真的要求，也会进一步转化为对诚的期待。

三、让渡：仪式的意义

《非诚勿扰》电视真人秀的另一个看点是尝试把相亲男女的初次见面变成一场电视媒介推波助澜下的"相亲"仪式，编织一个男女初识的奇观，从而为诚寻找一个充分实现的场所。

一般而言，男女交往，除了朋友（情人）关系，均以婚配为目的，这既是人类社会得以维系的基因统治的结果，又是由族群繁衍的社会定律所决定的，非个人所能主导或解脱。从男女交往的过程看，依照现代婚姻观念，相识、恋爱、结婚构成其中的三部曲。不过中国传统文化中结婚被更多地强调，且被赋予更多的戏剧性和仪式性，所有的婚俗传统都是围绕着结婚（礼）建立起来的。相对于隆重的婚庆活动，尽管相识（亲）是男女步入婚姻殿堂的第一道门槛，但这一门槛几乎没有任何地位，因为由于"男女授受不亲"的古训，男女在结婚仪式最后一个环节——入洞房之前根本无缘见面，他们的关系完全由双方父母所主导，经过第三方（媒人）介绍而走向结合。因此中国婚俗传统中的男女相亲（识），其实是双方父母而非当婚者本人在媒人引荐下的一次会面活动。即使是现代中国自由恋爱兴起后，初次相见乃至后来发展起来的恋爱同样不具有特别重要的意义，或可说这样的活动只能是个人之间的私事，只是为未来婚姻准备的一个环节，它更多地成为当事人个人日后的一种回忆。在中国婚俗传统中，婚礼不仅是两个人的事，更是两个家庭的事，这一点并没有因为时代的改变、自由恋爱的出现而消退，甚至还得到了某种程度的强化。从这一意义上说，婚姻中的男女双方的初识、恋爱没有必要格外强调。而三部曲中的婚礼，因为这是为两个新人身体结合以及他们背后两个家庭联姻举办的"开幕式"，所以意味着一个新的家庭生产力的形成，以及一个多子多孙的家庭和家族香火延续世代的开始，其意义不言而喻，其仪式不能不隆重。

  在这样一种文化传统的规约下，你不会想到相识（亲）这档子事还会有什么惊天动地的改变。尽管当代社会已经对人们的家庭观念和日常生活做出了重大的调整，自然相识和自由恋爱成为主流。当然，传统的媒人介绍也还有相当的市场，况且类似的方式也生出许多花样，譬如亲朋好友引见、婚介公司推介、报刊广播电视征婚、新媒体社交网交友等，只不过这些并非经过男女双方本人通过自然相识而建立关系的形式只能是恋爱的一种补充，或者是为了解决部分有特殊情况的单身男女婚配所采取的一种迫不得已的方式而已。但无论是自然相识还是介绍相亲，男女双方的初识都不会构成婚俗中的一个大事件。《非诚勿扰》真人秀的出现彻底改写了传统婚俗的基本格局，颠倒了婚姻三部曲的分量。在婚礼举行之前,男女双方的相识(亲)被制造为一个仪式化事件——一个奇观,而且其手段之先进、形式之新颖、效果之显著、影响之巨大,绝不在婚礼之下。真人秀这一形式使得相(识)亲成为征服恋爱乃至婚姻的一个有效的手段。

在德波看来,奇观作为一种意识形态,其根本特质在于它已经物化为人们日常观念的一部分。"不能把奇观理解为是视觉世界故意的歪曲,也不能把它理解为是形象的大众传播技术的产物。最好把它看做一种已被现实化和转化为物质王国的世界观——一种被转化为客观力量的世界观。"① 这一有关奇观的重要思想表明,奇观并不像人们通常所想象的那样是一种刻意扭曲的、技术主义的负面后果,而是一种通过现实实践成为我们日常生活中必不可少的存在;它把观念现实转化为一种物质形式,这种物质形式具有相当的影响力。在凯尔纳发挥德波的奇观社会概念时,他从媒体与各种社会形态的结合出发,尽管明显的负面价值有所外溢,但是凯尔纳更多着眼于人们的日常观念乃至社会结构的改变。他指出:"人类进入新的千年以后,技术的发展使媒体更加令人目眩神迷。媒体在日常生活中也发挥着更加持久的作用。在多媒体文化的影响下,奇观现象变得更有诱惑了,它把我们这些生活在媒体和消费社会的子民带进了一个由娱乐、信息和消费组成的恶心的符号世界。"② 具体到美国的电视真人秀节目,凯尔纳如此分析道:"'真人秀'节目使成千上万的观众和网民着迷上瘾,通过电视和网络创造出一个互动的奇观社会。它所体现的是人们参与奇观和窥视他人隐私的永无休止的欲望,满足的是人类根深蒂固的窥淫癖和自恋情结……人们关注媒体制造的奇观的程度已经超过了社会政治和日常生活中的重大事件。正如鲍德里亚所指出

---

① [法]居伊·德波:《奇观社会》,吴琼编:《视觉文化的奇观:视觉文化总论》,北京:中国人民大学出版社,2005年版,第59页。
② [美]道格拉斯·凯尔纳:《媒体奇观——当代美国社会文化透视》,史安斌译,北京:清华大学出版社,2003年版,第2—3页。

的，后现代媒体社会是围绕着一条'淫秽法则'来运转的，这条法则导致了公共领域和私人空间的内爆，展现的是日常生活中最私密和乏味的层面——无论是克林顿总统的性游戏还是'真人秀'中由普通人'演出'的一幕幕情节剧。"[1]可见无论是德波还是凯尔纳，他们对于奇观的认知都是建立在对日常观念加以拆解的基础上的，在他们眼里，奇观所制造的价值值得怀疑。凯尔纳引用波德里亚的"淫秽法则"和"内爆"理论，强调奇观中的平庸和无聊。其实我们是否非要急于为奇观（电视真人秀）做道德评判，还有相当大的讨论空间。波德里亚的一个更为关键的"超真实"概念对于我们认知奇观更具穿透力，也更为贴切。从超真实概念出发，电视真人秀的精髓在于它制造了一个比真实更加真实的空间，这个绝对意义上的真实具有生产各种具体真实的能力，它成为一切真实的源泉，它是一个具有原型意义的真实，任何真实都只能以此为镜鉴，任何真实都需要以此为根据。从这一意义上说，电视真人秀在做出价值评判之外，还有一个奇观本身的形式问题。如果从超真实奇观为我们重构了日常观念出发，这种重构的日常观念某种意义上说提供了今天媒体环境下无可替代的认知基础。一旦电视真人秀获取超真实所打造的真相地位，那么任何对这一奇观的质疑都将土崩瓦解。电视真人秀所赋予我们的正是在今天这样一个虚假、幻觉盛行的纷乱世界里对真实和真相的坚定信念。人们完全无须到他处寻找真实，真实就存在于电视真人秀的奇观之中，它的"真实"是其他一切真实的典范。具体到《非诚勿扰》的超真实奇观，不仅涉及我们上面讨论的空间设计的完美，个体向主体建构的完美，还应该包括整个过程铺陈的完美。用奇观改写现实，从而彻底颠覆结婚三部曲，把相识（亲）凸显为最为隆重的事件，使其成为真实中的真实，这种真实感的获得使仪式具有了无可辩驳的合理性，这种真实感的另一个寓意就是真诚之所在。当我们一时无法把握真诚的尺度时，外在的奇观真实的规约和

---

[1] ［美］道格拉斯·凯尔纳：《媒体奇观——当代美国社会文化透视》，史安斌译，北京：清华大学出版社，2003年版，第25页。

明晰就成为对真诚的一种仪式化的确认。也由此，个体婚恋中相识（亲）的意义会获得整个社会的首肯。

由此，我想进一步提出的问题是，《非诚勿扰》蕴含的最为关键之物或许不是奇观经济学、奇观社会学，甚至不是奇观美学，而是奇观伦理学。这一认知为导向我们所期待的电视真人秀中的那个"诚"字铺平了道路。用超真实奇观制造"诚"，用超真实的仪式推崇"诚"，通过真实和完美的让渡来构建"诚"，这是《非诚勿扰》真人秀的隐秘之点。真与诚是一个事物的两面，两者可以互换：真容纳诚，诚隐含真。《非诚勿扰》把这样的一分为二和合二而一的辩证法玩到了极致。电视真人秀之所以如此命名，就是试图破除媒体介入人们的日常生活所带给人们的表演性乃至感觉的虚幻化，当然，我们也不能不意识到，电视真人秀其实无法从根本上脱离某种意义上的表演性质，问题的关键在于这种表演是否能够强大到足以达到让观众乃至参与者彻底忽视表演本身，从而更乐于接受这一符号化的对于感觉的重新分配，获得一种意向完美，获得一种心理满足，使其中的真实感能够带给人们幸福和快乐。当然，事情的另一面是，奇观使符号在遮蔽和表征中从现实游离开来，两者在高度分离后又高度合一，使诚在超真实奇观的完美中顺利找到了进入电视真人秀的路径。《非常勿扰》的若干节目细节可以更清晰地观察到伦理意趣在男女嘉宾互动的展开过程中的真诚指向。

首先，《非诚勿扰》所设计的灯具有非常微妙的功能。无论是亮灯、灭灯，还是爆灯，这样设计的灯光成为女嘉宾选择男嘉宾的符号化物象，它把真的意志巧妙地转换为爱的依恋。在中国传统文化中，灯的情幻之境成为用女性口吻表达心曲的一种道具。欧阳修有诗云："去年元夜时，花市灯如昼。月上柳梢头，人约黄昏后。"（《生查子·元夕》）[①] 辛弃疾也有诗写灯云："众

[①] 参见百度汉语，https://hanyu.baidu.com/shici/detail?pid=1b91121babe9403ea3e2e28c3fb2c798&from=kg0。

里寻他千百度，蓦然回首，那人却在灯火阑珊处。"(《青玉案·元夕》)①《非诚勿扰》使用灯作为传递女嘉宾对于男嘉宾的感受程度，尤其是爆灯时配合以超大屏幕里飞舞闪动的心形图案，更使得这样一种相识的喜悦得以有效表达，让浪漫的爱意充满心动的诚意。此外，中国传统文化中男追女的习俗也在这样的留灯和爆灯中被大胆改写，这一改写的背后暗含着一种爱的真意。应该说这样的设计既考虑了女嘉宾可以无须直接表白，通过灯的运用抒发女嘉宾的浪漫心曲，为现场平添了温馨的充满爱意的气氛，爱在这里外化为一种德波意义上的物化的观念。灯是一种公开的展现爱意的道具，是一种表达爱意的信物。这一设计的伦理意味还在于女性以爱为前提的选择，以此来观察女嘉宾的留灯和爆灯，这等于是为男嘉宾之诚打开了畅通无阻的"绿灯"。其次，与女嘉宾对于灯的物象化符号的运用不同，现场也为男嘉宾设计了一个有趣而奇特的选择心仪女嘉宾的环节，即通过主持人提供的移动终端选择"心动女生"。"心动女生"类似一见钟情，这样的设计既符合男性在择偶环节所具有的心理冲动，又使得这一暂时秘而不宣的选择可能成为节目深入展开的一个重要的情感引爆点，它在为诚准备和聚集能量，一旦时机成熟（女嘉宾在留灯或爆灯中选择男嘉宾）就会生发出精彩纷呈的情感流露和真诚告白。"心动"是否能够转化为"心诚"，无疑需要女嘉宾的配合和认可，而这样双向选择和匹配的设计，使诚的实现获得了一种真正的完美。再次，在节目临近尾声时，作为女嘉宾为男嘉宾留灯或爆灯的一个接续环节，主持人邀请女嘉宾从自己的舞台位置走出来，通过长长的通道来到男嘉宾站立的位置，这时的（至少两个）女嘉宾会成为现场的焦点，一是她们所处的位置发生了改变，男嘉宾和主持人让出了自己的位置，退到小圆形舞台的另一边，转身面对女嘉宾，女嘉宾作为爱的象征来为男嘉宾守护这一空间的中心支点；另一是男嘉宾接下来会通过提出申请公开女嘉宾所提供的十项资料中的

---

① 参见百度汉语，https://hanyu.baidu.com/shici/detail?pid=01ff0324e5f94a4b852ced5c148e76ef&from=kg0。

一项（或素颜照，或性格特点，或家庭背景，或兴趣爱好，或择偶标准，或未来规划……），满足男嘉宾乃至观众此时最期待了解的女嘉宾的一个方面的信息，而之后向女嘉宾提出最后一个问题以及女嘉宾给予必要的回应，这些环节的设计都把男女双方的诚意推向一个高潮。现场的问答环节的设定为男女嘉宾情感的真诚流露提供了无法回避的场景。过程进行到这里，无论男女嘉宾是否能够互选，是否能够牵手成功，是否由于其他种种原因导致男嘉宾一个人离开现场，都已经不那么重要，因为电视真人秀所要完成的内容都已经完成，这一奇观空间的完美已经得以充分的实现，诚也在过程的完美中得以表达。当然，男女嘉宾配对成功，相识的仪式得以完满落幕，这更是真人秀在诚的意义上获得男女嘉宾认可的明证。

无论从哪个意义上说，现实是有缺陷的，是不完美的，这样的真实往往与诚意的欠缺密切相关，或者说，"诚"在某种意义上是可以对真的缺失起到弥补和救治作用的。但此时的奇迹在于电视真人秀通过奇观来制造一种真的效果，已经到达了邀请诚参与其中的逼真目的，诚在超真实的完满中获得了自身应有的存在感。这里的诚是电视真人秀的奇观伦理之诚，某种意义上它与男女嘉宾的态度不直接挂钩，尽管他们的态度也会为诚加分。真把自身的完满让渡给了诚。诚以自身的超真实的奇观呈现把真放在了"罪行"的位置上。

我们的日常空间，我们的日常生活，通常是借助符号化的仪式来传递我们的意志和情感的，而《非诚勿扰》电视真人秀恰恰就是在搭建一个这样的平台，制造这样一个仪式化的场所，使来到这里的人们被这样的一种完美所笼罩，也被这样的一种真诚所笼罩。这一完美和真诚意味着一种伦理构建需要的基础，（超）真实由此可以通过让渡的方式来完成对诚的承诺。应该说男女婚配是人类永恒的主题，人类的一切社会特征都或隐或现地与这一主题相关，都无不是这一有意识的婚配行为的延伸，也就是说人的仪式化的社会存在、人的符号化的自我认同，都在不同程度、不同意义上呈现在男女婚配的命定之中。而《非诚勿扰》真人秀这一相亲仪式的媒体奇观化的制造把男女初识中的诚凝固为荧屏图像的瞬间，由此交付给男女双方或许后来发育起来的恋爱直至婚姻殿堂的构建。"非诚勿扰"其实成为了一个魔咒，这样的相识（亲）技术的发明把现实中的人类之爱推向了一个难以存身的境地，它的解辖域功能使得人们不得不重新认识自身的婚配传统，重新分配自我固有的认知空间的感觉，乃至男女作为自我与他者的位置形态和构建出的多样性的分配方案。

从传奇到神话：莫言如何讲故事

开篇

2012年，中国文学界发生了一件大事。在千呼万唤中，中国第一个诺贝尔文学奖得主终于诞生了。获奖者莫言本人，在讲述的千奇百怪的故事刚刚告一段落，另一个有关他本人和他讲述故事的新故事随之而来。其实这样的故事讲述在莫言获得诺贝尔文学奖之前就由莫言本人开启了，获奖之后又由各路研究者跟进补充，一时间呈现出一派语言聚集的热闹景象。

在诺贝尔文学奖的颁奖晚会上，莫言说他自己是一个讲故事的人，既能讲故事，又会讲故事，是讲故事使他与诺贝尔文学奖结缘。而他发表的获奖感言也是由一个又一个的故事构成，从小到大，从自我到家人，从族亲到邻里，从家乡到他乡，从小说里到小说外，从历史到文化，从文学到政治……用他自己的话说，讲故事的过程是他走进文学、创作小说的过程，也是他走出乡村、走向更广阔的世界的过程。

当然，要想使故事讲得有吸引力是有秘诀的。莫言说，他的秘诀之一就是讲自己的故事和自己身边的故事，由此他虚构了一个自己讲述庞大故事群的发生场所——高密东北乡①，身在其中，与这个场所里的人物和事件整天摸爬滚打在一起，纯粹的零距离接触，自己的经历和感悟不能不给故事演绎带来独具体悟的特色，自己构造的世界里生活着一群活泼泼的人物，这些人物与自己博感情，同呼吸，共命运，你不写他们都不行。不过，倘若仅仅这样来认识莫言的小说和其中的奥秘，似乎有点过于简单了。其实小说家手里的不同于其他创造者的神秘武器是虚构。小说家只有充分掌握好虚构，才有可能获取无尽的创作源泉和无尽的创作精彩。这样一来，我们大体知道了小说家职业的特点，那就是编好虚构的故事，这也就意味着制造好虚假的"真实"，采用一种以假乱真的方式房获人们的关注。小说家是如何把真实通过虚构转化为小说中的虚假的"真实"，并进一步揭示这一"真实"的意义，这就是小说家存在的价值之所在。从这一意义上说，莫言的由真到假以及再由假到真的转化是成功的，而这一过程中的以真拟假以及以假启真同样也获得了成功。也因此，莫言讲述的故事既获得了诺贝尔文学奖评委们的认可，也获得文学圈和普通读者的追捧。我好奇的是，这样的虚构到底在多大程度上隐藏了属于作者本人的那一份独特的密码，而莫言写作的密码又在哪里呢？

　　莫言说他讲述自己和身边人的故事，这话只说对了一半，因为他本人和他身边人的故事，尽管读起来似乎是发生在他的周围，其实由于虚构的参与已经使其中的内容发生了不同程度的改变，使得周围不再只是周围，或者说表面上是周围，其实已经远离周围而走向远方。身边或许意味着故事，而远方则意味着传奇乃至神话。这大概就是我要探寻的莫言小说虚构密码的关键之所在。

---

① 莫言说："在《秋水》这篇小说里，第一次出现了'高密东北乡'这个字眼，从此，就如同一个四处游荡的农民有了一片土地，我这样一个文学的流浪汉，终于有了一个可以安身立命的场所。"[参见刘再复《莫言了不起》附录《讲故事的人（莫言在瑞典文学院演讲全文）》，北京：东方出版社，2013年版，第110页。]

一、在极致叙事中构建传奇

如果一位作家仅仅是在讲故事，或者说仅仅是在讲述自己的故事，甚至讲他身边人的故事，那么这小说的吸引力不一定会长久。故事通常是有套路的，鲜活的人物一旦落入故事的套路，久而久之就会变得苍白和干瘪。那么这就提出了一个问题，如何能够使所讲的故事变得具有持续的吸引力？我认为其中的技巧在于使故事变为"非故事"，也就是使故事进入传奇。我这里将故事和传奇作为两种讲述方式来谈，两者常常被混杂为一体，其中故事是基础，传奇是铺陈。故事强调个体的日常性和经验性，传奇强调在个体日常性的基础上突破日常经验的制约，把一定程度的想象和由想象而生成的陌生、离奇、反常的情节和体悟融入故事。传奇的魅力在于它是一种破坏故事套路的形式，是一种超越日常经验的叙事手段。

莫言曾这样评说过他的《红高粱家族》："在我的心中，没有什么历史，只有传奇……我看过一些美国的评论家写的关于《红高粱家族》的文章，他们把这本书理解成一部民间的传奇，真是说到我的心坎里去了。"[①] 莫言在这里不认为他的小说与历史相关，而是与传奇紧密地联系在一起。历史之所以是历史，在于历史是曾经发生过的真实事件，而小说尽管是虚构的，但其讲述的故事都要遵循一种历史事件发生和发展的内在逻辑，强调其中的合理性和必然性，强调其中的真实性和整体性。而莫言心目中的去历史取传奇，更多的是意在凸显民间故事讲述铺陈开来的方式，极力追求刺激、奇异、惊险、荒诞的叙事风格，试图通过绕开正统历史叙事来讲述自己的故事。莫言的故事所透露的生活经验或者在莫言的故事中所触摸到的人生经历不再强调传统意义上的历史价值，不再依附于传统的历史叙事，而是回归到一种剥离了"大历史"视野的"小历史"情境——其中充满了个体际遇而非群体意

[①] 莫言：《我的高密》，北京：中国青年出版社，2011年版，第194页。

志、个体情绪而非历史理性。表面上看，传奇遮掩了历史，回避了故事所可能指向的常识和经验，并借用高度形式化或极端的修辞方式化使历史回归到个体的极端生存状态。莫言强调的传奇就具有这样的高辨识度的特点。我们可以从身体、个体和生存三个层面的出位情境具体分析莫言传奇式叙事。

（一）身体的戕害

在莫言所讲的故事中，对身体的利用大都是极致性的。所谓极致性，是指对身体的征用大都在情节发展到最为关键处，或除了征用身体，否则无法推进情节进展或解决故事矛盾。也因有了这样的身体利用，莫言所期待的传奇效果才会浮现出来。

莫言在《蛙》中讲了他姑姑的故事。姑姑是一个乡村医生，是计划生育政策的基层执行者。小说中的人物是以现实中真实存在的人物为雏形，小说所讲述的故事也看似围绕着姑姑的真实生活状况在"秉笔直书"。阅读中会发现姑姑的所作所为不仅是像一般医生那样看病巡诊，还有一种看不见摸不着的外力在主导姑姑的言行，这种外力显然不该是姑姑生活的构成要素，但它确实又是姑姑生活的不可分离的一部分，那就是姑姑作为医生在一个特定的时空里要去承担的责任。对姑姑来说，医生是救死扶伤、延续生命的人，但同时也扮演阻止生命诞生、戕害无辜生命的角色，这无疑是一种反自然、反人性的行为。姑姑的身份特质规范了姑姑一生中的行为逻辑，这既是莫言小说的一种虚构，也是莫言对真实生活的抵近观察。有关《蛙》的虚构之处，莫言本人披露过一个至关重要的细节，那就是现实生活中的姑姑正在心情舒畅地安度晚年，而小说里的姑姑却由于对自己一生所从事的计划生育职业的深刻忏悔而不能自拔，精神完全分裂了。[①] 很多人会认为莫言的这一虚构是有力量的，或者说《蛙》的主题在这一虚构中被释放出来。莫言的这一

[①] 参见莫言《讲故事的人》，载刘硕良主编《诺贝尔文学奖授奖词和获奖演说（1901—2012）》（下），桂林：漓江出版社，2013年版，第743页。

虚构是对人的自省意识和人对生命价值的尊重意识的实证，也是对一个时代的历史反思和批判，因为这样的理念来自人对自身本性的深入认知，是一种哲学家式的对于人的生命价值的思考方式。当然，这并非一般百姓所能做到，恰恰就是在这里，莫言表现出了小说家虚构的力度，使《蛙》有了灵魂。

不过这样的说法其实也是在按照一定的套路出牌，是莫言按照某种理论认知告诉人们这一文本的有效性之所在。在我看来这样的广而告之尽管为《蛙》的主题添加了别具一格的力量，在文本深层显现出一种备受推崇的隐喻价值，但是它没有直接带给阅读者以快感和满足。反倒是那些更为具体的身体利用的众多场景会给人留下值得回味的震惊效果。比如在小说中描写姑姑去王仁美娘家捉拿王仁美的场景中，三个细节令人为人自身处置身体的方式感到唏嘘，这样的处置由于荒诞而令人极度不安，令人战栗。一是"她说七个月的她们都做过"。二是"肖上唇一头撞在我岳父家大门上，没有响声，不是没发出声响而是声响被拖拉机的轰鸣湮没了"。三是"她抓住我的手，在我的腕子上狠狠地咬了一口"，接着"她'呸呸'地吐着唾沫，狠狠地说，你让我流血，我也让你流点血"。[①] 第一个细节是指姑姑进行过的令她自己感到"骄傲"的人工流产记录。女人十月怀胎，七个月的胎儿，不仅已经成型，而且已经具有了与母亲互动的能力，也就是说已经是一个生命，只不过他还在母亲的肚子里尚未来到这个世界，但这样的人工流产手术竟然也会经由姑姑的手实施完成，这等同于杀人，女人的身体乃至胎儿的身体在这里成为一钱不值的可废弃物，像鲁迅说旧社会"吃人"一样，如今的堕胎手术是对"人"的杀戮。更有甚者，当肖上唇拼死抗争时，莫言却用拖拉机的轰鸣声完全遮盖住了头撞击大门的声响，这是何等的残酷，机器对人身体的彻底碾压和吞噬，人的生命和身体在冰冷的机器面前的彻底绝望，这也同样是人的本来是最可宝贵的身体的难以言表的凄惨遭遇。而第三个细节中身

[①] 莫言：《蛙》，北京：作家出版社，2012年版，第133—134页。

体的出血,成为一种人与人(夫妻)之间相互报复的方式,施加在身体上的报复(让身体出血)一定是在报复者看来的最高也是最后的报复方式。

更为切近极致性身体利用的,还有一个这样的场景,即一个暗示姑姑遭到蛙(娃)报复的传奇色彩极其浓重的段落。莫言的描述也是如此地惊心动魄:

> 常言道蛙声如鼓,但姑姑说,那天晚上的蛙声如哭,仿佛是成千上万的初生婴儿在哭。姑姑说她原本是最爱听初生儿哭声的,对于一个妇产科医生来说,初生婴儿的哭声是世上最动听的音乐啊!可那天晚上的蛙叫声里,有一种怨恨、一种委屈,仿佛是无数受了伤害的婴儿的精灵在发出控诉……它们波浪般涌上来,它们愤怒地鸣叫着从四面八方涌上来,把她团团围住。姑姑说她感觉到了它们坚硬的嘴巴在啄着她的肌肤,它们似乎长着尖利指甲的爪子在抓着她的肌肤,它们蹦到了她的背上、脖子上、头上,使她的身体不堪重负,全身趴在了地上。[1]

在姑姑摧残胎儿身体之时,遭到的报复同样是身体性的,青蛙(娃)们对姑姑身体的围攻,对姑姑身体的啄食,不仅是恐怖的,而且是疯狂的。这样的报复尽管无法血洗姑姑一生所犯的罪恶,但是青蛙(娃)们对于姑姑身体的宣战实际上宣判了姑姑身体的死刑,姑姑的身体在胎儿身体之下被埋葬。这无疑是一出极为无情的身体悲剧。接下来发生的一幕更具有身体利用的桥段,说姑姑在被青蛙攻击后逃脱时,"身上的裙子已经被青蛙们撕扯干净。姑姑几乎是赤身裸体跑到了小桥上,与郝大手相逢"[2]。有什么能比"赤身裸体"对于一个农村女人来说更具侮辱性和更具损害性呢?青蛙不仅让一

---

[1] 莫言:《蛙》,北京:作家出版社,2012年版,第221—222页。
[2] 莫言:《蛙》,北京:作家出版社,2012年版,第223页。

个女人"赤身裸体",而且还安排了这个"赤身裸体"的女人遇见了一个当时并非自己丈夫的男人。这样的身体演绎尝试揭示出姑姑生活中遭遇的那种荒谬乃至可怜,因为人的最脆弱之处其实就是身体,任何有关对身体的征用、身体的戕害乃至身体的毁灭都是人时刻面临的灾难性后果,也是人最无法面对和无法挽救的彻底绝望的生存后果。

当然,我们也可以由此推测说,莫言实际上是在通过揭示那种极致性的身体利用,从而否定姑姑一生为之奋斗的事业,也就是否定姑姑背后的那个荒唐的时空环境,当然,这样的延伸性读解就已经超出了传奇而更接近于我这里所谓的神话了。其实这样的虚构曲笔如果缺少对身体的极致性利用,也很难使人们意识到其中的曲径门道,莫言的良苦用心也无法得以实现。

(二)个体的癫狂

莫言所讲述的故事,其实很大一部分是历史故事,但是莫言尝试构建一种史述的叙事形式,从而淡化历史的本来面目。从史述的角度讲,叙事自然不同于研究。着眼于现当代中国历史研究,无论是研究者的研究成果、教科书提供的结论,还是官方钦下的定论,都具有某种意义上的合理性、权威性,甚至是不可辩驳性。而一旦我们把历史书写归入叙事,意味着历史的客观性乃至合理性会面临流失乃至倾覆。一种讲述者自己创造的叙事价值会发酵为史述的合理性根基。莫言设定的高密东北乡,它本是一个并不存在的地理场所,这个用于讲述故事发生的虚构的地点其实非常之小,与整个中国地理版图比简直微不足道,但莫言就是在这样的地理名词上构建了自己的故乡或者说故事王国。[1] 他不仅把一部他心目中的现代中国史装了进去,而且把

---

[1] 莫言这样说过:"我下意识地把'高密东北乡'这5个字在小说(指《白狗秋千架》)里写出来了,此后在我的很多的小说里高密东北乡成了我专用的地理名称。我的很多小说都发生在这个环境里面。它已经不完全是一个地理上的概念,而是一个文学的王国。我在这里开创着自己的文学世界。"(莫言:《我的高密》,北京:中国青年出版社,2011年版,第232页。)

一部当代中国史装了进去。但是莫言的巧妙之处在于，通过一种让时间撑破空间的方式来制造空间的内爆和外爆效果，使叙事时间在叙事空间的凝固中获得一种具体的地理意义，这样表面上看似轰轰烈烈的时间对空间的占有乃至撑破最终落实到地理空间里个体生命力的灌注和激荡上，是个体的活动把时间压缩到一定的空间内，导致个体生命力的爆发，这也就是我所说的个体生命力癫狂所可能制造的传奇性。

一旦个体进入癫狂，就会呈现极致状态，也才有可能进入传奇叙事而获取价值。莫言的故事讲述显然是民间性的，也是个体化的，当然也不是一般意义上的个体化，而是要让个人的生存意味发挥到别具一格的境地，这种别具一格的独特性表面上看是我们常见的使人成为一种"非人"——非普通人，也就是说成为英雄、豪杰、母亲……从而由他们自身的命运来构造充满个体韵味的传奇，而不是历史构造他们的个体命运，这种个体完全凌驾于群体的现象、个体大于历史的倾向，彻底颠覆了传统意义上的史述观念，有点像尼采所谓的酒神精神。① 有关个体生命力的癫狂，莫言讲述的秘诀在于聚焦人之性和人之死。张艺谋的电影《红高粱》之所以被大众青睐，很大程度上在于传递出莫言的展现个体生命力的强烈的传奇性。张艺谋用影像呈现出某种前现代的野蛮——比如野合、往酒坛子里撒尿、活剥人皮，而这正是莫言制造传奇的手段，其中的人之性和人之死隐喻了莫言故事讲述中的个体无意识。

在《丰乳肥臀》中有这样一个情节，读起来真有点骇人听闻。在那个"女人例假消失、乳房贴肋的时代，农场里的男人们的睾丸都像两粒硬邦邦的鹅卵石，悬挂在透明的皮囊里，丧失了收缩的功能"，炊事员张麻子却违

---

① 尼采说："叔本华向我们描述了一种巨大的惊骇，当人突然困惑地面临现象的某种认识模型，届时充足理由律在其任何一种形态里看来都碰到了例外，这种惊骇就抓住了他。在这惊骇之外，如果我们再补充上个体化原理崩溃之时从人的最内在基础即天性中升起的充满幸福的狂喜，我们就瞥见了酒神的本质。"（[德] 弗里德里希·尼采：《悲剧的诞生——尼采美学文选》，周国平译，北京：生活·读书·新知三联书店，1986年版，第5页。）

背人性地"以食物为钓饵,几乎把全场的女右派诱奸了一遍,乔其莎是他最后进攻的堡垒。右派中最年轻最漂亮最不驯服的女人竟如其他女人一样容易上手"。[1]这种对于人之性的描述,比起具体性行为和性感觉更让人毛骨悚然。食与性是人的两个最基本的生存本能,前者更多是为了个体的存在,后者更多的是为了群体的繁衍,尽管具体的性欲望和性快乐的满足是充分个体化的,但是性活动的群体规约也是文明社会的基本法则之一。张麻子从事的性行为对食与性进行了极致性扭曲,以食诱性,既脱离了个体意义上的性吸引,也背离了社会意义上的性伦常,这种把人的食色归一的状态,通过极端榨取的性满足方式来瓦解性的非性内涵,使自己彻底变成一个"非人"。这个问题的讨论已经完全脱离了人之为人的道德层面,而是直接进入人之动物性的层面,个体癫狂可见一斑。

至于《丰乳肥臀》里的人之死更是触目惊心。上官一家八姐妹在不同场合以不同方式结束了自己的生命。大姐因人命案子"被处决",二姐在战场上"中弹身亡",三姐"因练习飞翔摔死在悬崖下",四姐"被遣返还乡,多年积攒的财物被洗劫,并遭受残酷批斗,后旧病复发而死",五姐"自杀身亡",六姐与美国飞行员丈夫巴比特"同归于尽",七姐"因饥饿,暴食生豆饼胀死",八姐"投河自尽"。[2]莫言把人之死写得那么决绝,一个家庭之死,死法千奇百怪,场景不同,内涵不同,意味也不同,但是个体生命的消失是她们的共同宿命。个体癫狂的极致表现是香消命殒,莫言把这样的死冷酷无情地呈现给我们,到底要告诉我们什么?刘再复说:"只有性的觉醒,只有生命原始欲望的爆炸,只有充满自然力的东方'酒神精神'的重新燃烧,中国才能从垂死中恢复它的生命。10年前莫言的《透明的红萝卜》和赤热的《红高粱》,10年后的《丰乳肥臀》,都是生命的图腾和野性的呼唤。"[3]这样

---

[1] 莫言:《丰乳肥臀》,杭州:浙江文艺出版社,2017年版,第436—437页。
[2] 参见莫言《丰乳肥臀》"主要人物表",杭州:浙江文艺出版社,2017年版。
[3] 刘再复:《莫言了不起》,北京:东方出版社,2013年版,第4页。

的评说是否符合莫言小说的特质，我先不做评价，但是阅读告诉我，莫言有关死亡的讲述也透露出要走向个体癫狂的反面，这是一种莫言内心的强烈渴求，那就是——"丰乳肥臀"，这是莫言对于女性生存给予的厚望，也是对于女性命运的万分悲情后能够开启新生的厚望。我们能否给予我们的母亲、我们的姐妹、我们的女性朋友以"丰乳肥臀"的生存可能呢？这会不会成为一种无从寻找的奢侈？

（三）生存的荒谬

从身体的极致和个体的癫狂的视角出发，我们发现生存已经处于一种荒谬状态，这种荒谬感无论是在《蛙》还是在《丰乳肥臀》中都通过为故事涂抹传奇色彩而呈现出来，个体遭遇的生存碎片和悲惨命运促使莫言有了更进一步写作的冲动，去揭开人生荒谬的盖子，它不属于传奇，不属于修辞，而是一种历史虚构中的真实。《檀香刑》可以作为透视这一真实的例子。人的生存如何荒谬，就在于你的一生就是用来充当刽子手的吗？你的一切财富、荣誉、地位乃至幸福感都来自"杀人"吗？再就是你的一生就是在等待某一天被刽子手用来做杀戮实验的吗？这种荒谬在《檀香刑》中透过刽子手赵甲有了完美的表现。

赵甲作为京城第一刽子手，他把自己的职业建立在两个合理的基础之上。首先，杀人作为一种"活儿"具有职业标准和职业道德，也就是说这"活儿"不仅是谋生的手段——需要认真、负责的态度，而且是谋生的技术——需要高超、娴熟的技艺。光有态度而没有技艺，难以完成高难度的杀人游戏；只有技艺而没有态度，杀人游戏缺少了对待被杀者的真诚和对待职业的尊重，也就缺少了真正属于灵魂的东西。其实只要是一种技术，就应该有技术规范和技术流程，同时也有技术水准的高低之别和境界之分。赵甲之所以会成为京城第一刽子手，就在于他的杀人技术已经达到了一个常人甚至同行难以企及的水准，而且他的杀人态度是极其虔诚的。在赵甲这样的杀人高手那里，杀人已经不再视为杀人，而是一次完美的技术展示，甚至是一种在大庭广众之下的表演。看客千千万万，上至达官贵人，下至黎民百姓，看客的反应和评价就是他做这"活儿"好坏的标准。赵甲杀人态度是极其端正的——绝对一丝不苟，绝不草菅人命，这一点保证了他的技术的全面发挥，也取得了杀人现场的绝佳效果。

  莫言所讲述的赵甲杀人的故事，不由得让人想起中国古代一直流传的人们耳熟能详的"庖丁解牛"的故事。庖丁"解牛"也是在强调其技艺之高超，达到了炉火纯青的地步。庖丁自己说他在"解牛"时，"手之所触，肩之所倚，足之所履，膝之所踦，砉然向然，奏刀騞然，莫不中音。合于《桑林》之舞，乃中《经首》之会"。这里的门道在于，庖丁"之所好者，道也，进乎技矣"。也因此"始臣之解牛之时，所见无非牛者。三年之后，未尝见全牛也。方今之时，臣以神遇而不以目视，官知止而神欲行"。这种"解牛"所带来的快感，常常令庖丁心满意足，"提刀而立，为之四顾，为之踌躇满志"。①这是一种何等的满足，甚至自我骄傲，也是一种人生的境界。尽管"解牛"与"杀人"不可同日而语，但是就作为一种技术"活儿"而言，它们在手段上相近，道理上相通，问题的关键就在于是否能够达到一种境界，而不仅仅是停留在肢解的对象上，也不仅仅是停留在施展的手艺上。一旦手里的"活儿"与心中的"神"达到了高度契合，所解之对象就不再是对象（"未尝见全牛也"），而是实施肢解者的一种意念运思（"官知止而神欲行"）、一种心智呈现。

  赵甲是做凌迟的一把好手，堪称他的独门绝技。《檀香刑》里有这样一段描述："他（指赵甲）抖擞精神……他操刀如风，报数如雹，那些从钱身上片下来的肉片儿，甲虫一样往四下里飞落。他用两百刀旋尽了钱大腿上的肌肉，用五十刀旋尽了钱双臂上的肌肉，又在钱的腹肌上割了五十刀，

---

①《庖丁解牛》，https://baike.baidu.com/item/ 庖丁解牛 /15842930。

左右屁股各切了七十五刀。至此，钱的生命已经垂危，但他的眼睛还是亮的。"①"凌迟"这"活儿"做得好不好的最高境界就是直到最后一刀被肢解者才毙命。这里的"操刀如风，报数如雹"的描述充分展示了赵甲过人的功夫，而且直到被肢解者"生命垂危"的一刻，他"眼睛还是亮的"。可见赵甲的技术之娴熟、手段之高超，绝不会在庖丁"解牛"之下。值得注意的是，"杀人"与"解牛"还存在一个不同，那就是价值的高下。这与被杀之人社会地位的高低密不可分。被解之牛在人眼里只能是牛，不会在牛之外制造出任何意义；人则不同，人的高低贵贱，生前如此，死后亦然，被杀之人地位越高，刽子手的价值越大，二者成正比。比如杀戊戌六君子，那在赵甲眼里就是"轰动中国，甚至轰动全世界的大活儿"②。因此除了杀人的技术，除了刽子手的职业忠诚度，还不应该忽视被杀者的价值。刽子手杀人的影响力和杀人的境界也会随着被杀者而得以提升乃至升华。这一点就是赵甲眼里的屠夫和刽子手的区别之所在。

其次，赵甲的杀人职业是践行大清法律的手段，也是大清法律被完整、准确执行的保证。从这一意义上，他成为了国家法律的践行者，也是代言者，他的使命就是维护好国家法律的严肃性和公正性，就是以匹夫之志为国家分忧解难。应该说赵甲对自己杀人职业的性质有着非常清晰的认知。他这样表白过："小的热爱这个活儿，小的能用自己的手艺替朝廷出力，小的感到三生有幸。""小的从事的工作不下贱，小的是国家的威权的象征，国家纵有千条律令，但最终还要靠小的落实。""只要国家存在，就不能缺了刽子手这一行。"③ 实际上，赵甲充分意识到他作为刽子手的价值来自对于国家价值的分享，他是为了国家而存在的，他是为了国家而杀人的。在冰冷的国家机器与被杀者之间，有赵甲这样一个充满温情、格外敬业的刽子手，他的技术

---

① 莫言：《檀香刑》，北京：作家出版社，2012 年版，第 243 页。
② 莫言：《檀香刑》，北京：作家出版社，2012 年版，第 246 页。
③ 莫言：《檀香刑》，北京：作家出版社，2012 年版，第 364—365 页。

和态度的最大限度的发挥成为施展国家魅力的活广告。

从这两个方面讲，赵甲的杀人技术越是高超，态度越是真诚，他的人生就越是荒谬。莫言通过一个刽子手人生的展示，揭示了一种令人麻木的荒谬感。也就是在这一意义上，赵甲的杀人是一个传奇，他的人生是一个传奇，他的生命体本身是一个传奇。莫言把赵甲传奇推开来去，把传奇落实到了具体可见可触的形式中。应该说莫言笔下的传奇作为一种叙事形式，是在用切近和逼迫的方式把世间的万事万物的惨淡和悲凉传递出来。传奇显然不具有悲剧内容的深刻性，它作为一种叙事形式，是通过形式与内容的博弈来达到消解内容的目的，也恰恰就是这一特点使得传奇在莫言手里被运用得得心应手，成为他反思既有观念的一把利器。莫言在传奇形式中找到了个体化叙事的多样性和可能性。

二、神话现实主义与神性

（一）"添油加醋"制造叙事的新可能

讲故事是不是人类的天性，其实很值得研究。当人具有了把发生过的事情重新讲述出来的想法时，或者当人把自己的睡梦和幻觉重新讲述出来时，故事就有了它的源头，故事也由此进入了人的日常生活，构造出人的一种非现实的存在状态。只是人为什么要讲故事，人为什么要把过去发生的事情乃至想象、睡梦中发生的事情讲出来，还要与别人分享，这是一个难以回答的问题，或可以说这既是一个心理学问题，也是一个人类学问题，甚至是一个哲学问题。当然，莫言并没有直接面对这样的问题，他更大的可能是把自己作为一个个体放入他所讲述的故事中，这个放入看似是一个不经意的行为，却在某一时刻让人意识到它具有非同一般的结果。

莫言在不同的场合多次说过他的讲故事能力和灵感是来自儿时集市说书人的耳濡目染和启发，此外母亲在他讲故事的童年扮演了极其重要的角色。一是当母亲发现他去集市听故事而无法完成分派的活计时,不仅没有责怪他,还有意在赶集的那一天不再安排他干活,让他心安理得地去听故事;另一是母亲成为莫言最初复述说书人故事的第一个听众,尽管难免有忧心的表情流露,因为当时环境下"耍嘴皮子"的人毕竟在母亲的眼里是不务正业的,但还是以深挚的母爱倾听着莫言的越来越多的或许还不甚精彩的故事。莫言叙述的这个情节感人至深。在之后的日子里,莫言讲故事的天地越来越宽广,除了母亲,身边的亲朋好友也成为听众加入进来,这个因长得丑而被人歧视和欺负的缺少自信的小男孩终于有了自己施展才能的方式和场所。

其实如果仅仅是重复集市说书人的故事,莫言也许会成为一个好的故事讲述者,但是也恐怕会仅停留在一个好的故事讲述者的位置上,而莫言之所以能够成为莫言,还在于他自己说的一个关于讲述的秘密,那就是经过一段时间的聆听,他开始不再满足于复述,"添油加醋"[①]成为莫言讲故事的一个基本方式。复述说书人所讲的故事,越来越无法满足莫言的讲述欲望,于是不断添加自己想添加的内容成为莫言讲述故事的常态。这一点非常关键。"添油加醋",看似简单,其中却隐藏着莫言后来成为莫言的奥秘。"添油加醋"使莫言有意无意地意识到,一个成型的故事是可以随意改动的,故事本身是非常个人化的,而且越是个人化,故事才会越具有吸引力;再有,故事内容本身不会因为受到真实与否的限制而固定不变。从这一意义上说,"添

---

① 莫言对此有过这样的描述:"很快的,我就不满足复述说书人讲的故事了,我在复述的过程中,不断地添油加醋,我会投我母亲所好,编造一些情节,有时候甚至改变故事的结局。"(刘再复:《莫言了不起》附录《讲故事的人——莫言在瑞典文学院讲演全文》,北京:东方出版社,2013年版,第105页。)在另一处,莫言这样谈及讲故事中的"添油加醋":"在我的心目中,没有什么历史,只有传奇。许多在历史上大名鼎鼎的人,其实也都是与我们一样的人,他们的英雄事迹,是人们在口头讲述的过程不断地添油加醋的结果。我看过一些美国的评论家写的关于《红高粱家族》的文章,他们把这本书理解成一部民间的传奇,真是说到我的心坎里去了。我用最旧的方式讲述的故事,竟然被中国的评论家认为是最大的创新,我得意地笑了,我想,如果这就是创新,那创新实在是太容易了。"(莫言:《我在美国出版的三本书——在科罗拉多大学博尔德校区的讲演》,载莫言《我的高密》,北京:中国青年出版社,2011年版,第194页。)

油加醋"成为莫言后来建构自己的小说世界时的惯常方法，它在两个方面得以体现：一是对传统民间叙事的解构和重构，讲述故事的主体不再满足于传统叙事方式，而是努力使之个体化、情绪化和细节化，在某种意义上，莫言小说中的叙事不经意间达到了对传统历史乃至传统观念的质疑和改写的效果，一种另类的叙事形态在莫言小说中逐步成型；二是对于讲述套路的不断提升，这样的提升不仅表现在莫言对西方（包括拉美）文学风格和观念的有意无意的借鉴，而且试图在此基础上更进一步编织自己民族的历史神话，这不能不说是一个作家的（或许是无意识的）宏大企图。

作为讲故事的"添油加醋"者，莫言的身份具有双重性，既是传统故事的解构者，也是新生故事的建构者。莫言讲述的故事包含两个层面，一是个人故事，二是国族故事。两种身份和两个层面相互对应、相互交织。在国人看来，莫言是个人故事的讲述者；在域外人士看来，莫言是国族故事的讲述者。尽管莫言似乎更愿意强调，他只想做一个充分的完整的现代意义上的个体、一个活生生的有血有肉的有爱有恨的个体意义上的讲故事的人，他只想讲他自己想讲的故事，故事的讲述者与故事讲述者的个人经历和思考路径可以互文，但是这样的祈愿也恰恰成就了莫言的另一个身份和莫言故事的另一个层面。在不知不觉中，莫言走上国际舞台，走向一种"大历史"的重新思考和建构。这其实也正是莫言通过撕裂个体化的讲述，在"添油加醋"中把国族故事塞了进去然后加以变形的一个结果。

其实莫言讲述故事的个人化，更强有力地塑造了莫言小说的特色，如上所述，对传奇风格的追求一直是莫言念兹在兹的企望。但如果我们把传奇作为一种叙事形式，或者说一种风格意义上的形式，那么莫言在形式重构和风格再造之外，还有一种不容忽视的书写特质，那就是在传奇叙事的笼罩和映衬下，他有意无意地对历史加以重新梳理，也就是说他的"添油加醋"的传奇式小说最终是在个人体悟和个人经验里把身边的一切加以历史化。或许莫言本人并不愿意承认这一点，不愿意承认他一直不忘直接面对历史，因为这样一来沉重的历史负担会把一个小说家的精神压垮，或者把小说家的手脚完全束缚起来，使他无法表达内心深处的情感和欲望。不过阅读莫言的小说，莫言对历史的触摸和把玩还是可以明显感知到的，也是无可回避地时时存在的。当然，如果我们非要说莫言小说浸透着历史的话，那也不会是一种传统意义上的历史，而只能是莫言意义上的历史。我这里用"神话"来加以界定或描述可能更符合莫言的本意。

尝试在个体的日常体悟和想象中寻找一种个人化的历史经验，神话则给故事和传奇注入了更具纵深感的背景和光晕。神话不同于传奇之处在于，后者更侧重想象和由此而来的陌生化形式，追求一种打破日常经验后的震惊效果的形式，而神话是一种内容构建的逻辑，也可以说是透过个体的日常生活逻辑和规约发掘出的一种理性的叙事构架，神话不会顾及传奇的离奇性和荒诞性，而是在故事乃至传奇基础上对个体存在所可能具有深度意义的赋予或探问。这是一种没有代言意识的"代言"叙事、一种没有国族意识的"国族"叙事。恰恰是因为充分揭示了历史语境下的个体际遇，使得个体打上了深深的历史烙印。个体在历史里既是蚂蚁又是狮子，既是懦夫又是英雄，既是侏儒又是巨人，既是人又是神，这样一种讲述方式让我们更多体味到远远超出了个体经验之深广的历史韵律。

我们先来看一个"添油加醋"中有关饥饿故事的叙事。饥饿是莫言儿时极为深刻的个体记忆，莫言在多种场合都有提及，把它作为自己努力成为作家的动力之一。他说："饥饿使我成为一个对生命的体验特别深刻的作家。长期的饥饿使我知道，食物对于人是多么的重要。什么光荣、事业、理想、爱情，都是吃饱肚子之后才有的事情，因为吃我曾经丧失过自尊，因为吃我曾经被人像狗样地凌辱，因为吃我才发奋地走上了创作之路。"[1] 有关孩童时期对饥饿深入骨髓的记忆，莫言有一段具体的描述：

---

[1] 莫言：《饥饿和孤独是我创作的财富》，载莫言《我的高密》，北京：中国青年出版社，2011年版，第220页。

那时候我们这些孩子的思想非常简单，我们每天想的就是食物和如何才能搞到食物。我们就像一群饥饿的小狗，在村子里的大街小巷里嗅来嗅去，寻找可以果腹的食物。许多在今天看来根本不能入口的东西，在当时却成了我们的美味。我们吃树上的叶子，树上的叶子吃光后，我们就吃树的皮，树皮吃光后，我们就啃树干。那时候我们村的树是地球上最倒霉的树，它们被我们啃得遍体鳞伤。那时候我们都练出了一口锋利的牙齿，世界上大概没有我们咬不动的东西……1961年的春天，我们村子里的小学校里拉来了一车亮晶晶的煤块，我们孤陋寡闻，不知道这是什么东西，一个聪明的孩子拿起一块煤咯嘣咯嘣地吃起来，看他吃得香甜的样子，味道肯定很好。于是我们一拥而上，每人抢了一块煤，咯嘣咯嘣地吃起来。我感到那煤块越嚼越香，味道的确是好极了。看到我们吃得香甜，村子里的大人们也扑上来吃，学校里的校长出来阻止，于是人们就开始哄抢。至于煤块吃到肚子里的感觉，我已经忘记了，但吃煤时口腔里的感觉和煤的味道，至今还牢记在心。①

莫言的这一段有关儿时"吃煤块"的记忆是属于莫言作为个体生存的构成部分，是莫言的整个生命活动的一部分，但是莫言并没有停留在个体层面上，他尝试把境遇中的个体饥饿化为历史中的群体饥饿，个体记忆被"添油加醋"地放大为集体记忆，或者说通过个体透视集体，一旦个体与更阔大的历史联系起来之时，我们就从莫言讲述的个人故事走向了家族故事，而国族故事也有可能蕴含其中。在《丰乳肥臀》中，"吃煤块"变成了"吃豆饼"，这无疑是莫言的一段"添油加醋"式的虚构，但这样的变化获得了一种新的叙事可能，也即被赋予了不容忽视的历史意涵。莫言回忆中的"吃煤块"引

---

① 莫言：《饥饿和孤独是我创作的财富》，载莫言《我的高密》，北京：中国青年出版社，2011年版，第199页。

发了当时饥饿难耐的人们的哄抢行为,因为饥饿人们完全失去了做人的尊严,这样的描述是个体性的,着眼于个体的生存状况,但是小说中的"吃豆饼"则完全不同,它具体涉及七姐生命的完结,而这一完结的背后有一个让人不能不去探寻的历史际遇。表面上看是"吃豆饼"撑死了七姐,更进一步则是那个荒谬的年代要了七姐的命。有关七姐的死,莫言有这样的描写:

> 上官金童看到死去的乔其莎的肚皮像个大水罐……场里明令,四两豆饼是两天的吃食,但人们在被窝里就把它吃光了,连一个渣子也不剩。这一夜,人们都跑到井边喝凉水。干豆饼在胃中胀开,上官金童感到了前所未有的胀饱感。
>
> 女右派们把她的几件比较漂亮的衣服找出来,想给她换上,但面对着她的大肚子和从嘴里溢出来的恶臭的泡沫,都望而却步。男右派们找到了一块机耕队用过的破篷布,把她卷起来,两头用铁丝捆住,抬到了一个平板车上,拖到枪炮场西边的茅草地里,挖了一个坑,埋了她,堆起一个坟头,与霍丽娜的坟头紧挨着。①

这样凄惨的场景在莫言的笔下被静静地完全写实地勾画出来,传奇色彩在这里隐退了,活生生的实景凸显出来,恰恰就是这种零度写作的冷静暗示了一个极大的个人悲剧,而乔其莎之死的背景也无比厚重。莫言在七姐死之前不动声色地加入了一系列暗示。比如这一章的开头,莫言写下了一句"饿殍遍野的一九六零年春天",不远处还有一个更触目惊心的句子,"周天宝吃人肉的消息,迅速地流传开来",接下来是更具处境意义的描述,"小老杜号召人们,尤其是右派们,放下知识分子的臭架子,学习周天宝,广开食源,度过灾荒年,省下粮食,支援世界上那些比我们还苦的穷人"。②具体的现

---

① 莫言:《丰乳肥臀》,杭州:浙江文艺出版社,2017年版,第438—439页。
② 莫言:《丰乳肥臀》,杭州:浙江文艺出版社,2017年版,第434—435页。

实场景,赤裸裸的生存处境,一系列提示性词语的累加,编织出了乔其莎殒命的必然性,个体无法逃离历史的魔爪。如果说"吃煤块"还只是莫言儿时记忆中的一件事,并没有把这件事与一个背景有意识地衔接起来,那么"吃豆饼"、在什么情形下"吃豆饼"以及为何要"吃豆饼",都为我们提出了可以深思的路径和理由。

这种"添油加醋"的写作状态,就是在强化不断改写、不断突破、不断变幻的各种可能性,任何凝固的东西都会被打散、被稀释、被重新塑造,从而获得不一样的存在感和样态。莫言曾在一篇讲演中提及要把"高密东北乡"从一个地理概念转换为一个文学概念,这样才可能拓展其疆域和内涵。莫言说:

> 我发现一味地写自己的亲身经历和家乡的那点子事也不是个办法,别人不烦,我自己也烦了。我想我的"高密东北乡"应该是一个开放的概念,而不是一个封闭的概念;应该是一个文学的概念而不是一个地理的概念。我创造了这个"高密东北乡"实际上是为了进入与自己的童年经验紧密相连的人文地理环境,它是没有围墙甚至没有国界的。如果说"高密东北乡"是一个文学的王国,那么我这个开国王君应该不断地拓展它的疆域,在这种思想的指导下我写了《丰乳肥臀》。①

这无疑是莫言对自己写作状态的一次重新理解,也透露出莫言更大的企图心。莫言想通过"添油加醋"来进一步扩展自己的视野,不过这个想法一旦产生,就不仅仅是拓展视野的问题了。也就是说改变原有的故事框架,强化自身体悟的现实经验性,从而把自己的整个讲述放在一个阔大的背景之下,这样的改变会让故事内容极大地充实起来,而这样的故事讲述也会在

---

① 莫言:《神秘的日本与我的文学历程》,原载《莫言文集·用耳朵阅读》,北京:作家出版社,2013年版,第21页。

传奇的基础上走向一种可预见的秩序建构。也由此，我在这里强调的神话会有力度地浮出水面。不是用传奇来填充神话，而是用赤裸裸的现实来编织神话。莫言在传奇叙事之外越来越多地透露出一种冷静和距离，从而把自己的讲述推向了神话一极。

（二）寻找历史神性的另类书写

尽管莫言本人在介绍自己创作的文字时也会使用历史二字，但还是更多强调了历史传奇性的一面。传奇无疑是莫言小说的一大特点，但莫言的小说与历史本身的非传奇一面的联系也是显而易见的。莫言本人也明白，他无法脱离历史，或者说历史是渗透进他骨子里的东西，只不过他不是特别想去直接面对，尤其是那样一部沉重而又敏感的20世纪国运史。如果我们细读莫言的小说就会发现，历史始终是构成莫言小说的潜本文。莫言所强调的传奇只具有形式性，莫言讲述的故事则是实打实地靠向内容，这内容就充满了历史。当然，如果仅仅说历史，显得大而化之，了无新意。莫言笔下的历史是有地域、有语境的具体的历史，莫言更尝试历史书写的个体经验化。莫言曾这样说过："我写的是我心目中的历史，我想象的历史；依托的当然是历史当中许许多多的真实的细节，但总体上是按历史的轮廓。假如说历史是线条勾成的图案的话，里面的色彩全是我涂上的，我可以涂五彩斑斓的，也可以涂单调的，个人的情感、主观意图填补、填满了历史的大的空间。"① 莫言的这一说法与他强调的传奇性相互兼容，或可以说他是在以传奇的方式来写历史。这也从根本上道出了他对历史的态度，以及他的写作与历史的曲折联系。他心目中的历史固然是真实发生的，但是写出来的东西则是要涂上浓重的个人色彩的。按照这样的思路，你会理解莫言和生活在这片土地上的国人一样，有意无意地把自己讲述的故事放在一个大的历史语境中，这也会是莫

---

① 张旭东、莫言：《我们时代的写作：对话〈酒国〉〈生死疲劳〉》，上海：上海文艺出版社，2013年版，第131页。

言的一种挥之不去的写作阈限。只不过作为一个作家，莫言的个体生命力还是足够强大，他有能力和胆量把历史放入他的眼界里，放入他所体悟的生命活动中。他的生命存在和人间体悟完全有能量把传奇作为历史来书写，也可以把历史作为传奇来书写，也因此个体生命力的强悍成就了莫言的别具一格的写作。莫言以自己的传奇叙事来驾驭历史，为历史添光增彩。也就在这一意义上，我所强调的神话可以出场了。在我看来莫言书写中的历史，除了被赋予传奇色彩之外，神话也是一个非常坚实的内核。如果我们强调莫言写作的个人化生存经验而忽略这种经验可能具有的普遍价值，那么会极大地遮蔽掉莫言书写中充溢的内容深刻性。这种深刻性不应该用传统的历史逻辑来定位，或许神话概念可以很好地揭示其中的奥秘。

卡西尔在讨论语言与神话的问题时，从符号学立场出发提出了这样一个有关神话的观点：

> （我们要）诚心诚意地接受康德自称为"哥白尼革命"的理论。亦即是说，我们不应该以被认为既存在于心智诸形式之外，而同时又在这些形式中得以复现的某种东西来衡量心智诸形式的内容、意义和真实性；相反，我们必须在每一种心智形式的自身内部发现一种自发的生成规律，找到一种原初的表达方式和趋向，而这种方式和趋向绝非只是单纯地记录那从一开始便实存的固定范畴所给定的某种事物。从这样一种观点来看，神话、艺术、语言和科学都是作为符号而存在的，这并不是说，它们都只是一些凭借暗示或寓意手法来指称某种给定实在的修辞格，而是说，它们每一个都是能创造并设定一个他自己的世界之力量。①

---

① [德] 恩斯特·卡西尔：《语言与神话》，于晓等译，北京：生活·读书·新知三联书店，2017年版，第38页。

卡西尔的神话概念别出心裁，需要很好地理解和把握。卡西尔认为，不应该再把神话仅作为一种修辞，而应该是作为一种能够创造和设定它自己世界的力量，这种创造和设定的本质在于神话不去寻找心智复现的外在之物，而是从自身内部构建一种可能、一种自我生成的源泉。卡西尔的这一神话思想，正是我在这里想要借鉴的一个观察莫言小说的立场。我以为莫言小说的成功之处在于，它不仅仅是在讲述故事，也不仅仅是在故事里面加入了大量的传奇因素，而更在于莫言尝试建构一种全新的历史小说叙事，这是一种具有"新历史主义"色彩、有别于传统历史叙述观念的虚构，虚构的目的是要发掘一种观察历史存在的另类可能。表面上看，这样的另类视角是主体自身具有的，是主体给予历史的，实际上，这一切恰恰就存在于历史当中，是历史本身的存在形式，是客体赋予主体的一种真正可以观察和理解客体的形式。这就是我在这里着意凸显的莫言书写中存在的一种历史神话叙事，或者说以新历史主义为底色的"神话现实主义"叙事。这是索解历史的另一种方式，就像神话学家列维－施特劳斯所做的那样，在大量神话现象中去发现一种"秩序的意义"，也就是说表面上看似杂乱无章，但是实际上需要我们在这一现象的背后发现内在的意义，"'没有秩序的意义'是绝对无法想象的"①。这里的"秩序的意义"实际上是早就存在于历史内部的东西。我在这里需要做的就是和莫言一起，去辨识出莫言的个体化经验书写中存在的那样一种历史的内在秩序和内在机制。充分理解"神话现实主义"，就能从一个新视角理解莫言小说的意义，为莫言小说提供一种新读解。

莫言的《生死疲劳》是他特别向西方读者推荐的，其理由是这部小说的虚构有格外的豁人耳目之处，具有西方人更易于理解的拉美魔幻现实主义的叙事风格。不过在我看来，莫言这部小说里的魔幻现实主义只是为整个叙事添加了风格意义上的传奇意味，至于构成小说基本结构的佛教轮回观念也

---

① ［法］克洛德·列维－施特劳斯：《神话与意义》，杨德睿译，开封：河南大学出版社，2016年版，第23页。

是一种便于叙事的"魔幻"架构，给传奇打上了几分荒诞色彩。它们都在一定程度上附着在国族历史的命运之上，附着在那个时代人的命运之上。南帆评价说："《生死疲劳》是一个完整的魔幻叙事，生死轮回的民间传说提供了魔幻叙事的原始框架：一个冤魂在阎王殿上喧闹不休，他认为自己遭受错杀……阎王被这个冤魂吵得烦心，他指示小鬼尽快让这个固执的家伙投胎转世。西门闹先是投胎为他家长工蓝脸的驴，继而投胎为蓝脸的牛，第三次投胎为蓝脸的猪，第四次投胎为狗，第五次投胎为猴子，最后一次重新转世为人……这个冤魂的六次投胎某种程度上采用了六道轮回之说，每一次投胎为驴、为牛、为猪等，多少都与某一个兴师动众的社会运动遥遥相对。"评论者注意到了这样一种魔幻叙事，其最大的效果是有可能重新检视历史，原来述史中一些被忽略的重要细节得以凸显。比如，"历史、记忆和政治怨恨的关系出现于人们的视野"，还有在"革命、叛逆、投机、仇视、嫉妒、报复等各种堂皇的表演背后，性的潜流或显或隐地左右着事态，性的争夺与政治的争夺相辅相成"。[①] 这样的认知揭示出《生死疲劳》魔幻叙事的若干特点，历史可以在魔幻视角中通过变形的方式重新回到人们的视野中，获得合法性。这是一种把人生境遇表露得更加不动声色、仿佛一切都在注定好了的生存形式（框架）里约定俗成地存在的观照效果。如果说这种生存是一种轮回，那么它就不再可能具有荒谬感和命运感，而只是一种生存智慧的体现。魔幻被智慧瓦解，这一智慧来自客体，主体的魔幻在客体的智慧面前败下阵来，这是一种更为深入的客体对主体的克服。

[①] 南帆：《魔幻与现实的寓言》，原载张清华主编《莫言研究年编（2013）》，北京：生活·读书·新知三联书店，2016年版，第147页。

如果把莫言的《生死疲劳》与魔幻现实主义①代表作马尔克斯的《百年孤独》做比较就会发现，两者之间其实存在巨大的差异。

《百年孤独》讲述了一个叫布恩迪亚家族历经七代的历史，其中一定程度上折射出拉丁美洲社会历史的现实和变迁，这个家族最终在"孤独"中消失，被历史抹去。②《百年孤独》的魔幻性体现在历史存在的荒谬性上，这一家族尽管经历了拉美社会现实中的不幸、痛苦和死亡，但是它的存在却又始终在历史之外。这个家族除了受到外在现实的摆布之外，还有历史命运施加的大量偶然因素，也就是在这样的意义上，作者在寻找一种更能表达拉美现况的文字。如何把拉美的现实真实地告知世界，如何分享拉美灾难深重的历史过程，这应该说是马尔克斯思虑最深的问题之所在。从某种意义上说，《百年孤独》中的"孤独"不仅是百年来拉美人生存的孤独，是布恩迪亚家族被外来文明欺凌和生存困境的孤独，而且正如马尔克斯本人所说，"我们，一切隶属于这个非同寻常的现实的人，很少需要求助于想象力。因为对我们最大的挑战，是我们没有足够的常规手段来让人民相信我们生活的现实……

---

① 有研究者指出，"魔幻现实主义"概念首先由德国画家弗朗兹罗（Franz Roh）在1925年提出，用于表达与表现主义渐行渐远的绘画艺术向现实主义回归的趋势，这一回归不是重复传统的现实主义，而是表达现实主义对"奇幻的""异域的""遥远的"对象的一种深度关注。这一观念奠定了魔幻现实主义的基本审美框架。之后委内瑞拉作家阿多诺·乌斯拉·皮耶特里将这一概念用于拉美文学，而另一位超现实主义作家阿莱霍·卡彭铁尔（Alejo Carpentier）深入拉美旅行之后，提出了"美洲的神奇现实"一说，指出"神奇不是用抽象的形式和认为的综合想象颠覆或超越现实的发现，而是植根于自然与人的时间和空间现实之中。在这里，无须昭告拉美多变的历史、地理、人种和政治让不可能的并置和神奇的混合发生"。这一描述揭示了拉美魔幻现实主义的核心内涵。参见齐金花《魔幻现实主义与幻觉现实主义文学生产肌理的比较——以马尔克斯与莫言为例》，《中国比较文学》2020年第1期。
② 马尔克斯这样写道："马孔多在《圣经》所载那种龙卷风的怒号中化作可怕的瓦砾与尘埃旋涡时。""这座镜子之城——或蜃景之城——将在奥雷里亚诺·巴比伦全部译出羊皮卷之时被飓风抹去，从世人记忆中根除，羊皮卷上所载一切自永远至永远不会再重复，因为注定经受百年孤独的家族不会有第二次机会在大地上出现。"（[哥伦比亚]加西亚·马尔克斯：《百年孤独》，范晔译，海口：南海出版公司，2011年版，第359—360页。）

这就是我们感到的孤独的症结所在"①。可见马尔克斯的困扰之处在于,如何把我们生存的荒诞现实让不同文明的人们知道,从而在心灵相通的意义上消除那种外在于"文明"世界的"孤独"。从这个意义上讲,马尔克斯讲述的"孤独"不是要炫耀国族意义上"孤独"的高傲气质,而是要打破这一"孤独"带给拉美人的悲惨现实,让拉美人自己更好地把握自己的命运,其中充满了对回归现代文明的渴望。我们如何不再"孤独",这不是一个命运的法则,而是历史赋予的意涵。对于一个生活在文明世界的人来说,理解荒谬并非难事,而如何使这样的荒谬获得真正的表达,对于任何一个作家来说,都是一种挑战,而马尔克斯所说的"足够的常规手段"已经无法描述和揭示他们的生活状况,"非同寻常"的生活也只能用非同寻常的手段加以表达。这是一种撕破真实的手段,魔幻而残酷。

无论是从马尔克斯的创作背景和创作目的出发,还是从魔幻现实主义所具有的现实指涉和修辞效应出发,以此为参照,莫言的书写都具有另外一番情形。有评论者用"幻觉现实主义"来定义莫言作品的特点,它来自瑞典学院院士、诺贝尔文学奖五人评选委员会成员之一的谢尔·埃斯普马克。谢尔·埃斯普马克曾这样说过:"我们采用'hallucinatory realism'一词,而避免使用'magic realism'(魔幻现实主义),因为这个词已经过时了。魔幻现实主义这个词,会让人们错误地将莫言和拉美文学联系在一起。当然,我不否认莫言的写作确实受到了马尔克斯的影响,但是莫言的'幻觉现实主义'(HR)主要是从中国古老的叙事艺术当中来的,比如中国的神话、民间传说,例如蒲松龄的作品。"② 这种用"幻觉现实主义"概念替代魔幻现实主义的努力固然值得肯定,但是两个概念都聚焦于叙事修辞或写作方式,并未能

---

① 刘硕良主编:《诺贝尔文学奖授奖词和获奖演说(1901—2012)》(下),桂林:漓江出版社,2013年版,第447—448页。
② 转引自齐金花《魔幻现实主义与幻觉现实主义文学生产肌理的比较——以马尔克斯与莫言为例》,《中国比较文学》2020年第1期。

触及莫言书写历史本身的特质，也因此，用它们来诠释莫言的《生死疲劳》尚有进一步讨论的空间。

在我看来，"神话现实主义"概念应该更有阐释力，也更有可能符合莫言本人潜在的创作目的和期待。如上所述，"神话"在卡西尔和斯特劳斯那里，都是一种人作用于世界的可能性，前者强调神话所具有的设定世界存在的力量，后者强调可以在神话中发现一种世界存在的秩序，这些在莫言的神话式写作中是可以感觉到的，也就是说从神话出发来观察莫言书写的特点并非空穴来风。作为一种神话叙事，莫言的书写既不是指与宗教神话相关的神话，也不是指表现早期人类自身活动的充满想象和幻觉的神话，而是以一种在彻底改造现实主义之后对神话意涵的借用。这种历史叙事透露出莫言的写作在整体构建历史观照方式上的努力，是一个独具中国特色的国族神话的构建。也因此，一旦神话概念落入中国的历史语境，那么"神话"里面必然包含"神性"，这可以说是不容忽视的左右中国人思考问题的一个出发点。

"神性"来自何处？在我看来，"神话现实主义"所体现出来的秩序感，就是神性的体现。历史秩序就是一种具有神性的秩序。莫言书写中的这一秩序是与强有力的现实主义相结合的产物。以往的现实主义创作原则中，典型是一个必不可少的要件，它成为现实主义与否的根本性标志。典型就是一个集真实和理想于一体的观念，是历史的真实性和未来发展理想性的合体，它依赖于一种去伪存真的提炼过程，从而把历史过程提升为一种具有目的和方向的现实。神性则可以说是这种典型的变种或再提升，它不仅使现实主义具有了神奇的理想性质，而且具有了可以寻找到历史运作所依赖的信念，这种理想和信念又是与伟大的历史人物和重要的历史事件联系在一起的，是理想和信念赋予了神话以神性，它支撑了历史秩序中的超级平衡和稳定。我们可以通过阅读《生死疲劳》中的若干情节看来自神性的力量。

先来看西门牛之死。在《生死疲劳》里，西门牛就是一头牛，但它不是普通的牛，而是一头转世的牛。这样的投胎转世具有特定的历史语境。西门闹在20世纪60年代来到了第二世轮回——成为西门牛。当时代洪流裹挟所有人前行之时，西门牛的主人蓝脸却成为绊脚石，成为了一个宁死不屈的"单干户"。蓝脸与时代格格不入，使他成为了一个"人物"，在全国河山一片红的时代，只有西门屯的蓝脸是一个黑点。最为可悲的是，蓝脸的不合时宜最终导致了西门牛的杀身成仁。"牛，一步步地向我爹走去。牛走出了人民公社的土地，走进全中国唯一的单干户蓝脸那一亩六分地里，然后，像一堵墙壁，沉重地倒下了。"①按理说，一头牛的生与死能与历史构建什么样的联系？莫言却把裁决历史的重负交给了一头牛，于是这头牛在它的投胎转世后变成一头"神牛"，它的存在是与时代的前进步伐相背离的，也恰恰就是这样一种负面价值，使它不再单纯，使它具有一般牛乃至人所不具有的超级能量，也就是具有了神性。可以说西门牛是一头自带光晕的牛，它的神性来自它的唯一——它逆历史潮流而动，它反讽意义上的荒谬的存在感，它以死来证明一种现实错误的存在。你能想到这是一头牛所具有的价值吗？！西门牛的故事之所以又可以落实在现实主义之上，从而给现实主义带来神性，是因为这头牛的所作所为是符合历史逻辑的，从一个侧面充分地表达了社会现实，也是高度寓言化地凸显社会取向，从而我们发现，这样的现实主义自然变得格外高级，因为它本身被涂上了浓重的神性光晕。

再来看另一个转世动物——猪十六。《生死疲劳》里给猪投胎出场的定性是"猪撒欢"。猪十六自称"有不平凡的经历和洞察阴阳两界、横跨人畜两道的智慧"②，其实这样的说法只是一个托词而已。莫言笔下的猪十六真正撒欢的场所还是在阳界、在人道。一头猪要像人一样撒欢，无疑需要一个撒欢的理由，也就是说要有非常充分的为什么猪要撒欢，猪得以撒欢的说辞，而这个说辞绝不是来自猪自身，而只能是来自人道，是人制造了让猪撒欢的条件和目的，于是我们看到了这样一个历史寓言化的场景。当上面号召"大

---

① 莫言：《生死疲劳》，北京：作家出版社，2013年版，第199页。
② 莫言：《生死疲劳》，北京：作家出版社，2013年版，第211页。

力发展养猪事业"时,猪十六深切感觉到"自己降生在一个空前昌盛的猪时代,在人类的历史上,猪的地位从来没有如此高贵,猪的意义从来没有如此重大,猪的影响从来没有如此深远,将有成千上万亿的人……对猪顶礼膜拜"①。我们可以从这里寻找到宏大历史的痕迹。猪要撒欢,它成为了历史的必然。一头猪之所以能够受到人的膜拜,是因为猪的身上披上了神性,这个神性来自人,来自人的眷顾和养护。猪十六在猪界获得交配 A 角的权威,在人界也成为饲养中的佼佼者,用洪泰岳书记的话说:"猪是宝中之宝,猪是那个年代的一个鲜明的政治符号,猪为西门屯大队带来了光荣也带来了利益。"②一个时代的神性为猪提供了成为"神猪"的土壤。无论西门屯召开的县里的现场经验交流会,还是对猪的饲养条件的改善,还是家猪对野猪的胜利,以及后来猪在政治符号光环下所获得一切有利成长的条件和好处,都使得猪本身具有了那个时代的神性。

值得一提的是,在国内以往的有关莫言《生死疲劳》的研究中,有研究者提出了其中的寓言化和思维方式的问题。比如陈晓明指出《生死疲劳》是一部"乡土中国寓言化叙事","这部作品中的历史被寓言化了,那是动物的寓言,是动物讲述的寓言,是动物化的历史寓言,这种寓言形式本身就是对历史的命名。在完成对历史的命名的同时,莫言也完成了对历史的戏谑和颠覆"。③"历史主义的魔鬼还是附身于他,这是中国作家目前写作长篇小说始终无法摆脱的幽灵。也许中国的历史太过强大,历史难以终结,这不只是历史记忆和历史延续性问题,更重要的是一种思维方式。"④ 应该说陈晓明的断

---

① 莫言:《生死疲劳》,北京:作家出版社,2013 年版,第 219 页。
② 莫言:《生死疲劳》,北京:作家出版社,2012 年版,第 295 页。
③ 陈晓明:《莫言长篇小说〈生死疲劳〉——乡土中国的寓言化叙事》,原载张清华、曹霞编《看莫言:朋友、专家、同行眼中的诺奖得主》,武汉:华中科技大学出版社,2013 年版,第 269 页。
④ 陈晓明:《莫言长篇小说〈生死疲劳〉——乡土中国的寓言化叙事》,原载张清华、曹霞编《看莫言:朋友、专家、同行眼中的诺奖得主》,武汉:华中科技大学出版社,2013 年版,第 267 页。

言确实揭示出莫言《生死疲劳》看上去可能具有的历史寓言化特质。不过我们还可以听听莫言本人在诺贝尔文学奖获奖感言中对《生死疲劳》做出的评价，他说《生死疲劳》这个书名来自佛教经典，"我觉得佛教的许多基本思想，是真正的宇宙意识，人世中许多纷争，在佛家的眼里，是毫无意义的。这样一种至高眼界下的人世，显得十分可悲。当然……我写的还是人的命运与人的情感，人的局限与人的宽容，以及人为追求幸福、坚持自己的信念所做出的努力与牺牲"[①]。显然莫言想要强调的是写人，写人在历史过程中的悲欢离合，人的生存法则的利弊得失，接下来莫言提到了蓝脸，这个人物是一个悲喜剧色彩极浓的人物，他的历史存在因为个体独立意义而被打上了一个时代的神性烙印。

至于莫言小说里的轮回观念，我们可以把它放在历史过程中观察。莫言潜意识里是要把这样的一种认知历史的方式作为《生死疲劳》的基本线索。莫言在《生死疲劳》的题记中引用了一句佛教用语："生死疲劳，从贪欲起。少欲无为，身心自在。"[②]这是佛教提倡的一种人生境界，少贪少欲，免去人世间的生死烦劳，达到身心自在，物我两忘。也就是在这一意义上，轮回不再是悲剧，甚至也不再是喜剧，而成为一出地地道道的人生命运戏剧。莫言自言，这部小说包含有两个"轮回"，一大一小。"大轮回"指向中国社会，张旭东将其概括为"土地所有制的轮回"。莫言解释说："我觉得这是五十多年来一个巨大的轮回。我们把土地集中起来是一个渐变的过程。1958年人民公社，也是从1952、1953年互助组、初级合作社、高级合作社，到1958年人民公社，登了几个阶梯，到八十年代也是公社分解成大队，大队分解成小队，小队分解成小组，小组分解成个人。所以，我觉得首先土地的问题也

[①] 莫言：《讲故事的人》，原载刘硕良主编《诺贝尔文学奖授奖词和获奖演说（1901—2012）》，桂林：漓江出版社，2013年版，第744页。
[②] 莫言：《生死疲劳》"题记"，北京：作家出版社，2012年版。

就是一个轮回。"① 至于"小轮回",也就是莫言引入的佛教轮回。莫言描述说:"小说里描写了人死后变成动物这样几个小的轮回。严格说用六道轮回是不准确的。这个人死了变猪、变牛、变狗实际上都在六道里面的一道——畜生道。始终没有脱离畜生道,最后变成人,那是由畜生道轮回到人道。在佛教讲来,是地狱道、畜生道、饿鬼道、阿修罗道、人道、天道这样的六道。他实际上是在六道中的一道里轮回了五次。"② 两个轮回表面上碰撞在一起,叠加在一起,莫言试图用它们来描述 20 世纪的中国历史。这也是他试图带出一种历史过程的轮回秩序。轮回的形式是魔幻的,轮回的内容是新历史主义式的,轮回的实质是把轮回作为一种秩序的框架放置于国运史中,也就是在这一意义上,这里不是在凸显人死后复生的荒诞和离奇,而是尝试把轮回与历史相互妥协的过程联系起来,把一种历史运作机制清理出来。当然,这一切都是在传奇的形式中实现的。这也可以说是在引入新历史主义来观照莫言。新历史主义的最核心观点是对传统历史观念的拆解和颠覆,莫言的《生死疲劳》也确实在某种意义上达到了拆解历史和重新认识历史的目的。如果把这一切融入我所说的"神话现实主义"视野,历史所呈现的面目就会更为显豁,一种从根本上跳出叙事修辞或创作方法藩篱的另类书写路径会蓦然打开。

人的世界被异化和同化的过程是一种历史的宿命。它在莫言所描写的西门闹一世为驴、一世为牛、一世为猪、一世为狗、一世为猴、一世为人的六道轮回中一一展现出来。西门闹用自己的眼睛重新审视历史,蓝脸用自己的行动重新塑造历史。伴随着一次次的轮回,西门闹的人性在渐渐地消减,最初的仇恨也随之淡漠,时间的推移和记忆的遗忘使与命运抗争的西门闹早已

---

① 张旭东、莫言:《我们时代的写作——对话〈酒国〉〈生死疲劳〉》,上海:上海文艺出版社,2013 年版,第 125—126 页。
② 张旭东、莫言:《我们时代的写作——对话〈酒国〉〈生死疲劳〉》,上海:上海文艺出版社,2013 年版,第 126 页。

忘记了最初的愤怒，一切随着生命的消逝而灰飞烟灭。最终，蓝脸成为一个无法被历史遗忘的人物，他所具有的神性光环在历史叙事中焕发出新生机。而莫言也在充满集体无意识的个体经验式的书写中成就了那样一段历史曲折和人生无常的昭示，莫言的这种常人难以企及的叙事魅力，使得这样一种述史方式为成就"神话现实主义"叙事奠定了坚实的基础。

附录

"九一一"：一架飞机开启的后现代战争

"九一一"是一场发生在美国的震惊世界的恐怖主义袭击事件。我相信它是一场另类战争的发端，它的场景设计、战争形态、媒体奇幻都具有消解常规战争的性质，它与冷兵器、热兵器的战争状况迥然有别。这一战争改变了世界，也改变了人们对这个世界的认知。那么跳脱传统语境观察，或可以把这样的事件称为"后现代战争"。

"九一一"超出人们对战争的常规想象，它出自一位高超的后现代战争导演之手。波德里亚说过，好莱坞比美国更真实，美国社会是按照好莱坞绝对真实的模型编织起来的，发生在美国社会的一切不能不打上好莱坞色彩，"九一一"不会例外。这样的思考引发深入追问：我们应该如何来更好地理解好莱坞模型之下"后现代战争"的特质？汉娜·阿伦特在谈论暴力时曾指出，暴力行为的本质是由手段和目的决定，两者之间的关系日益表现出这样的特征：目的面临被手段压倒的危险。"那些致力于完善毁灭手段的人，最终使技术的发展达到这样一种水平：他们的目标——战争——也快要被完全消灭了。这正是无处不在的难以预知性的一个象征。"[1] 这或许也是"后现代

---

[1] [德]汉娜·阿伦特等：《暴力与文明：喧嚣时代的独特声音》，王晓娜译，北京：新世界出版社，2013年版，第3—4页。

战争"一个最致命的特点。当技术把手段打造成为具有完全掩盖目的的能力，当手段成为一个可以不断重复、具有无限延时效果，甚至制造那种震撼人心以至于久久无法平复的奇佳场景时，战争的目的被手段所替换成为必然，手段由于自身的超强功能，在不经意间把战争转换为没有火药味的后战争形态送到你眼前。于是人们不禁会问：这样的战争还是战争吗？

一、飞行器的乱伦

"九一一"恐怖袭击没有使用冷兵器或热兵器中的任何一种，而是使用了非兵器——民用飞机。飞机从发明之日起就具有了某种程度的军事用途，成为战争武器之一种，但仅限于军用飞机，而这样的飞机是需要专门设计和制造的，无论它的发动机性能、飞行员座舱、武器配备，还是体积、外形、时速、高度等指标，都具有独特的设计理念和制造工艺。比较而言，军用战机的最大特点是谋求用尽可能少的消耗达到消灭尽可能多的对手的目的，它是一种用于空中打击和格斗的现代化武器；而民用客机则是专门用来传输旅客从一地到另一地的快捷交通工具，满足人们对移动和迁徙的需要。"九一一"改变了这一常识性观念。通过超乎寻常的功能越界和场景戏仿，使民用飞机变为军事任务的执行者，飞机上的人员也由服务者和旅客瞬间转换成为完成攻击行为的"战斗"人员。于是一种超常规的"美"就在这种强烈的反差和巨大的震惊中被释放出来。

民用飞机成为战争的道具，扮演起战争的关键角色，这样的"身份"转换直接挑战人类社会的基本准则和基础伦理，这一点不能不引起人们的关注。民用飞机会如何来参与战争？它对战争形态有怎样的改变？从一般常识上讲，民用飞机不会像军用飞机那样配备机关炮，更不会外挂炸弹或导弹，它庞大的身躯要像战斗机那样完成高强度的空中机动，即使飞行员有超水平发挥，也难达目的，因为这种飞机的制造本身不具有如此的设计理念，它的伦理规范的民用性是明晰的。但你是否能够想象，民用飞机本身实际上具有转换为武器的巨大潜能，甚至可以成为惨烈、致命、杀伤力更大的战争武器？就在七十几年前，日本偷袭美国夏威夷的珍珠港有这样的一幕令人难忘：日本神风特别攻击队的飞行员选择自杀式攻击方式——驾驶战斗机撞击美国的军舰和港口设施。① 在这样的战争场景中，战斗机不仅使用了它自身携带的武器——机关炮和炸弹——对地面进行了疯狂的攻击，而且飞机本身也最终成为一枚枚重磅炸弹。对战斗机使用上的这一越界行为，不能不改写人们对战斗机利用上的观念（当然，这一改写还只涉及战斗机的使用方式，并未违反战斗机的战斗性质）。我这里引出日本偷袭珍珠港的战斗机的战法，旨在说明由于从飞机使用武器到飞机本身成为武器的改变，为飞机在军用与民用上某种意义的混淆提供了可能，即为把没有任何武装的民用飞机变成军用飞机提供了可能，因为这样的战争创意提醒人们，那些没有任何军事设计目的甚至军事武装的飞机——只要是飞机，也完全可以被用来完成战争的目的和任务。飞机本身作为武器，那实际上意味着与飞机一体的飞机操控者——飞行员也必然成为武器之一种。在飞机本身获得自杀的权利之外，人也具有了与战场同归于尽的自杀权利，这就是飞行器重新获得或矫正自我的伦理指导原则的过程，也呈现出飞行器获得的全新的最内在的伦理本质——自身毁灭。可以说经过"二战"历史的检验，一种有效的凝固的战争形式成为飞行器伦理的一般原则，而这一形式一旦获得伦理合理性，招致模仿难以避免，甚至不能不引发诱人的前景。飞机本身成为战争的武器，这一来自日本军人当年的战争行为的启示，为民用飞机转换为军用飞机上演一场更有创意的战争自杀行为，以及更具震撼的心理辐射力，清除了需要越界的伦理障

---

① 神风特别攻击队是在第二次世界大战末期日本为了抵御美国军队强大的优势，挽救其战败的局面，利用日本人的武士道精神，按照"一人、一机、一弹换一舰"的要求，对美国舰艇编队、登陆部队及固定的集群目标实施的自杀式袭击的特别攻击队。参见《神风特别攻击队》，https://baike.baidu.com/item/神风特攻队/2352346?fr=aladdin。

碍，它不仅深入触动世人对战争性质的认识，而且着意把一种全新的战争伦理强加到今日的战争行为上。

任何战争伦理都在争辩战争是否可以避免，战争的正义性或非正义性，但是一旦进入后现代战争形态，进入恐怖主义布下的莫名战场，那么这一伦理问题无疑变得异常混乱。"九一一"所体现的战争伦理可以具体落实到飞行器层面来加以讨论，这是一个新的视点。

飞行器之所以有伦理问题，是因为飞行器是按照人的需要设计出来的，是根据人的意志和技术提供的可能来制造的。评价一个飞行器的优良与否，尽管可以从技术性能层面进行必要的评估，但更为重要的是，还要看它是否能够达到人的设计理念，实现人的制造目的。不过人体的越界使用，从根本上为"越界"行为提供了样板，于是飞机的越界有了仿效的可能界限似乎也顺理成章，因为人都可以如此，这世间还有什么比人更可宝贵。人的越界使用其实是对人的最本质意义上的戕害，而物品的越界使用同样是对物品的最本质意义上的戕害，这完全是一种疯狂的后现代战争的"乱伦"行为。文明是有规范的，现代人的行为是有准则的，现代物品是有使用界限的，无论是规范还是准则、界限都意味着某种真理性、合理性和不可侵犯性，都意味着一种既定秩序的必不可少，这是人类社会建立的不可动摇的基础。飞行器的"乱伦"行为是恐怖主义在物品世界的极端翻版。飞行器本身的恐怖特征的发掘，除了上面提及的功能越界而导致的性质畸变外，它还把自身建立在对人的蔑视之上，建立在恣意践踏人类的尊严和价值之上，也就是说"九一一"中实施恐怖暴力的飞行器不仅疯狂地自我越界，更为致命的是，它还与人构成了一种潜在的颠覆性越界关系，飞行器通过自身边界的恶性膨胀和自我功能的妄自尊大，在摧毁人的肉体之时，也谋求彻底颠覆人与物之间的关系，使人沦落为物之主宰下的牺牲品，成为飞行器殉道的祭祀品。恐怖主义之所以恐怖就在于它的不择手段地滥杀无辜，飞行器"乱伦"之所以恐怖就在于它篡改了人类为自然立法的权威和物品被内置于自身的权力界限，物品横行于人类社会，带来难以预测的灾难。

二、心理崩溃的后果

后现代战争实际上是一场意志较量的战争，它不再以传统军人和常规武器为基本依托，而是任何一种有杀伤力的物体（包括人体）都可以作为战争工具；后现代战争不再以传统的战斗区域——相对固定的战场为范围，而是把世界的任何一个地点都划归可能发生摧毁和屠杀的战场；后现代战争不再以条约规定或文明通用的方式进行交战，而是采取对方无法知晓的方式从事打击活动。从这样的意义上说，后现代战争的伦理根据是人的生存的非对称性、人的非人性。后现代战争把制造心理创伤和精神错乱作为目的，把恐怖流行和意志崩溃作为取胜的标志。伴随新战争伦理的诞生，后现代战争的手段诉求也发生了彻底改变。

美国纽约似乎在不经意间沦落为后现代战争的战场，这样的传统意义上的战略"大后方"一夜间竟成为敌人攻击的直接对象，而且这种攻击的手段又完全不是人们普遍猜想的能够打到美国本土的洲际导弹。一场非传统战争迅速揭开面纱，纽约成为战场具有怎样的意义？这里至少有两个意想不到的层面：

首先，纽约是美国坐头把交椅的经济中心，也是世界至关重要的经济中心之一；纽约的居住人口超过千万，不仅高楼林立，人口稠密，交通发达，人员流动性大，而且自由开放，创意空前，活力无限；纽约是整个美国和世界财富的重要的创造地和聚集地，与世界的经济贸易联系极为密切，也成为世界经济贸易发展的晴雨表；纽约还是联合国的所在地，对整个世界的政治经济形势都具有广泛而深入的影响力。马歇尔·伯曼曾这样来评价纽约："一个多世纪以来，纽约始终是国际交往的一个中心。这座城市不仅成了一个剧场，而且其自身就是一部作品，一种使用了多种媒介的表演，而整个世界都是它的观众。这就使得纽约城内所做的许多事情都有了一种特殊的共鸣与底蕴。纽约在过去一个世纪中的大量建设都应当视为现象的行为和交往:其构想和执行不仅是为了直接服务于经济和政治上的需要,而且至少同样重要的是,也是为了向全世界展示,现代人能够建成什么东西,能够想象并且过一种什么样的现代生活。"① 可以说纽约是美国神话和美国乐园的真实写照,说美国是整个世界的乌托邦寄托的具体体现一点也不为过。而纽约成为战场表面上看是战争场所在地理上的一个并非特别的改变,恐怖分子把战争的发生地从自己的身边推进到对手的身边,甚至推进到对手的核心地带。你也许会说这一变化并不令人惊讶,因为在第二次世界大战期间,希特勒把苏联的重要城市斯大林格勒,甚至首都莫斯科都变成了战场,难道把对手控制的区域变为战场还有什么特别之处吗?这样的对比是值得说明的。后现代战争与现代战争的不同之处或许就在于:前者(尤其是非对称的弱势一方)没有任何攻城略地的企图,而后者的胜利是以占领地理上标志性地区为目的的。希特勒充满了占领的欲望,他指挥大规模的军事扩张行动,就是为了对领土的占有、对人民的统治,而这些在后现代战争中是看不到的。于是当我们说纽约成为战场,也是指非传统的战场。这里没有传统意义上的两军对垒、枪炮厮杀,更没有领土被占领与反占领的争夺,但之所以说它成为战场是因为这里发生了不同种族之间、不同文明之间,甚至不同阶级之间的恐怖对峙,导致了人体的毁灭、物质文明的毁灭,更为根本的是,发生了后现代意义上的人的心理防线的崩溃和精神分裂。

其次,如果说纽约成为后现代战争的战场,我想对纽约的选择也只是一种必然中的偶然。说"必然"是因为与恐怖分子的交战后果是使美国随时面临威胁,无处不在又难以察觉;说"偶然"是因为纽约之外美国其他任何地点都可能成为恐怖分子报复和打击的对象,纽约只是选项之一而已。进而言

---

① [美] 马歇尔·伯曼:《一切坚固的东西都烟消云散了》,徐大建、张辑译,北京:商务印书馆,2003 年版,第 383 页。

之，世界上还有哪个地方不可以成为战场呢？后现代战争带来的战争地理的改变和战争目标的随意选择把战争所引发的恐惧提高到空前的高度，它显然远远高于现代战争的直接攻击所造成的恐惧，因为这样的恐惧不仅是战斗人员的恐惧，而且波及非战斗人员，波及平民百姓，这样的战争形态在时间和地点上缺乏明晰的范围，它的难以锁定性带来整个社会的无法摆脱的焦虑。理论上说，任何一个人在任何时间任何地点都可能遭遇战争，都可能损失财产甚至殒命。后现代战争的变幻无常导致人心紊乱，人被彻底抛入命运的飘忽不定的状态，似乎还看不到任何战争发生的迹象，战争就出现在眼前了。某一天，象征美国繁荣、财富和自由的世贸双塔就这样莫名其妙地倒下了，并瞬间成为一片废墟，无数人受到波及，美国上下受到震撼，整个世界为之震惊。难道这也是一场战争吗？难道这不是一场战争吗？这样的战争目的何在？这样的战争何时结束？这样的战争边界在哪里？下一次袭击何时发生？下一次袭击会在何处？……

后现代战争是一场焦虑症笼罩的残酷战争。一次袭击发生之后，任何人都会处于不寒而栗之中，任何人都会在深度的恐惧和不安中询问周围的人，下一次袭击会在何时何地发生，而且这一焦虑中的追问会不间断地重复下去，因为人们不知道他们的敌人在哪儿，人们更不知道自己会不会成为敌人恐怖攻击的目标。一个始终焦虑的人，他的行为会出现异常，他的正常思维能力会被瓦解，从而导致他自身的病态，或成为整个社会秩序失衡的一个齿轮或螺丝钉；而一个始终焦虑的社会，它维护自身机理的本能不得不使整个社会陷入持续的紧张状态，从而导致压抑和强迫，以至扭曲和改变整个社会的基本秩序及生态。我们必须面对后现代战争造成的心理崩溃、精神分裂，这甚至成为一个不可或缺的结果，是一种几乎难以看见，更是难以医治的战争创伤。波德里亚曾指出，美国人历来缺少一种他们自身的心理和自由遭受重大创伤的体验，当年的珍珠港事件只是一场具体的战争行为的磨难。如今，某种意想不到的摧毁力量透过恐怖主义的优雅风度物化了一切，邪恶的暴力控制了美国人的无意识。[①] 比较而言，现代战争直接摧毁人的意识，后现代战争则潜在地操控人的无意识，后者无疑要面对更大的困境。当人的肉体存在尚难保护、脆弱的生命易于毁灭时，人的意志变得异常坚强，人的精神更坚不可摧，这是现代战争诉诸人体的直接动因和力量；而一旦人体本身受到无微不至的保护，可以最大限度地免受摧残之时，反倒使人的心理变得更加敏感，人的无意识开始成为被打击的对象，这种深入无意识的折磨，这种导致无意识恐惧的干预，比起消灭肉体，具有更大的杀伤力，因为它的震撼是涟漪式的，一层层不断向外界扩散，心理作用心理，无声无息，最终在社会紊乱处发现时已经无法避免，甚至难以治愈。超级强大的美国就是承担了这样一种极其可怕的后现代战争的后果。

三、超特技罪行的完美

飞机与摩天大厦的碰撞，或者说用民用飞机撞击纽约的世贸双塔，这样的场景之前只有好莱坞才能够设计出来，想象与特技的完美结合如今被恐怖分子用在了美国的本土。通过场景的精心设计，后现代战争涂抹了传统战争的残酷和野蛮，成功地实现了对战争形态和本性的扭曲或置换，从而使后现代战争具有了某种意想不到的媒体传播下的视觉冲击力，这不能不说是一种极为高超的战争诡计。

这一冲击力从根本上说来自于对钢铁性质的巧妙利用，或者说对以钢铁为代表的现代文明理念的巧妙利用。钢铁成为这一战争的重要承载者之一。其实钢铁的较量在传统战场上并不少见，甚至可以说现代战争就是由钢铁制造的兵器来实施的，表现为钢铁对钢铁的战争。只是需要注意，这里的钢铁已经按照人对战争的理解、由人加工而转化为战争武器，也就是说传统战争

---

① Jean Baudillard, *The Spirit of Terrorism, and Other Essays*, trans.Chris Turner, London and New York: Verso, 2003, pp. 61-62.

中的钢铁，无论在性质上，还是形态上，都已经失去了钢铁的原貌，它不再是一种中性的原材料，而成为从事战争、大肆杀人的无情感武器，成为人进行战争的最好帮凶，它的打击目标直接针对人体，以毁灭人的肉体生命为唯一诉求，它由此也成为展现人性恶的最佳工具。传统战争中的钢铁被明确地附加的战争性质和形式，不再有令人格外惊奇之处。但我们在"九一一"中看到的一幕却并不符合这种传统战争对钢铁的认知和使用。除了军用飞机与民用飞机混淆外，"九一一"的另一个最大亮点是对超高层钢结构建筑的利用。后现代战争把世贸双塔身上具有的高超的钢结构工艺学纳入自己的战争蓝图，从而谋求战争画面生发出后现代的魔幻性。应该说钢铁结构的工艺学与现代理念的结合产生了人类梦想中的超高层建筑，这样的建筑不仅满足了人对于高度现代化的力与美的外观的追求，而且也在某种程度上把一个民族征服空间的雄心投射到这样的建筑奇观之上。如果说纽约世贸双塔所体现出来的钢铁与意志的结合完美地说明了美利坚民族的健朗、自主、明快、蓬勃的挑战精神，那么这一世贸双塔高超的钢结构工艺学自然也成为现代文明的神奇化身。恰恰就是这样的两幢纽约的建筑被后现代战争纳入视野，世贸双塔变成后现代战争的参与者，因为它参与制造的视觉奇观是空前绝后的。世贸双塔在瞬间穿透中化为一场戏谑性后现代战争游戏，这是对现代文明的利用，也是对现代文明的嘲讽，这是对钢结构超高层建筑本体的深入探测，也是对钢结构超高层建筑工艺学的诠释。

碰撞，两个物体之间的接触，或互侵，或对决；按照不同的体量和算计，或一方毁灭，或双方同归于尽。这一切在人类社会里早已司空见惯。现在的问题是，碰撞不是为了展现肌肉，不是为了凸显意志，甚至不是为了打击对手，而是要制造一个精神分裂症状态下的意外效果，把真实的现场灾难提升到好莱坞意义上的视觉奇观。表面上看，后现代战争的完美性来自媒体高技术的播散能力和唯美主义的制造态度，其实一旦画面感替代现场感、奇幻性替代真实性，全世界都会从无以复加的恐怖中逃离，选择一种无利害审美氛围，超级媒体巧妙地把令人无法想象的恐怖袭击转换为心灵能量的释放，而美国面对的是深入骨髓的心理创伤。在波德里亚看来，这或许就是主客体关系的根本性幻觉。"在观察中，有人曾特别强调主体对客体的改变。但人们没有给自己提出相反的改变问题及其魔镜效果……客体躲避起来，变得难以观察、反常、含糊不清，并由于这种含糊不清，败坏了主体自身及其分析记录。人们过去一直关心主体发现客体时所处的条件，而一点没有探究客体发现主体时所处的条件。我们庆幸发现客体，并把客体想象为乖乖地等待被发现。然而，最狡猾的也许不是人们想象的，而是在这整个历史中发现我们的是否是它这个客体？发明我们的是否是它？"[①] 这样的追问终于使我们意识到，恐怖在自身遮蔽中获得了它的视觉胜利，也在自我的游戏中获得了它的精神胜利。

　　从人机分离到人机一体，从武器较量到本体参与，从钢铁工艺学的矫情到后现代画面的编织，从超高层空间的穿越到现代文明的嘲弄，后现代战争改写的是人在战争中的地位和从事战争游戏的规则，后现代战争更根本地涉及战争之外的对生命意义的认知，涉及人与战争的关系。人是否需要为一种精神而献身？是否应该以牺牲个体生命为代价来赢得战争的胜利？其他随便可以提出的问题或许是，如何来设计这样的一种参与战争的方式？

　　后现代战争会成为一种战争设计学吗？这些问题的提出会令人惶惑和绝望吗？

---

①［法］让·博德里亚尔：《完美的罪行》，王为民译，北京：商务印书馆，2000年版，第55页。

"占领"华尔街与空间游戏

在"占领华尔街"运动风起云涌且在美国其他城市乃至全球一些地区大有蔓延之势之时①，东西方的激进人士欢欣鼓舞起来，仿佛久违的革命（政治）运动在 21 世纪的第二个十年伊始又重新登上了世界历史的舞台。不过在喧嚣的热闹背后冷静观察一番，就会发现电视或网络上出现的所谓的"占领"活动，媒体记者、参与者或看客拍摄和上传的画面里的抗议人群，除了在美国城市的大街上漫步式地游行，聚集在公共空间（如公园）热热闹闹地露宿，除了用讲演、标语和贴身广告的方式表达自己的不满和诉求之外，还没有出现真正意义上的汉语"占领"一词所表达的行为和结果。

媒体传递给大家的一个基本印象是嘉年华式的"狂欢"和群情激愤的"游戏"。如果你问抗议者通过制造"游戏"在抗议谁，难道华尔街的公共空

---

① 2011 年 9 月 17 日，上千名示威者聚集在美国纽约曼哈顿，试图占领华尔街，有人甚至带了帐篷，扬言要长期坚持下去。他们通过互联网组织起来，要把华尔街变成埃及的开罗解放广场。示威组织者称，他们的意图是要反对美国政治的权钱交易、两党政争以及社会不公正。2011 年 10 月 8 日，"占领华尔街"抗议活动呈现升级趋势，千余名示威者在首都华盛顿游行，如今已逐渐成为席卷全美的群众性社会运动。纽约警方 11 月 15 日凌晨发起行动，对占领华尔街的抗议者在祖科蒂公园搭建的营地实施强制清场。美国奥克兰警方于 10 月 25 日向示威人群使用警棍清场，事件演变为流血冲突。参见《占领华尔街》，https://baike.baidu.com/item/ 占领华尔街 /6174179?fr=aladdin。

间无法容忍示威活动吗？难道华尔街的金融活动会受到这一活动的冲击吗？其实从电视或网络画面上能够看到的比较激烈的场景反倒是抗议者与警察之间的肢体冲突。你也许会问：抗议者是在抗议警察吗？显然不是。那么他们是在抗议华尔街吗？仅从翻译过来的汉字字面上理解，"占领华尔街"应该是抗议者谋求夺取整个华尔街的控制权，至少导致华尔街街区一切活动的瘫痪或终止，或者是在向这一目标努力，但是媒体画面告诉我们，这一切没有发生，甚至也不是目的。华尔街的狡猾之处在于它把自身所具有的超级符码功能和内部实质的金融活动区分开来，使前者成为一个挡箭牌，并有效地遮蔽了后者。在这个意义上，人们的抗议活动似乎只是把华尔街作为了一个谋求公众上演自由行走的公共空间（这样的空间在美国并不缺乏），测试它的自由度和容忍度，于是游行示威的人群在花花绿绿的标语和多姿多彩的广告的装饰下，制造出了各式各样的可以被媒体很好捕捉的仪式性和表演性俱佳的画面。华尔街这一街区的宽容姿态和自由精神似乎与中国古人的大音希声、无欲则刚的策略如出一辙，使得"占领华尔街"成为了上演超级符码秀的最佳场所，除此之外，无任何的实质意义。至于发生在华尔街之外一些城市关键点上的抗议活动，比如人们阻断布鲁克林大桥的交通，试图与"占领华尔街"活动遥相呼应，但警察却如约而至。于是一些搏斗的画面开始在媒体上流行，成为了全世界看客欣赏这场运动的新花絮。不感到滑稽吗？抗议者把警察"抗议"了出来，而那些真正被抗议的对象，那些据说只占全美总人口的百分之一却把持了全美财富的百分之 N 的金融家们却神不知鬼不觉地加入到袖手旁观的看客行列。按理说警察的出现并不突兀，因为警察是国家机器的一部分，通常是社会公共秩序和公共利益的监护人和捍卫者。尽管破坏公共秩序、削弱公共安全不是"占领华尔街"运动者的目的，但是一旦把这场运动与纽约市一些街区的地理空间联系起来，一旦抗议者谋求"占领"城市公共空间，甚至造成公共空间的"无序"，警察的干预不足为奇。也因此，华尔街的金融活动、资本行为也看到了金蝉脱壳的希望。它们在把具有全球影响力的超级符码——华尔街拱手送给"占领华尔街"运动者去任意玩弄之时,还不忘把自己完整地变成华尔街公共秩序的一个组成部分,成为其中构造稳定空间的有机组件,也由此顺理成章地把自己纳入警察的保护范围。那是不是可以说,警察对华尔街秩序的维护实际上间接地维护了这场运动真正要打击和肃清的对象?我看这样的认识八九不离十。当抗议者满足于在华尔街上自由潇洒地行走时,当抗议者感觉华尔街已经成为他们随意可以唾弃和鄙视的对象时,华尔街再次掩盖了资本的丑恶,华尔街再次拯救了资本的肆无忌惮。

本来这是一场看不见对手的"战争",但是可见与不可见之间的转换,使媒体获得了梦寐以求的充实画面。本来这是一场不以占领为目的的"占领",但是实景与虚境的转换,使整个社会观感具有了它最直观、最生动的呈现,视觉刺激的渴求排斥了金融欲望的贪婪!

通常金融运作处于整个社会经济活动的高端,据说一个社会越是高级,这样的服务型产业就越是发达。提起金融资本,一般人还多少会有些含糊,但言及股票、期货、证券、贷款、融资、汇率等,就有恍然大悟之感,闹了半天华尔街的白领、高管(金融资本家们)就是在捣鼓这些看不见摸不着的东西,一听就虚,虚到可以随心所欲摆弄的程度。与实体经济形式不同,虚拟经济生产的不是实际的物质产品,不是那些直接满足人们的日常衣食住行的具有物质形态的产品,而是借助资本"生产"出更多利润的经济活动。金融经济表面上为实体经济提供资金支撑,实际上追求的是远超人们预期的投资高回报率。作为门外汉从外往里看,金融资本与实体资本的一个显著不同是,金融具有符号性,但与华尔街模糊的街区性作为超级符码可以莫名其妙地带来声誉、地位和效益不同,它的收益却并不虚拟,而是实实在在的资本增值,只是"生产"方式是虚拟的,虚拟到清除一切实体生产的外在形式和约束。按照资本市场的增值行规,金融运作实际上就是在高度而巧妙地利用能指与所指分离的特质而成就一项归属于符号系统运作的伟业。由于所指的极度弱化，能指具有了不可限量的挥洒空间，于是头脑成为高超运作金融符码以谋求资本增值的源泉。资本进入金融市场后，其价值累积的速度之快，是传统生产周期所无法比拟的；而资本增值更多地取决于市场运筹力和符号催化力，尤其是资本与产品的"任意"关系以及由此生发的资本符号的品牌魅力，使得金融资本的操盘手们看见了资本增值的无穷潜力和值得期待的结果，于是金融资本为人为操纵预留了巨大的空间。

华尔街只是美国纽约市的一个街区，但它是美国金融资本最重要的聚集地，也是美国虚拟经济的大本营；华尔街本身随着美国经济的全球影响力的扩张而成为美国金融资本的集中表征，同时也成为全球金融资本的超级符码。人们提及华尔街，一般不会仅局限于这一街区的地理状况，而更多的是把它作为一个超级金融活动的代名词，一个强力的金融符码。金融资本的虚拟性质使得华尔街没有了任何传统实体经济所需的机器设备和工厂空间，而与传统实体经济相匹配的生产资料和产品的物流、资源的供给和储备、环境监控和维护等一系列的经济活动，都不再必不可少。只仅仅是一个有形的街区，若干写字场所，数不尽的电脑终端和屏幕，一些西装革履的职场人员，就能够看似轻而易举地操控一场场看不见硝烟的世界"战争"。华尔街就像一个大脑中枢，它隐秘而无所不能地通过密密麻麻的网络这个超级神经系统，连接起世界的每一个角落，不间断地把它的金融指令传递给每一个资本博弈的战场，从而掌控全球金融资本，攫取全球的资本利益。如此一来，这一空间的"占领"又该呈现怎样的形态？实质上的虚拟空间、虚拟经济活动，能够依靠传统意义上的"占领"一个街区来达到目的吗？显然由于能指与所指的高度分离，"占领华尔街"只具有占领华尔街这个街区的地理意义，而在这一街区的金融资本、这一街区里的"百分之一"仍然在能指的空间里自如地流转。更何况街区的占领作为一个法制社会公共空间里的"无序"事件，必定会遭到警察的迎头喝止和强力驱赶。

通过媒体可知，这场所谓的"占领华尔街"运动的主要参与者由两部分构成：一部分是生活在底层的民众，另一部分是生活在上层的公共领域知识分子。前者走上街头、露宿街头是为了摆脱日益变得艰辛的生计，他们对整个社会的不公平有着切身的感受；后者虽然没有前者的实际遭遇，但是一种主张社会正义、同情弱势群体的社会责任感和使命感，使他们有了参与这一运动的不可遏制的内在动力，也由此与本不相干的另一社会阶层形成了某种意义上的联盟。能够在社会底层人群活动中找到把自己的政治理念付诸实践的机遇，这无疑也是"公知"们求之不得的机遇。

然而当"公知"们把公平和正义作为高头讲章送到"占领"运动的现场时，他们蓦然发现这些昔日的灵丹妙药般的理念与"占领华尔街"口号并不那么吻合。诚然，美国当下的财富垄断和贫富差距是金融资本操控的一个直接后果，而资本的罪恶乃至人性的卑劣也由此充分地暴露出来，但是它们从形式上难以被媒体接纳为吸引力十足的镜头内容，更不具有成为视觉冲击力的画面潜质。媒体时代的任何社会活动都要把视觉幻化力作为第一考量。在这一意义上，后现代街头运动的政治波普化就有了施展的空间。图腾成为一项重要内容。除了用好日子、幸福感、增加就业、提高收入等口号来煽起"占领"运动者的政治激情外，除了用华尔街不要再迷恋罪恶的资本、找回资本家泯灭的社会良知的诉求提振人心外，一种旧日的革命图腾也被重新唤回，比如媒体上就不断出现拉美革命领导人切·格瓦拉和中国革命领袖毛泽东，他们的头像被一些抗议的人高举着！只不过我有些颓然地意识到，这一做法几乎看不到任何效果，因为如今参与社会运动的无论是"公知"还是下层民众，都难有信仰层面的追索和思考。政治波普化的最大受益者是媒体。当然，媒体本身的图像崇拜对革命偶像的兴趣已经不在于它的理论说教，更多的是凸显其最具媒体效果的视觉化形态，是一出由媒体导演的后现代戏剧。

人的存在是以占据一定的空间为标志的。空间会被各种各样的物质所填充，人只是其中之一种，但是从某种意义上不能不说，人作为空间的填充物是最值得留意的，也是最有影响力的。自然的空间会在自然自身的运动中被解构、被再造。地震、台风、海啸、火山喷发等都是解构和再造自然空间的自然自身之力。人比起这般恢宏的自然之力尚有不小的距离，但人占据空间的能力是持续的，是有预谋的，某个时候是不达目的誓不罢休的。

在人与空间的关系中，人首先会把空间塑造成对人来说具有生存价值的空间景观，而人对于这样的景观的占据和主导表明人的存在价值和意义。由此人占有空间就是谋求占有景观，谋求景观的主导权。

参考文献

中文：

[1] [意] 吉奥乔·阿甘本：《裸体》，黄晓武译，北京：北京大学出版社，2017年版。

[2] [法] 阿兰·巴丢：《维特根斯坦的反哲学》，严和来译，沙明校，桂林：漓江出版社，2015年版。

[3] [法] 安托南·阿尔托：《残酷戏剧——戏剧及其重影》，桂裕芳译，北京：中国戏剧出版社，2006年版。

[4] [法] 保罗·安德鲁：《国家大剧院》，唐柳、王恬译，大连：大连理工大学出版社，2008年版。

[5] [美] 保罗·莱文森：《新新媒介》，何道宽译，上海：复旦大学出版社，2013年版。

[6] [美] 彼得·基维：《纯音乐：音乐体验的哲学思考》，徐红媛等译，长沙：湖南文艺出版社，2010年版。

[7] 蔡仲德注译：《中国音乐美学史资料注译》，北京：人民音乐出版社，2004年第2版。

[8] 车文博主编：《弗洛伊德文集》07，北京：九州出版社，2014年版。

[9] 车文博主编：《弗洛伊德文集》08，北京：九州出版社，2014年版。

[10] 车文博主编：《弗洛伊德文集》09，北京：九州出版社，2014年版。

[11] 陈嘉映：《语言哲学》，北京：北京大学出版社，2003年版。

［12］［南非］大卫·戈德布拉特、［美］李·B.布朗编：《艺术哲学读本》第2版，牛宏宝等译，北京：中国人民大学出版社，2016年版。

［13］［美］大卫·哈维：《希望的空间》，胡大平译，南京：南京大学出版社，2006年版。

［14］［加］黛博拉·库克编：《阿多诺：关键概念》，唐文娟译，重庆：重庆大学出版社，2017年版。

［15］［美］戴维·哈维：《后现代的状况——对文化变迁之缘起的探究》，阎嘉译，北京：商务印书馆，2013年版。

［16］［美］道格拉斯·凯尔纳：《媒体奇观——当代美国社会文化透视》，史安斌译，北京：清华大学出版社，2003年版。

［17］［法］德勒兹、加塔利：《资本主义与精神分裂（卷2）：千高原》，姜宇辉译，上海：上海书店出版社，2010年版。

［18］［法］吉尔·德勒兹：《哲学与权力的谈判——德勒兹访谈录》，刘汉全译，北京：商务印书馆，2000年版。

［19］［德］恩斯特·卡西尔：《语言与神话》，于晓等译，北京：生活·读书·新知三联书店，2017年版。

［20］［瑞士］菲利普·萨拉森：《福柯》，李红艳译，鲁路校，北京：中国人民大学出版社，2010年版。

［21］［英］弗兰克·莫特：《消费文化——20世纪后期英国男性气质和社会空间》，余宁平译，南京：南京大学出版，2001年版。

［22］［德］汉娜·阿伦特等：《暴力与文明：喧嚣时代的独特声音》，王晓娜译，北京：新世界出版社，2013年版。

［23］［美］赫伯特·马尔库塞：《单向度的人——发达工业社会意识形态研究》，张峰、吕世平译，重庆：重庆出版社，1988年版。

［24］［法］吉尔·德勒兹：《弗朗西斯·培根：感觉的逻辑》，董强译，桂林：广西师范大学出版社，2007年版。

[25][法]贾克·阿达利:《噪音——音乐的政治经济学》,宋素凤、翁桂堂译,开封:河南大学出版社,2017年版。

[26][加拿大]简·雅各布斯:《美国大城市的死与生》,金衡山译,南京:译林出版社,2005年版。

[27][法]居伊·德波:《景观社会》,王昭凤译,南京:南京大学出版社,2006年版。

[28][法]克洛德·列维-施特劳斯:《神话与意义》,杨德睿译,开封:河南大学出版社,2016年版。

[29][英]斯科特·拉什、西莉亚·卢瑞:《全球文化工业:物的媒介化》,要新乐译,北京:社会科学文献出版社,2010年版。

[30]《雷锋日记:1959—1962》,北京:解放军文艺出版社,1963年版。

[31]李泽厚:《中国古代思想史论》,北京:生活·读书·新知三联书店,2008年版。

[32]刘青弋:《现代舞蹈的身体语言教程》,北京:中国人民大学出版社,2011年版。

[33]刘硕良主编:《诺贝尔文学奖授奖词和获奖演说(1901—2012)》(下),桂林:漓江出版社,2013年版。

[34][法]罗兰·巴特:《神话修辞术 批评与真实》,屠友祥、温晋仪译,上海:上海人民出版社,2009年版。

[35]刘再复:《莫言了不起》,北京:东方出版社,2013年版。

[36][英]路德维希·维特根斯坦:《哲学研究》,陈嘉映译,上海:上海世纪出版集团,2005年版。

[37]罗钢、王中忱主编:《消费文化读本》,北京:中国社会科学出版社,2003年版。

[38][日]芦原义信:《街道的美学》,尹培桐译,广州:百花文艺出版社,2006年版。

[39]［英］M. 麦金:《维特根斯坦与〈哲学研究〉》,李国山译,桂林:广西师范大学出版社,2007年版。

[40]［哥伦比亚］加西亚·马尔克斯:《百年孤独》,范晔译,海口:南海出版公司,2011年版。

[41]［美］马克·波斯特:《信息方式——后结构主义与社会语境》,范静哗译,周宪校,北京:商务印书馆,2000年版。

[42]［德］马克思:《1844年经济学—哲学手稿》,刘丕坤译,北京:人民出版社,1979年版。

[43]［加拿大］马歇尔·麦克卢汉:《理解媒介——论人的延伸》,何道宽译,北京:商务印书馆,2003年版。

[44]［美］马歇尔·伯曼:《一切坚固的东西都烟消云散了——现代性体验》,徐大建、张辑译,北京:商务印书馆,2003年版。

[45]［法］西蒙娜·德·波伏瓦:《第二性》,郑克鲁译,上海:上海译文出版社,2011年版。

[46]［法］米歇尔·福柯:《性经验史》第二卷,佘碧平译,上海:上海人民出版社,2016年版。

[47]［法］米歇尔·福柯《性经验史》(增订版),佘碧平译,上海:上海人民出版社,2011年版。

[48]［法］米歇尔·福柯:《词与物——人文科学考古学》,莫伟民译,上海:上海三联书店,2001年版。

[49]［法］米歇尔·希翁:《声音》,张艾弓译,北京:北京大学出版社,2013年版。

[50]［法］米歇尔·希翁:《视听——幻觉的构建》,黄英侠译,北京:北京联合出版公司,2014年版。

[51]莫言:《我的高密》,北京:中国青年出版社,2011年版。

[52]莫言:《蛙》,北京:作家出版社,2012年版。

［53］莫言：《丰乳肥臀》，杭州：浙江文艺出版社，2017年版。

［54］莫言：《檀香刑》，北京：作家出版社，2012年版。

［55］莫言：《生死疲劳》，北京：作家出版社，2012年版。

［56］莫言：《莫言文集·用耳朵阅读》，北京：作家出版社，2013年版。

［57］［德］尼采：《瓦格纳事件　尼采反瓦格纳》，孙周兴译，北京：商务印书馆，2011年版。

［58］［德］尼采：《悲剧的诞生——尼采美学文选》，周国平译，北京：生活·读书·新知三联书店，1986年版。

［59］［美］尼尔·波兹曼：《娱乐至死》，章艳译，桂林：广西师范大学出版社，2011年版。

［60］［美］佩吉·麦克拉肯主编：《女权主义理论读本》，桂林：广西师范大学出版社，2007年版。

［61］［法］皮埃尔·布尔迪厄：《区分：判断力的社会批判》（上册），刘晖译，北京：商务印书馆，2015年版。

［62］［法］皮埃尔·布尔迪厄：《区分：判断力的社会批判》（下册），刘晖译，北京：商务印书馆，2015年版。

［63］［斯洛文尼亚］斯拉沃热·齐泽克：《幻想的瘟疫》，胡雨谭、叶肖译，南京：江苏人民出版社，2006年版。

［64］［斯洛文尼亚］斯拉沃热·齐泽克：《快感大转移——妇女和因果性六论》，胡大平等译，南京：江苏人民出版社，2004年版。

［65］［法］让·波德里亚：《消费社会》，刘成富、全志钢译，南京：南京大学出版社，2001年版。

［66］［法］让·波德里亚：《论诱惑》，张新木译，南京：南京大学出版社，2011年版。

［67］［法］让·波德里亚：《美国》，张生译，南京：南京大学出版社，2011年版。

［68］［法］让·波德里亚：《致命的策略》，刘翔、戴阿宝译，南京：南京大学出版社，2015年版。

［69］［法］让·博德里亚尔：《完美的罪行》，王为民译，北京：商务印书馆，2000年版。

［70］邵燕君主编：《破壁书——网络文化关键词》，北京：生活·读书·新知三联书店，2018年版。

［71］（西汉）司马迁：《史记》卷九七，北京：中华书局，1959年版。

［72］［美］斯蒂芬·肖尔：《照片的本质》，江融译，北京：中国摄影出版社，2012年版。

［73］［英］斯各特·拉什：《信息批判》，杨德睿译，北京：北京大学出版社，2009年版。

［74］［斯洛文尼亚］斯拉沃热·齐泽克、［英］格林·戴里：《与齐泽克对话》，孙晓坤译，南京：江苏人民出版社，2005年版。

［75］［斯洛文尼亚］斯拉沃热·齐泽克：《事件》，王师译，上海：上海文艺出版社，2016年版。

［76］［英］斯图尔特·霍尔编：《表征：文化表征与意指实践》，徐亮、陆兴华译，北京：商务印书馆，2003年版。

［77］［美］苏珊·桑塔格：《论摄影》，黄灿然译，上海：上海译文出版社，2008年版。

［78］［美］索尔·克里普克：《维特根斯坦论规则和私人语言》，周志羿译，桂林：漓江出版社，2017年版。

［79］陶东风主编：《粉丝文化读本》，北京：北京大学出版社，2009年版。

［80］腾讯传媒研究院：《众媒时代：文字、图像与声音的新世界秩序》，北京：中信出版集团，2016年版。

［81］童庆炳：《童庆炳文集》第四卷，北京：北京师范大学出版社，2016年版。

[82][美]托比·米勒编著:《文化研究指南》,王晓路等译,南京:南京大学出版社,2018年版。

[83][德]瓦尔特·本雅明:《机械复制时代的艺术作品》,王才勇译,北京:中国城市出版社,2002年版。

[84][德]瓦尔特·本雅明:《巴黎,19世纪的首都》,刘北成译,北京:商务印书馆,2013年版。

[85]王弼注、楼宇烈校释:《老子道德经注》,北京:中华书局,2011年版。

[86]王博:《北京:一座失去建筑哲学的城市》,沈阳:辽宁科学技术出版社,2009年版。

[87]汪磊主编:《新华网络语言词典》,北京:商务印书馆,2012年版。

[88]汪民安等编:《福柯的面孔》,北京:文化艺术出版社,2001年版。

[89]汪民安、陈永国编:《后身体:文化、权力和生命政治学》,长春:吉林人民出版社,2003年版。

[90][法]米歇尔·福柯:《自我技术:福柯文选》III,北京:北京大学出版社,2016年版。

[91]汪民安:《论家用电器》,开封:河南大学出版社,2015年版。

[92]王政、杜芳琴主编:《社会性别研究选译》,北京:生活·读书·新知三联书店,1998年版。

[93][美]威廉·J.米切尔:《伊托邦:数字时代的城市生活》,吴启迪等译,上海:上海科技教育出版社,2005年版。

[94][瑞士]沃尔夫林:《美术史的基本概念——后期艺术中的风格发展问题》,潘耀昌译,北京:北京大学出版社,2011年版。

[95][美]沃尔特·翁:《口语文化与书面文化——语词的技术化》,何道宽译,北京:北京大学出版社,2008年版。

[96]吴冠军:《现时代的群学——从精神分析到政治哲学》,北京:中国法

制出版社，2011年版。

[97] [法]居伊·德波：《奇观社会》，吴琼编：《视觉文化的奇观：视觉文化总论》，北京：中国人民大学出版社，2005年版。

[98] 吴琼编：《凝视的快感：电影文本的精神分析》，北京：中国人民大学出版社，2005年版。

[99] 吴琼、杜予编：《上帝的眼睛——摄影的哲学》，北京：中国人民大学出版社，2005年版。

[100] 吴琼：《雅克·拉康——阅读你的症状》（下），北京：中国人民大学出版社，2011年版。

[101] [奥]西格蒙德·弗洛伊德：《文明及其缺憾》，傅雅芳、郝冬瑾译，合肥：安徽文艺出版社，1987年版。

[102] 萧默编撰：《世纪之蛋：国家大剧院之辩》，http://www.doc88.com/p-746643090307.html。

[103] 杨伯峻译注：《论语译注》，北京：中华书局，1980年版。

[104] 易丹、吕澎：《1979年以来的中国艺术史》，北京：中国青年出版社，2011年版。

[105] [法]伊曼努尔·列维纳斯：《总体与无限：论外在性》，朱刚译，北京：北京大学出版社，2016年版。

[106] [美]约翰·格拉夫、大卫·瓦恩、托马斯·内勒：《流行性物欲症》，闾佳译，北京：中国人民大学出版社，2006年版。

[107] [法]约瑟夫·房德里耶斯：《语言》，岑麒祥、叶蜚声译，北京：商务印书馆，2015年版。

[108] 张清华主编：《莫言研究年编（2013）》，北京：生活·读书·新知三联书店，2016年版。

[109] 张清华、曹霞编：《看莫言：朋友、专家、同行眼中的诺奖得主》，武汉：华中科技大学出版社，2013年版。

[110] 张跣：《网络文化与社会转型》，北京：中国文联出版社，2011年版。

[111] 张旭东、莫言：《我们时代的写作：对话〈酒国〉〈生死疲劳〉》，上海：上海文艺出版社，2013年版。

[112] 赵荣光：《中国饮食文化史》，上海：上海人民出版社，2014年版。

[113] 浙江卫视、《中国好声音》栏目组编著：《梦工厂音乐电视真人秀节目运作秘笈》，北京：中国人民大学出版社，2013年版。

[114] 中国社会科学院语言研究所词典编辑室编：《现代汉语词典》，北京：商务印书馆，2005年第5版。

[115] 中央电视台纪录频道编：《舌尖上的中国》第一季，北京：光明日报出版社，2014年版。

[116] 中央电视台纪录频道编：《舌尖上的中国》第二季，北京：光明日报出版社，2014年版。

[117] 周柄钦编著：《毛泽东题词背后的故事》，杭州：浙江人民出版社，2015年版。

[118] 朱立人：《西方芭蕾史纲》，上海：上海音乐出版社，2001年版。

英文：

[119] Adrian Parr(ed.), *The Deleuze Dictionary*, Edinburgh University Press, 2005.

[120] Alexandra Carter and Janet Oshea(eds.), *The Routledge Dance Studies Reader*, USA and Canada: Routledge, 2010.

[121] Carol McD. Wallace, Don McDonagh, Jean L. Druesedow, Laurence Libin and Constance Old, *Dance: A Very Short History*, New York:

the Metropolitan Museum of Art, 1986.

[122] Dianna Taylor(ed.), *Michel Foucault: Key Concepts*, Durham: Acumen, 2011.

[123] Fiona Candlin and Raiford Guins(eds.), *The Object Reader*, New York: Routledge, 2009.

[124] Fred Botting and Scott Wilson(eds.), *The Bataille Reader*, John Wiley & Sons ltd., 1997.

[125] H. Aram Veeser(ed.), *The New Historicism*, New York: Routlege, 1989.

[126] Henri Lefebvre, *The Production of Space*, trans. Donald Nicholson-Smith, Oxford, OX, UK; Cambridge, Mass., USA: Blackwell,1991.

[127] Jean Baudrillard, *The Consumer Society*, trans. George Ritzer, Sage Publications Ltd., 1998.

[128] Jean Baudrillard, *The Spirit of Terrorism and Other Essays*, trans. Chris Turner, London and New York: Verso, 2003.

[129] Mark Poster(ed.), *Jean Baudrillard: Selected Writings*, California: Stanford University Press, 1998.

[130] Mary Holmes, *Gender and Everyday Life*, London and New York: Routledge, 2009.

[131] Paul Freedman(ed.), *Food: the History of Taste*, London: Thames & Hudson Ltd., 2007.

[132] Seth Giddings and Martin Lister(eds.), *The New Media and Technocultures Reader*, London and New York: Routledge, 2011.

[133] Sara Salih and Judith Butler(eds.),*The Judith Butler Reader*, Malden, MA: Blackwell Publishing Ltd., 2004.

后　记

　　本书是我在编辑工作之余断断续续用了七八年的时间完成的，平均下来每年顶多码两三万字。这些文字通常是在电脑里昏睡，难有被唤醒的机会，曾经觉得这真是一个费力不讨好的活儿，既令人心智涣散，又让文字变得冷漠。不过某一天我意识到它们可以在"趣味批判——我们的日常机制与神话"这样的题目下被集结起来，也就是说可以把这些显得散乱的文字做一个主题性约束，这个结果在令我自己有些意外之余，反倒使我开始对这活儿本身有了那么一点点感觉。其实这样的主题之所以会在不经意间浮现出来，也是因为我一直以来总是想去迫近地思考。

　　我们今天的生活可以说既杂乱无章，又条理规范。我时常琢磨，在我们身边是否存在一个让我们心甘情愿地或依附或逃离的某种隐秘的机制呢？我们的生存趣味在构建的过程中，它的旨归又会是怎样去规训和诱导我们的情绪、心态、观念的呢？我们又该从哪里去寻找一种具有穿透盲视的审视性批判呢？"趣味批判"既是审美批判，又是文化批判，更是日常生活批判。我们需要一种批判的氛围和批判的手段，从而把我们身边呈现的那关涉事件、诱惑、逃逸、光晕的诸种状态和境遇一一分辨清楚。由此我们需要整理我们的身心、整理我们投向日常的那一瞥目光，使我们在趣味批判中获得一种澄明的快乐。

  我的这类写作是在一个人持久的影响下进行的，他就是远在天边的已经仙逝的法国学界前辈让·波德里亚先生。这么多年来，我不时出没在他的文字左右。他的写作能力——独辟蹊径地跨界设置话题和超越理论规范的阐释，常常令我有触目惊心之感。对波德里亚前辈的理论文字的阅读多少会影响到我的思考心境和写作风格。当然，波德里亚前辈的才子式书写是难以企及的。实话说，跟随思想前辈的脚步前行不是我的目的，在思想前辈身边快乐地存活下来才是我所渴望的。个体存在的独特性需要心力、才力和努力。扪心自问，心力、才力倒可先放在一边，努力确是应该时时提醒自己的。我所着意观察的日常现象是当下的我们无法脱离的生存症候，我们的日常和与我们相伴的神话是时刻需要我们去面对的、去辨析的，也因此，我想把这样的文字作为我与大家分享日常感受和生活看法的私语。在日常生活中，症候大量存在，但是对症候做诊断、开药方并非易事，我的思维常常会格外滞重，甚至会惶恐不安。如果这些文字有力所不逮之迹，倒是与波德里亚前辈无甚关联，只能说是我还需要使个人风格构建得更有力度。

  文字写出来，总让自己惦念。我时常在回望和前瞻中掂量着电脑里留下的这些痕迹，总想从中找到一个可以让我自己从中获取感动的理由。

戴阿宝

2020年3月改于学清苑新冠疫情中